HEYNE
BÜCHER

Das Buch

Little Tall Island ist eine kleine Insel vor der Küste des amerikanischen Bundesstaates Maine im Norden von Neuengland. Dort hat Dolores Claiborne ihr ganzes Leben verbracht. Sie ist fünfundsechzig, und das Leben hat es mit ihr nicht besonders gut gemeint: eine harte Jugend, dann die Ehe mit Joe St. George, einem skrupellosen Egomanen, der sie immer wieder mißhandelte — eine Ehe, die für sie die Hölle auf Erden war. Nur Dolores weiß, wie Joe ums Leben kam. Eine Frau mit Geheimnissen.
Erst als sie in einer langen Nacht auf dem Polizeirevier von Little Tall ihr ganzes Leben erzählt, schlägt für sie die Stunde der Wahrheit. »Ich verspreche euch«, gibt Dolores ungerührt zu Protokoll, »daß ihr alles verstehen werdet, bevor ihr die Tür aufmacht und das Zimmer verlaßt.« Und dann erzählt sie, eine Nacht lang, ein ganzes Leben lang: Dreißig Jahre war Dolores Haushälterin bei Vera Donovan. Sie hat erlebt, wie die reiche, arrogante und rücksichtslose Vera Witwe wurde, sie hat sie von Schlaganfall zu Schlaganfall gepflegt, ihre Grausamkeiten und ihren Wahnsinn ertragen. Jetzt spricht alles dafür, daß Dolores ihre Arbeitgeberin ermordet hat. Ein Frau erzählt auf einem Polizeirevier ihre Geschichte: eine Biographie im Schatten. Ihre Lebensbeichte wird zu einem grandiosen Monolog von bezwingender Dichte — einem Monolog, in dem sich erweist, daß die Wahrheit etwas ist, zu dem es keine Alternative gibt.

Der Autor

Stephen King alias Richard Bachmann gilt weltweit unbestritten als der Meister der modernen Horrorliteratur. Seine Bücher haben eine Weltauflage von 100 Millionen weit überschritten. Seine Romane wurden von den besten Regisseuren verfilmt. Geboren 1947 in Portland/Maine, schrieb und veröffentlichte er schon während seines Studiums Science Fiction-Stories. 1973 gelang ihm mit *Carrie* der internationale Durchbruch. Alle folgenden Bücher (*Friedhof der Kuscheltiere, Es, Sie, Christine* u. v. a.) wurden Bestseller, die meisten davon liegen als Paperbacks oder Taschenbücher im Wilhelm Heyne Verlag vor. Stephen King lebt mit seiner Frau, der Schriftstellerin Tabitha King, und drei Kindern in Bangor/Maine. »Stephen King ist ein Geschichtenerzähler, ein intelligenter, gewitzter, hochspezialisierter Handwerker — der Handwerker des Schreckens.« Süddeutsche Zeitung

STEPHEN KING

DOLORES

Roman

Aus dem Englischen
von
Christel Wiemken

WILHELM HEYNE VERLAG
MÜNCHEN

HEYNE ALLGEMEINE REIHE
Nr. 01/9047

Titel der Originalausgabe
DOLORES CLAIBORNE
erschienen 1992 im Verlag
Viking, New York, N.Y., USA

9. Auflage

Die Hardcover-Ausgabe ist im Verlag
Hoffmann und Campe, Hamburg, erschienen
Wilhelm Heyne Verlag GmbH & Co. KG, München
Printed in Germany 1995
Umschlaggestaltung: Atelier Ingrid Schütz, München
Druck und Bindung: Elsnerdruck, Berlin

ISBN 3-453-07497-1

Für meine Mutter
Ruth Pillsbury King

R-E-S-P-E-C-T, find out what it means to me.

Aretha Franklin

Was willst du wissen, Andy Bissette? Ob ich verstanden habe, was es heißt, wenn du mir meine Rechte vorliest?

Du lieber Gott! Männer können manchmal ganz schön blöd sein.

Nein, ist schon gut – halt die Klappe und hör mir eine Weile zu. Ich seh schon kommen, daß du mir so ziemlich die halbe Nacht zuhören mußt, also kannst du dich gleich dran gewöhnen. Ja, ich habe verstanden, was du mir vorgelesen hast! Seh ich so aus, als hätte ich den Verstand verloren, seit ich dich im Supermarkt getroffen habe? Das war am Montag nachmittag, falls du es nicht mehr wissen solltest. Ich habe dir gesagt, daß deine Frau dir die Hölle heiß machen wird, weil du altbackenes Brot gekauft hast – im Kleinen sparen und im Großen verschwenden, so heißt das doch –, und ich wette, ich hatte recht, stimmt's?

Ich verstehe meine Rechte durchaus, Andy. Meine Mutter hat schließlich keine Schwachköpfe großgezogen. Ich weiß auch, was ich zu verantworten habe. So wahr mir Gott helfe.

Alles, was ich sage, kann vor Gericht gegen mich verwendet werden, sagst du? Es gibt doch noch Zeichen und Wunder! Und du, Frank Proulx? Du kannst dir dieses blöde Grinsen aus dem Gesicht wischen. Du bist zwar neuerdings ein großartiger Polizist, aber es ist noch gar nicht lange her, daß du mit flatternden Windeln herumgelaufen bist, und mit demselben blöden Grinsen. Ich geb dir einen kleinen Rat – wenn du es mit einer alten Schachtel wie mir zu tun hast, dann solltest du dir dieses Grinsen sparen. Du bist leichter zu durchschauen als ein Angebot von Unterwäsche in einem Sears-Katalog.

Also gut, wir haben unseren Spaß gehabt; kommen wir zur Sache. Ich fange jetzt damit an, euch dreien eine ganze Menge zu erzählen, und einiges davon könnte vermutlich vor Gericht gegen mich verwendet werden, wenn jemand das jetzt noch wollte. Der Witz dabei ist, daß die Leute auf der Insel das meiste davon längst wissen; aber das kümmert mich einen feuchten Dreck, wie der alte Neely Robichaud zu sagen pflegte, wenn er besoffen war; er war es fast immer, wie euch jeder sagen wird, der ihn gekannt hat.

Aber es gibt eine Sache, die mir wichtig ist, und deshalb bin ich auch aus freien Stücken hergekommen. Ich habe Vera Donovan nicht umgebracht. Mir ist egal, was ihr jetzt denkt; ich werde euch dazu bringen, daß ihr mir glaubt. Ich habe sie nicht diese verdammte Treppe hinuntergestoßen. Wenn ihr mich wegen dieser anderen Sache einlochen wollt, gut; aber ihr Blut klebt nicht an meinen Händen. Und ich weiß, daß du mir glauben wirst, Andy, wenn ich mit meiner Geschichte fertig bin. Du warst immer ein guter Junge, soweit Jungen überhaupt gut sein können – aufrichtig, meine ich –, und du bist ein anständiger Mann geworden. Aber laß dir das nicht zu Kopf steigen; du bist groß geworden wie jeder andere Mann auch, mit einer Frau, die deine Sachen gewaschen und dir die Nase geputzt und dich umgedreht hat, wenn du dich in die falsche Richtung manövriert hattest.

Noch etwas, bevor wir anfangen – ich kenne dich, Andy, und Frank natürlich auch, aber wer ist das Mädchen hier mit dem Bandgerät?

Herr im Himmel, Andy, ich weiß, daß sie eine Stenographin ist! Hab ich dir nicht gerade erklärt, daß meine Mutter keine Schwachköpfe großgezogen hat? Ich werde zwar im November fünfundsechzig, aber ich hab trotzdem noch alle Tassen im Schrank. Ich weiß, daß eine Frau mit einem Bandgerät und einem Block eine Stenographin ist. Ich seh mir alle Serien an, die vor Gericht spielen, sogar *L. A. Law,* wo anscheinend niemand länger als eine Viertelstunde seine Klamotten anbehalten kann.

Wie heißt du, Mädchen?

Ah ja – und wo kommst du her?

Ach, halt den Rand, Andy! Du hast doch heute sowieso nichts anderes mehr vor. Oder wolltest du etwa zum Strand hinunter, um ein paar Leute zu erwischen, die ohne Lizenz Venusmuscheln ausgraben? Das wäre vermutlich mehr Aufregung, als dein Herz verkraften kann, stimmt's? Ha!

So. Das ist besser. Du bist Nancy Bannister aus Kennebunk, und ich bin Dolores Claiborne von Little Tall Island. Ich habe schon gesagt, daß ich reden werde, bis ich Fransen am Mund habe, und wenn wir damit fertig sind, wirst du feststellen, daß kein Wort gelogen war. Also, wenn du meinst, daß ich lauter sprechen soll oder langsamer, dann sag es einfach. Bei mir brauchst du nicht schüchtern zu sein. Ich möchte, daß du jedes einzelne verdammte Wort mitbekommst. Also fangen wir an: Vor neunundzwanzig Jahren, als Chief Bissette hier gerade in die Schule gekommen war, habe ich meinen Mann Joe St. George umgebracht.

Andy, hier zieht es. Vielleicht hört es auf, wenn du deine verdammte Klappe zumachst. Ich weiß wirklich nicht, warum du so überrascht dreinschaust. Du weißt, daß ich Joe umgebracht habe. Jeder auf Little Tall weiß es, und die Hälfte der Leute drüben in Jonesport, auf der anderen Seite des Wassers, weiß es vermutlich auch. Der springende Punkt war nur, daß niemand es beweisen konnte. Und ich würde jetzt nicht hier sitzen und es vor Frank Proulx und Nancy Bannister aus Kennebunk zugeben, wenn da nicht das dämliche Luder Vera wäre, die mir wieder einen ihrer gemeinen Streiche gespielt hat.

Immerhin, noch einen Streich wird sie mir nicht spielen. Das ist wenigstens ein kleiner Trost.

Schieb das Bandgerät ein bißchen näher zu mir heran, Nancy – wenn ich das schon hinter mich bringen muß, will ich es auch ordentlich tun. Ich glaube, wir wissen beide, daß das, was auf dem Band in diesem kleinen Kasten aufgezeichnet wird, mich für den Rest meines Lebens hinter Gitter bringen kann. Aber ich habe keine andere Wahl. Ich schwöre bei Gott, ich habe immer gewußt, daß Vera Donovan eines Tages mein Tod sein würde. Ich habe es von dem Tag an gewußt, an dem ich sie zum ersten Mal sah. Und nun seht euch an, was diese gottverdammte alte Hexe mir angetan hat! Diesmal hat sie es geschafft. Dieses Luder! Dieses gottverdammte alte *Luder*! Der Himmel bewahre mich vor reichen Leuten – wenn sie einen nicht tottrampeln können, dann versuchen sie, einen totzuküssen.

Was?

Herrgott, Andy! Ich *komme* ja zur Sache, wenn du endlich aufhörst, immer dazwischenzureden! Ich versuche gerade, mich zu entscheiden, ob ich von hinten nach vorn oder von vorn nach hinten erzählen soll. Zu trinken bekomme ich wohl nichts, oder?

Ach, zum Teufel mit deinem Kaffee! Nimm die Kanne und steck sie dir sonstwohin. Gib mir einfach ein Glas Wasser, wenn du zu geizig bist, dich von einem Schluck von dem *Jim Beam* zu trennen, der in deiner Schreibtischschublade steckt. Ich bin nicht ...

Wie meinst du das, woher ich das weiß? Also, Andy Bissette – wer es nicht besser weiß, könnte meinen, du wärst erst gestern aus der Keksdose gefallen. Glaubst du etwa, die Leute auf der Insel redeten über nichts anderes als darüber, daß ich meinen Mann umgebracht habe? Das ist doch Schnee von gestern.

Danke, Frank. Du bist immer ein netter Junge gewesen, obwohl es kein Vergnügen war, dich in der Kirche zu beobachten, bevor deine Mutter dir abgewöhnt hatte, ständig in der Nase zu popeln. Himmel, es gab Momente, in denen dein Finger so tief in deiner Nase steckte, daß es ein Wunder war, daß du dir nicht das Gehirn angebohrt hast. Warum, zum Teufel, wirst du jetzt rot? Es hat nie ein Kind gegeben, das nicht hin und wieder ein bißchen grünes Gold aus seinem Riechkolben gefördert hat. Außerdem warst du schlau genug, mit deinen Händen nicht in der Hose herumzufummeln, jedenfalls nicht in der Kirche, und es gibt eine Menge Jungen, die *nie* ...

Ja, Andy, *ja* – ich komme zur Sache. Du hast wohl *nie* die Ameisen aus deiner Hose geschüttelt, oder?

Wißt ihr was? Ich leiste mir einen Kompromiß. Anstatt die Geschichte von vorn nach hinten oder von hinten nach vorn zu erzählen, werde ich in der Mitte anfangen und mich sozusagen in beide Richtungen vorarbeiten. Und wenn dir das nicht paßt, Andy Bissette, dann kannst du es auf deine Kummerliste schreiben und damit zum Pastor gehen.

Joe und ich hatten drei Kinder, und als er im Sommer '63 starb, war Selena fünfzehn, Joe Junior war dreizehn und Little Pete erst neun. Nun, Joe hat mir keinen Topf hinterlassen, in den ich pissen konnte, und kaum ein Fenster, durch das ich ihn hätte rausschmeißen können...

Ich denke, du wirst das ein bißchen ändern müssen, Nancy, oder? Ich bin nur eine alte Schachtel mit einem üblen Temperament und einem üblen Mundwerk, aber das bleibt nur selten aus, wenn jemand ein übles Leben gehabt hat.

Also, wo war ich stehengeblieben? Ich habe doch nicht schon jetzt den Faden verloren, oder?

Ach, ja. Danke, meine Liebe.

Was Joe mir hinterließ, waren diese schäbige kleine Bude draußen am East Head und sechs Morgen Land, das meiste davon Brombeergestrüpp und die Sorte von wertlosem Holz, das nachwächst, so oft man es auch ausgerodet hat. Was sonst noch? Da muß ich überlegen. Drei Laster, die nicht fuhren – zwei Pickups und einen Holzschlepper –, vier Klafter Holz, eine offene Rechnung beim Lebensmittelhändler, eine offene Rechnung im Eisenwarenladen, eine offene Rechnung bei der Ölfirma, eine offene Rechnung beim Bestattungsunternehmer drüben in Jonesport – und wollt ihr auch noch den Zuckerguß auf dem verdammten Kuchen? Er war noch keine Woche unter der Erde, da kam Harry Doucette, dieser alte Säufer, mit einem Schuldschein, auf dem stand, daß Joe ihm zwanzig Dollar für eine Baseball-Wette schuldete!

All das hat er mir hinterlassen, aber meint ihr etwa, es wäre irgendwas an Versicherungsgeld dabeigewesen?

Keine Spur! Obwohl das vielleicht nur gut war, so, wie sich die Dinge entwickelten. Darauf komme ich vermutlich noch. Alles, was ich jetzt sagen will, ist, daß Joe St. George eigentlich überhaupt kein Mann war; er war ein verdammter Mühlstein, der mir am Hals hing. Eigentlich sogar noch schlimmer – Mühlsteine besaufen sich nicht und kommen dann nach Hause und stinken nach Bier und wollen dich um ein Uhr nachts noch vögeln. Gut, das war nicht der Grund dafür, daß ich den Strolch umgebracht habe, aber ich nehme an, ich kann ebenso gut damit anfangen wie mit etwas anderem.

Eine Insel ist nicht gerade der passende Ort, um jemanden umzubringen, das kann ich euch versichern. Ständig ist jemand in der Nähe, den es juckt, seine Nase in anderer Leute Angelegenheiten zu stecken, wenn es denen am allerwenigsten paßt. Deshalb habe ich es zu dem Zeitpunkt getan, an dem ich es getan habe; und auch darauf komme ich noch. Für jetzt reicht es, wenn ich sage, daß ich es ungefähr drei Jahre nach dem Tag tat, an dem Vera Donovans Mann bei einem Verkehrsunfall in der Nähe von Baltimore ums Leben kam, wo sie wohnten, wenn sie nicht als Sommergäste auf Little Tall waren. Damals waren bei Vera noch alle Schrauben in Ordnung.

Mit Joe von der Bildfläche und ohne Geld von irgendwoher steckte ich ganz hübsch in der Klemme, das kann ich euch versichern – ich hatte das Gefühl, daß niemand auf der ganzen Welt in einer so mißlichen Lage ist wie eine alleinstehende Frau mit Kindern, für die sie sorgen muß. Ich war gerade zu dem Schluß gekommen, daß ich gut daran tun würde, übers Wasser zu fahren und zuzusehen, ob ich nicht einen Job in Jonesport bekommen konnte, als Kassiererin im *Shop n Save* oder als Kellnerin in einem

Restaurant, als diese dämliche Kuh plötzlich auf der Fähre auftauchte und sagte, sie wollte das ganze Jahr über auf der Insel leben. Fast alle dachten, bei ihr wäre eine Sicherung durchgebrannt, und sie würde es sich bald anders überlegen, aber sie hat es sich nie anders überlegt.

Der Mann, der damals für sie arbeitete – ich erinnere mich nicht an seinen Namen, aber du weißt, wen ich meine, Andy, diesen bescheuerten Ungarn, der immer so enge Hosen trug, um aller Welt zu zeigen, daß er Eier von der Größe von Gurkengläsern hatte –, tauchte bei mir auf und sagte, die Missus (so hat er sie immer genannt, die Missus – mein Gott, war der Kerl blöd) wollte wissen, ob ich kommen und ganztags als Haushälterin für sie arbeiten wollte. Gut, ich hatte seit 1950 sommers für die Familie gearbeitet, und ich nehme an, daß sie mich zuerst fragte, bevor sie jemand anderen aufs Korn nahm, aber damals kam es mir vor wie die Antwort auf all meine Gebete. Ich sagte auf der Stelle zu, und ich habe für sie garbeitet bis gestern morgen, als sie die Vordertreppe runterstürzte und auf ihren blöden Kopf fiel.

Was war es noch, was ihr Mann machte, Andy? Flugzeuge, nicht wahr?

Oh. Ach ja. Mir ist so, als hätte ich das gehört, aber du weißt ja, wie die Leute auf der Insel reden. Alles, was ich mit Sicherheit weiß, ist, daß sie einen schönen Haufen Geld hatten, einen *gewaltigen* Haufen, und daß sie alles erbte, als er starb. Natürlich bis auf das, was die Regierung kassierte; aber ich glaube nicht, daß sie auch nur annähernd so viel bekam, wie ihr eigentlich zustand. Michael Donovan war mit allen Wassern gewaschen. Und gerissen. Und obwohl niemand es glauben würde bei der Verfassung, in der sie in den letzten zehn Jahren war – Vera war ebenso gerissen, wie er es gewesen war. Sie hatte bis zuletzt ihre gerissenen Tage. Ich frage mich, ob sie gewußt hat, in was für eine Bredouille sie mich bringen würde, wenn sie irgendwas anderes tat, als an einer hübschen kleinen Herzattacke in ihrem Bett zu sterben. Ich bin fast den ganzen Tag unten am East Head gewesen, hab da auf den morschen Stufen gesessen und darüber nachgedacht – darüber und über ein paar hundert andere Dinge. Zuerst habe ich gedacht, nein, eine Schüssel voller Hafergrütze hat mehr Verstand, als Vera Donovan zum Schluß hatte, und dann fiel mir die Geschichte mit dem Staubsauger wieder ein, und ich dachte, vielleicht – ja, vielleicht . . .

Aber das spielt jetzt keine Rolle mehr. Das einzige, was jetzt noch eine Rolle spielt, ist, daß ich aus der Bratpfanne gesprungen und im Feuer gelandet bin, und daß ich mich, wenn's irgend geht, so schnell wie möglich davonmachen sollte, bevor ich mir den Hintern noch schlimmer verbrenne. Wenn das noch geht.

Es hat damit angefangen, daß ich Veras Haushälterin wurde, und damit geendet, daß ich so etwas war, was man eine »bezahlte Gesellschafterin« nennt. Ich habe nicht sonderlich lange gebraucht, um den Unterschied rauszufinden. Als Haushälterin mußte ich acht Stunden am Tag, fünf Tage in der Woche, Scheiße fressen. Als bezahlte Gesellschafterin mußte ich es ständig und rund um die Uhr.

Sie hatte ihren ersten Schlaganfall im Sommer 1968, während sie sich im Fernsehen den Nationalkonvent der Demokraten in Chicago ansah. Es war nur ein ganz leichter Anfall, und sie machte Hubert Humphrey dafür verantwortlich. »Offenbar habe ich mir dieses Arschloch einmal zu oft angesehen«, sagte sie, »und dabei ist mir so ein verdammtes Blutgefäß geplatzt. Ich hätte wissen müssen, daß so etwas passieren kann, und es hätte ebensogut Nixon sein können.«

1975 hatte sie einen schwereren, und diesmal gab es keinen Politiker, den sie dafür verantwortlich machen konnte. Dr. Freneau sagte ihr, sie sollte mit dem Rauchen und Trinken aufhören, aber er hätte sich den guten Rat sparen können – so ein hochnäsiges Weibsbild wie Vera Donovan dachte gar nicht daran, auf einen einfachen alten Landarzt wie Chip Freneau zu hören. »Ich werde ihn begraben«, pflegte sie zu sagen, »und dann sitze ich auf seinem Grabstein und trinke einen Scotch mit Soda.«

Eine Zeitlang sah es so aus, als würde sie genau das tun – er machte ihr weiterhin Vorhaltungen, und sie rauschte weiter dahin wie die *Queen Mary.* Aber dann, 1981, hatte sie ihren ersten wirklich schweren Schlaganfall, und ein Jahr danach kam der Ungar bei einem Verkehrsunfall drüben auf dem Festland ums Leben. Und da bin ich ganz zu ihr gezogen – im Oktober 1982.

Ob ich das mußte? Ich weiß es nicht. Wahrscheinlich nicht. Ich hatte meine Sozialversicherung. Viel war es nicht, aber die Kinder waren inzwischen lange fort – Little Pete direkt vom Angesicht der Erde, der arme kleine Kerl –, und ich hatte es auch geschafft, ein paar Dollar auf die hohe Kante zu legen. Das Leben auf der Insel ist immer billig gewesen, und wenn es auch nicht mehr so ist, wie es einmal war, so ist es doch immer noch erheblich billiger als auf dem Festland. Also hätte ich wahrscheinlich nicht zu Vera ziehen *müssen.* Nein, das hätte ich nicht.

Aber wir hatten uns aneinander gewöhnt. Es ist schwierig, das einem Mann klarzumachen. Ich denke, Nancy hier mit ihrem Block und ihrem Stift und ihrem Bandgerät versteht es, aber sie muß vermutlich den Mund halten. Wir hatten uns aneinander gewöhnt, ungefähr so auf die Art, wie sich zwei alte Fledermäuse daran gewöhnen können, nebeneinander kopfunter in der gleichen Höhle zu hängen, auch wenn sie alles andere sind als das, was man Busenfreundinnen nennt. Und es machte eigentlich keinen großen Unterschied. Daß ich meine Sonntagssachen zu meinen Hauskleidern in den Schrank hängte, war so ziemlich das einzige, das anders war; ab Herbst 1982 war ich täglich von morgens bis abends bei ihr und außerdem in den meisten Nächten. Die Bezahlung war ein bißchen besser, aber nicht so gut, daß ich meinen ersten Cadillac hätte anzahlen können, wenn ihr wißt, was ich meine.

Ich glaube, ich habe es vor allem deshalb getan, weil sonst niemand da war. Sie hatte einen Finanzberater in New York, einen Mann namens Greenbush, aber Greenbush würde nicht nach Little Tall kommen, damit sie aus ihrem Schlafzimmerfenster zu ihm herunterkeifen konnte, daß er die Laken mit sechs Wäscheklammern aufhängen sollte, nicht mit vier; er würde auch nicht ins Gästezimmer einziehen und ihre Windeln wechseln und die Kacke von ihrem schrumpligen Arsch wischen, während sie ihn beschuldigte, Geld aus ihrem verdammten Porzellanschwein gestohlen zu haben, und ihm klarmachte, daß sie ihn dafür in den Knast bringen würde. Greenbush stellte die Schecks aus; ich putzte ihre Kacke weg und hörte mir an, wie sie wütete und phantasierte – über die Laken und die Staubflocken und ihr gottverdammtes Porzellanschwein.

Na und? Ich erwarte dafür keine Medaille, nicht einmal ein Purple Heart. Ich habe in meinem Leben eine Menge Scheiße weggeputzt und mir noch mehr davon angehört (schließlich war ich sechzehn Jahre lang mit Joe St. George verheiratet), und gestorben bin ich nicht daran. Ich nehme an, letzten Endes bin ich bei ihr geblieben, weil sie sonst niemanden hatte; es war entweder ich oder das Pflegeheim. Ihre Kinder haben sie nie besucht, und deshalb tat sie mir leid. Ich habe nie damit gerechnet, daß sie bei ihr einziehen würden, davon kann nicht die Rede sein, aber ich konnte nicht verstehen, weshalb sie nicht hin und wieder kamen und einen Tag bei ihr verbrachten. Sie war ein widerwärtiges altes Luder, das steht fest, aber sie war ihre *Mutter*. Jedes Frühjahr redete sie davon, daß Donald und Helga sie in diesem Sommer besuchen würden, aber sie haben es nie getan. Jetzt weiß ich natürlich Bescheid, aber damals ...

Was?

Ja, alles – mit allem Drum und Dran. Ich lüge nicht. Wenn du mir nicht glaubst, ruf doch diesen Greenbush an. Ich nehme an, wenn das herauskommt – und es kommt heraus, so etwas kommt immer heraus –, dann wird in der *Bangor Daily News* einer dieser rührseligen Artikel erscheinen, in denen es heißt, wie wundervoll das alles ist. Also, ich werde euch was sagen, es ist *nicht* wundervoll. Es ist ein Alptraum, genau das ist es. Einerlei, was passiert, die Leute werden sagen, ich hätte ihr eine Gehirnwäsche verpaßt, damit sie täte, was sie getan hat, und sie dann umgebracht. Das weiß ich, Andy, und du weißt es auch. Es gibt keine Macht im Himmel und auf Erden, die diese Leute davon abbringen kann, das Schlechteste zu denken, wenn sie so eine Geschichte zu hören kriegen.

Aber davon ist kein Wort wahr. Ich habe sie zu nichts gezwungen, und sie hat das, was sie getan hat, bestimmt nicht getan, weil sie mich liebte oder auch nur gern hatte.

Ich nehme an, sie *hätte* es tun können, weil sie glaubte, mir etwas schuldig zu sein – auf ihre verschrobene Art hätte sie der Meinung sein können, daß sie mir eine Menge schuldig war, und es wäre nicht ihre Art gewesen, irgendwas zu sagen. Es könnte sogar sein, daß das, was sie getan hat, ihre Art war, mir zu danken ... nicht dafür, daß ich ihre vollgekackten Windeln wechselte, sondern dafür, daß ich in all den Nächten bei ihr war, in denen die Drähte aus den Ecken kamen oder die Staubflocken unter dem Bett hervorkrochen.

Ich weiß, ihr versteht das nicht, aber ihr werdet es noch verstehen. Ich verspreche euch, daß ihr alles verstehen werdet, bevor ihr die Tür da aufmacht und das Zimmer verlaßt.

Sie hatte drei Arten, ein Luder zu sein. Ich habe Frauen gekannt, die mehr hatten, aber drei reichen völlig aus für eine senile alte Lady, die den größten Teil ihrer Zeit im Rollstuhl oder im Bett verbringt. Für so eine Frau sind drei schon eine verdammt beachtliche Leistung.

Auf die erste Art war sie ein Luder, weil sie nicht anders konnte. Ihr habt gehört, was ich über die Wäscheklammern gesagt habe, daß man die Laken immer mit sechsen aufhängen mußte anstatt mit vieren? Nun, das war nur ein Beispiel.

Wenn man für Mrs. Vera Küß-mir-den-Hintern Donovan arbeitete, dann mußte alles auf eine bestimmte Art und Weise getan werden, und es empfahl sich, nicht die geringste Kleinigkeit zu vergessen. Sie sagte einem von Anfang an, wie etwas zu geschehen hatte, und ich kann euch versichern, daß es dann auch so geschah. Wenn man etwas einmal vergaß, bekam man die rauhe Seite ihrer Zunge zu spüren. Wenn man es zweimal vergaß, wurde einem am Zahltag der Lohn gekürzt. Wenn man es dreimal vergaß, dann war der Ofen aus – man stand auf der Straße; Entschuldigungen wurden nicht angehört. Das war Veras feste Regel, und ich habe mich daran gehalten. Ich fand es zwar hart, aber auch gerecht. Wenn einem zweimal gesagt worden war, auf welchem Teller sie den Kuchen haben wollte, wenn er aus dem Herd kam, und daß er zum Auskühlen *nie* auf die Fensterbank in der Küche gestellt werden durfte, wie es die armen Iren machen – also, wenn man das zweimal gesagt bekam und dann immer noch nicht daran dachte, dann war damit zu rechnen, daß man *nie mehr* daran zu denken brauchte.

Drei Patzer, und man war draußen, das war die Regel, von der es keine Ausnahmen gab, und aus diesem Grund habe ich im Laufe der Jahre in diesem Haus mit vielen verschiedenen Mädchen zusammengearbeitet. Früher habe ich mehr als einmal gehört, daß das Arbeiten für die Donovans ungefähr so war, als träte man in eine dieser Drehtüren. Man konnte einmal rumkommen oder vielleicht auch zweimal, und manche Leute schafften es zehn- oder sogar ein Dutzendmal, aber letzten Endes landete man immer auf dem Gehsteig. Deshalb hatte ich, als ich anfing, für sie zu arbeiten – das war 1949, im Jahr, nachdem Selena geboren war –, das Gefühl, als ginge ich in eine Drachenhöhle. Aber sie war gar nicht so schlecht, wie die Leute sie machten. Wenn man die Ohren offen hielt, konnte man bleiben. Ich bin geblieben, und der Ungar auch. Aber man mußte die ganze Zeit auf den Beinen sein, weil ihr nichts entging, weil sie immer besser über das Bescheid wußte, was es mit den Leuten auf der Insel auf sich hatte, als die meisten der anderen Sommergäste – und weil sie ausgesprochen niederträchtig sein konnte.

Schon damals, als es ihr noch in jeder Hinsicht gut ging, konnte sie niederträchtig sein. Es war so eine Art Hobby für sie.

»Wieso sind Sie hier?« sagte sie zu mir an jenem ersten Tag. »Sollten Sie nicht zuhause sein und sich um Ihr Baby kümmern und Ihrem Herzallerliebsten seine Leibgerichte kochen?«

»Mrs. Cullum paßt gern vier Stunden am Tag auf Selena auf«, sagte ich. »Deshalb kann ich nur halbtags arbeiten, Madam.«

»Eine Halbtagskraft ist alles, was ich brauche. Das jedenfalls stand, wenn ich mich recht erinnere, in meiner Anzeige in diesem Ding, das sich Zeitung nennt«, erwiderte sie sofort – wobei sie mir nur die scharfe Kante ihrer Zunge zeigte und mich nicht tatsächlich mit ihr verletzte, wie sie es später so oft getan hat. Sie strickte an jenem Tag, das weiß ich noch. Diese Frau konnte so schnell stricken, daß man die Nadeln nicht sah – ein paar Socken an einem einzigen Tag war überhaupt kein Problem für sie, selbst wenn sie erst um zehn Uhr angefangen hatte. Aber sie sagte, sie müßte in der rechten Stimmung sein.

»Jessum«, sagte ich. »Das stand drin.«

»Ich heiße nicht Jessum«, sagte sie und ließ ihr Strickzeug sinken. »Ich heiße Vera Donovan. Wenn ich Sie einstelle, dann nennen Sie mich Missus Donovan – zumindest so lange, bis wir einander gut genug kennen, um daran etwas zu ändern. Und ich nenne Sie Dolores. Ist das klar?«

»Jessum, Missus Donovan«, sagte ich.

»Also gut, das wäre geklärt. Und nun beantworten Sie meine Frage. Was wollen Sie hier, Dolores, wo Sie doch einen eigenen Haushalt zu versorgen haben?«

»Ich möchte ein bißchen Extrageld für Weihnachten verdienen«, sagte ich. Auf meinem Weg zu ihr hatte ich bereits beschlossen, das zu sagen, falls sie mich fragen sollte. »Und wenn Sie bis dahin mit mir zufrieden sind – und wenn es mir gefällt, für Sie zu arbeiten, natürlich –, dann bleibe ich vielleicht auch noch länger.«

»Wenn es *Ihnen* gefällt, für *mich* zu arbeiten«, wiederholte sie, und dann verdrehte sie die Augen, als wäre es das Dämlichste, das sie je gehört hatte – wie *konnte es jemandem nicht* gefallen, für die großartige Vera Donovan zu arbeiten? Und dann wiederholte sie: »Weihnachtsgeld.« Sie machte eine Pause, musterte mich von oben bis unten, und dann sagte sie es noch einmal, sogar noch sarkastischer. »Weih-nachts-geld!«

Sie argwöhnte also schon, daß ich in Wirklichkeit nur gekommen war, weil ich kaum den Reis aus meinem Haar geschüttelt und schon jetzt Eheprobleme hatte, und wollte jetzt nur sehen, ob ich rot wurde und die Augen niederschlug, um ihrer Sache sicher zu sein. Also wurde ich nicht rot und schlug die Augen nicht nieder, obwohl ich erst zweiundzwanzig war und nicht viel daran gefehlt hätte. Auch hätte ich keiner Menschenseele gegenüber zugegeben, daß ich tatsächlich Eheprobleme hatte – keine zehn Pferde hätten das aus mir rausgebracht. Weihnachtsgeld war gut genug für Vera, einerlei, wie sarkastisch sie es auch sagen mochte, und alles, was ich mir selbst eingestand, war die Tatsache, daß das Haushaltsgeld ein bißchen knapp war in diesem Sommer. Erst Jahre später konnte ich mir selbst gegenüber den wahren Grund eingestehen, weshalb ich damals losging und den Drachen in seiner Höhle aufsuchte: Ich mußte eine Möglichkeit finden, einen Teil des Geldes zu ersetzen, das Joe im Lauf der

Woche versoff und an den Freitagabenden beim Pokern im Hinterzimmern von Fudgy's Tavern drüben auf dem Festland verlor. Damals glaubte ich noch, daß die Liebe eines Mannes zu einer Frau und die einer Frau zu einem Mann stärker wäre als die Liebe zum Saufen und Pokern – daß die Liebe letzten Endes an die Oberfläche kommen würde wie die Sahne in einer Flasche Milch. Im Laufe der nächsten zehn Jahre wurde ich eines Besseren belehrt. Manchmal ist die Welt ein unerfreuliches Schulzimmer, habe ich recht?

»Na schön«, sagte Vera, »versuchen wir es miteinander, Dolores St. George – obwohl ich annehme, daß Sie, selbst wenn Sie Ihre Sache gut machen, in ungefähr einem Jahr wieder schwanger sein werden, und dann haben wir uns zum letzten Mal gesehen.«

Tatsache war, daß ich schon damals im zweiten Monat schwanger war; aber das hätten keine zehn Pferde aus mir rausgebracht. Ich wollte die zehn Dollar die Woche haben, die der Job einbrachte, und ihr könnt mir glauben, wenn ich sage, daß ich jeden Heller und Pfennig davon verdient habe. Ich habe geschuftet wie eine Besessene in diesem Sommer, und als der Labor Day näherkam, fragte mich Vera, ob ich weitermachen wollte, wenn sie nach Baltimore zurückgekehrt waren – ihr wißt ja, daß jemand da sein muß, der ein so großes Haus das ganze Jahr hindurch in Ordnung hält –, und ich sagte, gern.

Ich machte meine Arbeit bis vier Wochen, bevor Joe Junior zur Welt kam, und fing wieder an, noch bevor ich ihn entwöhnt hatte. Im Sommer ließ ich ihn bei Arlene Cullum – Vera wollte kein brüllendes Baby im Haus. Aber nachdem sie und ihr Mann wieder abgereist waren, brachte ich sowohl ihn als auch Selena mit. Selena konnte ich meistens sich selbst überlassen – schon bevor sie drei war, konnte man ihr die meiste Zeit vertrauen. Joe Junior schleppte ich auf meiner täglichen Runde mit mir herum. Er tat seine ersten Schritte im Schlafzimmer der Donovans; das hat Vera natürlich nie erfahren, das könnt ihr mir glauben.

Sie rief mich eine Woche nach der Entbindung an (fast hätte ich ihr keine Anzeige geschickt, doch dann kam ich zu dem Schluß, wenn sie glauben sollte, ich wäre auf ein hübsches Geschenk aus, dann wäre das ihr Problem), gratulierte mir zur Geburt eines Sohnes, und kam dann auf den Punkt, um dessentwillen sie in Wirklichkeit angerufen hatte – daß sie die Stelle für mich offenhielt. Ich glaube, sie wollte, daß ich mich geschmeichelt fühlte, und das tat ich. Es war so ziemlich das größte Kompliment, das eine Frau wie Vera machen kann, und es bedeutete mir wesentlich mehr als die Gratifikation von fünfundzwanzig Dollar, die in Form eines Schecks im Dezember dieses Jahres mit der Post kam.

Sie war hart, aber gerecht, und in ihrem Haus war immer sie der Boss. Ihr Mann war ohnehin von zehn Tagen nur einen anwesend, selbst in den Sommern, in denen sie ständig dort wohnten; aber auch wenn er da war, wußte man immer noch, wer das Sagen hatte. Kann sein, daß es zwei- oder dreihundert leitende Angestellte gab, die die Hosen fallen ließen, wenn er Scheiße sagte, aber auf Little Tall Island war Vera der Boss beim Preisschießen, und wenn sie ihm sagte, er sollte die Schuhe ausziehen und aufhören, auf ihrem hübschen, sauberen Teppich Dreck zu hinterlassen, dann tat er es.

Und wie ich schon sagte, alles mußte auf eine bestimmte Art und Weise getan werden. Ich weiß nicht, wo sie ihre Ideen herhatte – obwohl ich so das Gefühl habe, daß es da einmal ein Mädchen gab, das eine Menge Fußböden geschrubbt hat, bevor es eine Goldmine heiratete –, aber ich weiß, daß sie eine Gefangene dieser Ideen war. Wenn die Dinge nicht auf eine bestimmte Art erledigt wurden, bekam sie Kopfschmerzen. Sie verbrachte einen so großen Teil ihres Tages damit, alles mögliche zu überprüfen, daß ich oft gedacht habe, daß es um ihren Seelenfrieden wesentlich besser bestellt gewesen wäre, wenn sie einfach aufgegeben und das Haus selbst in Ordnung gehalten hätte.

Alle Badewannen mußten mit *Spic n Span* saubergemacht werden. Nicht mit *Lestoil*, nicht mit *Tide*, nicht mit *Top Job*, nicht mit *Mr. Clean*. Nur mit *Spic n Span*. Wenn sie einen dabei erwischte, daß man eine Wanne mit etwas anderem saubermachte, dann gnade dir Gott.

Wenn es ums Bügeln ging, mußte man eine spezielle Sprühdose mit Stärke für die Kragen der Hemden und Blusen verwenden, und es gab ein Stück Gaze, das man über den Kragen zu legen hatte, bevor man ihn einsprühte. Soweit ich das beurteilen kann, hat die dämliche Gaze nicht das geringste bewirkt, und ich muß in diesem Haus mindestens zehntausend Hemden und Blusen gebügelt haben; aber wenn sie ins Wäschezimmer kam und sah, daß man Hemden bügelte ohne dieses Stückchen Gaze auf einem Kragen oder daß es nicht wenigstens am Ende des Bügelbrettes hing, dann gnade dir Gott.

Wenn man vergessen hatte, den Ventilator in der Küche anzustellen, wenn man irgendwas briet, dann gnade dir Gott.

Die Mülltonnen in der Garage, das war auch so eine Sache. Es gab sechs davon. Sonny Quist kam einmal in der Woche, um den Müll abzuholen, und entweder die Haushälterin oder eines der Mädchen – je nachdem, wer gerade an der Reihe war – mußte die Tonnen in der Minute, in der *Sekunde,* in der er wieder abfuhr, in die Garage zurückschaffen. Und man konnte sie nicht einfach in die Ecke zerren und stehenlassen; sie mußten paarweise an der Ostwand der Garage aufgestellt und sämtliche Deckel ordentlich aufgelegt werden. Wenn man vergaß, es genau auf diese Weise zu tun, dann gnade dir Gott.

Und dann waren da die Fußmatten. Es gab drei davon – eine für die Vordertür, eine für die Terrassentür und eine für die Hintertür, an der so ein arrogantes Schild mit der Aufschrift LIEFERANTENEINGANG hing – bis voriges Jahr, wo ich es satt hatte, es anzusehen, und es abnahm. Einmal in der Woche mußte ich diese Fußmatten aufnehmen und sie auf einen großen Felsbrocken am Ende des Hinterhofs legen, ich würde sagen, ungefähr vierzig Meter vom Swimmingpool entfernt, und mit einem Besen den Dreck aus ihnen rausklopfen. Der Dreck mußte richtig fliegen. Und wenn er das nicht tat, mußte man damit rechnen, daß sie einen erwischte. Sie beobachtete nicht *immer,* wie man die Fußmatten ausklopfte, aber ziemlich oft. Sie tat es vom Fenster aus, mit dem Fernglas ihres Mannes. Und das Entscheidende war, wenn man die Matten dann wieder zum Haus zurückbrachte, dann mußte man aufpassen, daß die Inschrift WELCOME in die richtige Richtung zeigte. Die richtige Richtung war die, daß jemand, der sich der jeweiligen Tür näherte, sie lesen konnte. Wenn man eine Fußmatte falsch herum vor die Schwelle legte, dann gnade dir Gott.

Es muß an die vier Dutzend Dinge dieser Art gegeben haben. Damals, als ich als Halbtagsmädchen anfing, wurde unten im Gemischtwarenladen viel getuschelt über Vera Donovan. Die ganzen fünfziger Jahre hindurch hatten die Donovans häufig Gäste und entsprechend viele Aushilfskräfte, und gewöhnlich war diejenige, die am lautesten tuschelte, irgendein junges Ding, das vorübergehend eingestellt und dann entlassen worden war, weil es dreimal hintereinander gegen eine der Regeln verstoßen hatte. Es erzählte dann jedem, der zuhören wollte, daß Vera Donovan ein gemeines, scharfzüngiges Frauenzimmer war und obendrein total verrückt. Nun, vielleicht war sie verrückt, vielleicht auch nicht, aber eines kann ich euch versichern – wenn man nichts vergaß, machte sie einem auch nicht die Hölle heiß. Und im Grunde denke ich: Jeder, der sich merken kann, wer in all diesen Seifenopern, die nachmittags im Fernsehen laufen, mit wem schläft, der sollte auch imstande sein, sich zu merken, daß er für die Wannen *Spic n Span* verwenden und die Fußmatten so hinlegen muß, daß sie in die richtige Richtung zeigen.

Aber jetzt zu den Laken. Das war eine Sache, die man *niemals* falsch machen durfte. Sie mußten völlig gleichmäßig auf den Leinen hängen, so, daß die Kanten eine Linie bildeten, und für jedes mußte man sechs Wäscheklammern benutzen. Niemals vier; immer sechs. Und wenn man eines im Dreck schleifen ließ, dann brauchte man gar nicht zu warten, bis man etwas dreimal falsch gemacht hatte. Die Leinen waren immer in dem Hof ausgespannt, der neben dem Haus und direkt unter ihrem Schlafzimmerfenster liegt. Sie trat an dieses Fenster, jahrein, jahraus, und schrie mir zu: *»Sechs Klammern, Dolores! Haben Sie gehört? Sechs, nicht vier! Ich zähle sie, und meine Augen sind immer noch so gut, wie sie früher einmal waren!«* Sie . . .

Wie bitte?

Nun laß sie doch, Andy. Das ist schließlich eine vernünftige Frage, und obendrein eine, die zu stellen ein Mann nicht genug Verstand hat.

Ich werde es dir sagen, Nancy Bannister aus Kennebunk, Maine – ja, sie hatte tatsächlich einen Trockner, einen hübschen, großen, aber es war uns verboten, die Laken hineinzustecken, solange der Wetterbericht nicht fünf Tage Regen vorhergesagt hatte. »Die einzigen Laken, die es wert sind, auf dem Bett einer anständigen Person zu liegen, sind die, die im Freien getrocknet wurden«, pflegte Vera zu sagen, »weil sie so gut riechen. Sie fangen ein bißchen von dem Wind ein, der sie flattern läßt, und der Duft beschert einem angenehme Träume.«

In vielen Dingen war sie ziemlich bescheuert, aber nicht, was den Duft nach frischer Luft anging; was das betraf, hatte sie meiner Meinung nach recht. Jeder kann den Unterschied riechen zwischen einem Laken, das in einem *Maytag* getrocknet worden ist, und einem, das in einem guten Südwind flatterte. Aber es hat viele Wintermorgen gegeben, an denen die Temperatur bei minus zehn Grad lag und der Wind kräftig und feucht war und direkt vom Atlantik kam. An solchen Morgen hätte ich liebend gern auf den angenehmen Duft verzichtet. Das Aufhängen von Laken bei Eiseskälte ist eine Art Folter. Niemand weiß, wie das ist, wenn er es nicht selbst getan hat, und wer es einmal getan hat, vergißt es sein Lebtag nicht mehr.

Man trägt den Korb hinaus zu den Leinen; von den oberen steigt der Dampf auf, und das erste Laken ist warm, und vielleicht denkt man dann bei sich – das heißt, wenn man es vorher noch nie getan hat –, ach, so schlimm ist das ja gar nicht. Aber bis man dann dieses erste Laken aufgehängt, die Kanten ausgerichtet und die sechs Klammern angebracht hat, dampft es nicht mehr. Es ist immer noch naß, aber jetzt ist es außerdem kalt. Und deine Finger sind naß, und sie sind auch kalt. Aber du machst weiter, nimmst dir das nächste und dann noch eins und noch eins, und deine Finger werden rot, sie werden langsamer, und deine Schultern tun weh und dein Mund ist verkrampft vom Halten von Klammern, damit du die Hände frei hast und das verdammte Laken die ganze Zeit schön gerade halten kannst. Aber das Schlimmste sind deine Finger. Wenn sie nur taub würden, dann wäre das eine Sache. Du wünschst dir beinahe, daß sie das täten. Aber sie werden rot, und wenn es genügend Laken sind, dann nehmen sie mit der Zeit eine blaß purpurne Farbe an, wie die Ränder mancher Lilien. Und wenn du dann endlich fertig bist, sind deine Hände im Grunde nur noch Klauen. Aber das Schlimmste ist, daß du weißt, was passieren wird, wenn du endlich mit dem leeren Wäschekorb wieder reingehst und die Wärme deine Hände überfällt. Sie fangen an zu kribbeln, und dann fangen sie an, in den Gelenken zu pochen – es ist ein Gefühl, das so tief drinnen sitzt, daß es eigentlich mehr ein *Heulen* ist als ein Pochen. Ich wollte, ich könnte es dir so beschreiben, daß du es nachfühlen kannst, Andy, aber ich kann es nicht. Nancy Bannister hier sieht so aus, als könnte *sie* es nachfühlen, wenigstens ein bißchen; aber es ist ein himmelweiter Unterschied zwischen dem Aufhängen von Wäsche im Winter auf dem Festland und hier auf der Insel. Wenn deine Finger wieder warm werden, dann fühlt sich das an, als wimmelte es in ihnen von Ameisen. Also reibst du sie mit irgendeiner Handlotion ein und wartest darauf, daß das Kribbeln verschwindet. Aber du weißt, daß es völlig egal ist, wieviel Lotion aus dem Laden oder wieviel von dem gewöhnlichen Desinfektionsmittel für Schafe du in deine Hände einreibst; Ende Februar ist die Haut immer noch so spröde, daß sie aufreißt und blutet, wenn du die Hand nur zur Faust ballst. Und manchmal, wenn du erst wieder warm geworden und vielleicht sogar zu Bett gegangen bist, wecken deine Hände dich mitten in der Nacht auf und heulen in Erinnerung an diese Schmerzen. Ihr glaubt, ich mache Witze? Ihr könnt lachen, wenn ihr wollt, aber mir ist nicht nach Lachen zumute, nicht im geringsten. Du kannst sie fast hören, wie kleine Kinder, die ihre Mama nicht finden können. Es kommt von ganz tief drinnen, und du liegst da und hörst zu, und dabei weißt du die ganze Zeit, daß du trotzdem wieder nach draußen gehen wirst, nichts kann es verhindern, und das alles ist ein Teil der Arbeit einer Frau, von der kein Mann eine Ahnung hat und auch nicht haben will.

Und während du bei der Arbeit bist, mit tauben Händen, purpurnen Fingern, schmerzenden Schultern und Tropfen, die dir aus der Nase rinnen und auf deiner Oberlippe zu Eisklümpchen gefrieren, steht oder sitzt sie fast immer da oben an ihrem Schlafzimmerfenster und schaut zu dir runter. Ihre Stirn ist gerunzelt und ihr Mund verzerrt, und ihre Hände bearbeiten sich gegenseitig – sie ist so angespannt, als müßte sie eine schwierige Operation in einem Krankenhaus überwachen, und nicht nur das Aufhängen von Laken, damit sie im Winterwind trocknen können. Man kann direkt sehen, wie sie versucht, sich zurückzuhalten, diesmal ihre große Klappe zu halten, aber nach einer Weile gelingt es ihr nicht mehr, und dann reißt sie das Fenster auf und beugt sich vor, bis der kalte Ostwind an ihrem Haar reißt, und keift runter: *»Denken Sie daran,* *sechs Klammern! Und sorgen Sie dafür, daß der Wind meine guten Laken nicht in die Hofecke weht! Haben Sie gehört? Ich passe nämlich auf, und ich zähle mit!«*

Wenn dann der März kam, träumte ich davon, zu dem Beil zu greifen, das ich und der Ungar dazu benutzten, Anmachholz für den Küchenherd zu zerkleinern (bis er starb natürlich, danach hatte ich den Job für mich allein, ich Glückskind), und diesem keifenden Luder damit einen anständigen Hieb zwischen die Augen zu versetzen. Manchmal konnte ich mich regelrecht sehen, wie ich das tat, so wütend hat sie mich gemacht, aber vermutlich habe ich immer gewußt, daß ein Teil von ihr das Gekeife ebenso haßte, wie ich es haßte, es anhören zu müssen.

Das war die erste Art, auf die sie ein Luder war – sie konnte nichts dagegen tun. Im Grunde war es für sie schlimmer als für mich, besonders, nachdem sie ihren ersten schweren Schlaganfall gehabt hatte. Danach gab es wesentlich weniger Wäsche zum Aufhängen, aber sie stellte sich dabei immer noch so an wie in der Zeit, bevor die meisten Zimmer im Haus abgeschlossen und die meisten Gästebetten abgezogen worden waren und die Laken in Plastikfolie eingeschlagen in den Wäscheschränken lagen.

Was es für sie besonders hart machte, war die Tatsache, daß so um 1985 herum die Tage vorbei waren, an denen sie Leute überraschen konnte – sie war auf mich angewiesen, wenn sie irgendwohin wollte. Wenn ich nicht da war, um sie aus dem Bett zu heben und in den Rollstuhl zu setzen, mußte sie im Bett bleiben. Sie hatte erheblich zugenommen – von ungefähr hundertdreißig Pfund in den Sechzigern auf hundertneunzig, und der größte Teil der Zunahme war dieses gelbe, schwammige Fett, das man bei manchen alten Leuten sieht. Es hing von ihren Armen und Beinen und ihrem Hintern herunter wie Brotteig von einem Stock. Manche Leute werden im Alter klapperdürr, aber nicht Vera Donovan. Dr. Freneau sagte, es läge daran, daß ihre Nieren nicht mehr richtig arbeiteten. Vermutlich hatte er recht, aber es gab eine Menge Tage, an denen ich überzeugt war, daß sie sich dieses Gewicht nur mir zum Tort zugelegt hatte.

Und es war nicht allein das Gewicht; sie war außerdem halb blind. Auch das kam von den Schlaganfällen. Das bißchen Sehvermögen, das sie noch hatte, kam und ging. An manchen Tagen konnte sie mit dem linken Auge ein kleines bißchen sehen und verdammt gut mit dem rechten, aber meistens sagte sie, es wäre so, als sähe sie durch einen dicken grauen Vorhang. Ich nehme an, ihr könnt verstehen, warum sie das wahnsinnig machte, sie, die immer so versessen darauf gewesen war, auf alles ein Auge zu haben. Ein paarmal hat sie deshalb sogar geweint, und ihr könnt mir glauben, daß schon sehr viel dazugehörte, um eine so harte Person zum Weinen zu bringen – und sogar nachdem die Jahre sie auf die Knie gezwungen hatten, war sie noch eine harte Person.

Was hast du gesagt, Frank?

Senil?

Ich bin mir nicht sicher, und das ist die Wahrheit. Ich glaube nicht. Und wenn sie es war, dann bestimmt nicht auf die gewöhnliche Art, auf die alte Leute senil werden. Und das sage ich nicht nur, weil, wenn sich herausstellt, daß sie wirklich senil war, der für die Bestätigung zuständige Richter das Testament dazu benutzen wird, um sich damit die Nase zu putzen. Von mir aus kann er sich den Hintern damit abwischen; mir geht es nur darum, aus dieser verdammten Bredouille rauszukommen, in die sie mich gebracht hat. Aber trotzdem muß ich sagen, daß in ihrem Dachgeschoß keine *völlige* Leere herrschte, nicht einmal am Ende. Vielleicht waren ein paar Zimmer zu vermieten, aber völlig leer war es nicht.

Das sage ich vor allem deshalb, weil sie Tage hatte, an denen sie fast so klar war wie früher. Es waren in der Regel zugleich die Tage, an denen sie ein wenig sehen konnte und mithalf, wenn ich sie im Bett aufsetzte, oder sogar imstande war, die paar Schritte von ihrem Bett zum Rollstuhl selbst zu tun, während ich sie sonst hinüberhieven mußte wie einen Sack Korn. Ich setzte sie in den Rollstuhl, damit ich ihr Bett frisch beziehen konnte, und sie wollte darin sitzen, um ans Fenster zu gelangen – das Fenster, von dem aus man auf den Hof runterschauen konnte und einen Blick auf den Hafen dahinter hatte. Sie hat mir einmal gesagt, daß sie endgültig den Verstand verlieren würde, wenn sie Tag und Nacht im Bett liegen müßte und nichts anderes anschauen könnte als die Decke und die Wände; bei Gott, ich hab's ihr geglaubt.

Sie hatte ihre verwirrten Tage, ja – Tage, an denen sie nicht wußte, wer ich war, und sogar kaum, wer *sie* war. An solchen Tagen war sie wie ein Boot, das sich von seinem Anker losgerissen hat, nur daß der Ozean, auf dem sie trieb, die Zeit war – es konnte passieren, daß sie am Morgen glaubte, es wäre 1947, und 1974 am Nachmittag. Aber sie hatte auch ihre guten Tage. Sie wurden weniger, als die Zeit verging und immer wieder kleine Schlaganfälle kamen, aber sie hatte sie. Allerdings waren ihre guten Tage oft meine schlimmen, denn an ihnen kehrte sie zu all ihrer alten Schikaniererei zurück, wenn ich es zuließ.

Sie wurde niederträchtig. Das war die zweite Art, auf die sie ein Luder war. Diese Frau konnte hundsgemein sein, wenn sie es wollte. Obwohl die meiste Zeit ans Bett gefesselt, mit Windeln und einer Gummihose, konnte sie ein wahres Miststück sein. Die Schweinerei, die sie an den Putztagen machte, ist dafür ein gutes Beispiel. Sie machte sie nicht *jede* Woche, aber ich kann euch versichern, daß sie sie entschieden zu oft an einem Donnerstag machte, als das es Zufall gewesen sein könnte.

Donnerstag war Putztag bei den Donovans. Das Haus ist riesig – ihr könnt es euch nicht vorstellen, solange ihr nicht tatsächlich darin herumgewandert seid –, aber der größte Teil davon war abgeschlossen. Die Tage, an denen ein halbes Dutzend Mädchen mit Tüchern um den Kopf hier polierten und dort Fenster putzten und irgendwoanders Spinnweben aus den Ecken fegten, liegen zwanzig Jahre oder mehr in der Vergangenheit. Ich bin manchmal durch diese düsteren Zimmer gegangen, habe die mit Tüchern abgedeckten Möbel betrachtet und daran gedacht, wie es damals in den Fünfzigern ausgesehen hat, wenn sie ihre Sommerparties hatten – über dem Rasen hingen immer bunte Lampions, wie gut ich das noch weiß! –, und dann wurde mir ganz komisch zumute. Am Ende verschwinden immer die leuchtenden Farben aus dem Leben, ist euch das auch schon aufgefallen? Am Ende sieht alles grau aus, wie ein Kleid, das zu oft gewaschen wurde.

In den letzten vier Jahren bestand der offene Teil des Hauses aus der Küche, dem großen Wohnzimmer, dem Eßzimmer, dem Sonnenzimmer, das auf die Veranda und den Pool hinausgeht, und vier Schlafzimmern oben – ihrem, meinem und den beiden Gästezimmern. Die Gästezimmer wurden im Winter nur schwach geheizt, aber immer saubergehalten – für den Fall, daß ihre Kinder doch irgendwann für eine Weile kommen würden.

Selbst in diesen letzten paar Jahren hatte ich immer zwei Mädchen, die mir an den Putztagen halfen. Sie haben ziemlich oft gewechselt, aber seit 1990 oder so waren es Shawna Wyndham und Franks Schwester Susy. Ohne sie hätte ich es nicht schaffen können, aber ich tat immer noch eine ganze Menge selber, und wenn die Mädchen um vier Uhr nachmittags Feierabend machten, konnte ich mich kaum noch auf den Beinen halten. Und dann war immer noch reichlich zu tun – die restliche Wäsche mußte gebügelt, der Einkaufszettel für Freitag zusammengestellt und natürlich ihr *Nibs*-Essen zurechtgemacht werden. Keine Ruhe für die Bösen, wie man so sagt.

Nur – bevor ich *irgendwas* davon tun konnte, mußte ich oft genug ihren Schweinkram wegputzen.

Die meiste Zeit folgte sie dem Ruf der Natur ziemlich regelmäßig. Alle drei Stunden schob ich ihr die Bettpfanne unter, und sie pinkelte etwas für mich hinein. Und an den meisten Tagen war nach meinem Mittagsbesuch auch ein Häufchen in der Pfanne.

Das heißt, außer donnerstags.

Nicht *jeden* Donnerstag, aber an den Donnerstagen, an denen sie klar war, konnte ich fast immer damit rechnen, daß ich Scherereien bekommen würde – und Rückenschmerzen, die mich bis Mitternacht wachhielten. Zum Schluß half nicht einmal mehr Anacin-3. Ich bin mein ganzes Leben lang gesund gewesen wie ein Pferd, und ich bin es noch heute, aber fünfundsechzig ist nun einmal fünfundsechzig. Dann kann man die Dinge nicht mehr so abschütteln, wie man es früher konnte.

Donnerstags bekam ich anstelle einer halbvollen Pfanne

um sechs Uhr morgens nur ein paar Tropfen. Dasselbe um neun. Und um zwölf kam anstelle von etwas Pisse und einem Haufen gewöhnlich überhaupt nichts. Dann wußte ich, daß mir *möglicherweise* einiges bevorstand. Völlig *sicher*, daß es passieren würde, war ich nur, wenn auch am Mittwochmittag kein Häufchen in der Pfanne gewesen war.

Ich sehe, daß du versuchst, nicht zu lachen, Andy, aber lach ruhig – laß es raus, wenn dir danach zumute ist. Damals war es ganz und gar nicht zum Lachen, aber jetzt ist es vorbei, und was du denkst, ist nichts als die Wahrheit. Die gemeine alte Schachtel hatte ein Sparkonto für Kacke, und es war ungefähr so, als sammelte sie sie in manchen Wochen an, um die Zinsen zu kassieren – nur war ich diejenige, die sämtliche Abhebungen bekam. Ich bekam sie, ob ich sie wollte oder nicht.

Ich verbrachte den größten Teil der Donnerstagnachmittage damit, hinaufzulaufen und zu versuchen, sie noch rechtzeitig zu erwischen, und manchmal ist es mir sogar gelungen. Aber wie immer es um ihre *Augen* bestellt sein mochte, mit ihren *Ohren* war alles in Ordnung, und sie wußte ganz genau, daß ich es nie zuließ, daß eines der Mädchen den Aubusson-Teppich im Wohnzimmer saugte. Und wenn sie hörte, wie ich den Staubsauger da drinnen einschaltete, dann kurbelte sie ihre lahme alte Maschine an, und ihr Kackekonto fing an, seinen Gewinn abzuwerfen.

Dann dachte ich mir eine Methode aus, sie zu erwischen. Ich schrie einem der Mädchen zu, daß ich als nächstes das Wohnzimmer saugen würde. Ich schrie, auch wenn sie beide nebenan im Eßzimmer waren. Dann schaltete ich den Staubsauger ein, aber anstatt ihn zu benutzen, schlich mich an den Fuß der Treppe und stand da, mit einem Fuß auf der untersten Stufe und einer Hand auf dem Geländerpfosten wie einer dieser Läufer, die in die Hocke gehen und darauf warten, daß der Starter seine Pistole abfeuert und sie losrennen läßt.

Ein- oder zweimal bin ich zu früh hinaufgegangen. Das war nicht gut. Es war so, als würde ein Läufer wegen eines Frühstarts disqualifiziert. Man mußte auf der Bildfläche erscheinen, wenn sie ihren Motor zu schnell zum Laufen gebracht hatte, um ihn noch stoppen zu können, aber bevor sie tatsächlich die Kupplung losgelassen und eine Ladung in diese große alte Gummihose abgesetzt hatte, die sie trug. Mit der Zeit wurde ich recht gut darin. Das wärt ihr auch geworden, wenn ihr gewußt hättet, daß ihr ein hundertundneunzig Pfund altes Weibsbild hättet herumschleppen müssen, falls ihr nicht rechtzeitig gekommen wärt. Es war ungefähr so, als versuchte man mit einer Handgranate zu hantieren, die Kacke enthielt anstelle von Sprengstoff.

Ich kam herein, und dann lag sie da in ihrem Krankenhausbett, mit knallrotem Gesicht und verzerrtem Mund, hatte die Ellenbogen in die Matratze gebohrt und die Hände zu Fäusten geballt, und stöhnte »*Unnh! Unnnnhhh! UNNNNNNNHHHH!*« Eins kann ich euch sagen – das einzige, was noch fehlte, damit sie so aussah, als wäre sie wirklich zuhause, waren ein paar Fliegenfänger, die von der Decke herunterhingen, und ein Sears-Katalog auf ihrem Schoß.

Ach, Nancy, hör auf, dir in die Innenseiten deiner Backen zu beißen – es ist besser, es rauszulassen und die Schande zu ertragen, als es drinzuhalten und den Schmerz zu ertragen, wie man so sagt. Außerdem hat es tatsächlich seine komische Seite; die hat Kacke *immer*. Das wird dir jedes Kind erzählen. Jetzt, wo es vorüber ist, kommt es sogar mir ein bißchen komisch vor, und das ist doch immerhin was, oder nicht? So groß die Bredouille auch sein mag, in der ich jetzt stecke – die Zeiten, in denen ich mich mit Vera Donovans Scheiß-Donnerstagen abplagen mußte, sind vorüber.

Sie hörte, wie ich hereinkam, und ob sie wütend war? So wütend wie ein Bär, der mit einer Pfote im Honigbaum ertappt worden ist. »Was wollen *Sie* denn hier oben?« fragte sie dann auf diese arrogante Art, die sie immer an sich hatte, wenn man sie dabei erwischte, daß sie irgendetwas ausheckte, als wäre sie immer noch in Vassar oder Holy Oaks oder irgendeinem anderen der vornehmen Colleges, auf das ihre Eltern sie geschickt hatten. »Heute ist *Putztag,* Dolores! Kümmern Sie sich gefälligst um Ihre Arbeit! Ich habe nicht nach Ihnen geläutet, und ich brauche Sie nicht!«

Ich ließ mich nicht ins Bockshorn jagen. »Ich glaube, Sie brauchen mich doch«, sagte ich. »Das ist nicht *Chanel Nummer Fünf,* was ich da rieche, und es kommt aus Ihrem Hintern, stimmt's?«

Manchmal versuchte sie sogar, mir auf die Hände zu schlagen, wenn ich das Laken und die Decke herunterzog. Sie funkelte mich an, als wollte sie mich in Stein verwandeln, wenn ich nicht aufhörte, und dann schob sie die Unterlippe vor wie ein kleines Kind, das nicht in die Schule will. Aber ich ließ mich nicht von meinem Vorhaben abbringen. Nicht Patricia Claibornes Tochter Dolores. Ich hatte das Laken in ungefähr drei Sekunden runter, und es dauerte nie länger als weitere fünf, um ihr die Hose runterzuziehen und die Klettbänder der Windeln zu lösen, die sie trug, ob sie mir nun auf die Hände schlug oder nicht. Meistens ließ sie es ohnehin, nachdem sie es ein paarmal versucht hatte, weil ich sie ertappt hatte und wir beide es wußten. Ihre Maschinerie war so alt, daß sie weiterlief, wenn sie sie einmal in Gang gesetzt hatte. Ich schob ihr fein säuberlich die Bettpfanne unter, und wenn ich dann ging, um das Wohnzimmer zu saugen, fluchte sie gewöhnlich wie ein Dockarbeiter – und das hörte sich dann kein bißchen nach Vassar an, das kann ich euch versichern! Weil sie nämlich ganz genau wußte, daß sie diesmal den Kürzeren gezogen hatte, und es gab nichts, das Vera mehr gegen den Strich ging. Sogar als alte Frau haßte sie es, zu verlieren.

Auf diese Weise ging es eine Weile weiter, und ich fing an zu glauben, ich hätte den ganzen Krieg gewonnen anstatt nur ein paar Schlachten. Ich hätte es besser wissen müssen.

Es kam ein Putztag – das war vor ungefähr anderthalb Jahren –, an dem ich wieder auf der Lauer lag, bereit, hinaufzurennen und sie wieder zu erwischen. Es machte mir sogar ein bißchen Spaß; es entschädigte mich für die vielen Male, bei denen ich den Kürzeren gezogen hatte. Und ich rechnete damit, daß sie diesmal einen wahren Kacke-Tornado plante, wenn sie damit durchkam. Alle Anzeichen waren da, und noch einige dazu. Zum einen hatte sie nicht nur einen klaren *Tag*, sie hatte eine volle klare *Woche* – am Montag hatte sie sogar verlangt, daß ich das Brett auf die Lehnen ihres Stuhles legen sollte, damit sie ein bißchen Big Clock-Solitaire spielen konnte, genau wie in den alten Zeiten. Und was ihre Eingeweide anging, so hatte sie eine regelrechte Trockenzeit; seit dem Wochenende hatte sie nichts auf den Sammelteller gelegt. Ich rechnete damit, daß sie vorhatte, mir an diesem speziellen

Donnerstag außer ihrem Sparkonto auch noch ihre verdammte Weihnachtsgratifikation zukommen zu lassen.

Nachdem ich am Mittag dieses Putztages die Bettpfanne unter ihr hervorgezogen und gesehen hatte, daß sie knochentrocken war, sagte ich zu ihr: »Glauben Sie nicht, daß Sie etwas zustandebringen würden, wenn Sie sich ein bißchen mehr Mühe gäben, Vera?«

»Ach, Dolores«, erwiderte sie und blickte mit ihren trüben blauen Augen zu mir auf wie ein unschuldiges Lämmchen, »ich hab es schon versucht, mich so sehr angestrengt, daß es weh getan hat. Wahrscheinlich habe ich eine Verstopfung.«

Ich pflichtete ihr sofort bei. »Den Eindruck habe ich auch, und wenn nicht bald etwas kommt, dann muß ich Sie eben mit einer ganzen Schachtel *Ex-Lax* füttern, um es loszusprengen.«

»Oh, ich denke, wenn ich noch ein bißchen warte, kommt es von selber«, sagte sie und lächelte mich an. Sie hatte damals natürlich keine Zähne mehr, und sie konnte ihr Gebiß nur dann tragen, wenn sie aufrecht in ihrem Stuhl saß, weil sonst die Gefahr bestand, daß sie hustete und es in den Hals bekam und daran erstickte. Wenn sie lächelte, sah ihr Gesicht aus wie ein Stück von einem alten Baumstamm mit einem morschen Astloch darin. »Sie kennen mich doch, Dolores – ich bin dafür, der Natur ihren Lauf zu lassen.«

»Ich kenne Sie nur zu gut«, murmelte ich und wendete mich ab.

»Was haben Sie gesagt?« fragte sie, so süß, daß man hätte glauben können, daß Zucker in ihrem Mund nicht schmilzt.

»Ich habe gesagt, daß ich nicht hier herumstehen und

darauf warten kann, bis Sie soweit sind«, sagte ich. »Ich habe zu tun. Wie Sie wissen, ist heute Putztag.«

»Ach, wirklich?« erwiderte sie, als hätte sie nicht vom Augenblick ihres Aufwachens am Morgen an gewußt, was für ein Tag es war. »Dann gehen Sie an die Arbeit. Wenn ich das Bedürfnis spüre, rufe ich Sie.«

Das tust du ganz bestimmt, dachte ich, aber erst ungefähr fünf Minuten, nachdem es passiert ist. Aber das sagte ich nicht; ich ging einfach wieder hinunter.

Ich holte den Staubsauger aus dem Schrank in der Küche, brachte ihn ins Wohnzimmer und schloß ihn an. Aber ich fing nicht sofort mit dem Saugen an; ich verbrachte erst ein paar Minuten mit Staubwischen. Ich hatte mir damals längst angewöhnt, mich auf meinen Instinkt zu verlassen, und jetzt wartete ich darauf – irgendetwas in meinem Innern würde mir sagen, daß der richtige Zeitpunkt gekommen war.

Als dieses Ding in meinem Innern sich meldete und sagte, daß es so weit war, schrie ich Susy und Shawna zu, daß ich das Wohnzimmer saugen würde. Ich schrie so laut, daß ich glaube, die Hälfte der Leute unten im Dorf hat es ebenso deutlich gehört wie die Königinmutter oben. Ich schaltete den *Kirby* ein, dann rannte ich zum Fuß der Treppe. An diesem Tag wartete ich nicht lange; höchstens dreißig oder vierzig Sekunden. Ich war überzeugt, daß es diesmal tatsächlich um Sekunden ging. Also rannte ich hinauf, immer zwei Stufen auf einmal, und was glaubt ihr?

Nichts!

Nicht das geringste.

Außer.

Außer ihrer Art, mich anzuschauen. So liebenswürdig und gelassen, wie man es sich nur vorstellen kann.

»Haben Sie etwas vergessen, Dolores?« gurrte sie.

»Ja«, sagte ich. »Vor fünf Jahren habe ich vergessen, diesen Job hinzuschmeißen. Hören Sie auf damit, Vera.«

»*Womit* soll ich aufhören, meine Liebe?« fragte sie und klapperte dabei mit den Wimpern, als hätte sie nicht die geringste Ahnung, wovon ich redete.

»Wir wollen nicht um den heißen Brei herumreden. Sagen Sie mir gerade heraus – brauchen Sie die Bettpfanne oder nicht?«

»Ich brauche sie nicht«, sagte sie mit ihrer besten grundehrlichen Stimme. »Das habe ich Ihnen doch gesagt!« Und lächelte mich wieder an. Sie sprach kein Wort, aber das brauchte sie auch nicht. Ihr Gesicht sagte alles, was es zu sagen gab. Ich krieg dich dran, Dolores, sagte es. Ich krieg dich gründlich dran.

Aber ich gab nicht auf. Ich *wußte,* daß sie eine Riesenportion zurückhielt, und ich wußte auch, was mir bevorstand, wenn sie einen guten Start hatte, bevor ich ihr die Bettpfanne unterschieben konnte. Also ging ich nach unten, blieb neben dem Staubsauger stehen und wartete fünf Minuten. Dann rannte ich *wieder* nach oben. Aber diesmal lächelte sie mich nicht an, als ich hereinkam. Diesmal lag sie auf der Seite und schlief tief und fest – das jedenfalls glaubte ich. Wirklich und wahrhaftig. Sie hat mich gründlich reingelegt, und ihr wißt ja, was man so sagt – leg mich einmal rein, Schande für dich; leg mich zweimal rein, Schande für mich.

Ich ging also wieder hinunter und saugte tatsächlich das Wohnzimmer. Als das erledigt war, räumte ich den Kirby weg und ging wieder hinauf, um nach ihr zu sehen. Sie saß im Bett, hellwach, hatte die Decken zurückgeschlagen, ihre Gummihose runtergeschoben bis auf ihre großen, alten schlaffen Knie und ihre Windel abgenommen. Ob sie eine Schweinerei gemacht hatte? Großer Gott! Das Bett war voller Kacke, sie war mit Kacke beschmiert, es war Kacke auf dem Teppich, auf dem Rollstuhl, an den Wänden. Sogar an den Gardinen war Kacke. Es sah aus, als hätte sie eine Handvoll davon genommen und geworfen, ungefähr so, wie Kinder sich gegenseitig mit Schlamm bewerfen, wenn sie in einem Teich baden.

Ob ich wütend war? Wütend ist gar kein Ausdruck!

»Oh, Vera – Sie hundsgemeines BIEST!« schrie ich sie an. Ich habe sie nicht umgebracht, Andy, aber wenn ich es vorgehabt hätte, dann hätte ich es an diesem Tag getan, als ich die Schweinerei sah und dieses Zimmer roch. Ich hätte sie wirklich umbringen können, es hat keinen Sinn, das abzustreiten. Und sie sah mich nur an mit diesem verwirrten Ausdruck im Gesicht, den sie immer hatte, wenn ihr Gedächtnis sie im Stich ließ – aber ich konnte sehen, wie der Teufel in ihren Augen tanzte, und ich wußte recht gut, wem diesmal der Streich gespielt worden war. Leg mich zweimal rein, Schande für mich.

»Wer ist da?« fragte sie. »Brenda, bist du das? Sind die Kühe wieder ausgebrochen?«

»Sie wissen ganz genau, daß es hier seit 1955 im Umkreis von drei Meilen keine Kühe mehr gegeben hat, und Sie wissen ganz genau, wer da ist!« schrie ich. Ich durchquerte das Zimmer mit großen Schritten, und das war ein Fehler, denn ich trat mit einem Fuß in einen Klumpen von ihrer Kacke und wäre beinahe der Länge nach hingeschlagen. Ich glaube, wenn das passiert wäre, dann hätte ich sie wirklich umgebracht; ich wäre nicht imstande gewesen, mich zurückzuhalten. In diesem Augenblick war ich tatsächlich bereit, Feuer zu pflügen und Schwefel zu ernten.

»Neiiin«, sagte sie und versuchte, die erbarmungswürdige alte Dame zu spielen, die sie sehr oft tatsächlich war. »*Neiiin!* Ich kann nichts sehen, und mir ist so schlecht, ich glaube, ich muß mich übergeben. Sind Sie das, Dolores?«

»Sie wissen verdammt gut, daß ich es bin, Sie alte Schrecke!«, sagte ich – die Wahrheit ist, daß ich sie nach wie vor mit höchster Lautstärke anschrie. »Ich könnte Sie *umbringen*!«

Ich nehme an, daß Susy Proulx und Shawna Wyndham inzwischen am Fuß der Treppe standen und zuhörten, und ich nehme auch an, daß du inzwischen mit den beiden gesprochen hast und daß sie mich schon halbwegs zum Galgen befördert haben. Du brauchst es nicht zu bestätigen oder abzustreiten, Andy – dein Gesicht ist wie ein offenes Buch.

Vera hatte eingesehen, daß sie mich nicht zum Narren halten konnte, jedenfalls jetzt nicht mehr; also gab sie es auf, so zu tun, als wäre sie in ihren schlimmen Zustand zurückgefallen, und wurde nun gleichfalls wütend. Ich glaube, ich habe ihr auch ein bißchen Angst eingejagt. Wenn ich zurückblicke, dann bekomme ich es selbst mit der Angst zu tun – aber Andy, wenn du dieses Zimmer gesehen hättest! Es sah aus wie Essenszeit in der Hölle.

»Und wahrscheinlich werden Sie es auch tun«, schrie sie zurück. »Eines Tages werden Sie es bestimmt tun, Sie häßliche, übellaunige alte Hexe! Sie werden mich genauso umbringen, wie Sie Ihren Mann umgebracht haben!«

»Nein, Madam«, sagte ich, »auf den Brunnen kann ich in diesem Fall verzichten, und Sie können Gift darauf nehmen, daß ich diesmal nicht auf eine Sonnenfinsternis warten werde. Ich werfe Sie einfach aus dem Fenster, und danach gibt es ein stinkendes Luder weniger auf der Welt.«

Ich packte sie um die Taille und hievte sie hoch, als wäre ich Superwoman. Noch am Abend spürte ich es in meinem Rücken, daß kann ich euch versichern, und am nächsten Morgen konnte ich kaum noch gehen, solche Schmerzen hatte ich. Ich ging zu diesem Chiropraktiker in Boothbay, und er hat etwas damit gemacht, das es ein bißchen besser werden ließ, aber seit diesem Tag ist mein Rücken nie wieder richtig in Ordnung gewesen. Als ich sie hochhob, habe ich überhaupt nichts gespürt. Ich zerrte sie aus ihren Bett, als wäre ich ein stocksaures kleines Mädchen und sie die Lumpenpuppe, an der ich meine Wut auslassen wollte. Sie fing an, am ganzen Leibe zu zittern, und schon das Wissen, daß sie wirklich Angst hatte, half mir, meine Beherrschung wiederzugewinnen; aber ich wäre eine dreckige Lügnerin, wenn ich nicht sagen würde, daß ihre Angst mir wohltat.

»Oooouuu!« kreischte sie. *»Oooouuu, nein! Nicht zum Fenster! Werfen Sie mich nicht hinaus! Setzen Sie mich hin. Sie tun mir weh, Dolores! OOOOOUUU, SETZEN SIE MICH HIN!«*

»Halten Sie die Klappe«, sagte ich und ließ sie so grob in ihren Rollstuhl fallen, daß ihr die Zähne ratterten – das heißt, wenn sie Zähne gehabt hätte, die rattern konnten. »Sehen Sie sich die Schweinerei an, die Sie gemacht haben. Und versuchen Sie nicht, mir einreden zu wollen, Sie könnten es nicht sehen, weil ich weiß, daß Sie es sehr gut können. Sehen Sie sich das an!«

»Es tut mir leid, Dolores«, sagte sie. Sie fing an zu stammeln, aber ich sah das niederträchtige Funkeln tief drinnen in ihren Augen. Ich sah es auf genau die Art, auf die man manchmal in klarem Wasser Fische sieht, wenn man in einem Boot kniet und über den Rand hinabschaut.

»Es tut mir leid, ich wollte keine Schweinerei machen. Ich habe nur versucht, Ihnen zu helfen.« Das sagte sie *immer,* wenn sie ins Bett gemacht und sich dann ein bißchen in der Kacke rumgewälzt hatte – nur war dies der erste Tag, an dem sie beschlossen hatte, außerdem noch Fingermalerei damit zu veranstalten. *Ich habe nur versucht, Ihnen zu helfen, Dolores* – das konnte sie ihrer Großmutter erzählen.

»Bleiben Sie sitzen und halten Sie die Klappe«, sagte ich. »Wenn Sie nicht tatsächlich einen schnellen Flug durch dieses Fenster und einen noch schnelleren hinunter in den Steingarten wollen, dann tun Sie, was Ihnen gesagt wird.« Und ich bin ganz sicher, daß diese Mädchen unten am Fuße der Treppe jedes Wort hörten, das oben gesprochen wurde. Aber damals war ich viel zu wütend, um an sowas zu denken.

Sie war klug genug, den Mund zu halten, wie ich es verlangt hatte, aber sie schaute zufrieden drein, und warum auch nicht? Sie hatte getan, was sie vorgehabt hatte – diesmal war sie es, die die Schlacht gewonnen und mir unmißverständlich klargemacht hatte, daß der Krieg noch lange nicht beendet war. Ich ging an die Arbeit und brachte das Zimmer wieder in Ordnung. Es kostete mich fast zwei Stunden, und als ich endlich fertig war, sang mein Rücken das *Ave Maria.*

Ich habe euch von den Laken erzählt, was es damit auf sich hatte, und ich konnte an euren Gesichtern ablesen, daß ihr es verstanden habt. Die Sache mit ihren Schweinereien zu verstehen, ist schon schwieriger. Ich meine, Kacke macht mir nichts aus. Ich habe sie mein Leben lang weggewischt, und der Anblick hat mir *nie* etwas ausgemacht. Natürlich riecht sie nicht wie ein Blumengarten, und man muß vorsichtig sein, weil sie Krankheiten übertragen kann wie Rotz und Spucke und vergossenes Blut, aber sie läßt sich abwaschen. Jeder, der einmal ein Baby gehabt hat, weiß, daß Kacke sich abwaschen läßt. Also das war es nicht, was es so schlimm machte.

Ich glaube, es lag daran, daß sie in dieser Beziehung so *niederträchtig* war. So *gerissen*. Sie wartete ihre Zeit ab, und wenn sie eine Chance bekam, dann machte sie die größtmögliche Schweinerei, und zwar so *schnell* sie konnte, weil sie wußte, daß ich ihr nicht viel Zeit lassen würde. Sie war absichtlich so gemein, versteht ihr, worauf ich hinauswill? Soweit ihr benebeltes Gehirn es zuließ, *plante* sie es regelrecht, und das lastete auf meinem Herzen und verdunkelte mein Leben, während ich hinter ihr herputzte. Während ich das Bett abzog; während ich den verdreckten Matratzenschoner und die verdreckten Laken und den verdreckten Kopfkissenbezug runterbrachte in den Wäschekorb; während ich den Fußboden wischte und die Wände und die Fensterscheiben; während ich die Gardinen abnahm und saubere aufhängte; während ich ihr Bett frisch bezog; während ich die Zähne zusammenbiß und versuchte, mir nicht den Rücken zu brechen, als ich sie wieder aus dem Stuhl hob und ins Bett zurückbeförderte (wobei sie kein bißchen mithalf, sondern einfach in meinen Armen hing, totes Gewicht, obwohl ich verdammt gut wußte, daß dies einer der Tage war, an denen sie hätte helfen *können*, wenn sie gewollt hätte); während ich ihr die Kacke von den Beinen und vom Bauch und von den schlaffen Titten abwusch; während ich ihr das Haar wusch, weil da auch Kacke drin war, so viel, daß es aussah, als hätte sie versucht, es mit diesem Zeug zu schampunieren; während ich den Fußboden ein zweites Mal wischte; während ich ihren verdammten Rollstuhl saubermachte und regelrecht scheuern mußte, weil das Zeug inzwischen angetrocknet war – während ich all das tat, war mir das Herz schwer und mein Leben verdunkelt. Und das wußte sie.

Sie wußte es, und es machte sie selig.

Als ich an diesem Abend in mein Zimmer kam, nahm ich ein paar Anacin-3 für meinen schmerzenden Rücken, und dann ging ich ins Bett und rollte mich zu einer Kugel zusammen, obwohl mir dabei der Rücken weh tat, und weinte und weinte und weinte. Es war fast so, als könnte ich überhaupt nicht aufhören. Nie – jedenfalls nicht seit damals, als ich herausfand, was Joe mit Selena angestellt hatte – habe ich mich so niedergeschlagen und hoffnungslos gefühlt. Oder so verdammt alt.

Das war die zweite Art, die sie hatte, ein Luder zu sein – indem sie niederträchtig war.

Was sagst du, Frank? Ob sie es wieder getan hat?

Natürlich hat sie es wieder getan, in der nächsten Woche und in der Woche darauf. Beide Male war es nicht ganz so schlimm wie bei diesem ersten Abenteuer, teilweise deshalb, weil es ihr nicht gelungen war, soviel anzusparen, vor allem aber, weil ich darauf vorbereitet war. Als es das zweite Mal passierte, ging ich wieder weinend zu Bett, und als ich da lag und die Schmerzen in meinem Rücken spürte, beschloß ich, zu kündigen. Ich wußte nicht, was mit ihr passieren und wer sich um sie kümmern würde, aber in diesem Moment war mir das völlig egal. Was mich anging, konnte sie in ihrem eigenen, vollgekackten Bett verhungern.

Ich weinte noch immer, als ich einschlief, weil ich mich bei dem Gedanken, sie zu verlassen – zuzugeben, daß sie die Oberhand gewonnen hatte – noch schlechter fühlte als je zuvor, aber als ich aufwachte, fühlte ich mich gut. Ich glaube, es stimmt, daß der Verstand wach bleibt, wenn ein Mensch schläft oder wenn er glaubt, er schliefe; er arbeitet einfach weiter, und manchmal leistet er sogar bessere Arbeit, wenn die dazugehörige Person nicht da ist und ihn mit dem Geschnatter verwirrt, das gewöhnlich in einem Kopf vorgeht – was man erledigen muß, was man zum Mittagessen kochen soll, was man im Fernsehen anschauen will, Dinge dieser Art. Es muß stimmen, denn der Grund dafür, daß ich mich so gut fühlte, war der, daß ich beim Aufwachen wußte, wie sie mich reinlegte. Es gab nur eine Sache, die mir bisher entgangen war, weil ich dazu neigte, sie zu unterschätzen – ja, sogar ich, obwohl ich wußte, wie gerissen sie von Zeit zu Zeit sein konnte. Und sobald ich den Trick begriffen hatte, wußte ich, was ich dagegen tun konnte.

Der Gedanke, daß ich den Aubusson einem der Donnerstagsmädchen anvertrauen mußte, tat weh – und bei der Vorstellung, daß es Shawna Wyndham war, überlief es mich eiskalt. Du weißt, wie tolpatschig sie ist, Andy – natürlich sind alle Wyndhams tolpatschig, aber mit ihr verglichen sind die anderen wahre Waisenkinder. Es ist fast so, als wüchsen aus ihrem Körper Höcker heraus, mit denen sie im Vorbeigehen Sachen umstößt. Es ist nicht ihre Schuld, sondern einfach etwas, das ihr im Blut liegt; aber ich konnte den Gedanken nicht ertragen, daß Shawna im Wohnzimmer herumwirtschaftete, wo Veras Tiffanyglas nur darauf wartete, runtergestoßen zu werden.

Aber ich *mußte* etwas unternehmen – leg mich zweimal rein, Schande für mich –, und glücklicherweise war da Susy, auf die ich zurückgreifen konnte. Sie war nicht gerade eine Ballerina, aber das ganze folgende Jahr hat sie den Aubusson gesaugt und nie etwas zerbrochen. Sie ist ein gutes Mädchen, Frank, und ich kann dir gar nicht sagen, wie sehr ich mich gefreut habe, als ich ihre Heiratsanzeige bekam, obwohl der Mann nicht von hier ist. Wie geht es Ihnen? Was hast du von ihnen gehört?

Nun, das ist gut. Wirklich gut. Vermutlich hat sie noch kein Brötchen im Ofen, oder? Heutzutage scheinen die Leute mit dem Kinderkriegen zu warten, bis sie fast reif sind fürs Altersheim, bevor sie ...

Ja, Andy, ich *tu's*! Ich möchte nur, daß du daran denkst, daß es mein *Leben* ist, über das ich hier berichte – mein verdammtes *Leben*! Weshalb lehnst du dich also nicht einfach in diesem großen alten Stuhl zurück und legst die Füße auf den Tisch und entspannst dich? Wenn du weiter so drängelst, hebst du dir nur einen Bruch.

Also, Frank, bestell ihr einen Gruß von mir und erzähl ihr, daß sie Dolores Claiborne im Sommer 1991 wahrscheinlich das Leben gerettet hat. Du kannst ihr die ganze Geschichte von den Kacketornados an den Donnerstagen erzählen – und wie ich ihnen ein Ende gemacht habe. Ich habe den Mädchen nie genau gesagt, was da vorging; was sie mit Sicherheit wußten, war, daß ich mit Ihrer Königlichen Majestät auf Kriegsfuß stand. Jetzt ist mir klar, daß ich mich *schämte,* ihnen zu sagen, was vorging. Vermutlich ist es mir ebenso zuwider, den Kürzeren zu ziehen, wie es auch Vera zuwider war.

Es war das Geräusch des Staubsaugers, versteht ihr? Das war mir klar geworden, als ich an diesem Morgen aufwachte. Ich sagte es schon, mit ihren *Ohren* war alles in bester Ordnung, und es war das Geräusch des Staubsaugers, das ihr verriet, ob ich das Wohnzimmer saugte oder am Fuß der Treppe lauerte. Wenn ein Staubsauger auf der

Stelle steht, macht er nur ein Geräusch. Nur *suuuuu*, ungefähr so. Aber wenn man einen Teppich saugt, dann macht er zwei Geräusche, und die gehen in Wellen auf und ab. *WUUUP*, das kommt, wenn man ihn vorschiebt; und *suup*, wenn man ihn für den nächsten Schub zurückzieht. *WUUUP-suup, WUUUP-suup, WUUUP-suup*.

Hört auf, euch am Kopf zu kratzen, ihr beide, und seht euch an, wie Nancy lächelt. Um zu wissen, wer von euch schon einmal einen Staubsauger in der Hand gehabt hat, braucht man nur eure Gesichter anzusehen. Wenn du wirklich meinst, es wäre so wichtig, Andy, dann probier es selbst aus. Du wirst es sofort hören, obwohl ich mir vorstellen kann, daß Maria vor Verblüffung tot umfallen wird, wenn sie hereinkommt und sieht, daß du den Teppich im Wohnzimmer saugst.

Was mir an diesem Morgen klar wurde, war, daß sie nicht nur darauf hörte, ob der Staubsauger lief; sie hatte begriffen, daß das nicht genügte. Sie hörte darauf, ob das Geräusch auf und ab ging, was es ja tut, wenn der Staubsauger tatsächlich benutzt wird. Sie würde mir ihren gemeinen kleinen Streich erst spielen, wenn sie das Auf und Ab des *WUUUP-suup* hörte.

Ich brannte darauf, meine neue Idee auszuprobieren. Aber ich konnte es nicht sofort tun, weil sie gleich danach wieder eine schlechte Zeit hatte, und eine ganze Weile erledigte sie ihr Geschäft in die Bettpfanne oder pinkelte ein paar Tropfen in ihre Windel, wenn sie mußte. Ich fürchtete beinahe, daß sie diesmal nicht wieder zu sich kommen würde. Ich weiß, das hört sich merkwürdig an, weil es viel leichter war, sie zu versorgen, wenn sie nicht klar im Kopf war. Aber wenn einem einmal so eine Idee gekommen ist, dann möchte man eine Probefahrt machen.

Außerdem *empfand* ich etwas für dieses Luder – außer dem Verlangen, sie zu erwürgen. Schließlich kannte ich sie seit vierzig Jahren, und da wäre es verdammt eigenartig gewesen, wenn das nicht so gewesen wäre. Sie hat mir einmal eine Decke gestrickt, müßt ihr wissen – das war lange, bevor es ihr wirklich schlecht ging, aber sie liegt immer noch auf meinem Bett und ist wunderbar warm in diesen Februarnächten, in denen der Wind ums Haus pfeift.

Dann, ungefähr einen Monat oder anderthalb Monate, nachdem ich mit meiner Idee aufgewacht war, kam sie wieder zu sich. Sie schaute sich in ihrem kleinen Schlafzimmerfernseher *Jeopardy* an und beschimpfte die Kandidaten, wenn sie nicht wußten, wer während des Spanisch-Amerikanischen Krieges Präsident war oder wer in *Vom Winde verweht* die Melanie gespielt hatte. Sie fing wieder mit dem alten Gerede darüber an, daß ihre Kinder vor dem Labor Day vielleicht kommen und sie besuchen würden. Und natürlich gab sie keine Ruhe, bis ich sie in ihren Stuhl gesetzt hatte, damit sie zusehen konnte, wie ich die Wäsche aufhängte, und aufpassen, ob ich auch wirklich sechs Klammern nahm und nicht nur vier.

Und dann kam ein Donnerstag, an dem ich am Mittag die Bettpfanne knochentrocken und so leer wie die Versprechungen eines Handlungsreisenden unter ihr hervorzog. Ich kann euch gar nicht sagen, wie es mich freute, die leere Pfanne zu sehen. Also auf in den Kampf, du schlaues altes Luder, dachte ich. Jetzt wird es sich zeigen. Ich ging hinunter und rief Susy Proulx ins Wohnzimmer.

»Ich möchte, daß *du* heute hier saugst, Susy«, teilte ich ihr mit.

»Okay, Missus Claiborne«, sagte sie. So nannten sie mich beide, Andy – was das angeht, nannten mich fast alle

Leute auf der Insel so. Ich habe nie eine große Sache daraus gemacht, in der Kirche oder so, aber so ist es nun einmal. Es ist ungefähr so, als glaubten sie, ich wäre irgendwann in meiner dunklen Vergangenheit einmal mit einem Typ namens Claiborne verheiratet gewesen. Oder vielleicht wollte ich auch nur glauben, daß sich die meisten nicht mehr an Joe erinnerten, obwohl ich ziemlich sicher bin, daß es eine Menge Leute gibt, die das heute noch tun. Aber das spielt im Grunde keine Rolle; vermutlich ist es mein gutes Recht, zu glauben, was ich glauben möchte; schließlich war ich diejenige, die mit dem Mistkerl verheiratet war.

»Ist mir recht«, fuhr sie fort, »aber warum flüstern Sie?«

»Das ist meine Sache«, sagte ich, »und du redest gefälligst auch leise. Und paß gut auf, daß du da drinnen nichts zerbrichst, Susan Emma Proulx – sonst kannst du etwas erleben.«

Nun, sie wurde rot wie das Auto der Freiwilligen Feuerwehr; es war wirklich irgendwie amüsant. »Woher wissen Sie, daß mein zweiter Vorname Emma ist?«

»Das geht dich nichts an«, sagte ich. »Ich lebe seit einer halben Ewigkeit auf Little Tall, und ich weiß über eine Menge Dinge Bescheid und auch über die Leute, von denen ich sie weiß. Hauptsache, du paßt auf, wo du deine Ellenbogen hintust, vor allem, wenn du in die Nähe der Möbel und von Missus Donovans Glasvasen kommst. Dann brauchst du dir keine grauen Haare wachsen zu lassen.«

»Ich werde ganz besonders vorsichtig sein«, sagte sie.

Ich schaltete den Kirby für sie ein, und dann ging ich in die Diele, legte die Hände an den Mund und schrie: »Susy! Shawna! Ich sauge jetzt das Wohnzimmer!«

Susy stand natürlich ganz in meiner Nähe, und ich kann euch sagen, ihr Gesicht war ein einziges Fragezeichen. Ich schwenkte nur die Hand, bedeutete ihr, sich an die Arbeit zu machen und sich nicht um mich zu kümmern. Was sie dann auch tat.

Ich schlich auf Zehenspitzen zum Fuß der Treppe und bezog meine alte Position. Ich weiß, es ist albern, aber ich bin nie mehr so aufgeregt gewesen, seit mein Dad mich zum ersten Mal mit auf die Jagd genommen hatte, als ich zwölf war. Es war auch dieselbe Art von Gefühl, bei dem einem das Herz heftig und irgendwie *flach* in Brust und Hals klopft. Diese Frau hatte außer all dem teuren Glas Dutzende von wertvollen Antiquitäten in ihrem Wohnzimmer, aber ich verschwendete keinen einzigen Gedanken an Susy Proulx, die dazwischen herumwirtschaftete wie ein tanzender Derwisch. Könnt ihr euch das vorstellen?

Ich zwang mich, zu bleiben, wo ich war, solange ich konnte, ungefähr anderthalb Minuten, glaube ich. Dann rannte ich los. Und als ich in ihr Zimmer stürmte, lag sie da, mit knallrotem Gesicht, die Augen zu Schlitzen zusammengekniffen und die Fäuste geballt. *»Unhh! Unhhh! UNHHH!«* Aber sie riß die Augen blitzschnell auf, als sie hörte, wie die Tür aufging. Oh, ich wollte, ich hätte einen Fotoapparat gehabt – es war einmalig.

»Dolores, machen Sie, daß Sie hier rauskommen!« kreischte sie. »Ich versuche zu schlafen, und das kann ich nicht, wenn Sie alle zwanzig Minuten hier hereingestürmt kommen wie ein aufgeregter Bulle!«

»Also gut«, sagte ich, »ich gehe, aber erst, nachdem ich Ihnen die Pfanne untergeschoben habe. Dem Geruch nach zu urteilen, würde ich sagen, daß ein kleiner Schrecken alles war, was Sie gegen Ihre Verstopfung brauchten.«

Sie schlug mir auf die Hände und fluchte – sie konnte ganz gewaltig fluchen, wenn sie wollte, und sie wollte es immer, wenn jemand ihr in die Quere kam –, aber ich kümmerte mich nicht darum. Ich schob ihr blitzschnell die Bettpfanne unter, und alles kam heraus, wie es sich gehörte. Als es erledigt war, sah sie mich an und ich sah sie an, und keiner von uns brauchte etwas zu sagen. Schließlich kannten wir uns lange genug.

So, du niederträchtige alte Hexe, sagte ich mit meinem Gesicht, jetzt habe ich dich wieder dabei erwischt, und wie gefällt dir das?

Nicht besonders gut, Dolores, sagte sie mit ihrem, aber das ist schon in Ordnung; daß du mich einmal erwischt hast, bedeutet noch lange nicht, daß du mich *immer* erwischen wirst.

Aber ich hatte sie erwischt – jedenfalls diesmal. Es gab noch öfters kleinere Schweinereien, aber nie wieder so eine wie die, von der ich euch erzählt habe. Das war im Grunde ihr letzter Triumph gewesen. Danach wurden die Zeiten, in denen sie bei klarem Verstand war, immer seltener, und wenn sie kamen, dann waren sie kurz. Das schonte meinen schmerzenden Rücken, aber es machte mich auch traurig. Sie war eine Pest, aber eine, an die ich mich gewöhnt hatte – wenn es kam, nahm ich es als das, was es war, und gab mich nicht irgendwelchen Hirngespinsten hin, es könnte Krebs oder eine Herzattacke sein, wenn ihr versteht, was ich meine.

Könnte ich noch ein Glas Wasser haben, Frank?

Danke. Reden macht durstig. Und wenn du dich entschließen solltest, dieser Flasche *Jim Beam* in deinem Schreibtisch ein bißchen frische Luft zu gönnen, Andy, dann werde *ich* es niemandem verraten.

Nein? Na schön, von Leuten wie dir habe ich auch nichts anderes erwartet.

So – wo war ich stehengeblieben?

Oh, ich weiß. Bei dem, wie sie war. Nun, die dritte Art, auf die sie ein Luder war, war die schlimmste. Sie war ein Luder, weil sie eine unglückliche alte Lady war, die nichts anderes zu tun hatte, als in einem Schlafzimmer im Oberstock zu sterben, auf der Insel, weit weg von den Orten und Leuten, die sie die meiste Zeit ihres Lebens gekannt hatte. Das war schon schlimm genug, aber dabei verlor sie auch noch den Verstand – und ein Teil von ihr wußte, daß der Rest einem unterspülten Flußufer glich, das jederzeit abrutschen konnte.

Sie war einsam, und das war es, was ich nicht verstanden habe. Ich habe nie begriffen, weshalb sie ihr ganzes Leben über Bord warf und kam, um auf der Insel zu leben. Jedenfalls bis gestern nicht. Aber sie war auch verängstigt, und das konnte ich sehr gut verstehen. Und dennoch hatte sie eine grauenhafte, beängstigende Kraft, wie eine sterbende Königin, die selbst am Ende ihre Krone nicht loslassen will; fast so, als müßte Gott selbst einen Finger nach dem anderen von ihr lösen.

Sie hatte ihre guten Tage und ihre schlechten – das habe ich euch erzählt. Das, was ich ihre Anfälle nenne, kam immer zwischendurch, während des Übergangs von ein paar klaren Tagen zu einer oder zwei benebelten Wochen, oder von ein oder zwei benebelten Wochen zu ein paar Tagen, an denen sie wieder klar war. Wenn sich ihr Zustand änderte, war es ungefähr so, als wäre sie nirgendwo – und auch das wußte ein Teil von ihr. Das waren die Zeiten, in denen sie ihre Halluzinationen hatte.

Vermutlich kamen sie nicht alle an den Sonntagnachmittagen oder mitten in der Nacht; wahrscheinlich ist es nur so, daß ich mich an diese am besten erinnere, weil es dann still war im Haus und ich einen Mordsschrecken bekam, wenn sie zu schreien anfing. Es war ungefähr so, als gösse einem jemand an einem heißen Sommertag einen Eimer voll Eiswasser über den Kopf; jedesmal glaubte ich, mir bliebe das Herz stehen, wenn ihr Geschrei losging, und jedesmal glaubte ich, ich würde in ihr Zimmer kommen und sie sterbend vorfinden. Aber die Dinge, vor denen sie sich fürchtete, waren immer unsinnig. Ich meine, ich wußte, daß sie sich fürchtete, und ich konnte mir ziemlich gut vorstellen, *wovor* sie sich fürchtete, aber niemals, *warum.*

»Die Drähte!« jammerte sie manchmal, wenn ich hereinkam. Dann lag sie zusammengekauert im Bett, drückte die ineinander verkrampften Hände zwischen die Brüste, und ihr zahnloser alter Mund war verzerrt und zitterte; sie war leichenblaß, und Tränen rannten durch die Runzeln unter ihren Augen. »Die *Drähte,* Dolores, schaffen Sie die *Drähte* weg!« Und dann zeigte sie immer auf dieselbe Stelle – die Fußleiste in der hinteren Ecke.

Da war natürlich nichts – aber für *sie* war da doch etwas. Sie hatte gesehen, wie diese Drähte aus der Wand kamen und über den Fußboden auf ihr Bett zukratzten – zumindest *glaube* ich, daß es das war, was sie gesehen hatte. Was ich dann tat, war, nach unten zu rennen und eines der Fleischmesser von dem Gestell in der Küche zu holen und damit zurückzukommen. Ich kniete mich in der Ecke hin – oder dichter am Bett, wenn sie sich so verhielt, als wären sie schon erheblich näher herangekommen – und tat so, als hackte ich sie ab. Das tat ich, indem ich die Klinge ganz leicht niedersausen ließ, um die guten Ahorndielen nicht zu zerkratzen, bis sie aufhörte zu weinen.

Dann trat ich an ihr Bett und wischte ihr die Tränen aus dem Gesicht, entweder mit meiner Schürze oder mit einem der Kleenex-Tücher, die immer unter ihrem Kopfkissen steckten, und dann küßte ich sie ein- oder zweimal und sagte: »So, jetzt sind sie wieder fort. Ich habe jeden einzelnen dieser verdammten Drähte abgehackt. Sehen Sie selbst.«

Dann schaute sie hin (obwohl sie zu den Zeiten, von denen ich spreche, in Wirklichkeit überhaupt nichts sehen konnte), und dann weinte sie gewöhnlich noch ein bißchen weiter, und schließlich legte sie die Arme um mich und sagte: »Danke, Dolores. Diesmal war ich ganz sicher, daß sie mich erwischen würden.«

Manchmal nannte sie mich auch Brenda, wenn sie mir dankte – das war der Name der Haushälterin, die die Donovans in ihrem Haus in Baltimore hatten. Zu anderen Zeiten nannte sie mich Clarice – ihre Schwester, die 1958 gestorben war.

Manchmal kam ich auch in ihr Zimmer, und da war sie halb aus dem Bett und schrie, in ihrem Kissen wäre eine Schlange. Zu anderen Zeiten saß sie da, hatte sich die Decke über den Kopf gezogen und schrie, die Fensterscheiben verstärkten die Sonne, und die würde sie verbrennen. Manchmal behauptete sie, sie könnte schon spüren, wie sich ihr Haar kräuselte. Dabei spielte es keine Rolle, ob es draußen regnete oder nebliger war als im Kopf eines Besoffenen; nichts konnte sie davon abbringen, daß die Sonne sie bei lebendigem Leibe verbrennen würde. Also ließ ich sämtliche Jalousien runter und hielt sie in den Armen, bis sie nicht mehr weinte. Manchmal hielt ich sie auch noch länger, denn selbst nachdem sie still geworden war, konnte ich spüren, daß sie zitterte wie ein junger Hund, der von gemeinen Halbstarken verprügelt worden ist. Sie bat mich immer und immer wieder, ihre Haut anzusehen und ihr zu sagen, ob sich irgendwo Blasen gebildet hätten. Dann sagte ich ihr immer und immer wieder, daß nirgendwo Blasen zu sehen waren, und danach schlief sie manchmal ein. Zu anderen Zeiten schlief sie nicht ein, sondern verfiel in eine Art Erstarrung und redete mit Leuten, die nicht da waren. Gelegentlich sprach sie Französisch, und damit meine ich nicht dieses *parley-vuu*-Insel-Französisch. Sie und ihr Mann liebten Paris und waren dort, wann immer sich die Gelegenheit dazu bot, manchmal mit den Kindern, manchmal ohne sie. Sie hatte mir gelegentlich davon erzählt, wenn sie in der Stimmung dazu gewesen war – von den Cafés, den Nachtclubs, den Museen und den Booten auf der Seine –, und ich habe immer gern zugehört. Vera hatte eine ganz besondere Art, mit Worten umzugehen, und wenn sie sich über so etwas ausließ, konnte man es fast sehen.

Aber das Schlimmste – und das, wovor sie sich am meisten fürchtete – waren die Staubflocken. Ihr wißt, was ich meine – diese kleinen Ballen aus Staub, die sich unter Betten und hinter Türen und in Ecken ansammeln. Sie sehen fast so aus wie die Samenstände von Gänsedisteln. Ich wußte, daß sie es waren, selbst wenn sie es nicht sagen konnte, und meistens konnte ich sie wieder beruhigen, aber weshalb sie sich dermaßen vor ein paar Häufchen Gespensterscheiße fürchtete – denn das war es, wofür sie sie hielt –, das weiß ich wirklich nicht, obwohl ich einmal einen Begriff davon bekam. Ihr braucht nicht zu lachen, er ist mir nämlich im Traum gekommen.

Glücklicherweise kam die Sache mit den Staubflocken nicht so oft vor wie die Sonne, die ihre Haut verbrannte, oder die Drähte in der Ecke, aber wenn *sie* es waren, dann wußte ich, was mir bevorstand. Wenn sie anfing zu kreischen, wußte ich, daß es die Staubflocken waren, sogar wenn es mitten in der Nacht war und ich bei geschlossener Tür in meinem Zimmer fest schlief. Wenn sie wegen der anderen Dinge verrückt spielte ...

Was hast du gesagt, Mädchen?

Oh, hab ich das nicht getan?

Nein, du brauchst dein hübsches kleines Bandgerät nicht näher ranzuschieben; wenn du möchtest, daß ich lauter rede, dann tue ich es. Normalerweise habe ich das lauteste Mundwerk, das man sich vorstellen kann – Joe pflegte zu sagen, er würde sich am liebsten Watte in die Ohren stopfen, wenn ich im Haus war. Aber bei den Staubflocken ist es mir immer kalt über den Rücken gelaufen, und wenn ich jetzt zu leise gesprochen habe, dann beweist das vermutlich, daß es das noch heute tut, selbst jetzt, da sie tot ist. Manchmal habe ich sie deswegen ausgeschimpft. »Was soll dieser verdammte Unsinn, Vera?« habe ich sie gefragt. Aber es war *kein* Unsinn. Jedenfalls für Vera nicht. Ich habe mehr als einmal gedacht, sie würde sich vor diesen verdammten Staubflocken zu Tode fürchten. Und das ist, wenn man's recht bedenkt, gar nicht so weit von der Wahrheit entfernt.

Was ich sagen wollte: wenn sie wegen der anderen Dinge verrückt spielte – der Schlange im Kopfkissenbezug, der Sonne, den Drähten –, dann schrie sie. Aber wenn es die Staubflocken waren, dann *kreischte* sie. Meistens brachte sie nicht einmal Worte heraus, sondern kreischte nur so laut und so lange, daß man davon Eiswürfel im Magen bekam.

Ich rannte zu ihr hinein, und sie riß an ihren Haaren

oder bearbeitete ihr Gesicht mit den Fingernägeln und sah aus wie eine Hexe. Ihre Augen waren so groß, daß sie fast aussahen wie weichgekochte Eier, und sie starrten immer in die eine oder andere Ecke.

Manchmal war sie imstande zu sagen: »*Staubflocken, Dolores! Oh, mein Gott, Staubflocken!*« Zu anderen Zeiten konnte sie nur kreischen und würgen. Sie schlug für ein oder zwei Sekunden die Hände vor die Augen, doch dann nahm sie sie wieder herunter. Es war, als könnte sie es ebensowenig ertragen, hinzuschauen, wie nicht hinzuschauen. Und dann fiel sie wieder mit den Fingernägeln über ihr Gesicht her. Nach den ersten paar Abenteuern mit den Staubflocken schnitt ich sie ihr so kurz wie nur möglich, aber trotzdem blutete es oft, und jedesmal, wenn es passierte, fragte ich mich, wie ihr Herz dieses Entsetzen verkraften konnte, alt und fett, wie sie war.

Einmal fiel sie sogar aus dem Bett und lag dann da, mit einem Bein unter dem Körper. Jagte mir einen Mordsschrecken ein. Ich kam ins Zimmer gerannt, und da lag sie auf dem Boden, hämmerte mit den Fäusten auf die Dielen wie ein Kind, das einen Wutanfall hat, und kreischte, daß sich die Balken bogen. Das war das einzige Mal in all den Jahren, daß ich mitten in der Nacht Dr. Freneau angerufen habe. Er kam mit Collie Violettes Schnellboot von Jonesport rüber. Ich rief ihn an, weil ich dachte, ihr Bein wäre gebrochen, es *mußte* gebrochen sein, so wie es unter ihr lag, und ich fürchtete, der Schock würde sie umbringen. Aber es war nicht gebrochen – ich habe keine Ahnung, wie das sein konnte, aber Freneau sagte, es wäre nur verrenkt –, und am nächsten Tag wechselte sie wieder in eine ihrer klaren Perioden und konnte sich an nichts erinnern. Als sie wieder so einigermaßen wußte, wo oben und unten war, fragte ich sie ein paarmal nach den Staubflocken, und sie sah mich an, als wäre ich verrückt. Sie hatte nicht die geringste Ahnung, von was ich sprach.

Nachdem es ein paarmal passiert war, wußte ich, was ich zu tun hatte. Sobald ich sie auf diese Weise kreischen hörte, war ich aus dem Bett und zu meiner Tür heraus – mein Zimmer ist nur zwei Türen von ihrem entfernt, nur die Wäschekammer liegt dazwischen. Seit ihrem ersten Zirkus mit den Staubflocken stand auf dem Flur ein Besen bereit, an dessen Stiel ich ein Kehrblech befestigt hatte. Ich stürmte in ihr Zimmer, schwenkte den Besen, als hätte ich vor, einen Postzug anzuhalten, und schrie gleichfalls (das war die einzige Möglichkeit, mich verständlich zu machen).

»Ich kriege sie, Vera!« schrie ich. *»Ich kriege sie. Hören Sie auf, so ein Spektakel zu machen!«*

Und dann fegte ich die Ecke, in die sie gerade starrte, und dann sicherheitshalber auch noch die andere. Manchmal beruhigte sie sich danach, aber meistens schrie sie dann, unter dem Bett wären auch noch welche. Also ging ich auf Hände und Knie runter und tat so, als fegte ich auch unter dem Bett. Einmal wäre die verrückte, verängstigte alte Kuh beinahe aus dem Bett auf mich gefallen, weil sie versuchte, sich vorzubeugen und selbst nachzusehen. Wahrscheinlich hätte sie mich zerquetscht wie eine Fliege. Das wär ein Theater gewesen!

Nachdem ich alle Stellen gefegt hatte, die sie ängstigten, zeigte ich ihr das leere Kehrblech und sagte: »Da – sehen Sie? Ich habe jedes einzelne dieser verdammten Dinger erwischt.«

Sie schaute zuerst auf das Kehrblech, und dann sah sie zu mir auf, am ganzen Leibe zitternd, und mit Augen, die so in ihren eigenen Tränen ertrunken waren, daß sie aussahen wie Steine in einem Fluß, und flüsterte: »Oh, Dolores, sie sind so *grau!* So *ekelhaft*! Schaffen Sie sie weg. Bitte, schaffen Sie sie weg!«

Ich brachte den Besen und das leere Kehrblech wieder hinaus vor meine eigene Tür, griffbereit für das nächste Mal, und dann kehrte ich zurück, um sie so gut wie möglich zu beruhigen. Und auch mich zu beruhigen. Und wenn ihr glaubt, ich hätte keine Beruhigung nötig gehabt, dann solltet ihr mal ausprobieren, wie es ist, wenn man in einem großen alten Museum mitten in der Nacht aufwacht, während draußen der Wind heult und drinnen eine verrückte alte Frau kreischt. Mein Herz arbeitete wie eine Lokomotive, und ich bekam kaum Luft – aber sie durfte nicht merken, wie es um mich bestellt war, denn dann hätte sie angefangen, an mir zu zweifeln, und wohin wären wir dann gekommen?

Was ich meistens nach einem solchen Anfall tat, war, ihr das Haar zu bürsten – das schien sie am schnellsten zu beruhigen. Anfangs stöhnte oder weinte sie, und manchmal streckte sie die Arme aus und zog mich an sich, drückte ihr Gesicht an meinen Bauch. Ich erinnere mich, wie heiß ihre Wangen und ihre Stirn immer waren, nachdem sie einen ihrer Staubflocken-Anfälle gehabt hatte, und manchmal durchweichte sie mein Nachthemd mit ihren Tränen. Arme alte Frau! Wahrscheinlich kann sich hier keiner von uns vorstellen, wie es ist, wenn man so alt ist und Teufel hinter einem her sind, die man nicht erklären kann, nicht einmal sich selbst.

Manchmal genügte eine knappe halbe Stunde mit der Haarbürste. Sie schaute weiterhin an mir vorbei in die Ecke, und zwischendurch hielt sie immer wieder den Atem an und wimmerte. Oder sie streckte die Hand ganz vorsichtig in das Dunkel unter dem Bett und zog sie dann schnell zurück, als rechnete sie damit, daß irgendetwas darunter war und sie beißen wollte. Ein- oder zweimal bildete sogar ich mir ein, daß sich da unten etwas bewegte, und ich mußte die Zähne zusammenbeißen, um nicht gleichfalls loszuschreien. Was ich sah, war natürlich nur der Schatten ihrer Hand, das weiß ich, aber es beweist, in was für eine Verfassung sie mich gebracht hatte. Ja, sogar mich, und dabei bin ich gewöhnlich ebenso nüchtern wie laut.

Bei den Malen, bei denen nichts anderes half, legte ich mich zu ihr ins Bett. Ihre Arme schlangen sich um mich und hielten mich fest, und sie legte die Wange auf das, was von meinem Busen noch übrig ist, und ich schlang meine Arme um sie und hielt sie fest, bis sie einschlief. Dann schlich ich mich aus dem Bett, ganz langsam und vorsichtig, um sie nicht zu wecken, und kehrte in mein Zimmer zurück. Es gab einige Male, an denen ich nicht einmal das tat. Bei diesen Malen – das war immer dann, wenn sie mich mitten in der Nacht mit ihrem Gekreisch aufgeweckt hatte – bin ich zusammen mit ihr eingeschlafen.

In einer dieser Nächte träumte ich selber von den Staubflocken. Aber in dem Traum war ich nicht ich selbst. Ich war *sie,* an dieses Krankenhausbett gefesselt, so fett, daß ich mich ohne Hilfe nicht einmal umdrehen konnte, und tief drinnen in meiner Scheide brannte es von der Harninfektion, die nie ganz verschwand, weil sie da unten immer feucht war und im Grunde keinerlei Abwehrkräfte gegen irgendetwas hatte. Die Fußmatte mit der Aufschrift WELCOME war ausgelegt für jeden Krankheitserreger, der des Weges kam, könnte man sagen, und er lag immer richtig herum.

Ich schaute hinüber in die Ecke, und was ich sah, war ein Ding, das aussah wie ein Kopf aus Staub. Seine Augen waren verdreht, und sein Mund stand offen und war voll von langen, vorstehenden Staubzähnen. Es bewegte sich auf das Bett zu, aber langsam, und als es sich wieder auf die Gesichtsseite gewälzt hatte, schauten die Augen mich direkt an, und ich sah, daß es Michael Donovan war, Veras Mann. Aber als das Gesicht zum zweiten Mal zum Vorschein kam, war es *mein* Mann. Es war Joe St. George, mit einem niederträchtigen Grinsen im Gesicht und einer Menge von langen, schnappenden Staubzähnen. Beim dritten Herumrollen war es niemand, den ich kannte, aber es war *lebendig*, es war *hungrig*, und es hatte vor, weiterzurollen, bis es *mich* fressen konnte.

Ich riß mich mit einem solchen Ruck aus dem Schlaf, daß ich beinahe selbst aus dem Bett gefallen wäre. Es war früher Morgen, und die ersten Sonnenstrahlen lagen auf den Dielen. Vera schlief noch. Sie hatte meinen Arm vollgesabbert, aber fürs erste hatte ich nicht die Kraft, ihn abzuwischen. Ich lag nur zitternd da, schweißgebadet, und versuchte mich davon zu überzeugen, daß ich wirklich wach und alles in bester Ordnung war – so, wie man es nach einem ganz schlimmen Alptraum gewöhnlich tut. Und eine Sekunde lang konnte ich nach wie vor diesen Staubkopf mit seinen großen, leeren Augen und den langen Staubzähnen auf dem Fußboden neben dem Bett liegen sehen. So schlimm war dieser Traum. Dann war er verschwunden; der Fußboden und die Zimmerecken waren leer und sauber wie immer. Aber seither habe ich mich immer wieder gefragt, ob nicht vielleicht *sie* mir diesen Traum geschickt hatte, ob ich nicht etwas von dem gesehen hatte, was *sie* immer sah, wenn sie dermaßen kreischte.

Vielleicht hatte sich etwas von ihrer Angst auf mich übertragen. Glaubt ihr, daß so etwas im wirklichen Leben passieren kann? Oder nur in diesen billigen Zeitschriften, die sie unten im Dorfladen verkaufen? Ich weiß es nicht – ich weiß nur, daß dieser Traum mir eine Mordsangst eingejagt hat.

Aber lassen wir das. Es reicht, wenn ich sage, daß dieses Loskreischen an den Sonntagnachmittagen und mitten in der Nacht die dritte Art war, auf die sie ein Luder war. Trotzdem war es eine sehr, sehr traurige Geschichte. Hinter all ihrer Niedertracht steckte Traurigkeit, auch wenn das nicht verhinderte, daß ich ihr manchmal am liebsten den Hals umgedreht hätte, und ich glaube, jeder außer der Heiligen Johanna hätte dasselbe empfunden. Ich nehme an, wenn Susy und Shawna oder ein paar andere Leute mich an jenem Tag schreien hörten, daß ich sie am liebsten umbringen würde – oder wenn sie gehört haben, wie wir uns gegenseitig Gemeinheiten an den Kopf warfen – nun, sie müssen geglaubt haben, ich würde meine Röcke raffen und auf ihrem Grab Boogie tanzen, wenn sie endlich das Zeitliche gesegnet hatte. Und vermutlich hast du gestern und heute von einigen von ihnen dergleichen gehört, stimmt's Andy? Du brauchst nicht zu antworten; alles, was ich an Antwort brauche, steht dir im Gesicht geschrieben. Es ist die reinste Anschlagtafel.

Außerdem weiß ich, wie gern die Leute reden. Sie haben über mich und Vera geredet, und es ist auch eine Menge geklatscht worden über mich und Joe – bevor er starb, und noch mehr hinterher. Wir leben hier draußen hinter dem Mond, und so ungefähr das Interessanteste, was ein Mensch tun kann, ist, daß er plötzlich stirbt. Ist euch das auch schon einmal aufgefallen?

Womit wir bei Joe angekommen wären.

Vor diesem Teil habe ich mich gefürchtet, und es hat keinen Sinn, das abstreiten zu wollen. Ich sagte auch schon, daß ich ihn umgebracht habe; das hätten wir hinter uns. Aber das Schwerste kommt noch: zu erklären, wie, weshalb und wann es geschehen mußte.

Ich habe heute viel über Joe nachgedacht, Andy – mehr als über Vera, um die Wahrheit zu sagen. Ich habe immer wieder versucht, mich zu erinnern, warum ich ihn überhaupt geheiratet habe, und anfangs ist es mir nicht gelungen. Nach einer Weile geriet ich deshalb in eine Art Panik, ungefähr so wie Vera, wenn sie sich einbildete, in ihrem Kopfkissenbezug wäre eine Schlange. Dann wurde mir klar, wo das Problem lag – ich suchte nach Liebe, die im Spiel war, als wäre ich eines dieser dummen kleinen Dinger, die Vera früher im Juni einstellte und dann wieder hinauswarf, noch bevor der Sommer halb um war, weil sie nicht imstande waren, sich an die Regeln zu halten. Ich suchte nach der Liebe, die im Spiel war. Aber von Liebe war schon damals, im Jahre 1945, herzlich wenig die Rede, als ich achtzehn war und er neunzehn und die Welt noch neu.

Wißt ihr, was das einzige war, was mir einfiel, während ich heute dort draußen auf den Stufen saß, mir den Hintern abfror und mich an Liebe zu erinnern versuchte? Er hatte eine hübsche Stirn. Ich saß neben ihm im Lesesaal, als wir zusammen auf der High School waren – das war während des Zweiten Weltkriegs –, und ich erinnere mich an seine Stirn, wie glatt sie aussah, ohne einen einzigen Pickel. Da waren ein paar auf seinen Wangen und am Kinn, und er hatte öfters Mitesser an der Nase, aber seine Stirn war glatt wie Sahne. Ich weiß noch, daß ich sie gern berührt hätte – daß ich davon *träumte*, sie zu berühren, um die Wahrheit zu gestehen; festzustellen, ob sie wirklich so glatt war, wie sie aussah. Und als er mich zum Abschlußball einlud, sagte ich ja, und ich bekam meine Gelegenheit, seine Stirn zu berühren. Sie war tatsächlich so glatt, wie sie aussah, und sein Haar ging in hübschen, schlanken Wellen von ihr aus. Ich strich ihm im Dunkeln übers Haar und die glatte Stirn, während die Band drinnen im Saal von Samoset Inn *Moonlight Cocktail* spielte. Wenigstens *das* fiel mir wieder ein, nachdem ich ein paar Stunden auf diesen morschen Stufen gesessen und gezittert hatte. Es war also schließlich doch etwas dagewesen, eine *Kleinigkeit*. Natürlich berührte ich wesentlich mehr als nur seine Stirn, bevor allzu viele Wochen ins Land gegangen waren, und das war mein Fehler.

Eines muß ich von vornherein klarstellen – ich versuche nicht zu behaupten, daß ich die besten Jahre meines Lebens mit diesem alten Säufer verbrachte, nur weil mir seine Stirn gefiel, als wir in der siebten Stunde im Lesesaal saßen und das Licht auf sie fiel. Weiß Gott nicht. Was ich zu sagen versuche, ist, daß das alles ist, woran ich mich heute in Sachen Liebe erinnern kann; und das tut weh. Dazusitzen auf den Stufen am East Head, nachzudenken über die alten Zeiten – das war verdammt harte Arbeit. Ich begriff zum ersten Mal, daß ich mich vielleicht zu billig verkauft hatte, und vielleicht tat ich es deshalb, weil ich glaubte, das Billige wäre das Beste, was meinesgleichen erwarten konnte. Ich wagte zum ersten Mal daran zu denken, daß ich es eigentlich verdient gehabt hätte, mehr geliebt zu werden, als Joe St. George irgendjemanden liebte (sich selbst vielleicht ausgenommen). Ihr werdet es vielleicht nicht glauben, daß so ein hartes altes Luder wie ich an die Liebe glaubt. Die Wahrheit ist, daß sie so ziemlich das einzige ist, woran ich glaube.

Damit, daß ich ihn dann heiratete, hat das wenig zu tun; das laßt euch sagen. Ich hatte ein sechs Wochen altes Baby im Bauch, als ich ihm sagte: Ja, und bis der Tod uns scheidet. Was blieb mir sonst schon übrig? Traurig, aber wahr. Was dann kam, hatte vermutlich all die dämlichen Gründe, die ihr ja kennt – und eines kann ich euch sagen: aus dämlichen Gründen entstehen dämliche Ehen.

Ich hatte es satt, mit meiner Mutter zu streiten.

Ich hatte es satt, von meinem Vater runtergeputzt zu werden.

All meine Freundinnen taten es. Es bedeutete, ein eigenes Heim zu haben; und ich wollte erwachsen sein wie sie, und nicht mehr ein dummes kleines Mädchen.

Er sagte, er wollte mich, und ich habe ihm geglaubt.

Er sagte, er liebte mich, und auch das habe ich ihm geglaubt – und nachdem er das gesagt und mich gefragt hatte, ob ich für ihn dasselbe empfände, schien die Höflichkeit zu verlangen, daß ich sagte, ich täte es.

Ich hatte Angst vor dem, was auf mich zukam, wenn ich es nicht tat – wo sollte ich hingehen, was sollte ich tun, wer würde auf mein Baby aufpassen, wenn ich arbeiten mußte?

All das dürfte sich ziemlich blöd anhören, wenn du es je aufschreiben solltest, Nancy, aber das Allerblödeste ist, daß ich ein gutes Dutzend Frauen kenne, die mit mir zur Schule gingen und aus denselben Gründen geheiratet haben; die meisten von ihnen sind nach wie vor verheiratet, und viele von ihnen halten einfach durch und hoffen, ihren Alten zu überleben, damit sie ihn begraben und dann die Bierfürze ein für allemal aus den Laken schütteln können.

So um 1952 herum hatte ich seine Stirn gründlich vergessen, und um 1956 hatte ich für den Rest von ihm auch nicht mehr viel Verwendung, und ich glaube, ungefähr um die Zeit, als Kennedy Ike ablöste, fing ich an, ihn zu hassen. Aber ich habe nie daran gedacht, ihn umzubringen, bis ich herausfand, welche Gemeinheit er begangen hatte – eine Gemeinheit, die sich praktisch vor meiner Nase abgespielt hatte. Bis dahin war meine Einstellung die gewesen, daß diejenigen, die in Eile heiraten, in Muße bereuen. Ich fand, ich müßte bei ihm bleiben, weil meine Kinder einen Vater brauchten, wenn schon aus keinem anderen Grund. Ist das nicht ein Witz? Aber es ist die Wahrheit, ich schwöre es. Und ich schwöre noch etwas: wenn Gott mir eine zweite Chance gäbe, würde ich dasselbe wieder tun, sogar wenn das Hölle und ewige Verdammnis bedeuten würde – was es vermutlich tut.

Wahrscheinlich weiß jeder, der schon länger auf Little Tall lebt, daß ich ihn umgebracht habe, und die meisten von ihnen bilden sich vermutlich ein, sie wüßten, warum ich es getan habe – wegen der Art, auf die er seine Hände gegen mich gebrauchte. Aber es waren nicht seine Hände auf *mir*, die ihn ins Grab brachten, und die simple Wahrheit ist die – ganz gleich, was die Leute auf der Insel damals gedacht haben mögen –, daß er mich in den letzten Jahren unserer Ehe kein einziges Mal geschlagen hat. *Diese* Gemeinheit habe ich ihm Ende '60 oder Anfang '61 abgewöhnt.

Bis dahin hat er mich ziemlich oft geschlagen. Das kann ich nicht abstreiten. Und ich hab's hingenommen – auch das kann ich nicht abstreiten. Das erste Mal war in der zweiten Nacht nach unserer Hochzeit. Wir waren übers Wochenende nach Boston gefahren – das waren unsere

Flitterwochen – und wohnten im *Parker House.* In diesen Tagen sind wir kaum ausgegangen. Wir waren nur ein Paar Landmäuse und hatten Angst, wir könnten unter die Räder kommen. Joe sagte, er dächte nicht daran, die fünfundzwanzig Dollar, die meine Eltern uns zum Verjuxen geschenkt hatten, für ein Taxi auszugeben, nur weil er den Rückweg zum Hotel nicht finden konnte. Gott, war dieser Mann blöd! Ich war es natürlich auch – aber Joe hatte etwas, das ich nicht hatte (und darüber bin ich froh), und das war dieses argwöhnische Wesen. Er bildete sich ein, die ganze Menschheit hätte es nur darauf abgesehen, ihn aufs Kreuz zu legen. Und mir ist oft der Gedanke gekommen, daß er sich vielleicht nur deshalb betrank, weil das für ihn die einzige Möglichkeit war, zu schlafen, ohne ein Auge offenzuhalten.

Aber das tut hier nichts zur Sache. Was ich erzählen wollte, war, daß wir an diesem Samstagabend in den Speisesaal hinuntergingen, gut aßen und dann in unser Zimmer zurückkehrten. Ich erinnere mich, daß Joe ziemliche Schlagseite hatte, als er durchs Foyer ging – er hatte vier oder fünf Bier zum Mittagessen getrunken und weitere neun oder zehn im Lauf des Nachmittags. Sobald wir wieder in unserem Zimmer angekommen waren, stand er nur da und musterte mich so lange, daß ich ihn fragte, ob er etwas Grünes sähe.

»Nein«, sagte er, »aber unten in dem Restaurant habe ich einen Kerl gesehen, der dein Kleid betrachtet hat, Dolores. Ihm sind fast die Augen aus dem Kopf gefallen. Und du hast *gewußt,* daß er dich anschaut, stimmt's?«

Ich hätte ihm fast gesagt, daß ich es nicht einmal bemerkt hätte, wenn Gary Cooper mit Rita Hayworth dort in der Ecke gesessen hätten, doch dann dachte ich, wozu?

Es empfahl sich nicht, mit Joe zu streiten, wenn er getrunken hatte; ich bin nicht mit völlig geschlossenen Augen in diese Ehe gegangen, und ich versuche auch nicht, euch weiszumachen, daß ich es tat.

»Wenn da ein Mann war, der mein Kleid betrachtet hat – weshalb bist du dann nicht hinübergegangen und hast ihm gesagt, er soll die Augen zumachen, Joe?« fragte ich. Es war nur ein Scherz – vielleicht habe ich versucht, ihn abzulenken, ich weiß es wirklich nicht mehr –, aber er nahm es nicht als Scherz. Das weiß ich noch genau. Joe war ein Mann, der keinen Spaß verstand; er hatte überhaupt keinen Sinn für Humor. Und das hatte ich *nicht* gewußt, als ich mich mit ihm einließ; damals glaubte ich, ein Sinn für Humor wäre so etwas wie eine Nase oder ein Paar Ohren – daß er bei manchen Leuten besser funktionierte als bei anderen, aber bei jedermann vorhanden war.

Er packte mich und legte mich übers Knie und verprügelte mich mit seinem Schuh. »Damit eins von vornherein klar ist: niemand außer mir wird je erfahren, welche Farbe deine Unterwäsche hat, Dolores«, sagte er. »Hast du verstanden? Niemand außer mir.«

Ich bildete mir tatsächlich ein, das wäre so eine Art Liebesspiel, und daß er nur so täte, als wäre er eifersüchtig, um mir zu schmeicheln – so ein blödes Gänschen war ich damals. Es war Eifersucht, ganz eindeutig, aber Liebe war dabei nicht im Spiel. Es war mehr wie die Art, auf die ein Hund die Pfote auf seinen Knochen legt und knurrt, wenn man ihm zu nahe kommt. Damals wußte ich das noch nicht, also fand ich mich damit ab. Später fand ich mich damit ab, weil ich glaubte, wenn ein Mann seine Frau von Zeit zu Zeit schlug, dann wäre das nun einmal ein Bestandteil des Verheiratetseins – kein angenehmer Teil, zugegeben, aber schließlich ist auch das Klosettputzen kein angenehmer Bestandteil des Verheiratetseins, aber die meisten Frauen müssen es Tag für Tag tun, nachdem Brautkleid und Schleier weggepackt und auf dem Dachboden verstaut sind. Stimmt's, Nancy?

Mein eigener Dad hat von Zeit zu Zeit die Hand gegen meine Mum erhoben, und ich nehme an, daher hatte ich die Idee, daß das in Ordnung war – einfach etwas, womit man sich abfinden mußte. Ich habe meinen Dad sehr geliebt, und er und sie haben sich auch sehr geliebt, aber wenn ihm etwas gegen den Strich ging, konnte er sehr ungemütlich werden.

Ich erinnere mich an einen Abend, ich muß damals ungefähr neun Jahre alt gewesen sein, als Dad vom Mähen von George Richards Koppel drüben am West End heimkam und Mum sein Essen nicht fertig hatte. Ich weiß nicht mehr, warum das so war, aber ich erinnere mich ganz genau, was passierte, als er hereinkam. Er trug nur seinen Overall, die Arbeitsstiefel und die Socken hatte er draußen auf der Veranda ausgezogen, sie waren voller Spreu, und sein Gesicht und seine Schultern waren rot verbrannt. Das Haar war an den Schläfen angeschwitzt, und genau in der Mitte zwischen den Linien über seinen Brauen klebte ein Grashalm auf seiner Stirn. Er sah erhitzt aus und erschöpft und bereit, in dcr nächsten Minute in die Luft zu gehen.

Er ging in die Küche, und da war nichts auf dem Tisch als ein Glaskrug mit Blumen darin. Er drehte sich zu Mum um und sagte: »Wo ist mein Essen, du Schlampe?« Sie machte den Mund auf, aber bevor sie etwas sagen konnte, hatte er ihr die Hand aufs Gesicht gelegt und sie in die Ecke gestoßen. Ich hatte an der Küchentür gestanden und alles mit angesehen. Er kam auf mich zu mit gesenktem Kopf, und das Haar hing ihm irgendwie ins Gesicht – immer wenn ich sehe, wie ein Mann auf diese Art nach Hause kommt, erschöpft von einem arbeitsreichen Tag und mit dem Henkelmann in der Hand, muß ich an meinen Dad denken –, und ich hatte ein bißchen Angst. Ich wollte ihm aus dem Weg gehen, weil ich fürchtete, er würde mich auch in die Ecke stoßen, aber meine Beine waren so schwer, daß ich sie nicht bewegen konnte. Aber er hat es nicht getan. Er ergriff mich nur mit seinen großen, warmen, harten Händen und stellte mich beiseite. Dann ging er hinaus und setzte sich auf den Hackklotz, mit den Händen im Schoß und hängendem Kopf, als betrachtete er sie. Zuerst verscheuchte er die Hühner, aber nach einer Weile kamen sie zurück und pickten überall um seine nackten Füße herum. Ich dachte, er würde nach ihnen treten und die Federn fliegen lassen, aber auch das hat er nicht getan.

Nach einer Weile drehte ich mich um und sah nach meiner Mum. Sie saß immer noch in der Ecke. Sie hatte sich ein Geschirrtuch übers Gesicht gelegt und weinte darunter. Ihre Arme waren über ihrem Busen verschränkt. Das ist es, woran ich mich am besten erinnere, obwohl ich nicht weiß, warum – wie sie die Arme über dem Busen verschränkt hatte. Ich ging zu ihr und drückte sie, und sie legte mir die Arme um die Taille und drückte mich gleichfalls. Dann nahm sie das Geschirrtuch vom Gesicht und benutzte es dazu, sich die Tränen abzuwischen, und dann wies sie mich an, hinauszugehen und Daddy zu fragen, ob er ein Glas kalte Limonade wollte oder eine Flasche Bier.

»Aber sag ihm, daß nur noch zwei Flaschen Bier da sind«, sagte sie. »Wenn er mehr will, soll er entweder zum Laden gehen oder gar nicht erst damit anfangen.«

Ich ging raus und fragte ihn, und er sagte, er wollte kein Bier, aber ein Glas Limonade wäre genau das Richtige. Ich lief los, um es zu holen. Mum machte sein Essen fertig. Ihr Gesicht war noch verquollen vom Weinen, aber sie summte vor sich hin, und in dieser Nacht quietschten die Bettfedern wie fast jede Nacht. Über die Sache wurde kein Wort mehr verloren. Häusliche Strafe nannte man das damals, das gehörte zum Job eines Mannes, und wenn ich später überhaupt darüber nachgedacht habe, dann dachte ich nur, daß meine Mum wohl ein bißchen Strafe verdient hatte, denn sonst hätte Dad nie getan, was er getan hat.

Es gab noch ein paar weitere Male, bei denen er sie strafte, aber das war die Sache, an die ich mich am besten erinnere. Ich habe nie gesehen, daß er sie mit der Faust schlug, so, wie Joe mich manchmal geschlagen hat, aber einmal hat er ihr ein Stück nasses Segeltuch über die Beine gezogen, und das muß verdammt wehgetan haben. Sie hatte rote Striemen an den Beinen, die den ganzen Nachmittag nicht verschwanden.

Heute nennt das kein Mensch mehr häusliche Strafe – soweit ich es beurteilen kann, ist der Ausdruck völlig aus der Mode gekommen, und ich weine ihm keine Träne nach –, aber ich bin nun einmal mit der Vorstellung aufgewachsen, daß es der Job des Mannes ist, Frauen und Kinder auf den rechten Weg zurückzubringen, wenn sie von ihm abgewichen sind. Das sage ich nicht nur, weil ich mit dieser Vorstellung aufgewachsen bin – so einfach mache ich es mir nicht –, sondern ich fand das völlig in Ordnung. Ich wußte, daß von Strafe kaum jemals die Rede sein kann, wenn ein Mann seine Frau schlägt. Dennoch ließ ich sehr lange zu, daß Joe es bei mir tat. Vermutlich war ich einfach zu erschöpft vom Führen des Haushalts, vom Putzen für die Sommergäste, vom Aufziehen der Kinder und von den Versuchen, Joes Probleme mit den Nachbarn aus der Welt zu schaffen, um mir viel dabei zu denken.

Mit Joe verheiratet zu sein – Scheiße! Wie sieht es überhaupt in Ehen aus? Vermutlich ist jede anders, aber keine ist das, was sie nach außen hin zu sein scheint, das kann ich euch versichern. Was die Leute vom Eheleben mitbekommen und was drinnen vorgeht, sind gewöhnlich zwei ganz verschiedene Dinge. Manchmal ist das grauenhaft, und manchmal ist es komisch, aber gewöhnlich ist es – wie alles, was zum Leben gehört – beides gleichzeitig.

Die Leute *glaubten,* daß Joe ein Alkoholiker war, der mich – und vermutlich auch die Kinder – schlug, wenn er betrunken war. Sie glaubten, er hätte es schließlich einmal zu oft getan, und deshalb hätte ich seine Fahrkarte gelocht. Es stimmt, daß Joe trank und daß er gelegentlich zu Treffen der Anonymen Alkoholiker nach Jonesport hinüberfuhr, aber er war ebensowenig ein Alkoholiker, wie ich es bin. Er hat sich alle vier oder fünf Monate einmal vollaufen lassen, gewöhnlich mit Gesindel wie Gerry Thibodeau oder Stevie Brooks – die beiden waren wirklich Alkoholiker –, aber dann ließ er es wieder, abgesehen von ein paar Schlucken, wenn er abends nach Hause kam. Nicht mehr als das, denn wenn er eine Flasche hatte, dann sorgte er dafür, daß sie eine Weile vorhielt. Von den richtigen Säufern, die mir in meinem Leben begegnet sind, hatte keiner auch nur das geringste Interesse daran, daß eine Flasche eine Weile vorhielt – weder *Jim Beam,* noch *Old Duke,* und nicht einmal Entgleiser, das ist durch ein Tuch gefiltertes Frostschutzmittel. Ein echter Säufer hat nur zweierlei im Sinne: die Flasche in seiner Hand zu leeren und sich dann auf die Suche nach der nächsten zu machen.

Nein, er war kein Alkoholiker, aber er hatte nichts dagegen, wenn die Leute glaubten, er wäre einer *gewesen*. Es half ihm, Arbeit zu bekommen, vor allem im Sommer. Ich nehme an, die Art der Leute, über die Anonymen Alkoholiker zu reden, hat sich im Laufe der Zeit geändert – ich weiß, daß heute viel mehr über sie geredet wird als früher –, aber etwas hat sich nicht geändert: daß die Leute nach wie vor versuchen, jemandem zu helfen, der behauptet, er wäre dabei, sich selbst zu helfen. Joe brachte es fertig, ein ganzes Jahr nicht zu trinken – oder zumindest nicht darüber zu reden, wenn er es tat –, und sie haben drüben in Jonesport eine Party für ihn veranstaltet. Er bekam eine Torte und eine Medaille. Und wenn er sich um einen Job bewarb, den einer der Sommergäste erledigt haben wollte, dann war das erste, was er ihnen erzählte, daß er ein Alkoholiker auf dem Wege der Besserung war. »Wenn Sie mich deswegen nicht nehmen wollen, kann ich es Ihnen nicht verdenken«, pflegte er zu sagen, »aber ich muß es mir von der Seele reden. Ich habe jetzt seit über einem Jahr Treffen der A. A. besucht, und da haben sie uns gesagt, wenn wir nicht ehrlich sein können, können wir auch nicht nüchtern bleiben.«

Und dann zog er seine goldene Ein-Jahr-Medaille aus der Tasche und zeigte sie vor, und dabei schaute er drein wie jemand, der ständig am Hungertuch nagt. Ich nehme an, einige von den Leuten hätten fast geweint, wenn Joe ihnen erzählte, wie er einen Tag nach dem anderen hinter sich brachte, es leicht nahm und nicht nachgab und auf Gott vertraute, wenn ihn das Verlangen nach einem Drink überfiel – was, wie er behauptete, so ungefähr jede Viertelstunde vorkam. Danach konnten sie ihn gewöhnlich gar nicht schnell genug anheuern, und das nicht selten zu fünfzig Cents oder einem Dollar mehr pro Stunde, als sie eigentlich hatten zahlen wollen. Man hätte meinen können, daß die Masche nach dem Labor Day nicht mehr zog, aber sie funktionierte selbst hier auf der Insel, wo die Leute ihn kannten und es eigentlich besser hätten wissen müssen, erstaunlich gut.

Tatsache ist, daß Joe, wenn er mich schlug, fast immer stocknüchtern war. Wenn er geladen hatte, kümmerte er sich kaum um mich, weder auf die eine noch auf die andere Art. Dann, '60 oder '61, kam er eines abends nach Hause, nachdem er Charlie Dispenzieri geholfen hatte, sein Boot aus dem Wasser zu ziehen, und als er sich bückte, um eine Cola aus dem Kühlschrank zu holen, sah ich, daß seine Hose hinten aufgeplatzt war. Ich lachte. Ich konnte einfach nicht anders. Er sagte nichts, aber als ich an den Herd trat, um nach dem Kohl zu sehen – ich kochte eine warme Mahlzeit an diesem Abend, daran erinnere ich mich, als wäre es gestern gewesen –, da holte er ein Stück Zuckerahorn aus der Holzkiste und pfefferte es mir ins Kreuz. Oh, wie weh das tat! Ihr könnt euch das nur vorstellen, wenn euch jemals einer in die Nieren geschlagen hat. Sie fühlen sich klein an und heiß und so *schwer*, als wären sie im Begriff, sich von dem, was immer sie dort hält, wo sie sein sollen, loszureißen und wegzusacken wie Schrot in einem Eimer.

Ich humpelte zum Tisch und fiel auf einen der Stühle. Wenn der Stuhl weiter weg gewesen wäre, wäre ich hingeschlagen. Ich saß nur da und wartete darauf, daß der Schmerz nachließ. Ich weinte nicht richtig, weil ich den Kindern keinen Schrecken einjagen wollte; trotzdem liefen mir die Tränen übers Gesicht. Ich konnte sie nicht stoppen. Es waren Schmerzenstränen, die Art, die man für nichts und niemanden zurückhalten kann.

»Komm nicht noch einmal auf die Idee, über mich zu lachen, du Schlampe«, sagte Joe. Er warf das Holzscheit, mit dem er mich geschlagen hatte, wieder in den Kasten, dann setzte er sich hin, um den *American* zu lesen. »Daß du das zu lassen hast, hättest du eigentlich schon vor zehn Jahren wissen müssen.«

Es dauerte zwanzig Minuten, bis ich von dem Stuhl hochkam. Ich mußte Selena rufen, damit sie die Platte unter dem Gemüse und dem Fleisch schwächer stellte, obwohl der Herd nur vier Schritte von der Stelle entfernt war, an der ich saß.

»Warum hast du es denn nicht selber getan, Mummy?« fragte sie mich. »Ich hab mir gerade mit Joey Zeichentrickfilme angesehen.«

»Ich ruhe mich aus«, erklärte ich ihr.

»Das stimmt«, sagte Joe hinter seiner Zeitung, »sie hat ihr Mundwerk laufen lassen, bis sie völlig am Ende war.« Und er lachte. Das gab den Ausschlag; dieses Lachen war alles, was nötig war. In diesem Augenblick kam ich zu dem Schluß, daß er mich nie wieder schlagen würde, wenn er nicht einen hohen Preis dafür bezahlen wollte.

Wir aßen zu Abend, ganz wie gewöhnlich, und hinterher saßen wir vor dem Fernseher, auch ganz wie gewöhnlich, ich und die großen Kinder auf dem Sofa und Little Pete auf dem Schoß seines Vaters in dem großen Sessel. Dort schlief er, wie er es immer tat, so gegen halb acht ein, und Joe brachte ihn ins Bett. Joe Junior schickte ich eine Stunde später schlafen, und Selena ging um neun. Ich selbst legte mich gewöhnlich gegen zehn hin, und Joe saß vielleicht bis Mitternacht da, nickte hin und wieder ein, sah ein bißchen fern, las Artikel in der Zeitung, die ihm beim ersten Mal entgangen waren, und bohrte in der Nase. – Du siehst, Frank, so schlimm war das gar nicht; manche Leute gewöhnen es sich nie ab, nicht einmal, wenn sie erwachsen sind.

An diesem Abend ging ich nicht zu meiner üblichen Zeit ins Bett, sondern blieb zusammen mit Joe auf. Meinem Rücken ging es etwas besser. Auf jeden Fall so gut, daß ich das tun konnte, was ich tun mußte. Vielleicht war ich deswegen nervös, aber wenn ich es war, kann ich mich nicht daran erinnern. Die meiste Zeit wartete ich darauf, daß er einnickte, und endlich tat er es.

Ich stand auf, ging in die Küche und holte den kleinen Sahnekrug vom Tisch. Ich ging nicht hin, um nach ihm zu suchen; er stand nur dort, weil Joe Junior an diesem Abend mit dem Abräumen an der Reihe gewesen war, und er hatte vergessen, ihn in den Kühlschrank zu stellen. Joe Junior vergaß immer etwas – den Sahnekrug wegzuräumen, die Glashaube über den Butterteller zu stülpen, die Brottüte so einzuschlagen, daß die oberste Scheibe über Nacht nicht austrocknete –, und wenn ich ihn jetzt in den Fernsehnachrichten sehe, wenn er eine Rede hält oder ein Interview gibt, dann ist es das, was mir gewöhnlich einfällt. Und dann frage ich mich, was die Demokraten denken würden, wenn sie wüßten, daß ihr Fraktionsvorsitzender im Senat des Staates Maine es nie fertiggebracht hat, den Küchentisch vollständig abzuräumen, als er elf Jahre alt war. Aber ich bin stolz auf ihn, das könnt ihr mir glauben. Ich bin stolz auf ihn, obwohl er zu den verdammten Demokraten gehört.

Auf jeden Fall hatte er es an diesem Abend geschafft, genau das Richtige zu vergessen; der Krug war klein, aber schwer, und er fühlte sich in meiner Hand genau richtig an. Ich ging hinüber zur Holzkiste und holte das Beil mit dem kurzen Griff, das immer auf dem Bord darüber liegt. Dann kehrte ich ins Wohnzimmer zurück, wo er schlief. Ich hielt den Krug in der rechten Hand und ließ sie einfach niedersausen und hieb ihm den Krug an den Kopf. Er zerbrach in ungefähr tausend Splitter.

Er wurde sehr schnell wach, als ich das getan hatte, Andy. Und du hättest ihn hören sollen. Laut? Heiliger Vater im Himmel! Er hörte sich an wie ein Bulle, der sich den Schwanz in der Gartenpforte eingeklemmt hat. Er riß die Augen weit auf und hielt sich die Hand ans Ohr, das bereits blutete. An seiner Backe und in seinem Haar hingen Sahneklümpchen.

»Weißt du was, Joe?« sagte ich. »Jetzt bin ich gar nicht mehr müde.«

Ich hörte, wie Selena aus dem Bett sprang, aber ich wagte nicht, mich umzusehen. Ich hätte in Teufels Küche kommen können, wenn ich es getan hätte – wenn er wollte, konnte er verdammt flink sein. Ich hielt das Beil mit der linken Hand, so daß die Schürze es fast verdeckte. Und als Joe versuchte, aus seinem Sessel hochzukommen, holte ich es hervor und zeigte es ihm. »Wenn du das nicht im Kopf haben willst, Joe, solltest du dich lieber wieder hinsetzen«, sagte ich.

Eine Sekunde lang dachte ich, er würde trotzdem aufstehen. Wenn er es getan hätte, dann wäre das schon damals sein Ende gewesen, denn es war mir todernst damit. Er spürte es und erstarrte mit dem Hintern ungefähr zehn Zentimeter über dem Sitz.

»Mommy?« rief Selena von der Schwelle ihres Zimmers aus.

»Geh wieder ins Bett, Kind«, sagte ich, ohne auch nur für eine Sekunde den Blick von Joe abzuwenden. »Dein Vater und ich haben eine kleine Auseinandersetzung.«

»Ist alles in Ordnung?«

»Ja«, sagte ich. »Stimmt's Joe?«

»Ja«, sagte er. »Alles in bester Butter.«

Ich hörte, wie sie ein paar Schritte zurücktrat, aber ihre Zimmertür blieb noch kurze Zeit offen – vielleicht fünfzehn Sekunden lang –, und ich wußte, daß sie da stand und uns beobachtete. Joe blieb genau da, wo er war, mit einer Hand auf der Lehne seines Sessels und seinem Hinterteil ein paar Zentimeter über dem Sitz. Dann hörten wir, wie die Tür zugemacht wurde, und dabei schien Joe bewußt zu werden, wie blöd er aussehen mußte, halb im Sessel und halb draußen, mit der anderen Hand am Ohr und den Sahneklümpchen, die von seiner Schläfe herabtropften.

Er setzte sich wieder richtig hin und nahm die Hand weg. Sowohl sie als auch sein Ohr waren voller Blut, aber im Gegensatz zum Ohr schwoll die Hand nicht an. »Das zahle ich dir heim, du gemeines Luder«, sagte er.

»Ach, wirklich?« erwiderte ich. »Aber dabei solltest du eins nicht vergessen, Joe St. George – was du mir zahlst, bekommst du doppelt zurück.«

Er grinste mich an, als könnte er nicht glauben, was er da gehört hatte. »Dann werde ich dich wohl umbringen müssen, oder?«

Ich gab ihm das Beil, noch bevor die Worte richtig aus seinem Mund heraus waren. Ich hatte nicht vorgehabt, das zu tun, aber sobald ich sah, wie er es in der Hand hielt, wußte ich, daß ich gar nichts anderes hätte tun können.

»Also los«, sagte ich. »Sieh nur zu, daß der erste Schlag sitzt, damit ich nicht leiden muß.«

Sein Blick wanderte von mir zu dem Beil und kehrte dann wieder zu mir zurück. Wäre die Sache nicht so ernst gewesen, dann hätte der überraschte Ausdruck in seinem Gesicht fast komisch gewirkt.

»Und dann, wenn du es getan hast, solltest du das Essen auf dem Herd wieder aufwärmen und dir noch eine Portion holen«, erklärte ich ihm. »Iß, bis du platzt, weil du dann nämlich ins Gefängnis gehst, und nach allem, was ich gehört habe, werden dort keine besonders guten Mahlzeiten serviert. Wahrscheinlich bringen sie dich zuerst nach Belfast, und ich wette, daß sie dort einen dieser orangefarbenen Anzüge in genau deiner Größe haben.«

»Halt's Maul, Fotze«, sagte er.

Aber ich dachte nicht daran. »Danach wird man dich wohl nach Shawshank bringen, und daß man dort das Essen nicht heiß vor dich hinstellt, das *weiß* ich genau. Und sie lassen dich auch nicht freitagabends raus, damit du mit deinen Saufkumpanen Poker spielen kannst. Das einzige, was ich möchte, ist, daß du es schnell tust und aufpaßt, daß die Kinder die Schweinerei nicht sehen, wenn es vorbei ist.«

Dann machte ich die Augen zu. Ich war ziemlich sicher, daß er es nicht tun würde, aber damit, daß man ziemlich sicher ist, kann man nicht viel Wasser aus einem Stein quetschen, wenn das eigene Leben auf dem Spiel steht. Das ist etwas, das ich an diesem Abend begriffen habe. Ich stand da mit geschlossenen Augen, sah nichts als Dunkelheit und fragte mich, was für ein Gefühl es sein würde, wenn mir dieses Beil durch die Nase und die Lippen und die Zähne fuhr. Ich weiß noch, daß ich dachte, daß ich vermutlich die Holzsplitter an der Schneide schmecken würde, bevor ich starb, und ich weiß auch noch, daß ich froh war, es erst vor zwei oder drei Tagen geschärft zu haben. Wenn er mich schon umbringen wollte, dann würde er es wenigstens nicht mit einem stumpfen Beil tun.

Mir war, als hätte ich ungefähr zehn Jahre lang so dagestanden. Dann sagte er, grob und stocksauer: »Willst du nun endlich ins Bett gehen oder weiter so dastehen wie Helen Keller, wenn sie gerade einen feuchten Traum hat?«

Ich öffnete die Augen und sah, daß er das Beil unter seinen Sessel gelegt hatte – ich konnte nur noch das Ende des Griffes sehen, das unter dem Volant herausragte. Seine Zeitung lag wie eine Art Zelt auf seinen Füßen. Er bückte sich, hob sie auf und schüttelte sie aus – er versuchte, sich so zu benehmen, als wäre nichts passiert, überhaupt nichts. Aber da war das Blut, das ihm vom Ohr übers Gesicht lief, und seine Hände zitterten so, daß die Seiten der Zeitung leise raschelten. Außerdem hatte er auf der Vorder- und der Rückseite in Rot seine Fingerabdrücke hinterlassen, und ich nahm mir vor, das verdammte Ding zu verbrennen, bevor ich zu Bett ging, damit die Kinder es nicht sehen und sich fragen konnten, was passiert war.

»Es dauert nicht mehr lange, bis ich mein Nachthemd anziehe, Joe, aber vorher muß eines klar sein zwischen uns.«

Er schaute auf und sagte ziemlich verkniffen: »Werd nicht zu frech, Dolores. Das wäre ein ganz, ganz schwerer Fehler. Ich laß mich von dir nicht auf den Arm nehmen.«

»Ich nehme dich nicht auf den Arm«, sagte ich. »Die Zeiten, wo du mich geschlagen hast, sind vorbei. Das ist alles, was ich sagen wollte. Wenn du es jemals wieder tust, landet einer von uns im Hospital. Oder im Leichenschauhaus.«

Er schaute mich eine halbe Ewigkeit lang an, und ich schaute ihn an. Das Beil lag außerhalb seiner Reichweite unterm Sessel, aber das spielte keine Rolle; ich wußte, wenn ich den Blick senkte, bevor er es tat, dann würden die Knüffe an den Hals und die Schläge in den Rücken nie ein Ende nehmen. Aber schließlich und endlich schaute er wieder auf seine Zeitung und murmelte: »Mach dich nützlich, Frau. Wenn du schon sonst nichts Gescheites tun kannst, bring mir wenigstens ein Handtuch für meinen Kopf. Mein Hemd ist schon voller Blut.«

Das war das letzte Mal, daß er mich geschlagen hatte. Im Grunde seines Herzens war er ein Feigling, obwohl ich ihm das nicht ins Gesicht gesagt habe – damals nicht und auch später niemals. Ich glaube, das ist so ziemlich das Gefährlichste, was ein Mensch tun kann, weil ein Feigling mehr Angst davor hat, daß man es herausfindet, als vor allem anderen, sogar vorm Sterben.

Natürlich wußte ich, daß eine gehörige Portion Feigheit in ihm steckte; ich hätte nie riskiert, ihm den Sahnekrug an den Kopf zu schmettern, wenn ich mir nicht eine ziemlich gute Chance ausgerechnet hätte, daß ich die Oberhand gewinnen würde. Außerdem war mir etwas klar geworden, als ich da auf dem Stuhl saß, nachdem er mich geschlagen hatte, und darauf wartete, daß die Schmerzen in meinen Nieren nachließen: wenn ich mich jetzt nicht zur Wehr setzte, dann würde ich es vermutlich *nie* tun. Also tat ich es.

Eines kann ich euch sagen – daß ich Joe den Sahnekrug an den Kopf knallte, war eigentlich der einfache Teil. Bevor ich das fertigbrachte, mußte ich ein für allemal die

Erinnerung daran loswerden, wie mein Dad meine Mum in die Ecke stieß und wie er ihr dieses Stück nasses Segeltuch um die Beine schlug. Diese Erinnerungen loszuwerden, war schwer, weil ich sie beide sehr geliebt hatte, aber letzten Endes brachte ich es doch fertig – wahrscheinlich, weil ich es *mußte*. Und ich bin froh, daß ich es getan habe, und sei es auch nur, weil Selena sich niemals daran erinnern muß, wie ihre Mutter in der Ecke sitzt und mit einem Geschirrtuch vor dem Gesicht weint. Meine Mum nahm es hin, als ihr Mann es ihr zeigte, aber ich maße mir über keinen von beiden ein Urteil an. Vielleicht mußte sie es hinnehmen, und vielleicht mußte er es ihr zeigen, weil er sonst bei den Männern, mit denen er tagtäglich arbeitete, unten durch gewesen wäre. Es waren andere Zeiten damals – die meisten Leute haben keine Ahnung, *wie* anders sie waren –, aber das bedeutete nicht, daß ich es von Joe hinnehmen mußte, wenn ich schon so blöd gewesen war, ihn überhaupt zu heiraten. Wenn ein Mann eine Frau mit der Faust schlägt oder mit einem Scheit aus der Holzkiste, dann hat das mit häuslicher Strafe nichts zu tun, und ich war endlich zu dem Schluß gelangt, daß ich dergleichen künftig weder von Joe St. George noch von irgendeinem anderen Mann hinnehmen würde.

Er hat mich nie mehr geschlagen. Es gab Zeiten, wo er die Hand erhob, um es zu tun, aber dann ließ er es doch lieber bleiben. Manchmal, wenn die Hand oben war, schlagen *wollte*, aber es doch nicht *wagte*, sah ich in seinen Augen, daß er an den Sahnekrug dachte – vielleicht auch an das Beil. Und dann tat er so, als hätte er die Hand nur erhoben, weil er sich am Kopf kratzen oder sich über die Stirn wischen wollte. Das war eine Lektion, die er gleich beim ersten Mal gelernt hatte. Vielleicht die einzige.

Und noch etwas kam an dem Abend heraus, an dem er mich mit dem Holzscheit schlug und ich ihn mit dem Sahnekrug. Ich bringe es nicht gern zur Sprache – ich gehöre zu den altmodischen Leuten, die der Ansicht sind, daß alles, was hinter der geschlossenen Schlafzimmertür vorgeht, auch dort bleiben sollte. Aber ich glaube, ich sollte es trotzdem tun, weil es vermutlich bei dem, was später passierte, eine Rolle spielte.

Obwohl wir verheiratet waren und die nächsten beiden Jahre – es könnten auch fast drei gewesen sein, ich weiß es nicht mehr so genau – unter einem Dach lebten, versuchte er danach nur ein paarmal, von seinen ehelichen Rechten Gebrauch zu machen. Er . . .

Was, Andy?

Natürlich will ich damit sagen, daß er impotent war! Wovon sollte ich sonst reden – von seinem Recht, meine Unterwäsche zu tragen, wenn ihm danach zumute war? Ich habe mich ihm nie verweigert; er war einfach nicht mehr dazu imstande. Er war nicht das, was man eine Art Mann für jede Nacht nennen könnte, nicht einmal zu Anfang, und er konnte es auch nicht in die Länge ziehen – es ging fast immer wham, bam, und besten Dank, Madam. Wäre ich nicht eine Frau gewesen, die schnell in Wallung kommt, dann hätte ich nie meinen Spaß dabei gehabt. Aber schließlich blieb er doch so interessiert, daß er sich ein- oder zweimal in der Woche auf mich legte – das heißt, bis ich ihm den Sahnekrug an den Kopf knallte.

Zum Teil lag es wahrscheinlich am Schnaps – in diesen letzten paar Jahren trank er wesentlich mehr als früher –, aber ich glaube nicht, daß es *nur* das war. Ich erinnere mich, wie er eines Nachts von mir runterrollte, nachdem er ungefähr zwanzig Minuten lang gekeucht und geschnauft hatte, und sein kleines Ding hing immer noch runter, schlaff wie eine Nudel. Ich weiß nicht mehr, wie lange nach dem Abend das passierte, wovon ich euch gerade erzählt habe, aber ich weiß genau, daß es danach war – ich weiß noch, daß ich dalag und meine Nieren dermaßen pochten, daß ich dachte, ich würde bald aufstehen und ein Aspirin nehmen müssen, damit sie sich beruhigten.

»So«, sagte er, fast weinend, »ich hoffe, jetzt bist du zufrieden, Dolores. Bist du es?«

Ich sagte nichts. Manchmal muß man damit rechnen, daß alles, was eine Frau zu einem Mann sagt, das Falsche ist.

»Bist du es?« fragte er. »Bist du zufrieden, Dolores?«

Ich sagte auch weiterhin nichts, sondern lag nur da und schaute zur Decke hinauf und hörte dem Wind zu. Er kam von Osten in dieser Nacht, und ich konnte das Meer rauschen hören. Das ist ein Geräusch, das ich immer geliebt habe. Es beruhigt mich.

Er drehte sich um, und ich konnte seinen Bieratem auf meinem Gesicht riechen, sauer und widerlich. »Früher hat das Lichtausmachen geholfen«, sagte er, »aber jetzt hilft es nicht mehr. Ich sehe deine häßliche Visage sogar im Dunkeln.« Er streckte die Hand aus, ergriff meine Brust und schüttelte sie. »Und das da«, sagte er. »Alles lappig und flach wie ein Bügelbrett. Deine Fotze ist sogar noch schlimmer. Himmel, du bist noch nicht einmal fünfunddreißig, und dich zu vögeln, ist, als vögelte man eine Schlammpfütze.«

Ich dachte daran, zu sagen: Wenn sie eine Schlammpfütze *wäre,* dann könntest du ihn schlaff reinstecken, Joe; wäre *das* nicht eine große Erleichterung für dich? Aber ich hielt den Mund. Ich sagte es schon – meine Mutter hat keine Schwachköpfe großgezogen.

Dann war es eine Weile still. Ich war so ziemlich zu dem Schluß gekommen, daß er mir genügend Gemeinheiten an den Kopf geworfen hatte und eingeschlafen war, und ich dachte schon daran, aufzustehen und mein Aspirin zu nehmen, als er wieder zu sprechen anfing – und diesmal war ich ziemlich sicher, daß er weinte.

»Ich wollte, ich hätte dein Gesicht nie gesehen«, sagte er, und dann sagte er: »Warum hast du nicht dieses verdammte Beil genommen und ihn abgehackt, Dolores? Es wäre auf dasselbe hinausgelaufen.«

Ihr seht also, ich war nicht die einzige, die darauf gekommen war: die Tatsache, daß ich ihm den Sahnekrug an den Kopf geknallt und ihm klargemacht hatte, daß sich einiges ändern würde im Haus, hatte etwas mit seinem Problem zu tun. Aber ich hielt trotzdem den Mund und wartete ab, ob er einschlafen oder wieder versuchen würde, die Hand gegen mich zu erheben. Er lag nackt da, und ich wußte genau, wo ich ihn zuerst erwischen würde, falls er es versuchen sollte. Wenig später hörte ich ihn schnarchen. Ich weiß nicht, ob das das allerletzte Mal war, bei dem er versuchte, mir als Mann zu kommen, aber wenn nicht, dann fehlte nicht viel daran.

Natürlich hatte keiner seiner Freunde von diesen Vorgängen auch nur die geringste Ahnung – er wäre nie auf die Idee gekommen, ihnen zu erzählen, daß seine Frau ihm mit einem Sahnekrug Saures gegeben hatte und daß sein Wiesel den Kopf nicht mehr hochreckte. Der nicht! Wenn die anderen große Töne spuckten, wie sie mit ihren Frauen umgingen, dann spuckte er ebenso große Töne und erzählte ihnen, wie er mir eins übergebraten hatte, weil ich ihm frech gekommen war oder vielleicht auch, weil ich mir drüben in Jonesport ein Kleid gekauft hatte, ohne vorher zu fragen, ob es ihm recht wäre, wenn ich das Geld dafür aus der Keksdose nahm.

Woher ich das weiß? Einfach deshalb, weil es Zeiten gibt, zu denen ich die Ohren offenhalte, anstatt den Mund aufzumachen. Ich weiß, das ist schwer zu glauben, wenn man mich heute abend hört, aber es ist die Wahrheit.

Ich denke da an einen Tag, an dem ich bei den Marshalls arbeitete – du erinnerest dich doch an Frank Marshall, Andy, der immer davon redete, daß er eine Brücke hinüber zum Festland bauen wollte? – und es an der Tür klingelte. Ich war allein im Haus, und ich wollte schnell zur Tür, und dabei rutschte ich auf einer Brücke aus und knallte gegen die Kante des Kamins. Das trug mir einen großen blauen Fleck ein, direkt über dem Ellenbogen.

Ungefähr drei Tage später, als sich der Fleck gerade von Dunkelbraun zu einer Art Gelbgrün verfärbte, wie das gewöhnlich so ist, stieß ich im Ort auf Yvette Anderson. Sie kam gerade aus dem Dorfladen, und ich wollte hinein. Sie betrachtete den Fleck auf meinem Arm, und als sie mich daraufhin ansprach, *triefte* ihre Stimme geradezu vor Mitgefühl. Nur eine Frau, die gerade etwas gesehen hat, was sie glücklicher macht als ein Schwein, das sich im Dreck wälzt, kann dermaßen triefen. »Sind die Männer nicht *fürchterlich,* Dolores?«

»Nun, manchmal sind sie es, und manchmal nicht«, erwiderte ich. Ich hatte nicht die geringste Ahnung, wovon sie redete – mir ging es vor allem darum, noch ein paar von den Koteletts zu kriegen, die an dem Tag im Sonderangebot waren.

Sie tätschelte mir den Arm – den, der unverletzt war –

und sagte: »Du mußt jetzt ganz stark sein. Alles wird wieder gut werden. Ich hab das auch durchgemacht, und ich weiß es. Ich werde für dich beten, Dolores.« Das sagte sie, als wollte sie mir eine Million Dollar schenken, dann machte sie sich auf den Weg. Ich ging in den Laden, noch immer verblüfft. Ich hätte denken können, daß sie den Verstand verloren hatte, aber jeder, der einmal ein paar Worte mit Yvette gewechselt hat, weiß, daß da nicht viel zu verlieren war.

Erst als ich meine Einkäufe halb erledigt hatte, ging mir ein Licht auf. Ich stand da und sah Skippy Porter zu, wie er meine Koteletts abwog, mit dem Marktkorb am Arm und zurückgeworfenem Kopf, und lachte ganz tief aus dem Bauch heraus, wie man es immer tut, wenn man weiß, daß man nichts anderes tun kann, als es herauszulassen. Skippy musterte mich und sagte: »Fehlt Ihnen was, Missus St. George?«

»Mir geht's gut«, sagte ich. »Mir ist nur eben was Komisches eingefallen.« Und dann lachte ich weiter.

»Das scheint mir auch so«, sagte Skippy, und dann beschäftigte er sich wieder mit seiner Waage. Gott segne die Porters, Andy; so lange sie hier sind, gibt es auf der Insel wenigstens eine Familie, die sich nur um ihre eigenen Angelegenheiten kümmert. Inzwischen lachte ich weiter. Ein paar andere Leute sahen mich an, als wäre ich verrückt geworden, aber das kümmerte mich nicht. Manchmal ist das Leben eben so komisch, daß man einfach lachen muß.

Yvette ist die Frau von Tommy Anderson, und Tommy war Ende der fünfziger und Anfang der sechziger Jahre einer von Joes Bier- und Pokerkumpanen. Ein oder zwei Tage, nachdem ich mir den blauen Fleck geholt hatte, war eine Horde von ihnen bei uns gewesen und hatte versucht, einen alten Ford-Pickup, den Joe gekauft hatte, zum Laufen zu bringen. Es war mein freier Tag gewesen, und ich hatte ihnen einen Krug mit Eistee rausgebracht; ich hoffte, daß der Tee sie wenigstens solange vom Saufen abhalten würde, bis die Sonne unterging.

Tommy muß den blauen Fleck gesehen haben, als ich den Tee einschenkte. Vielleicht hat er Joe danach gefragt, nachdem ich gegangen war, vielleicht hat er auch nur eine Bemerkung darüber gemacht. So oder so – Joe St. George war nicht der Mann, der sich eine günstige Gelegenheit entgehen ließ, jedenfalls nicht eine von dieser Art. Als ich auf dem Heimweg vom Einkaufen darüber nachdachte, war das einzige, was ich gern gewußt hätte, was Joe vor Tommy und den anderen als Grund angegeben hatte – vielleicht, daß ich vergessen hätte, seine Pantoffeln unter den Herd zu stellen, damit sie warm waren, wenn er hineinschlüpfte, oder daß ich am Samstagabend die Bohnen zu weich gekocht hätte. Was immer es war, Tommy ging heim und erzählte Yvette, daß Joe St. George Veranlassung gehabt hatte, seiner Frau eine kleine häusliche Strafe zukommen zu lassen. Und dabei war ich nur gegen die Kaminkante der Marshalls gestolpert, als ich schnell nachsehen wollte, wer an der Tür war!

Und genau das meine ich, wenn ich sage, daß jede Ehe zwei Seiten hat – eine Außenseite und eine Innenseite. Die Leute auf der Insel sahen Joe und mich so, wie sie die meisten anderen Ehepaare unseres Alters sahen: nicht besonders glücklich, nicht besonders unglücklich, meist wie zwei Pferde, die einen Wagen ziehen – sie nehmen einander vielleicht nicht mehr so zur Kenntnis, wie sie es früher einmal taten, sie kommen vielleicht nicht mehr so gut miteinander zurecht wie früher, aber sie stecken Seite an Seite im Geschirr und gehen dieselbe Straße entlang, so gut sie eben können, ohne sich gegenseitig zu beißen oder herumzutrödeln oder sonst eines der Dinge zu tun, die ihnen eine Abreibung mit der Peitsche einbringen.

Aber Menschen sind keine Pferde, und eine Ehe hat nicht viel mit dem Ziehen eines Wagens zu tun, auch wenn ich weiß, daß es von außen betrachtet oft so aussieht. Die Leute auf der Insel hatten keine Ahnung von dem Sahnekrug oder davon, wie Joe im Dunkeln weinte und sagte, er wünschte, er hätte mein häßliches Gesicht nie gesehen. Das war auch nicht das Schlimmste. Das Schlimmste kam erst später, ungefähr ein Jahr, nachdem Joe und ich im Bett nichts mehr miteinander zu schaffen hatten. Es ist fast komisch, wie die Leute etwas völlig richtig sehen und, was seine Ursachen angeht, zu völlig falschen Schlüssen kommen können. Was kein Wunder ist, wenn man bedenkt, daß Innen- und Außenseite einer Ehe gewöhnlich völlig verschieden sind. Was ich euch jetzt erzähle, betrifft die Innenseite; es ging innerhalb unserer Ehe vor sich, und bis heute habe ich geglaubt, da würde es für alle Zeit bleiben.

Wenn ich zurückschaue, glaube ich, daß es in Wirklichkeit schon 1962 angefangen hat, obwohl ich es damals noch nicht wußte. Selena hatte drüben auf dem Festland mit der High School angefangen. Sie war richtig hübsch geworden, und ich weiß noch, daß sie in diesem Sommer nach ihrem ersten Semester besser mit ihrem Dad auskam als in den Jahren davor. Ich hatte mich vor ihren Teenager-Jahren gefürchtet und mit einer Menge Hickhack zwischen den beiden gerechnet, wenn sie heranwuchs und anfing, seine Ideen und das, was er für seine Rechte über sie hielt, mehr und mehr in Frage zu stellen.

Stattdessen gab es eine kurze Zeit des Friedens und der Stille und des guten Einvernehmens zwischen ihnen, wenn sie rausging und zusah, wie er hinter dem Haus an seinen Schrottkisten werkelte, oder wenn sie neben ihm auf der Couch saß, wenn wir abends fernsahen (was Little Pete ganz und gar nicht gefiel, das kann ich euch versichern), und ihn während der Werbespots fragte, was er an dem Tag gemacht hatte. Er antwortete ihr auf eine ruhige, nachdenkliche Art, die ich nicht gewöhnt war. Sie erinnerte mich an die Zeit auf der High School, damals, als ich ihn kennenlernte und er zu dem Entschluß kam, mir den Hof zu machen.

Um die gleiche Zeit zog sie sich von mir zurück. Oh, sie erledigte nach wie vor die Arbeiten, die ich ihr aufgetragen hatte, und manchmal erzählte sie auch von ihrem Tag in der Schule – aber nur, wenn ich mir Mühe gab und es aus ihr herauszerrte. Da war eine Kälte, die es früher nicht gegeben hatte, und erst viel später wurde mir klar, wie alles zusammenpaßte und wie alles auf den Abend zurückging, an dem sie aus ihrem Schlafzimmer gekommen war und uns gesehen hatte, ihren Dad mit der Hand am Ohr und Blut, das ihm durch die Finger tropfte, und ihre Mom, die mit einem Beil vor ihm stand.

Ich sagte es schon, er war kein Mann, der eine günstige Gelegenheit vorbeigehen ließ, ohne sie auszunützen, und das war eine davon. Er hatte Tommy Anderson eine Version seiner Geschichte erzählt und seiner Tochter eine andere. Ich glaube nicht, daß er anfangs mehr im Sinn gehabt hat als Bosheit; er wußte, wie sehr ich Selena liebte, und er muß gedacht haben, es wäre eine herrliche Rache, wenn er ihr beibrachte, wie niederträchtig und übellaunig – und vielleicht sogar *gefährlich* – ich war. Er versuchte, sie gegen mich aufzubringen, und obwohl ihm das nicht gelang, schaffte er es doch, noch näher an sie heranzukommen als in der Zeit, als sie noch ein kleines Mädchen war. Und warum auch nicht? Selena ist immer sehr weichherzig gewesen, und mir ist noch nie ein Mann begegnet, der so gut den Bedauernswerten spielen konnte wie Joe.

Er drängte sich in ihr Leben, und sobald er drinnen war, muß ihm aufgefallen sein, wie hübsch sie wurde, und er muß beschlossen haben, daß er ein bißchen mehr von ihr wollte als nur, daß sie zuhörte, wenn er redete, oder ihm das nächste Werkzeug zureichte, wenn er kopfunter im Motorraum irgendeiner alten Rostlaube steckte. Und die ganze Zeit, während dies vor sich ging und die Veränderungen eintraten, rannte ich herum, arbeitete in vier verschiedenen Häusern und versuchte, den Rechnungen immer so weit voraus zu sein, daß ich jede Woche ein paar Groschen für den späteren College-Besuch der Kinder zurücklegen konnte. Ich habe nicht das Geringste bemerkt, bevor es beinahe zu spät war.

Sie war ein lebhaftes, gesprächiges Mädchen, meine Selena, und immer hilfsbereit. Wenn man sie bat, etwas zu holen, dann ging sie nicht; sie rannte. Als sie älter wurde, brachte sie das Essen auf den Tisch, wenn ich außer Haus arbeitete, ohne daß ich sie darum bitten mußte. Anfangs ließ sie öfters etwas anbrennen, und dann fiel Joe über sie her oder machte sich über sie lustig – sie ist mehr als einmal weinend in ihr Zimmer gelaufen –, aber um die Zeit, von der ich euch erzähle, hörte er damit auf. Damals, im Frühjahr und Sommer 1962, tat er so, als wäre jede Pastete, die sie machte, reine Ambrosia, auch wenn die Kruste hart wie Zement war, und von ihrem Hackbraten schwärmte er, als wäre es die feinste französische Küche. Sie war glücklich über sein Lob – natürlich war sie das, jede wäre es gewesen –, aber es stieg ihr nicht zu Kopf. Das wäre nicht ihre Art gewesen. Aber eines kann ich euch versichern: als Selena schließlich aus dem Haus ging, war sie an ihren schlechtesten Tagen eine bessere Köchin, als ich es an meinen besten je gewesen bin.

Wenn es darum ging, im Haus zu helfen, hat eine Mutter nie eine bessere Tochter gehabt – zumal eine Mutter, die den größten Teil ihrer Zeit damit verbringen mußte, den Schmutz anderer Leute wegzuputzen. Selena vergaß nie, darauf zu achten, daß Joe Junior und Little Pete ihr Schulbrot bei sich hatten, wenn sie morgens aus dem Haus gingen, und zu Beginn jedes Schuljahres schlug sie ihre Bücher für sie ein. Zumindest Joe Junior hätte das selber tun können, aber sie gab ihm nie Gelegenheit dazu.

In ihrem ersten Schuljahr gehörte sie zu den Klassenbesten, aber sie verlor nie – wie die meisten Kinder – das Interesse an dem, was daheim vorging. Die meisten Jungen und Mädchen von dreizehn oder vierzehn halten jeden, der über dreißig ist, für einen alten Spinner, und verschwinden spätestens zwei Minuten, nachdem die Spinner ins Haus gekommen sind. Aber nicht Selena. Sie brachte Kaffee oder half beim Abwaschen oder was sonst gerade zu tun war, und dann ließ sie sich auf dem Stuhl neben dem Kaminofen nieder und hörte zu, wie sich die Erwachsenen unterhielten. Ob nun ich das war mit ein oder zwei meiner Freundinnen oder Joe mit drei oder vier von seinen Kumpanen, sie hörte zu. Wenn ich es ihr erlaubt hätte, wäre sie sogar dabeigeblieben, wenn er und seine Freunde Poker spielten. Aber das tat ich nicht, weil sie so unflätig daherredeten. Dieses Kind knabberte Unterhaltungen, wie eine Maus eine Käserinde knabbert; und was sie nicht verzehren konnte, das lagerte sie ein.

Dann änderte sie sich. Ich weiß nicht, wann die Veränderung einsetzte, aber ich bemerkte es zum ersten Mal kurz nach Beginn ihres zweiten Schuljahres. Gegen Ende September, würde ich sagen.

Zuerst fiel mir auf, daß sie nicht mehr mit der frühen Fähre heimkam, wie sie es im Vorjahr nach Schulschluß gewöhnlich getan hatte. Das hatte sich als praktisch erwiesen – sie konnte ihre Hausaufgaben machen, bevor die Jungen erschienen, und dann ein bißchen saubermachen oder das Essen aufsetzen. Anstelle mit der Fähre um zwei kam sie jetzt mit der, die um viertel vor fünf vom Festland ablegte.

Als ich sie danach fragte, sagte sie, sie machte ihre Hausaufgaben lieber nach Schulschluß im Lesesaal; das wäre alles. Dabei warf sie mir einen merkwürdigen kleinen Seitenblick zu, der besagte, daß sie darüber nicht reden wollte. Mir war, als sähe ich Scham in diesem Blick und vielleicht auch eine Lüge. Diese Dinge beunruhigten mich, aber ich beschloß, nicht weiter in sie zu dringen, bis ich ganz sicher war, daß etwas nicht stimmte. Mit ihr zu reden, war schwierig geworden, müßt ihr wissen. Ich spürte die Distanz, die sich zwischen uns ergeben hatte, und ich konnte mir recht gut vorstellen, worauf das zurückzuführen war: auf Joe, der mit blutendem Ohr in seinem Sessel saß, während ich mit dem Beil vor ihm stand. Und zum ersten Mal wurde mir klar, daß er wahrscheinlich mit ihr darüber gesprochen hatte und auch über andere Dinge. Denen er natürlich seinen eigenen Dreh gegeben hatte.

Mir war klar, wenn ich Selena mit der Frage, warum sie so lange in der Schule blieb, zu sehr zusetzte, dann würde sich das Verhältnis zwischen uns noch weiter verschlechtern. Alles, was mir an weiteren Fragen einfiel, hörte sich an wie: *Was hast du nur angestellt, Selena?* Und wenn sich das schon für mich, eine Frau von fünfunddreißig, so anhörte, wie mochte es sich dann für ein noch nicht einmal fünfzehnjähriges Mädchen anhören? Es ist schwer, mit Kindern in diesem Alter zu reden; man muß auf Zehenspitzen um sie herumschleichen wie um ein Glas mit Nitroglyzerin auf dem Fußboden.

Nun, kurz nach Beginn des neuen Schuljahres haben sie etwas, das sie Elterntag nennen, und ich richtete es so ein, daß ich hinüberfahren konnte. Bei Selenas Klassenlehrerin ging ich nicht um den heißen Brei herum, wie ich es bei Selena selbst getan hatte; ich ging schnurstracks zu ihr und fragte sie, ob sie irgendeinen besonderen Grund dafür wüßte, weshalb Selena in diesem Jahr erst mit der späten Fähre heimkam. Die Klassenlehrerin sagte, das wüßte sie auch nicht; sie vermutete aber, Selena täte es, damit sie ihre Hausaufgaben machen konnte. Nun, ich dachte, sagte es aber nicht, daß sie im vorigen Jahr ihre Hausaufgaben ungestört an dem kleinen Schreibtisch in ihrem Zimmer gemacht hatte; was also hatte sich geändert? Ich hätte es vielleicht gesagt, wenn ich geglaubt hätte, daß diese Lehrerin irgendwelche Antworten für mich gehabt hätte, aber es war ziemlich klar, daß sie keine hatte. Vermutlich war sie selbst in dem Moment zur Tür hinaus, in dem die letzte Glocke des Tages geläutet hatte.

Auch die anderen Lehrer konnten mir nicht weiterhelfen. Ich hörte mir an, wie sie Selena in den höchsten Tönen lobten, was mir ganz und gar nicht schwerfiel, und dann kehrte ich nach Hause zurück mit dem Gefühl, keinen Schritt weiter zu sein als bei der Überfahrt von der Insel zum Festland.

Auf der Fähre bekam ich einen Fensterplatz in der Kabine und beobachtete einen Jungen und ein Mädchen, die kaum älter waren als Selena. Sie standen draußen an der Reling, hielten sich bei der Hand und sahen zu, wie über dem Meer der Mond aufging. Er drehte sich zu ihr um und sagte etwas, was sie lachend zu ihm aufschauen ließ. Du wärest ganz schön blöd, Sonny-Boy, wenn du dir so eine Chance entgehen lassen würdest – und er ließ sie sich nicht entgehen; er neigte sich zu ihr, faßte ihre andere Hand und küßte sie. Gott, wie bist du dämlich gewesen, sagte ich zu mir selbst, als ich die beiden beobachtete. Entweder blöd oder zu alt, um dich zu erinnern, wie es ist, wenn man fünfzehn ist. Selena hat einen Jungen kennengelernt, das ist alles. Sie hat einen Jungen kennengelernt, und wahrscheinlich machen sie nach Schulschluß ihre Hausaufgaben gemeinsam in diesem Lesesaal und studieren sich vermutlich viel mehr gegenseitig als ihre Bücher. Ich war ganz schön erleichtert, das kann ich euch versichern.

Ich dachte darüber nach während der nächsten paar Tage – ein Gutes hat das Waschen von Laken und das Bügeln von Hemden und das Saugen von Teppichen, man hat immer viel Zeit zum Nachdenken –, und je mehr ich nachdachte, desto weniger erleichtert war ich. Zum einen hatte sie nichts von irgendeinem Jungen verlauten lassen, und es war nie Selenas Art, etwas zu verschweigen, was in ihrem Leben vorging. Sie war mir gegenüber nicht so offen und herzlich, wie sie es gewesen war, bevor ich Joe den Sahnekrug an den Kopf pfefferte, nein, aber es war auch nicht so, als hätte es zwischen uns eine Mauer des Schweigens gegeben. Außerdem hatte ich immer geglaubt, wenn Selena sich einmal verlieben sollte, dann würde sie vermutlich eine Anzeige in die Zeitung setzen.

Das *Entscheidende* – das *Beängstigende* – war ihre Art, mich anzuschauen. Mir ist immer aufgefallen, daß bei einem Mädchen, das verrückt ist nach irgendeinem Jungen, die Augen so hell strahlen, als hätte jemand hinter ihnen eine Taschenlampe angeknipst. Wenn ich in Selenas Augen nach diesem Licht suchte, war es nicht da. Aber das war nicht das Schlimmste. Das Licht, das früher in ihnen gewesen war, war erloschen – *das* war das Schlimmste. Wenn man ihr in die Augen sah, dann war das so, als sähe man in die Fenster eines Hauses, aus dem die Bewohner ausgezogen sind, ohne daran zu denken, die Jalousien runterzulassen.

Diese Feststellung war es, die schließlich *meine* Augen öffnete, und mir begann allerlei aufzufallen, was ich eigentlich schon früher hätte bemerken müssen – früher bemerkt *hätte,* glaube ich, wenn ich nicht so schwer gearbeitet hätte und wenn ich nicht so davon überzeugt gewesen wäre, daß Selena sauer auf mich war, weil ich ihrem Dad eine gescheuert hatte.

Das erste, was mir auffiel, war, daß es jetzt nicht mehr nur mich betraf – sie hatte sich auch von Joe zurückgezogen. Sie ging nicht mehr zu ihm hinaus, wenn er an einer seiner Schrottkisten oder an irgendjemandes Außenbordmotor arbeitete, und sie saß abends beim Fernsehen auch nicht mehr neben ihm auf der Couch. Wenn sie im Wohnzimmer blieb, dann saß sie in dem Schaukelstuhl neben dem Kamin mit einem Strickzeug auf dem Schoß. Aber an den meisten Abenden blieb sie nicht. Sie ging in ihr Zimmer und machte die Tür hinter sich zu. Joe schien nichts dagegen zu haben oder es nicht einmal zur Kenntnis zu nehmen. Er ließ sich einfach in seinem Sessel nieder mit Little Pete auf dem Schoß, bis es für Little Pete Zeit war, schlafen zu gehen.

Eine weitere Sache war ihr Haar – sie wusch es nicht mehr jeden Tag, wie sie es sonst immer getan hatte. Manchmal sah es so fettig aus, daß man Eier darin hätte braten können, und das war ganz und gar nicht ihre Art. Ihre Haut war immer so hübsch gewesen – diesen schönen Sahne-und-Pfirsich-Teint hatte sie vermutlich von Joes Seite des Stammbaums –, aber in diesem Oktober blühten die Pickel wie Löwenzahn auf der Gemeindewiese nach dem Memorial Day. Sie hatte ihre Farbe verloren, und ihren Appetit auch.

Sie besuchte nach wie vor hin und wieder ihre beiden besten Freundinnen, Tanya Caron und Laurie Langill, aber längst nicht mehr so oft wie in ihrem ersten Schuljahr. Und mir fiel auf, daß Tanya und Laurie nicht mehr in unserem Haus gewesen waren, seit die Schule wieder angefangen hatte – und während des letzten Monats der Sommerferien auch nicht. Das beunruhigte mich, Andy, und ich nahm mir vor, mir mein Mädchen noch genauer anzuschauen. Und was ich sah, beunruhigte mich noch mehr.

Zum Beispiel, wie sie ihre Kleidung verändert hatte. Sie hatte nicht nur einen Pullover gegen einen anderen ausgetauscht oder einen Rock gegen ein Kleid; ihre ganze *Art*, sich zu kleiden, war anders geworden, und all diese Veränderungen waren schlecht. So konnte man zum Beispiel ihre Figur nicht mehr erkennen. Anstatt in Hosen oder Kleidern zur Schule zu gehen, trug sie meistens Trägerröcke, die wie ein Zelt aussahen und ihr viel zu groß waren. Sie ließen sie dick aussehen, und das war sie nicht.

Zuhause trug sie sackartige Pullover, die ihr fast bis zu den Knien reichten, und ich sah sie nie ohne Jeans und Arbeitsstiefel. Wann immer sie ausging, band sie sich einen häßlichen Fetzen von Kopftuch um, der so groß war, daß er ihr bis tief in die Stirn reichte und ihre Augen aussehen ließ wie zwei Tiere, die aus einer Höhle herauslugen. Sie sah aus wie ein Gassenjunge; ich hatte gedacht, damit wäre endgültig Schluß gewesen, als sie dreizehn geworden war. Und eines Abends, als ich vergessen hatte anzuklopfen, bevor ich in ihr Zimmer kam, hätte sie sich fast die Beine gebrochen, um an ihren Bademantel zu kommen, der an der Schranktür hing; und dabei hatte sie einen Unterrock an – sie stand schließlich nicht splitterfasernackt da.

Aber das Schlimmste war, daß sie kaum noch redete. Nicht nur mit mir; so, wie wir damals zueinander standen, hätte ich das verstehen können. Aber sie hatte praktisch aufgehört, mit irgendjemandem zu reden. Sie saß am Abendbrottisch mit gesenktem Kopf, und die langen Strähnen, die sie sich hatte wachsen lassen, hingen ihr ins Gesicht, und wenn ich versuchte, mich mit ihr zu unterhalten, wenn ich sie fragte, wie es in der Schule gewesen war oder dergleichen, dann war alles, was ich zu hören bekam, »Okay« oder »Kann sein«, während sie früher immer geredet hatte wie ein Wasserfall. Joe Junior versuchte es auch und rannte gegen die gleiche Mauer an. Ein- oder zweimal sah er mich an, offensichtlich verblüfft.

Ich zuckte nur die Achseln. Und sobald wir gegessen hatten und das Geschirr abgewaschen war, verschwand sie – zur Tür hinaus oder in ihr Zimmer.

Und, Gott helfe mir, das erste, an das ich dachte, nachdem ich sicher war, daß es sich nicht um einen Jungen handelte, war Marihuana – sieh mich gefälligst nicht so an, Andy, als wüßte ich nicht, wovon ich rede. Damals nannte man es noch nicht Pot, sondern Reefer oder Maryjane, aber es war dasselbe Zeug, und auf der Insel gab es massenhaft Leute, die bereit waren, es an den Mann zu bringen, wenn die Hummerpreise fielen – und sogar auch, wenn sie es nicht taten. Damals wanderte eine Menge Reefer über die Inseln vor der Küste, genau wie heute noch, und ein Teil davon blieb hängen. Es gab kein Kokain, was ein Segen war, aber wenn man Pot rauchen wollte, gab es keine Probleme. In eben diesem Sommer war Marky Benoit von der Küstenwache festgenommen worden – sie hatten vier Ballen von dem Zeug im Laderaum der *Maggie's Delight* gefunden. Wahrscheinlich war es das, was mich auf diese Idee brachte, aber selbst heute noch, nach so vielen Jahren, frage ich mich, wie ich es fertiggebracht habe, etwas derart Kompliziertes aus einer Sache zu machen, die im Grunde so simpel war. Da war das wahre Problem, es saß mir jeden Abend am Tisch gegenüber, hatte es gewöhnlich dringend nötig, zu baden und sich zu rasieren, und da war *ich* und hatte es direkt vor Augen – Joe St. George, Little Tall Islands größten Hans Dampf in allen Gassen und Meister in keiner – und fragte mich, ob mein braves Mädchen vielleicht nachmittags hinter dem Holzschuppen der High School hockte und Pot rauchte. Und dabei bin ich es, die immer behauptet, ihre Mutter hätte keine Schwachköpfe großgezogen!

Ich dachte daran, in ihr Zimmer zu gehen und ihren Schrank und ihre Kommodenschubladen zu durchsuchen, aber ich ließ es dann doch bleiben, weil es mir gegen den Strich ging. Ich mag alles mögliche sein, Andy, aber eine Schnüffelnase bin ich nie gewesen. Aber schon daß mir dieser Gedanke gekommen war, ließ mich erkennen, daß ich viel zu viel Zeit damit verschwendet hatte, um den Rand dessen herumzuschleichen, was da vorging, in der Hoffnung, daß das Problem sich von selbst lösen oder Selena von sich aus zu mir kommen würde.

Dann kam ein Tag – nicht lange vor Halloween, ich weiß noch, daß Little Pete vor dem Türfenster eine Papierhexe aufgehängt hatte –, an dem ich nach dem Mittagessen zu den Strayhorns mußte. Lisa McCandless und ich sollten bei ihnen die teuren Perserteppiche umdrehen; das soll man alle halbe Jahr tun, damit sie nicht ausbleichen oder gleichmäßig ausbleichen oder irgendsoetwas. Ich zog meinen Mantel an und knöpfte ihn zu und war schon fast an der Tür, als mir einfiel: Wieso ziehst du denn diesen dicken Herbstmantel an, du dumme Gans? Wir haben mindestens achtzehn Grad draußen, das reinste Spätsommerwetter. Und dann meldete sich eine andere Stimme und sagte: Aber draußen auf dem Wasser sind es keine achtzehn Grad, sondern höchstens zehn. Und feucht ist es dort außerdem. Und auf diese Weise wurde mir klar, daß ich an diesem Nachmittag nicht einmal in die Nähe des Strayhorn-Hauses gehen würde. Statt dessen würde ich mit der Fähre nach Jonesport rüberfahren und mit meiner Tochter ins Reine kommen. Ich rief Lisa an, sagte ihr, daß wir uns ein andermal um die Teppiche kümmern würden, und machte mich auf den Weg zum Fähranleger. Ich kam gerade noch rechtzeitig, um die Fähre um viertel nach zwei zu erreichen. Wenn ich sie verpaßt hätte, dann hätte ich Selena wahrscheinlich auch verpaßt, und wer weiß, wie sich die Dinge dann entwickelt hätten.

Ich war die erste, die von der Fähre runterging – als ich auf den Kai trat, waren sie noch dabei, das letzte Tau um den letzten Poller zu legen. Ich ging direkt zur High School. Unterwegs kam mir der Gedanke, daß ich sie nicht im Lesesaal finden würde, einerlei, was sie und ihre Klassenlehrerin behaupteten; daß sie draußen hinter dem Holzschuppen sitzen würde mit all den anderen Gören – die alle lachten und sich gegenseitig betatzten und vielleicht eine Flasche billigen Wein herumgehen ließen. Wenn ihr nie in einer solchen Lage gewesen seid, dann wißt ihr auch nicht, was für ein Gefühl das ist; ich kann es auch nicht beschreiben. Ich kann nur sagen: Es gibt keine Möglichkeit, sich darauf vorzubereiten, daß einem das Herz bricht. Es bleibt einem nichts anderes übrig, als einfach weiterzumarschieren und bei Gott zu hoffen, daß es nicht passieren wird.

Aber als ich die Tür zum Lesesaal aufmachte und hineinschaute, war sie tatsächlich da. Sie saß an einem Schreibtisch in der Nähe der Fenster und beugte den Kopf über ein Geometriebuch. Zuerst bemerkte sie mich nicht, und ich stand nur da und sah sie an. Sie war nicht in schlechte Gesellschaft geraten, wie ich befürchtet hatte, aber es brach mir dennoch ein wenig das Herz, Andy, weil es so aussah, als wäre sie in überhaupt keine Gesellschaft geraten, und das war möglicherweise noch schlimmer. Vielleicht fand ihre Klassenlehrerin es völlig in Ordnung, daß ein Mädchen nach Schulschluß ganz allein im Lesesaal arbeitete; vielleicht hielt sie es sogar für bewundernswert.

Aber ich konnte daran nichts Bewundernswertes sehen, und auch nichts Gesundes. Es waren nicht einmal die Nachsitzer da, um ihr Gesellschaft zu leisten, weil die in der Jonesport-Beals High in der Bibliothek brummen müssen.

Sie hätte bei ihren Freundinnen sein sollen, vielleicht Musik hören oder mit ihnen über irgendeinen Jungen reden – und statt dessen saß sie hier in den staubigen Strahlen der Nachmittagssonne, saß da in dem Mief von Kreide und Bohnerwachs und diesem widerlichen roten Sägemehl, das sie ausstreuen, wenn alle Schüler nach Hause gegangen sind. Sie saß da, den Kopf so tief über das Buch gebeugt, daß man hätte meinen können, es enthielte alle Geheimnisse des Lebens und des Todes.

»Hallo, Selena«, sagte ich. Sie fuhr zusammen wie ein verschrecktes Kaninchen und stieß die Hälfte ihrer Bücher vom Tisch, als sie herumfuhr, um zu sehen, wer sie angesprochen hatte. Ihre Augen waren so groß, daß es aussah, als nähmen sie die ganze obere Hälfte ihres Gesichts ein, und was ich von ihren Wangen und ihrer Stirn sehen konnte, war so bleich wie Buttermilch in einer weißen Tasse. Das heißt, außer an den Stellen, an denen die neuen Pickel saßen. *Die* zeichneten sich grellrot ab, wie Brandmale.

Dann sah sie, daß ich es war. Das Entsetzen verging, aber kein Lächeln trat an seine Stelle. Es war, als wäre ein Rolladen über ihr Gesicht geglitten – oder als säße sie in einer Burg und hätte gerade die Zugbrücke hochgezogen. Ja, ungefähr so. Versteht ihr, was ich zu erklären versuche?

»Momma!« sagte sie. »Was willst *du* denn hier?«

Ich dachte daran, zu sagen: »Ich bin gekommen, um mit dir auf der Fähre heimzufahren und von dir ein paar

Antworten zu bekommen, mein Liebling.« Aber irgendwas sagte mir, daß das das Falsche wäre in diesem Raum – in diesem leeren Raum, in dem man das, was mit ihr nicht stimmte, so deutlich riechen konnte wie die Kreide und das rote Sägemehl. Ich konnte es riechen, und ich war entschlossen, herauszubekommen, was es war. So, wie sie aussah, hatte ich ohnehin schon viel zu lange gewartet. Jetzt glaubte ich nicht mehr, daß Rauschgift dahintersteckte, aber was immer es sein mochte, es war hungrig. Es fraß sie bei lebendigem Leibe.

Ich sagte, ich hätte mich entschlossen, an diesem Nachmittag einmal nicht zu arbeiten, sondern herüberzukommen und einen kleinen Schaufensterbummel zu machen, aber ich hätte nichts gefunden, was mir gefiel. »Und da dachte ich, wir könnten vielleicht zusammen zurückfahren«, sagte ich. »Hättest du was dagegen, Selena?«

Jetzt lächelte sie endlich. Ich hätte tausend Dollar bezahlt für dieses Lächeln – ein Lächeln, das nur mir galt. »Aber nein, Mommy«, sagte sie. »Das ist eine gute Idee.«

Also gingen wir zusammen den Berg hinunter zum Fähranleger, und als ich sie nach einigen ihrer Schulfächer fragte, erzählte sie mir mehr, als sie seit Wochen erzählt hatte. Nach diesem ersten Blick, mit dem sie mich bedacht hatte – wie ein verschrecktes Kaninchen angesichts eines Katers – schien sie mehr sie selbst zu sein als seit Monaten, und ich begann zu hoffen.

Nun, Nancy hier weiß vielleicht nicht, wie leer die Fähre um viertel vor fünf nach Little Tall und den äußeren Inseln ist, aber ich nehme an, ihr beide, Andy und Frank, ihr wißt es. Die meisten Leute, die auf dem Festland arbeiten, fahren mit der um halb sechs nach Hause, und mit der um viertel vor fünf wird fast ausschließlich Paketpost befördert, *UPS*, Waren für die Läden und Obst und Gemüse für den Markt. Und deshalb hatten wir, obwohl es ein wunderschöner Herbstnachmittag war, bei weitem nicht so kalt und feucht, wie ich gedacht hatte, das Achterdeck fast für uns allein.

Da standen wir eine Weile und schauten zu, wie sich das Kielwasser zum Festland hinzog. Die Sonne stand schon ziemlich tief und legte eine Spur übers Wasser, und das Kielwasser zerbrach sie und ließ sie aussehen wie Goldstücke. Als ich ein kleines Mädchen war, sagte mein Dad immer, es *wäre* Gold, und manchmal kämen die Meerjungfrauen herauf und holten es sich. Er sagte, sie verwendeten diese Scherben der Spätnachmittagssonne als Schindeln für ihre Zauberschlösser auf dem Grund des Meeres. So oft ich diese zerbrochene Goldspur auf dem Wasser sah, hielt ich immer nach den Meerjungfrauen Ausschau, und bis ich ungefähr so alt war wie Selena um diese Zeit, habe ich nie daran gezweifelt, daß es sie gab, weil mein Dad gesagt hatte, es gäbe sie.

An diesem Tag hatte das Wasser diesen dunklen, seidigen Blauton, den man nur an stillen Oktobertagen sieht, und das Brummen der Diesel war beruhigend. Selena löste das Tuch, das sie um ihren Kopf gebunden hatte und hob die Arme und lachte. »Ist das nicht schön, Mom?« fragte sie mich.

»Ja«, sagte ich, »das ist es. Und auch du bist immer schön gewesen, Selena. Warum bist du es nicht mehr?«

Sie sah mich an, und es war, als hätte sie zwei Gesichter. Das obere war verblüfft und lachte irgendwie weiter – aber darunter steckte ein eher zurückhaltender, mißtrauischer Ausdruck. In diesem darunterliegenden Gesicht lag alles, was Joe ihr in diesem Frühjahr und Sommer erzählt hatte, bevor sie begonnen hatte, sich auch von ihm zurückzuziehen. Ich habe keine Freunde, das war es, was dieses darunterliegende Gesicht mir sagte. Bestimmt nicht dich, und ihn auch nicht. Und je länger wir einander ansahen, desto mehr von diesem Gesicht kam zum Vorschein.

Sie hörte auf zu lachen und wendete sich von mir ab, um übers Wasser zu schauen. Da hatte ich ein ungutes Gefühl, Andy, aber ich konnte ebensowenig zulassen, daß es mich von meiner Absicht abbrachte, wie ich später Vera ihre Gemeinheiten durchgehen lassen konnte, einerlei, wie traurig das alles im Grunde war. Tatsache ist, daß wir manchmal grausam sein müssen, um helfen zu können – ungefähr so wie ein Doktor, der einem Kind eine Spritze gibt, obwohl er weiß, daß das Kind weinen und es nicht verstehen wird. Ich schaute in mich hinein und sah, daß ich auf diese Art grausam sein konnte, wenn es sein mußte. Damals ängstigte mich diese Erkenntnis, und sie ängstigt mich noch heute ein bißchen. Es ist beängstigend, zu wissen, daß man so hart sein kann, wie man sein muß, ohne vorher zu zögern und hinterher zurückzuschauen und in Frage zu stellen, was man getan hat. Wißt ihr noch, daß ich gesagt habe, daß Liebe sein kann wie die Klaue eines Tigers?

»Ich weiß nicht, was du meinst, Mom«, sagte sie, aber sie sah mich an, sehr auf der Hut.

»Du hast dich verändert«, sagte ich. »Dein Aussehen, die Art, wie du dich anziehst, wie du dich verhältst. All das sagt mir, daß irgendwas nicht stimmt.«

»Da ist nichts«, sagte sie, aber noch während sie es sagte, wich sie vor mir zurück. Ich ergriff ihre Hände, bevor sie sich aus meiner Reichweite entfernen konnte.

»Doch, da ist was«, sagte ich, »und keiner von uns beiden verläßt diese Fähre, bevor du mir gesagt hast, was es ist.«

»*Nichts!*« schrie sie. Sie versuchte, ihre Hände zurückzureißen, aber ich ließ sie nicht los. »Nichts ist da, und nun laß mich los! Laß mich *los*!«

»Noch nicht«, sagte ich. »Ganz gleich, was es ist, was dir zu schaffen macht – es wird nichts ändern an meiner Liebe zu dir, Selena, aber ich kann dir nicht helfen, wenn du mir nicht sagst, was es ist.«

Sie hörte auf, sich zu wehren, und sah mich nur an. Und dann sah ich ein drittes Gesicht hinter den beiden anderen – ein erbärmliches, verschlagenes Gesicht, das mir gar nicht gefiel. Von ihrem Teint abgesehen, ist Selena mehr nach meinem Teil der Familie geraten, aber in diesem Augenblick sah sie aus wie Joe.

»Zuerst mußt du mir etwas sagen«, sagte sie.

»Ich tue es, wenn ich kann«, erwiderte ich.

»Warum hast du ihn geschlagen?« fragte sie. »Warum hast du ihn an dem Abend geschlagen?«

Ich machte den Mund auf, um zu fragen, »an *welchem* Abend?«, vor allem, um mir ein paar Sekunden zum Nachdenken zu verschaffen, aber ganz plötzlich wurde mir etwas klar, Andy. Frag mich nicht, wieso – vielleicht war es eine Ahnung oder das, was man weibliche Intuition nennt, vielleicht hatte ich auch irgendwie meine Fühler ausgestreckt und die Gedanken meiner Tochter gelesen – aber es wurde mir klar. Ich wußte, wenn ich zögerte, und sei es auch nur für eine Sekunde, dann würde ich sie verlieren. Vielleicht nur für diesen Tag, aber höchstwahrscheinlich für immer. Das war etwas, das ich eben *wußte,* und deshalb zögerte ich keinen Augenblick.

»Weil er mir früher an diesem Abend mit einem Holzscheit einen Hieb in den Rücken versetzt und mir beinahe die Nieren zerschlagen hatte«, sagte ich. »Und da bin ich zu dem Entschluß gekommen, daß ich das nicht mehr hinnehmen würde. Nie mehr.«

Sie blinzelte wie jemand, der sieht, wie sich eine Hand schnell auf sein Gesicht zubewegt, und ihr Mund öffnete sich zu einem großen, verblüfften O.

»Das ist nicht das, was er dir erzählt hat, stimmt's?«

Sie schüttelte den Kopf.

»Was hat er denn gesagt? Sein Trinken?«

»Das, und sein Pokern«, sagte sie so leise, daß es kaum zu hören war. »Er sagte, du wolltest nicht, daß er oder sonstjemand seinen Spaß hätte. Deshalb wolltest du nicht, daß er Poker spielt, und deshalb hättest du mir im vorigen Jahr nicht erlaubt, bei Tanya zu schlafen. Er hat gesagt, du wolltest nur, daß alle Leute acht Tage in der Woche arbeiten, wie du es tust. Und als er dir seine Meinung sagte, da hast du ihm den Sahnekrug an den Kopf gehauen, und dann hat er gesagt, wenn er versuchen würde, irgendwas dagegen zu unternehmen, dann würdest du ihm den Kopf abhauen. Daß du das tun würdest, wenn er schliefe.«

Ich hätte gelacht, Andy, wenn es nicht so grauenhaft gewesen wäre.

»Hast du ihm geglaubt?«

»Ich weiß es nicht«, sagte sie. »Wenn ich an dieses Beil dachte, hatte ich solche Angst, daß ich nicht wußte, was ich glauben sollte.«

Das fuhr mir ins Herz wie eine Messerklinge, aber ich ließ es mir nicht anmerken. »Selena«, sagte ich, »was er dir erzählt hat, war gelogen.«

»*Laß mich doch in Ruhe!*« sagte sie und wich ein Stück

zurück. Auf ihrem Gesicht erschien wieder dieser Ausdruck eines verschreckten Kaninchens, und mir wurde klar, daß sie mit etwas hinter dem Berge hielt, weil sie sich schämte oder sich Sorgen machte – sie war zu Tode verängstigt. *»Ich bringe das selbst in Ordnung! Ich will deine Hilfe nicht, also laß mich endlich in Ruhe!«*

»Du *kannst* das nicht selbst in Ordnung bringen, Selena«, sagte ich. Ich sprach in diesem leisen, besänftigenden Tonfall, mit dem man auf ein Pferd oder ein Schaf einredet, das an einem Stacheldrahtzaun hängengeblieben ist. »Wenn du es könntest, dann hättest du es schon getan. Und jetzt hör mir zu – es tut mir leid, daß du mich mit diesem Beil in der Hand sehen mußtest; mir tut *alles* leid, was du an diesem Abend gehört und gesehen hast. Wenn ich gewußt hätte, daß es dich so ängstigen und unglücklich machen würde, dann hätte ich mich nicht gewehrt, so sehr er es auch verdient hatte.«

»Kannst du nicht endlich aufhören?« fragte sie, und dann riß sie sich vollends von mir los und legte die Hände über die Ohren. »Ich will nichts mehr hören. Ich will einfach nichts mehr hören!«

»Ich kann nicht aufhören, weil das vorbei und erledigt ist. Daran läßt sich nichts mehr ändern«, sagte ich, »aber bei dir liegen die Dinge anders. Also laß dir helfen, Liebling. Bitte.« Ich versuchte, einen Arm um sie zu legen und sie an mich zu ziehen.

»Nicht! *Du sollst mich nicht schlagen! Du sollst mich nicht einmal anfassen, du Luder!*« schrie sie und fuhr zurück. Sie stolperte gegen die Reling, und ich war sicher, daß sie drüberkippen und in den Bach gehen würde. Mein Herz war wie gelähmt, aber meine Hände Gott sei Dank nicht. Ich streckte sie aus, erwischte sie beim Vorderteil ihres

Mantels und zog sie wieder an mich heran. Dabei rutschte ich in etwas Nassem aus und wäre beinahe gestürzt. Aber ich fand mein Gleichgewicht wieder, und als ich aufschaute, holte sie aus und schlug mir ins Gesicht.

Ich kümmerte mich nicht darum, sondern ergriff sie wieder und zog sie an mich. In einem Augenblick wie diesem muß man einem Kind in Selenas Alter einiges durchgehen lassen, sonst entgleitet es einem völlig. Außerdem hatte der Schlag kein bißchen wehgetan. Ich hatte nur Angst, sie zu verlieren – und zwar nicht nur aus meinem Herzen. In dieser einen Sekunde war ich sicher gewesen, daß sie mit dem Kopf vorweg und den Füßen in der Luft über die Reling gehen würde. Ich war so sicher, daß ich es sehen konnte. Es ist ein Wunder, daß meine Haare nicht schon damals grau geworden sind.

Dann weinte sie und sagte, es täte ihr leid, sie hätte mich nicht schlagen wollen, es wäre keine Absicht gewesen, und ich sagte ihr, das wüßte ich. »Mach dir deshalb keine Gedanken«, sagte ich, und was sie dann sagte, ließ mich fast zu Stein erstarren. »Du hättest mich nicht zurückhalten sollen, Mommy«, sagte sie. »Du hättest zulassen sollen, daß ich über Bord gehe.«

Ich hielt sie auf Armeslänge von mir – inzwischen weinten wir beide – und sagte: »Nichts könnte mich dazu bringen, sowas zu tun, mein Liebling.«

Sie drehte den Kopf von einer Seite zur anderen. »Ich kann es nicht mehr ertragen, Mommy – ich kann es einfach nicht. Ich komme mir so schmutzig und durcheinander vor, und ich kann einfach nicht mehr glücklich sein, so sehr ich es auch versuche.«

»Was ist es, Selena?« fragte ich und bekam es wieder mit der Angst zu tun. »Was ist es, Selena?«

»Wenn ich es dir sage«, sagte sie, »dann wirst du mich wahrscheinlich selbst über die Reling stoßen.«

»Du weißt genau, das ich das nicht tun würde«, sagte ich. »Und ich sage dir noch etwas, mein Kleines – du setzt keinen Fuß aufs trockene Land, bevor du reinen Tisch gemacht hast. Und wenn wir dazu den Rest des Jahres auf dieser Fähre hin und her gondeln müssen, dann tun wir es – obwohl ich glaube, daß wir zu Eisblöcken erstarrt sein werden, bevor der November zu Ende ist. Sofern wir nicht vorher von dem Zeug, das sie in dieser elenden kleinen Snackbar servieren, an Salmonellen sterben.«

Ich dachte, das würde sie zum Lachen bringen, aber sie lachte nicht. Statt dessen senkte sie den Kopf, so daß sie das Deck anschaute, und sagte etwas, ganz leise. Über den Geräuschen des Windes und der Motoren konnte ich es nicht richtig hören.

»Was hast du gesagt, Liebling?«

Sie sagte es noch einmal, und beim zweiten Mal hörte ich es, obwohl sie kaum lauter sprach. Ganz plötzlich verstand ich alles, und von diesem Augenblick an waren Joe St. Georges Tage gezählt.

»Ich wollte nie so etwas tun. Er hat mich gezwungen.« Das war es, was sie sagte.

Eine Minute lang konnte ich nur dastehen, und als ich schließlich die Arme nach ihr ausstreckte, wich sie zurück. Ihr Gesicht war so weiß wie ein Laken. Und dann schlingerte die Fähre – es war die alte *Island Princess*. Die Welt um mich herum war ohnehin schon schlüpfrig, und wahrscheinlich wäre ich auf dem Hintern gelandet, wenn Selena mich nicht bei der Taille gepackt hätte. In der nächsten Sekunde war ich es, die sie hielt, und sie weinte an meinem Hals. Ich war glücklich über jede Träne, die fiel.

»Komm mit«, sagte ich. »Komm mit und setz dich mit mir hin. Fürs erste sind wir auf diesem Schiff lange genug von einer Seite zur anderen geschwenkt worden, meinst du nicht auch?«

Wir hatten beide einen Arm um den anderen gelegt, und wir schlurften wie zwei Schwerkranke hinüber zu der Bank neben der hinteren Kajütstreppe. Ich weiß nicht, ob sich Selena wie eine Schwerkranke vorkam, aber ich tat es ganz sicher. Mir standen nur ein paar Tränen in den Augen, aber Selena weinte so heftig, daß es sich anhörte, als würden sich ihre Eingeweide losreißen, wenn sie nicht bald damit aufhörte. Aber ich war froh, sie auf diese Weise weinen zu hören. Erst, als ich hörte, wie sie weinte, und sah, wie ihr die Tränen über die Wangen rollten, wurde mir klar, wieviel von ihren *Gefühlen* verschwunden gewesen war, genau wie das Licht in ihren Augen und die Figur unter ihrer Kleidung. Natürlich wäre es mir wesentlich lieber gewesen, sie lachen zu hören, aber ich war bereit, zu nehmen, was ich kriegen konnte.

Wir setzten uns auf die Bank, und ich ließ sie noch eine Weile weinen. Als es endlich ein wenig nachzulassen begann, gab ich ihr das Taschentuch aus meiner Handtasche. Zuerst benutzte sie es nicht einmal. Sie sah mich nur an, mit nassen Wangen und tiefen braunen Höhlen unter den Augen, und sagte: »Du haßt mich nicht, Mommy? Wirklich nicht?«

»Nein«, sagte ich. »Jetzt nicht, und nie und nimmer. Das verspreche ich dir hoch und heilig. Aber über eines mußt du dir klar sein. Ich möchte, daß du mir die ganze Geschichte erzählst, von Anfang an. Ich sehe dir an, daß du glaubst, das schafftest du nicht, aber ich weiß, daß du es kannst. Und vergiß nicht – du brauchst sie nie wieder zu erzählen, nicht einmal deinem eigenen Mann, wenn du es nicht willst. Es wird ungefähr so sein, als zöge man einen Splitter heraus. Auch das verspreche ich dir hoch und heilig. Hast du verstanden?«

»Ja, Mommy, aber er hat gesagt, wenn ich es jemandem erzähle – du würdest manchmal so wütend, hat er gesagt, wie an dem Abend, an dem du ihn mit dem Sahnekrug geschlagen hast – er hat gesagt, wenn ich je auf die Idee kommen sollte, es zu erzählen, dann sollte ich an das Beil denken – und . . .«

»Nein, so geht es nicht«, sagte ich. »Du mußt ganz von vorn anfangen und es dann durchstehen. Aber ich möchte von vornherein ganz sicher sein, daß ich eines richtig verstanden habe. Dein Dad hat sich an dich rangemacht, stimmt's?«

Sie ließ nur wortlos den Kopf sinken. Das war alles, was *ich* an Antwort brauchte, aber ich glaubte, daß *sie* selbst hören mußte, wie sie es laut und deutlich sagte.

Ich legte einen Finger unter ihr Kinn und hob ihren Kopf, bis wir uns in die Augen schauten. »Stimmt's?«

»Ja«, sagte sie und brach wieder in Tränen aus, aber diesmal dauerte es nicht so lange und ging auch nicht so tief. Ich ließ sie eine Weile weitermachen, weil ich selbst eine Weile brauchte, um mir klarzuwerden, wie *ich* weitermachen sollte. Ich konnte sie nicht fragen: Was hat er mit dir gemacht? Das wußte sie, wie ich glaubte, vermutlich selbst nicht recht. Ein paar Augenblicke lang war das einzige, woran ich denken konnte, die Frage: Hat er dich gevögelt? Aber ich dachte, sie würde es auch dann nicht wissen, wenn ich die Frage so rüde stellte.

Schließlich sagte ich: »Hat er seinen Penis in dir gehabt, Selena?«

Sie schüttelte den Kopf. »Ich hab ihn nicht gelassen.« Sie schluckte ein Aufschluchzen hinunter. »Jedenfalls noch nicht.«

Daraufhin waren wir beide imstande, uns ein wenig zu entspannen – zumindest was unseren Umgang miteinander anging. Was ich innerlich fühlte, war pure Wut. Es war, als hätte ich ein inneres Auge, eines, von dem ich bis zu diesem Tag keine Ahnung gehabt hatte, und alles, was ich damit sehen konnte, war Joes langes Pferdegesicht, in dem die Lippen immer aufgesprungen waren und die großen Zähne immer gelblich und die Backen über den Wangenknochen immer rot und rissig. Danach sah ich sein Gesicht die ganze Zeit immer ganz deutlich vor mir; dieses Auge wollte sich auch dann nicht schließen, wenn die anderen beiden zu waren und ich schlief, und mir wurde klar, daß es sich erst dann schließen würde, wenn er tot war. Es war, als wäre man verliebt, nur umgekehrt.

Inzwischen erzählte Selena ihre Geschichte vom Anfang bis zum Ende. Ich hörte zu und unterbrach sie kein einziges Mal, und natürlich fing es an mit dem Abend, an dem ich Joe mit dem Sahnekrug geschlagen hatte und Selena an die Tür gekommen war und ihn gesehen hatte mit der Hand über dem blutenden Ohr und mich mit dem Beil in der Hand, als hätte ich tatsächlich vorgehabt, ihm damit den Kopf abzuhacken. Alles, was ich wollte, war ihn dazu zu bringen, daß er *aufhörte*, Andy, und dafür riskierte ich mein Leben, aber davon hat sie nichts gesehen. Alles, was sie sah, addierte sich auf *seiner* Seite des Kontobuchs. Der Weg zur Hölle ist mit guten Vorsätzen gepflastert, sagt man, und ich weiß, daß es stimmt. Das weiß ich aus eigener, bitterer Erfahrung. Was ich nicht weiß, ist, *warum* das so ist – warum der Versuch, Gutes zu tun, so oft Böses im Gefolge hat. Aber darüber sollen sich klügere Leute den Kopf zerbrechen.

Ich habe nicht vor, die ganze Geschichte hier zu erzählen, nicht Selenas wegen, sondern weil sie zu lang ist und zu sehr schmerzt, sogar heute noch. Aber ich werde euch erzählen, was sie zuerst gesagt hat. Das werde ich nie vergessen, weil mir dabei wieder klar wurde, was für ein Unterschied besteht zwischen dem, wie die Dinge aussehen, und dem, wie sie wirklich sind – zwischen dem Außen und dem Innen.

»Er sah so traurig aus, wie er da in seinem Sessel saß«, sagte sie. »Das Blut lief ihm zwischen den Fingern hindurch, und er hatte Tränen in den Augen, und er sah so furchtbar *traurig* aus. Ich haßte dich mehr wegen dieses Ausdrucks als wegen des Blutes und der Tränen, Mommy, und ich wußte, daß ich es an ihm wieder gutmachen mußte. Bevor ich wieder ins Bett ging, kniete ich nieder und betete. Lieber Gott, sagte ich, wenn du verhinderst, daß sie ihm noch mehr wehtut, dann werde ich es an ihm wieder gutmachen. Das schwöre ich. Um Jesu willen, Amen.«

Könnt ihr euch vorstellen, wie mir zumute war, als ich das von meiner Tochter hörte, ein Jahr oder länger, nachdem ich geglaubt hatte, die Sache wäre ein für allemal erledigt? Kannst du dir das vorstellen, Andy? Frank? Und wie steht es mit dir, Nancy Bannister aus Kennebunk? Nein – ich sehe, ihr könnt es nicht. Und ich bete zu Gott, daß ihr es nie müßt.

Sie fing an, nett zu ihm zu sein. Sie brachte ihm irgendwas Leckeres, wenn er draußen im Schuppen war und an einem Schneemobil oder Außenbordmotor arbeitete, sie setzte sich zu ihm, wenn wir abends fernsahen, sie saß mit ihm zusammen auf der Veranda, während er an irgendetwas schnitzte und hörte zu, wenn er sein übliches politisches Gewäsch von sich gab – wie Kennedy es zuließ, daß die Juden und die Katholiken überall das Sagen hatten, wie die Kommunisten versuchten, die Nigger unten im Süden in die Schulen und in die Restaurants zu bringen, und daß das Land bald vor die Hunde gehen würde. Sie hörte zu, lachte über seine Witze, rieb ihm die Hände ein, wenn sie aufgesprungen waren, und er war nicht zu taub, um zu hören, daß hier eine Gelegenheit anklopfte. Er hörte auf, ihr Vorträge über Politik zu halten, und hielt ihr statt dessen Vorträge über mich – wie unberechenbar ich sein konnte, wenn mir etwas gegen den Strich ging, und alles, was nicht stimmte mit unserer Ehe. Nach seiner Version war es natürlich einzig meine Schuld.

Es war im späten Frühjahr 1962, als er anfing, sie auf eine Art zu berühren, die ein bißchen mehr war als nur väterlich. Aber das war zu Anfang alles – ein leichtes Streicheln ihres Beines, wenn sie nebeneinander auf der Couch saßen und ich gerade nicht im Zimmer war, kleine Klapse auf den Hintern, wenn sie ihm Bier in den Schuppen hinausbrachte. Damit fing es an, und von da ging es dann weiter. Mitte Juli war es dann so weit, daß sich die arme Selena vor ihm ebenso fürchtete wie bereits vor mir. Als ich schließlich auf die Idee kam, zum Festland hinüberzufahren und ein paar Antworten aus ihr herauszuholen, hatte er so ziemlich alles getan, was ein Mann mit einer Frau tun kann, außer sie zu vögeln – und ihr so viel Angst eingejagt, daß auch sie einiges mit ihm getan hatte.

Ich nehme an, er hätte sie schon vor dem Labor Day ins Bett gezerrt, wenn nicht Joe Junior und Little Pete Ferien gehabt hätten und viel zu Hause gewesen wären. Little Pete war nur da und im Wege, aber ich bin ziemlich sicher, daß Joe Junior eine ziemlich gute Vorstellung hatte von dem, was da vorging, und daß er es bewußt darauf anlegte, es zu verhindern. Gott segne ihn, wenn er es getan hat; das ist alles, was ich dazu sagen kann. Ich selbst war bestimmt keine Hilfe, denn damals arbeitete ich zwölf und manchmal sogar vierzehn Stunden am Tag. Und die ganze Zeit, während ich fort war, war Joe bei ihr, berührte sie, verlangte, daß sie ihn küßte, ihn an seinen »besonderen Stellen« (so nannte er sie) berührte, und erklärte ihr, er könnte nicht anders, er *müßte* das tun – sie war nett zu ihm, ich war es nicht, und ein Mann hat nun einmal bestimmte Bedürfnisse, und das war alles, worum es ging. Aber sie durfte es niemandem erzählen. Wenn sie es tat, sagte er, wäre ich imstande, ihn und sie umzubringen. Er erinnerte sie immer wieder an den Sahnekrug und das Beil. Er erzählte ihr immer wieder, was für ein kaltes, übellauniges Scheusal ich wäre, und daß er einfach nicht anders könnte, weil ein Mann nun einmal bestimmte Bedürfnisse hat. All das drillte er ihr ein, Andy, bis es sie halb verrückt gemacht hatte. Er ...

Was, Frank?

Ja, er hat tatsächlich gearbeitet. Aber seine Art von Arbeit war ihm nicht sonderlich im Wege, wenn es darum ging, seiner Tochter nachzustellen. Einen Hans Dampf in allen Gassen habe ich ihn genannt, und genau das war er. Er erledigte alle möglichen Arbeiten für die Sommergäste und kümmerte sich um zwei Häuser (ich hoffe, die Leute, die ihn als Hausmeister einstellten, hatten vorher ein ausführliches Inventar von ihrem Hab und Gut angelegt); da waren vier oder fünf Fischer, die ihn riefen, damit er mit ihnen ausfuhr, wenn sie viel zu tun hatten – Joe war mager, aber kräftig, und er konnte Netze einholen wie die besten von ihnen, wenn er nicht zu verkatert war –, und natürlich bastelte er nebenbei noch an seinen Motoren herum. Mit anderen Worten, er arbeitete so, wie eine Menge Männer auf der Insel arbeiten (wenn auch nicht so schwer wie die meisten) – ein bißchen hier und ein bißchen dort. Ein solcher Mann kann es selbst einrichten, wann er arbeitet, und in diesem Sommer und Frühherbst richtete Joe es so ein, daß er möglichst viel im Haus sein konnte, wenn ich fort war. In Selenas Nähe.

Ich frage mich, ob ihr versteht, was ihr verstehen müßt. Begreift ihr, daß ihm ebensoviel daran lag, in ihr *Denken* einzudringen wie in ihren Schlüpfer? Ich glaube, es war der Anblick von mir mit diesem gottverdammten Beil in der Hand, was die stärkste Macht über sie hatte, und deshalb war es das, was er am häufigsten benutzte. Als ihm klar wurde, daß er es nicht mehr dazu benutzen konnte, um ihr Mitgefühl zu gewinnen, benutzte er es, um ihr Angst einzujagen. Er sagte ihr immer und immer wieder, daß ich sie aus dem Haus werfen würde, wenn ich je herausfinden sollte, was sie taten.

Was *sie* taten! Herr im Himmel!

Sie sagte, sie *wollte* das nicht tun, und er sagte, das wäre wirklich ein Jammer, aber zum Aufhören wäre es jetzt zu spät. Er sagte ihr, sie hätte sich an ihn herangemacht, bis er halb verrückt gewesen wäre, und er sagte ihr, diese Art von Heranmachen wäre die Ursache der meisten Vergewaltigungen, und gute Frauen (womit er vermutlich übellaunige, beilschwingende Luder wie mich meinte) wüßten das. Joe versicherte ihr immer wieder, *er* würde den Mund halten, solange sie *ihren* hielt. »Aber«, erklärte er ihr, »über eines mußt du dir klar sein, Baby, wenn *etwas* rauskommt, dann kommt *alles* raus.«

Sie wußte nicht, was er mit *alles* meinte, und sie verstand nicht, wieso er, nur weil sie ihm nachmittags ein Glas Eistee hinausgebracht und ihm von Laurie Langills jungem Hund erzählt hatte, auf die Idee gekommen war, ihr jedesmal, wenn er wollte, zwischen die Beine zu greifen, aber sie war überzeugt, daß sie *irgendwas* getan haben mußte, was ihn veranlaßte, so böse Dinge zu tun, und deshalb schämte sie sich. Ich glaube, das war das Schlimmste daran – nicht die Angst, sondern die Scham. Sie sagte, daß sie eines Tages vorgehabt hätte, die ganze Geschichte Mrs. Sheets, der Studienberaterin, zu erzählen. Sie hatte sogar einen Termin abgemacht, aber als sie im Vorzimmer warten mußte, weil ihr Gespräch mit einem anderen Mädchen etwas länger dauerte, hatte sie der Mut verlassen. Das war knapp einen Monat zuvor gewesen, kurz nachdem die Schule wieder angefangen hatte.

»Ich fing an, mir vorzustellen, wie es sich anhören würde«, erzählte sie mir, als wir zusammen auf der Bank neben der hinteren Kajütstreppe saßen. Wir hatten schon die Hälfte der Überfahrt hinter uns; East Head lag vor uns in der Nachmittagssonne. Selena war endlich fertig mit Weinen. Von Zeit zu Zeit kam ein wässriges Schnüffeln, und mein Taschentuch war klatschnaß, aber die meiste Zeit hatte sie sich unter Kontrolle, und ich war verdammt stolz auf sie. Aber meine Hand ließ sie nicht los. Sie hielt sie die ganze Zeit, während wir uns unterhielten, mit einem Todesgriff umklammert, und am nächsten Tag war sie grün und blau. »Ich stellte mir vor, wie es sein würde, wenn ich mich hinsetzte und sagte: ›Mrs. Sheets, mein Dad versucht Sie-wissen-schon-was mit mir zu machen.‹ Und sie ist so beschränkt – und so *alt* –, daß sie wahrscheinlich gesagt hätte: ›Nein, ich weiß *nicht* was, Selena. Worauf willst du hinaus?‹ Und das hätte sie so vom hohen Roß herab gefragt, wie es nun mal ihre Art ist; ich hätte ihr erzählen müssen, daß mein eigener Vater versucht, mit mir ins Bett zu gehen, und sie hätte mir nicht geglaubt, weil da, wo sie herkommt, die Leute sowas nicht tun.«

»Ich glaube, das passiert überall in der Welt«, sagte ich. »Traurig, aber wahr. Und ich glaube, eine Studienberaterin hätte das auch gewußt, es sei denn, sie wäre total blöd. Ist Mrs. Sheets total blöd, Selena?«

»Nein«, sagte Selena, »ich glaube es nicht, Mommy, aber . . .«

»Liebling, hast du etwa geglaubt, du wärst das erste Mädchen, dem das passiert ist?« fragte ich, und daraufhin sagte sie etwas, das ich wieder nicht hören konnte, weil sie so leise sprach. Ich mußte sie bitten, es noch einmal zu sagen.

»Ich wußte nicht, ob es so war oder nicht«, sagte sie und drückte mich an sich. Ich drückte sie gleichfalls. »Jedenfalls«, fuhr sie schließlich fort, »als ich da saß und wartete, wußte ich, daß ich es nicht erzählen konnte. Vielleicht hätte ich es rausgekriegt, wenn ich gleich hätte reingehen können, aber nicht, nachdem ich Zeit gehabt hatte, es mir durch den Kopf gehen zu lassen und mich zu fragen, ob Daddy recht hatte und du denken würdest, ich wäre ein schlimmes Mädchen . . .«

»Das würde ich nie denken«, sagte ich und drückte sie wieder an mich.

Sie reagierte mit einem Lächeln, daß mir ganz warm ums Herz wurde. »Das weiß ich jetzt«, sagte sie, »aber damals war ich nicht so sicher. Und während ich da saß und durch die Scheibe hindurch sah, wie Mrs. Sheets mit dem Mädchen redete, das vor mir dran war, da dachte ich mir einen guten Grund dafür aus, weshalb ich nicht hineingehen würde.«

»Ach? Und welcher war das?« fragte ich.

»Es war keine Schulangelegenheit«, sagte sie.

Das fand ich lustig, und ich fing an zu kichern. Es dauerte nicht lange, bis Selena gleichfalls kicherte, und das Kichern wurde immer lauter, bis wir da auf dieser Bank saßen, uns bei den Händen hielten und lachten wie zwei Seetaucher in der Paarungszeit. Wir waren so laut, daß der Mann, der unten Essen und Zigaretten verkauft, für ein oder zwei Sekunden den Kopf herausstreckte, um zu sehen, was mit uns los war.

Es waren noch zwei weitere Dinge, die sie auf dem Heimweg sagte – eins mit dem Mund und das andere mit den Augen. Laut sagte sie, daß sie daran gedacht hätte, ihre Sachen zu packen und davonzulaufen; das wäre wenigstens ein Ausweg gewesen. Aber Davonlaufen löst keine Probleme, wenn man schwer genug verletzt worden ist – schließlich nimmt man, wo immer man auch hinläuft, sein Herz und seinen Kopf mit –, und was ich in ihren Augen sah, war, daß der Gedanke an Selbstmord mehr getan hatte, als ihr nur durch den Kopf zu gehen.

Wenn ich daran dachte, wie ich den Gedanken an Selbstmord in den Augen meiner Tochter gesehen hatte, dann sah ich Joes Gesicht mit diesem Auge in mir sogar noch deutlicher. Ich sah, wie er ausgesehen haben mußte, während er ihr ständig zusetzte, wenn er versuchte, ihr unter den Rock zu greifen, bis sie zur Selbstverteidigung nur noch Jeans trug, wenn er nicht bekam, was er wollte (oder jedenfalls nicht *alles*, was er wollte), zu ihrem Glück und seinem Pech, und zwar nicht, weil er es nicht hartnäkkig genug versucht hatte. Ich dachte daran, was hätte passieren können, wenn Joe Junior nicht etliche Male sein Spielen mit Willy Bramhall abgebrochen und früher nach Hause gekommen wäre, oder wenn ich nicht schließlich doch die Augen weit genug aufgemacht hätte, um sie mir genau anzusehen. Vor allem dachte ich daran, wie er sie getrieben hatte. Er hatte es auf die Art getan, wie ein gemeiner Kerl mit einer Peitsche oder einer Rute ein Pferd treibt und keine Minute damit aufhört, weder aus Liebe noch aus Mitleid, bis das Tier tot vor seinen Füßen liegt – woraufhin er dann vermutlich mit der Peitsche in der Hand dasteht und sich fragt, wie zum Teufel *das* passieren konnte. Das war es, wohin das Verlangen, seine Stirn zu berühren, festzustellen, ob sie sich so glatt anfühlte, wie sie aussah, mich gebracht hatte; das war es, worauf das alles hinausgelaufen war. Jetzt waren meine Augen offen, und ich sah, daß ich mit einem lieblosen, erbarmungslosen Mann zusammenlebte, der glaubte, alles, was er mit seinen Armen erreichen und mit seinen Händen greifen konnte, gehörte ihm – sogar seine eigene Tochter.

Ich war in meinen Überlegungen ungefähr so weit gekommen, als mir der Gedanke, ihn umzubringen, zum ersten Mal durch den Kopf schoß. Es war nicht der Moment, in dem ich mich entschloß, es zu tun – davon kann keine Rede sein –, aber ich würde lügen, wenn ich behaupten wollte, dieser Gedanke wäre nur ein Tagtraum gewesen. Er war wesentlich mehr als nur das.

Selena mußte etwas davon in meinen Augen gesehen haben, denn sie legte mir die Hand auf den Arm und sagte: »Wird es Ärger geben, Mommy? Bitte sag, daß es keinen geben wird – er wird wissen, daß ich es dir erzählt habe, und er wird wütend sein.«

Ich hätte sie gern beruhigt, indem ich ihr das sagte, was sie hören wollte, aber ich konnte es nicht. Es würde Ärger geben – aber wieviel und wie schlimm, das würde von Joe abhängen. Er hatte zwar einen Rückzieher gemacht an dem Abend, an dem ich ihn mit dem Sahnekrug schlug, aber das bedeutete nicht, daß er es wieder tun würde.

»Ich weiß nicht, was passieren wird«, sagte ich, »aber zweierlei kann ich dir versichern, Selena: nichts von alledem ist deine Schuld, und er wird dich nie wieder betatzen und belästigen.«

Ihre Augen füllten sich wieder mit Tränen, und eine davon floß über und rollte ihr über die Wange. »Ich will nicht, daß es Ärger gibt«, sagte sie. Sie schwieg eine Minute, ihr Mund arbeitete, und dann stieß sie hervor: »Oh, das ist alles so entsetzlich! Warum hast du ihn geschlagen? Warum hat er sich an mich rangemacht? Warum konnte nicht alles so bleiben, wie es immer gewesen ist?«

Ich ergriff ihre Hand. »Das tut es nie, mein Liebling – manchmal geht etwas schief, und dann muß es wieder in Ordnung gebracht werden. Das weißt du doch selber, oder?«

Sie nickte. Ich sah Qual in ihrem Gesicht, aber keinen Zweifel. »Ja«, sagte sie. »Ich glaube, das weiß ich.«

Wir hatten den Anleger erreicht und keine Zeit mehr zum Reden. Das konnte mir nur recht sein; ich wollte nicht, daß sie mich mit diesen Tränen in den Augen ansah, sich wünschte, was sich vermutlich jedes Kind wünscht, daß alles in Ordnung kommt, aber schmerzlos und ohne daß jemand verletzt wird. Daß sie sich Versprechen von mir wünschte, die ich nicht geben konnte, weil es Versprechen waren, von denen ich nicht wußte, ob ich sie halten konnte. Ich war mir nicht sicher, ob dieses innere Auge *zulassen* würde, daß ich sie hielt. Wir verließen die Fähre, ohne daß noch ein Wort zwischen uns gesprochen wurde, und das konnte mir nur recht sein.

An diesem Abend, als Joe vom Haus der Carstairs nach Hause gekommen war, wo er eine Hinterveranda baute, schickte ich alle drei Kinder zum Einkaufen in den Ort. Ich sah, wie Selena mir auf dem Weg zur Straße immer wieder kleine Blicke zuwarf, und ihr Gesicht war so blaß wie ein Glas Milch. Jedesmal, wenn sie den Kopf drehte, Andy, sah ich dieses gottverdammte Beil in ihren Augen. Aber ich sah in ihnen auch noch etwas anderes, und ich glaube, es war Erleichterung. Wenigstens geht es nicht weiter wie bisher, muß sie gedacht haben; schließlich war sie so verängstigt, daß ich glaube, ein Teil von ihr *muß* das gedacht haben.

Joe saß neben dem Herd und las den *American*, wie er es jeden Abend tat. Ich stand an der Holzkiste und sah ihn an, und dieses innere Auge schien sich immer weiter zu öffnen. Sieh ihn dir an, dachte ich, wie er da sitzt wie der Großmufti von Oberarschville. Sitzt da, als brauchte er nicht mit einem Bein nach dem anderen in die Hose zu steigen wie jedermann sonst. Sitzt da, als wäre das Rumfummeln an seiner einzigen Tochter die natürlichste Sache von der Welt und als könnte jeder Mann ruhig schlafen, nachdem er es getan hat. Ich versuchte, mich zu erinnern, wie wir vom Abschlußball im Samoset Inn dorthin gekommen waren, wo wir jetzt waren, wo er neben dem Herd saß und in seinen alten, geflickten Jeans und dem schmutzigen Thermal-Unterhemd die Zeitung las und ich an der Holzkiste stand mit Mord im Herzen, und es gelang mir nicht. Es war, als wäre ich in einem Zauberwald, wo man einen Blick über die Schulter zurückwirft und feststellt, daß der Weg hinter einem verschwunden ist.

Inzwischen sah das innere Auge immer mehr. Es sah die kreuz und quer verlaufenden Narben an seinem Ohr, wo ich ihn mit dem Sahnekrug geschlagen hatte; es sah die Art, wie er seine Unterlippe vorschob, so daß es aussah, als zöge er eine Schnute; er sah die Schuppen in seinen Augenbrauen und die Art, wie er die aus seiner Nase herauswachsenden Haare ausriß oder von Zeit zu Zeit die Hose im Schritt hochzog.

Alles, was dieses Auge sah, war widerlich, und mir kam der Gedanke, daß die Tatsache, daß ich ihn geheiratet hatte, mehr war als nur der größte Fehler meines Lebens; es war der einzige Fehler, der wirklich zählte, weil nicht nur ich es war, die am Ende dafür würde zahlen müssen. Damals war es Selena, hinter der er her war, aber da waren noch zwei Jungen, die gleich hinter ihr herkamen, und wenn er schon versuchte, ihre Schwester zu vergewaltigen, was würde er dann mit ihnen machen?

Ich drehte den Kopf, und dieses innere Auge sah das Beil, das wie gewöhnlich auf dem Bord über der Holzkiste lag. Ich griff danach und legte die Finger um den Griff, wobei ich dachte, diesmal bekommst du es nicht in die Hand, Joe. In den Kopf vielleicht, aber nicht in die Hand. Dann erinnerte ich mich daran, wie Selena sich umgedreht und zu mir zurückgeschaut hatte, als die drei zur Straße hinuntergingen, und ich beschloß, daß, was immer passieren mochte, das verdammte Beil dabei keine Rolle spielen durfte. Ich bückte mich und holte statt dessen ein Zuckerahorn-Scheit aus der Kiste.

Beil oder Holzscheit, es machte kaum einen Unterschied – an diesem Abend ist Joe nur um Haaresbreite dem Tod entgangen. Je länger ich ihn ansah, wie er da saß in seinem schmutzigen Hemd, an den Haaren zupfte, die aus seiner Nase herauswuchsen und die Comics las, desto mehr dachte ich daran, was er mit Selena angestellt hatte; je mehr ich daran dachte, desto wütender wurde ich; je wütender ich wurde, desto näher war ich daran, einfach hinüberzugehen und ihm mit diesem Holzscheit den Schädel einzuschlagen. Ich konnte sogar die Stelle sehen, wo ich ihm den ersten Hieb versetzen würde. Sein Haar hatte sich ziemlich gelichtet, besonders am Hinterkopf, und zwischen den paar Strähnen, die es noch gab, konnte man die Sommersprossen auf der Haut sehen. Genau da, dachte ich, genau auf diese Stelle. Das Blut würde aufspritzen und auf dem Lampenschirm landen, aber das machte mir nichts aus; er war ohnehin alt und häßlich. Je mehr ich darüber nachdachte, desto mehr *verlangte* mich danach, das Blut auf den Lampenschirm spritzen zu sehen. Und dann dachte ich daran, wie es auch auf die Glühbirne spritzen und an ihr verzischen würde. Ich dachte an diese Dinge, und je länger ich daran dachte, desto fester schlossen sich meine Finger um dieses Holzscheit. Ich war verrückt, oh ja, aber wie es schien, konnte ich den Blick nicht von ihm abwenden, und ich wußte, selbst wenn ich es tat, würde das innere Auge ihn trotzdem weiterhin betrachten.

Ich befahl mir, daran zu denken, wie Selena mich anschauen würde, wenn ich es tat – wie ihre Augen mir sagen würden, daß ich genau so jähzornig war, wie Joe behauptet hatte, und daß ihre schlimmsten Befürchtungen eingetreten waren –, aber auch das funktionierte nicht. So sehr ich sie liebte und so viel mir an ihrer guten Meinung lag, es funktionierte nicht. Dieses Auge war zu stark für Liebe. Nicht einmal der Gedanke daran, was mit den dreien passieren würde, wenn er tot war und ich in South Windham saß, weil ich ihn umgebracht hatte, konnte dieses innere Auge veranlassen, sich zu schließen. Es blieb weit offen, und es sah immer mehr häßliche Dinge in Joes Gesicht. Die Art, wie er von der Haut auf seinen Backen weiße Hautfetzen abschabte, wenn er sich rasierte. Ein Klümpchen Senf vom Abendessen, das an seinem Kinn eintrocknete. Sein großes altes Pferdegebiß, das er von einem Versandhaus hatte und das nicht richtig paßte. Und jedesmal, wenn ich mit diesem Auge wieder etwas sah, wurde mein Griff um das Holzscheit noch ein wenig fester.

In der letzten Minute kam mir ein anderer Gedanke. Wenn du es hier und jetzt tun würdest, dann würdest du es nicht für Selena tun. Du würdest es auch nicht für die Jungen tun. Du würdest es tun, weil all dieses Betatzen und Begrapschen drei Monate lang oder noch länger vor deiner Nase passiert ist und du zu blöd warst, es zu bemerken. Wenn du ihn umbringst und dafür ins Gefängnis gehst und deine Kinder nur an den Sonntagnachmittagen siehst, dann solltest du auch wissen, weshalb du es tust: nicht, weil er sich an Selena vergriffen, sondern weil er dich zum Narren gehalten hat.

Das endlich setzte mir einen Dämpfer auf. Das innere Auge schloß sich nicht, aber es trübte sich und verlor etwas von seiner Macht. Ich versuchte, die Hand zu öffnen und das Holzscheit fallen zu lassen, aber ich hatte es zu fest umklammert und konnte es einfach nicht loslassen. Ich mußte mit der anderen Hand zugreifen und die ersten beiden Finger aufbiegen, bevor es in die Kiste zurückfiel, und die anderen drei Finger blieben gebeugt, als hielten sie es nach wie vor. Ich mußte meine Hand drei- oder viermal zur Faust ballen, bevor sie sich wieder normal anfühlte.

Als sie das tat, ging ich hinüber zu Joe und tippte ihm auf die Schulter. »Ich möchte mit dir reden«, sagte ich.

»Dann tu's doch«, sagte er hinter der Zeitung. »Ich hindere dich nicht daran.«

»Ich möchte, daß du mich dabei ansiehst«, sagte ich. »Also weg mit der Zeitung.«

Er ließ sie in seinen Schoß sinken und sah mich an. »Du hast heute wieder einmal eine verdammt große Klappe«, sagte er.

»Ich kümmere mich um meine Klappe«, sagte ich, »und du kümmerst dich um deine Hände. Denn wenn du es nicht tust, dann sorge ich dafür, daß du mehr Ärger bekommst, als du in einem Jahr aus lauter Sonntagen verkraften kannst.«

Seine Brauen hoben sich, und er fragte mich, was das bedeuten sollte.

»Es bedeutet, daß ich will, daß du Selena in Ruhe läßt«, sagte ich.

Er sah aus, als hätte ich ihm das Knie direkt in seine Kronjuwelen gerammt. Das war das Beste an dieser üblen Geschichte, Andy – der Ausdruck auf Joes Gesicht, als er begriff, daß ich ihm auf die Schliche gekommen war. Seine Haut wurde blaß, sein Unterkiefer sackte herab, und sein ganzer Körper zuckte in diesem schäbigen alten Schaukelstuhl, so, wie ein Körper manchmal zuckt, wenn ein Mensch gerade am Einschlafen ist und ihm auf dem Weg in den Schlaf ein schlimmer Gedanke kommt.

Er versuchte, so zu tun, als wäre es nur eine Muskelzukkung in seinem Rücken gewesen, aber er konnte keinen von uns beiden zum Narren halten. Es sah sogar so aus, als schämte er sich ein bißchen, aber damit machte er auf mich nicht den geringsten Eindruck. Selbst ein blöder Hund hat Verstand genug, sich zu schämen, wenn man ihn dabei erwischt, wie er Eier aus dem Hühnerstall stiehlt.

»Ich weiß nicht, wovon du redest«, sagte er.

»Wie kommt es dann, daß du so aussiehst, als hätte der Teufel gerade in deine Hose gelangt und dir die Eier gequetscht?« fragte ich ihn.

Da begannen sich auf seiner Stirn die Zornfalten zu bilden. »Wenn dieser verdammte Joe Junior Lügen über mich erzählt hat . . .«, setzte er an.

»Joe Junior hat weder Ja noch Nein noch Vielleicht über dich gesagt«, sagte ich, »und du kannst es dir sparen, eine Schau abzuziehen. Selena hat es mir erzählt. Sie hat mir alles erzählt – wie sie versucht hat, nett zu dir zu sein nach dem Abend, an dem ich dir den Sahnekrug an den Kopf gehauen habe, wie du es ihr gelohnt hast und wie du gesagt hast, was passieren würde, wenn sie es erzählt.«

»Sie ist ein verlogenes kleines Biest«, sagte er und warf seine Zeitung auf den Fußboden, als wäre damit alles bewiesen. »Ein verlogenes kleines Biest und ein verdammter Quälgeist! Ich hole meinen Gürtel, und wenn sie hier aufkreuzt – wenn sie es *wagen* sollte, jemals wieder hier aufzukreuzen . . .«

Er wollte aufstehen. Ich streckte eine Hand aus und drückte ihn wieder nieder. Es ist so einfach, einen Menschen, der aus einem Schaukelstuhl aufzustehen versucht, wieder niederzudrücken; es überraschte mich ein bißchen, wie einfach es war. Vielleicht hatte das etwas damit zu tun, daß ich ihm keine drei Minuten zuvor beinahe mit einem Holzscheit den Schädel eingeschlagen hätte.

Seine Augen verengten sich zu schmalen Schlitzen, und er sagte, ich sollte mich lieber nicht mit ihm anlegen. »Du hast es schon einmal getan«, sagte er, »aber das bedeutet noch lange nicht, daß du *jedesmal* damit durchkommst.«

Daran hatte ich auch schon gedacht, und das war noch gar nicht so lange her, aber es war kaum der rechte Zeitpunkt, ihm das zu sagen. »Du kannst dir dein großspuriges Gerede für deine Freunde aufsparen«, sagte ich stattdessen. »Jetzt tust du nichts anderes, als die Ohren aufzusperren und dir anzuhören, was ich zu sagen habe. Ich meine es nämlich verdammt ernst. Wenn du dich jemals wieder an Selena vergreifst, dann bringe ich dich ins Staatsgefängnis wegen Belästigung eines Kindes oder Geschlechtsverkehr mit Minderjährigen, je nachdem, wofür du länger auf Eis gelegt wirst.«

Das verschlug ihm die Sprache. Sein Unterkiefer sackte wieder herab, und er saß eine Minute lang nur da und starrte mich an.

»Das würdest du doch nicht ...«, setzte er an, und dann verstummte er. Weil er gesehen hatte, daß ich *würde*. Also spielte er den Verdrießlichen und schob die Unterlippe noch weiter vor als gewöhnlich. »Du denkst nur an sie, stimmt's?« sagte er. »Du hast nicht einmal gefragt, wie das von meiner Seite aus aussieht, Dolores.«

»Hast du denn eine?« erwiderte ich. »Wenn ein vierzigjähriger Mann von seiner vierzehnjährigen Tochter verlangt, daß sie ihren Schlüpfer auszieht, damit er sehen kann, wieviel Haar da unten schon wächst, kann man dann sagen, daß dieser Mann eine Seite hat?«

»Sie wird nächsten Monat fünfzehn«, sagte er, als änderte das alles. Er war schon ein Stück Dreck, weiß Gott.

»Hast du das gehört?« fragte ich ihn. »Hast du gehört, was da eben aus deinem eigenen Mund gekommen ist?«

Er starrte mich noch einen Moment länger an, dann bückte er sich und hob seine Zeitung vom Fußboden auf. »Laß mich in Ruhe, Dolores«, sagte er mit seiner verdrießlichsten und wehleidigsten Stimme. »Ich möchte diesen Artikel zu Ende lesen.«

Ich hätte ihm am liebsten die verdammte Zeitung aus den Händen gerissen und sie ihm ins Gesicht geworfen, aber dann wäre bestimmt Blut geflossen, und ich wollte nicht, daß die Kinder – besonders Little Pete – hereinkamen und eine solche Szene miterlebten. Also streckte ich nur die Hand aus und drückte die Zeitung sanft mit dem Daumen nieder.

»Zuerst versprichst du mir, daß du Selena in Ruhe läßt«, sagte ich, »damit wir diese scheißmiserable Geschichte ein für allemal hinter uns haben. Du versprichst mir, daß du sie in deinem ganzen Leben nie wieder anfassen wirst.«

»Dolores, du wirst nicht . . .«, setzte er an.

»Versprich es, Joe, sonst mach ich dir das Leben zur Hölle.«

»Glaubst du etwa, das macht mir Angst?« brüllte er. »Du hast mir die letzten fünfzehn Jahre das Leben zur Hölle gemacht, du Luder – deine häßliche Fratze ist nichts im Vergleich zu deinem häßlichen Charakter! Wenn dir nicht gefällt, wie ich bin, dann hast du dir das selber zuzuschreiben!«

»Du weißt nicht, was Hölle ist«, sagte ich, »aber wenn du sie nicht in Ruhe läßt, werde ich dafür sorgen, daß du es herausfindest.«

»Also gut!« brüllte er. »Also gut, ich verspreche es! So! Das war's! Bist du jetzt zufrieden?«

»Ja«, sagte ich, obwohl ich es nicht war. Er würde mich nie mehr zufriedenstellen können – nicht einmal, wenn er mir das Wunder der Brote und Fische vorgeführt hätte. Ich war entschlossen, bis zum Ende des Jahres die Kinder aus dem Haus zu schaffen oder ihn tot zu sehen. Worauf es hinauslief, machte für mich keinen großen Unterschied, aber ich wollte nicht, daß er merkte, daß ihm etwas bevorstand, bis es für ihn zu spät war, noch etwas dagegen zu unternehmen.

»Gut«, sagte er. »Dann ist ja alles in bester Ordnung, stimmt's, Dolores?« Aber er sah mich mit einem eigentümlichen kleinen Funkeln in den Augen an, das mir gar nicht gefiel. »Du hältst dich wohl für ziemlich schlau?«

»Ich weiß es nicht«, sagte ich. »Früher habe ich immer geglaubt, ich wäre halbwegs gescheit, aber sieh dir an, mit wem ich mich zusammengetan habe.«

»Spar dir die großen Reden« sagte er, wobei er mich immer noch auf diese merkwürdig verschlagene Art ansah. »Du bildest dir ein, so ein heißes Stückchen Scheiße zu sein, daß du wahrscheinlich jedesmal über die Schulter schaust, um zu sehen, ob dein Arsch qualmt, bevor du ihn abwischst. Aber du weißt nicht alles.«

»Was meinst du damit?«

»Das kannst du selbst rausfinden«, sagte er und schüttelte seine Zeitung aus wie ein reicher Typ, der sich vergewissern will, daß ihm der Aktienmarkt an diesem Tage nicht allzu übel mitgespielt hat. »Einer Klugscheißerin wie dir sollte das nicht allzu schwer fallen.«

Es gefiel mir nicht, aber ich ließ es durchgehen, weil ich nicht länger in einem Hornissennest herumstochern wollte, als unbedingt sein mußte. Aber das war nicht der einzige Grund. Ich hielt mich wirklich für schlau, schlauer als er jedenfalls, und damit hatte es sich. Ich bildete mir ein, wenn er versuchen würde, sich an mir zu rächen, dann würde ich fünf Minuten, nachdem er damit angefangen hatte, herausfinden, was er im Schilde führte. Mit anderen Worten, es war Überheblichkeit, pure Überheblichkeit, und der Gedanke, daß er bereits damit angefangen *hatte*, kam mir überhaupt nicht.

Als die Kinder aus dem Dorf zurückkamen, schickte ich die Jungen ins Haus und ging mit Selena in den Hintergarten. Da gibt es ein großes Brombeergestrüpp, fast kahl um diese Jahreszeit. Eine kleine Brise war aufgekommen und ließ die Zweige rascheln. Es war ein einsames Geräusch. Und auch ein bißchen unheimlich. Da ragt ein großer weißer Felsbrocken aus der Erde, und auf den setzten wir uns. Über dem East Head war ein Halbmond aufgegangen, und als sie meine Hände ergriff, waren ihre Finger genau so kalt, wie dieser Halbmond aussah.

»Ich trau mich nicht, hineinzugehen, Mommy«, sagte sie, und ihre Stimme zitterte. »Kann ich rübergehen zu Tanya? Bitte, sag ja.«

»Du brauchst vor nichts Angst zu haben, mein Liebling«, sagte ich. »Alles ist ausgestanden.«

»Ich glaube es nicht«, flüsterte sie, obwohl ihr Gesicht sagte, daß sie es gern geglaubt hätte – ihr Gesicht sagte, daß sie das lieber glauben würde als alles andere.

»Es stimmt«, sagte ich. »Er hat versprochen, dich in Ruhe zu lassen. Er hält nicht immer seine Versprechen, aber das wird er halten, jetzt, wo er weiß, daß ich aufpasse und er nicht mehr damit rechnen kann, daß du den Mund hältst. Außerdem hat er eine Mordsangst.«

»Mordsangst? Wovor?«

»Weil ich ihm gesagt habe, daß ich ihn nach Shawshank

bringen würde, wenn er weiterhin seine widerlichen Spielchen mit dir treibt.«

Sie keuchte, und ihre Hände krampften sich um die meinen. »Mommy, das kann doch nicht wahr sein!«

»Es ist wahr, und es ist mir Ernst damit«, sagte ich. »Es ist besser, wenn du das weißt, Selena. Aber ich würde mir an deiner Stelle keine Sorgen machen; Joe wird in den nächsten vier Jahren vermutlich mindestens drei Meter Abstand von dir halten – und dann bist du auf dem College. Wenn es auf der Welt etwas gibt, woran ihm liegt, dann ist es seine eigene Haut.«

Sie ließ meine Hände los, langsam, aber sicher. Ich sah, wie die Hoffnung in ihr Gesicht zurückkehrte, und außerdem noch etwas anderes. Es war, als kehrte ihre Jugend zurück, und erst jetzt, da ich im Mondschein neben ihr bei dem Brombeergestrüpp saß, wurde mir klar, wie alt sie in diesem Herbst ausgesehen hatte.

»Er wird mich nicht verprügeln oder so etwas?« fragte sie.

»Nein«, sagte ich. »Die Sache ist erledigt.«

Da glaubte sie alles und legte den Kopf an meine Schulter und begann zu weinen. Jetzt waren es Tränen der Erleichterung, und daß sie auf diese Weise weinen mußte, hatte zur Folge, daß ich Joe nur noch mehr haßte.

Ich glaube, in den nächsten paar Nächten hatte ich ein Mädchen im Haus, das besser schlief als in den letzten drei Monaten oder so – aber ich lag wach. Ich hörte zu, wie Joe neben mir schnarchte, und betrachtete ihn mit diesem inneren Auge. Ich hätte mich am liebsten umgedreht und ihm die Kehle durchgebissen. Aber ich war nicht mehr so verrückt, wie ich es gewesen war, als ich ihm beinahe mit dem Holzscheit den Schädel eingeschlagen hätte. Damals hatte der Gedanke an die Kinder und was aus ihnen werden würde, wenn man mich einlochte, keine Gewalt über dieses innere Auge gehabt, aber später, nachdem ich Selena gesagt hatte, daß sie nichts mehr zu befürchten hätte, hatte er Gewalt darüber. Dennoch wußte ich, daß das, was Selena sich am meisten wünschte – daß alles weiterging, als wäre das, was ihr Dad getan hatte, niemals passiert –, unmöglich war. Selbst wenn er sein Versprechen hielt und sie nie wieder anrührte, war es unmöglich. Außerdem war ich nicht absolut sicher, daß er sein Versprechen halten würde. Früher oder später reden sich Männer wie Joe gewöhnlich ein, daß sie das nächste Mal damit durchkommen; daß sie, wenn sie nur ein bißchen vorsichtiger sind, haben können, was immer sie wollen.

Als ich da im Dunkeln lag und endlich wieder ruhig geworden war, kam mir die Lösung einfach genug vor: ich mußte mit den Kindern aufs Festland ziehen, und zwar bald. Ich war damals einigermaßen ruhig, aber ich wußte, daß ich es nicht bleiben würde; dieses innere Auge würde es nicht zulassen. Wenn ich das nächste Mal in Wut geriet, würde es noch besser sehen, und Joe würde mir noch häßlicher vorkommen, und dann gab es vielleicht keinen Gedanken auf Erden, der mich davon abhalten konnte, es zu tun. Es war eine neue Art, wütend zu sein, zumindest für mich, und ich war gerade klug genug, um zu sehen, welchen Schaden sie anrichten konnte, wenn ich es zuließ. Ich mußte uns von Little Tall wegbringen, bevor meine Wut vollends ausbrach. Und als ich meinen ersten Schritt in diese Richtung tat, da fand ich heraus, was dieser merkwürdig verschlagene Ausdruck in seinen Augen bedeutete. Ich fand es heraus!

Ich wartete ein paar Tage, bis sich die Dinge beruhigt

hatten, dann fuhr ich an einem Freitagmorgen mit der Elf-Uhr-Fähre hinüber zum Festland. Die Kinder waren in der Schule, und Joe war mit Alan Stargill und seinem Bruder Gordon draußen vor der Küste, wo sie sich mit den Hummerfallen beschäftigten – er würde erst kurz vor Sonnenuntergang zurückkommen.

Ich hatte die Sparbücher der Kinder dabei. Wir hatten von ihrer Geburt an Geld für ihren Collegebesuch zurückgelegt – ich jedenfalls hatte das getan; Joe war es scheißegal, ob sie aufs College gingen oder nicht. Wann immer das Thema zur Sprache kam – und natürlich war immer ich es, die es zur Sprache brachte –, saß er gewöhnlich in seinem schäbigen Schaukelstuhl mit dem Gesicht hinter dem *Ellsworth American* und schaute gerade lange genug hervor, um zu sagen: »Warum in aller Welt bist du so wild darauf, die Kinder aufs College zu schicken, Dolores? Ich war nicht dort, und ich komme trotzdem gut zurecht.«

Nun, es gibt Dinge, über die man nicht diskutieren kann. Wenn Joe glaubte, daß er gut zurechtkam, wenn er die Zeitung las, in der Nase bohrte und das, was er da zutageförderte, an der Lehne seines Schaukelstuhls abwischte, dann war da kein Raum für Diskussionen; es war von vornherein hoffnungslos. Aber das störte mich nicht weiter. Solange ich ihn dazu bringen konnte, daß er sein Scherflein beitrug, wenn er zufällig einmal ein bißchen Geld machte, zum Beispiel damals, als er beim Straßenbau arbeitete, dann war mir völlig egal, ob er glaubte, jedes College im Lande würde von den Kommunisten geleitet. Ich brachte ihn dazu, fünfhundert Dollar auf ihre Konten einzuzahlen, und er winselte wie ein Hund. Behauptete, ich nähme ihm den letzten Groschen weg. Aber ich wußte es besser, Andy. Wenn dieser Hurensohn in diesem Winter nicht zweitausend, vielleicht sogar zweieinhalbtausend Dollar verdient hat, dann küsse ich ein Schwein.

»Weshalb hackst du immer so auf mir herum, Dolores?« pflegte er zu fragen.

»Wenn du Manns genug wärest, von dir aus das Richtige für deine Kinder zu tun, dann brauchte ich das nicht«, antwortete ich dann gewöhnlich, und so ging es immer weiter, bla-bla-bla. Von Zeit zu Zeit hatte ich es ziemlich satt, Andy, aber ich holte fast immer aus ihm heraus, was den Kindern meiner Meinung nach zustand. Aber ich hatte es nie satt, das zu tun, weil sonst niemand da war, der dafür sorgte, daß ihre Zukunft halbwegs gesichert war.

Es war nicht viel Geld auf diesen Konten, nach heutigen Maßstäben – an die zweitausend auf Selenas Konto, ungefähr achthundert auf dem von Joe Junior und vier- oder fünfhundert auf dem von Little Pete –, aber hier ist von 1962 die Rede, und damals war das ein ganz schöner Haufen Geld. Mehr als genug jedenfalls, um damit wegzuziehen. Ich hatte vor, Little Petes Geld bar abzuheben und mir für die anderen beiden Bankschecks geben zu lassen. Ich hatte vor, einen sauberen Trennungsstrich zu ziehen und bis hinunter nach Portland zu ziehen, wo ich mir eine Wohnung und einen anständigen Job suchen wollte. Keiner von uns war an das Stadtleben gewöhnt, aber wenn es sein muß, gewöhnt man sich so ziemlich an alles. Außerdem war Portland damals kaum mehr als ein großes Dorf – kein Vergleich zu dem, was es heute ist.

Sobald alles geregelt war, konnte ich anfangen, das Geld, das ich nehmen mußte, wieder zurückzuzahlen, und ich glaubte, ich würde es schaffen. Aber selbst wenn ich es nicht schaffte – sie waren intelligent, und es gab Stipendien. Und wenn sie die nicht bekommen sollten, dann würde ich nicht zu stolz sein, um ein paar Darlehensanträge auszufüllen. Die Hauptsache war, daß ich sie wegbrachte – das hielt ich damals für wesentlich wichtiger als das College. Das Dringendste zuerst, wie auf dem Aufkleber an der Stoßstange von Joes altem *Farmall*–Traktor zu lesen war.

Jetzt habe ich fast eine Dreiviertelstunde über Selena geredet, aber es war nicht nur sie, die unter ihm zu leiden hatte. Sie kriegte den schlimmsten Teil ab, aber auch für Joe Junior war noch genug Unwetter übrig. 1962 war er zwölf, das schönste Alter für einen Jungen, aber auf die Idee wäre man nicht gekommen, wenn man ihn ansah. Es kam kaum noch vor, daß er lächelte oder lachte, und das war auch kein Wunder. Er war kaum ins Zimmer gekommen, da fiel sein Vater auch schon über ihn her wie ein Wiesel über ein Huhn, wies ihn an, sein Hemd in die Hose zu stecken, sich die Haare zu kämmen, nicht so herumzuschlurfen, erwachsen zu werden, endlich aufzuhören, so ein verdammter Weichling zu sein, mit der Nase immer in einem Buch, ein Mann zu werden. Als Joe Junior es in dem Sommer, bevor ich herausfand, was mit Selena los war, nicht schaffte, in die Little League All Star-Mannschaft zu kommen, da hätte man, wenn man seinem Vater zuhörte, glauben können, er wäre aus dem Olympia-Team ausgeschlossen worden, weil er Dopingpillen genommen hatte. Wenn man dazunimmt, daß er begriffen haben mußte, was sein Vater mit seiner großen Schwester anstellte, dann kann man sich vorstellen, in welcher Verfassung der Junge war. Ein schöner Mist! Manchmal beobachtete ich, wie Joe Junior seinen Vater anschaute, und ich sah wirklichen Haß im Gesicht des Jungen – puren Haß. Und in den ein oder zwei Wochen, bevor ich mit den Sparbüchern in der Tasche rüberfuhr aufs Festland, da wurde mir klar, daß, wenn es um seinen Vater ging, auch Joe Junior sein inneres Auge hatte.

Und dann war da noch Little Pete, der Augapfel seines Vaters. Schon als er vier war, stolzierte er hinter seinem Vater her, zog genau wie Joe ständig den Hosenbund hoch und zupfte an seiner Nasenspitze und an seinen Ohren, genau wie Joe. Natürlich hatte Little Pete dort keine Haare, an denen er zupfen konnte, deshalb tat er nur so. An seinem ersten Schultag kam er schluchzend nach Hause mit schmutzigem Hosenboden und einem Kratzer im Gesicht. Ich setzte mich neben ihn auf eine Verandastufe, legte ihm den Arm um die Schultern und fragte ihn, was passiert war. Er sagte, dieser verdammte Wichser Dicky O'Hara hätte ihn umgeschubst. Ich sagte ihm, verdammt wäre fluchen, und das sollte er nicht tun; und dann fragte ich ihn, ob er wüßte, was ein Wichser ist. Um die Wahrheit zu gestehen – ich war ziemlich neugierig, was er von sich geben würde.

»Klar weiß ich das«, sagte er. »Ein Wichser ist ein Blödmann wie Dicky O'Hara.« Ich sagte ihm, das stimmte nicht, und er fragte mich, was es denn sonst bedeutete. Ich sagte ihm, das wäre unwichtig, aber es wäre kein anständiges Wort, und ich wollte nicht, daß er es noch einmal gebrauchte. Er saß nur da und starrte mich mit vorgeschobener Unterlippe an. Er sah genau so aus wie sein Alter. Selena hatte Angst vor ihrem Vater, Joe Junior haßte ihn, aber in gewisser Hinsicht war es Little Pete, der mir die größten Sorgen machte: Little Pete wollte genau so werden, wie er war.

Ich holte also ihre Sparbücher aus der untersten Schublade meiner kleinen Schmuckschatulle (ich bewahrte sie dort auf, weil sie damals der einzige abschließbare Gegenstand war, den ich besaß; ich trug den Schlüssel an einem Kettchen um den Hals) und betrat gegen halb eins die Coastal Northern Bank in Jonesport. Als ich an der Reihe war, schob ich der Kassiererin die drei Sparbücher zu und sagte, ich wollte alle drei Konten auflösen, und erklärte, wie ich das Geld haben wollte.

»Das werden wir gleich haben, Mrs. St. George«, sagte sie und ging in den Hintergrund ihrer Kabine, um die Kontoauszüge zu holen. Damals gab es natürlich noch keine Computer, und alles war wesentlich umständlicher.

Sie fand sie – ich sah, wie sie alle drei herauszog –, und dann schlug sie sie auf und betrachtete sie. Auf ihrer Stirn erschien eine kleine Falte, und sie sagte etwas zu einer der anderen Frauen. Dann betrachteten sie sie beide eine Weile, während ich auf der anderen Seite des Schalters stand, sie beobachtete und mir sagte, es gäbe überhaupt keinen Grund, nervös zu sein, und trotzdem verdammt nervös war.

Dann, anstatt zu mir zurückzukommen, ging die Kassiererin in eine dieser kleinen Schachteln, die sie Büros nennen. Sie hatte Glaswände, und ich konnte sehen, wie sie mit einem kleinen, kahlköpfigen Mann in einem grauen Anzug und mit einer schwarzen Krawatte redete. Als sie zum Schalter zurückkehrte, hatte sie die Kontoauszüge nicht mehr bei sich. Sie hatte sie auf dem Schreibtisch des Kahlkopfs zurückgelassen.

»Ich glaube, Sie sollten wegen der Konten Ihrer Kinder mit Mr. Pease sprechen, Mrs. St. George«, sagte sie und schob mir die Sparbücher wieder zu. Sie tat es mit der Handkante, als wären sie verseucht und sie könnte sich anstecken, wenn sie sie zu oft oder zu lange berührte.

»Warum?« fragte ich. »Was stimmt nicht mit den Büchern?« Jetzt glaubte ich nicht mehr, daß es keinen Grund gäbe, nervös zu sein. Mein Herz klopfte im Eiltempo, und mein Mund war trocken geworden.

»Das weiß ich nicht, aber ich bin sicher, es liegt ein Mißverständnis vor. Mr. Pease wird es aufklären«, sagte sie, aber dabei sah sie mir nicht in die Augen, und mir war klar, daß sie davon keineswegs überzeugt war.

Ich ging zu diesem Büro, als steckte jeder meiner Füße in einem Zwanzig-Pfund-Klumpen Beton. Ich hatte schon eine ziemlich gute Vorstellung davon, was passiert sein mußte, aber ich konnte mir absolut nicht vorstellen, wie es passieren *konnte.* Schließlich hatte ich die Sparbücher. Und Joe hatte sie auch nicht aus meiner Schmuckschatulle rausgeholt und wieder zurückgelegt, denn dann hätte das Schloß kaputt sein müssen, und das war es nicht. Selbst wenn er es irgendwie aufbekommen hätte (was ausgeschlossen ist – dieser Mann konnte nicht einmal eine Gabel voll Bohnen vom Teller in den Mund befördern, ohne daß die Hälfte davon in seinem Schoß landete), dann wären entweder die Abhebungen in den Büchern eingetragen oder mit der roten Farbe, die die Bank verwendet, GUTHABEN AUFGELÖST hineingestempelt worden.

Trotzdem wußte ich, daß Mr. Pease mir gleich sagen würde, daß mein Mann eine Teufelei begangen hatte, und sobald ich in seinem Büro angekommen war, war es genau das, was er mir sagte. Er sagte, daß die Konten von Joe Junior und Little Pete vor zwei Monaten aufgelöst worden seien und das von Selena vor knapp zwei Wochen. Joe hatte sich genau den richtigen Zeitpunkt ausgesucht, weil er wußte, daß ich nach dem Labor Day nie etwas auf ihre

Konten einzahlte, bis ich glaubte, in der großen Suppenterrine auf dem obersten Bord in der Küche genügend Geld für die Weihnachtsrechnungen beiseitegelegt zu haben.

Pease zeigte mir die linierten grünen Blätter, die die Buchhalter verwenden, und ich sah, daß Joe den letzten großen Batzen – fünfhundert Dollar von Selenas Konto – am Tag nach dem Abend abgehoben hatte, an dem ich ihm gesagt hatte, daß ich wüßte, was er mit ihr angestellt hatte, und er in seinem Schaukelstuhl saß und mir erklärte, ich wüßte nicht alles. Und damit hatte er leider recht gehabt.

Ich rechnete ein halbes Dutzendmal nach, und als ich aufsah, saß Mr. Pease mir gegenüber, rieb die Hände gegeneinander und schaute unglücklich drein. Ich konnte Schweißtröpfchen auf seinem kahlen Kopf sehen. Er wußte so gut wie ich, was passiert war.

»Wie Sie sehen können, Mrs. St. George, sind diese Konten von Ihrem Mann aufgelöst worden, und ...«

»Wie konnte das passieren?« fragte ich. Ich warf die drei Sparbücher auf seinen Schreibtisch. Es gab ein klatschendes Geräusch, und er zwinkerte und fuhr zurück. »Schließlich liegen diese verdammten Sparbücher hier vor ihrer Nase!«

»Nun«, sagte er, leckte sich die Lippen und blinzelte wie eine Eidechse, die sich auf einem heißen Stein sonnt, »sehen Sie, Mrs. St. George, das sind – waren –, was wir ›Vormundschafts-Konten‹ nennen. Das bedeutet, das Kind, auf dessen Namen das Konto lautet, kann – konnte – Geld abheben, wenn entweder Sie oder Ihr Mann gegenzeichnen. Es bedeutet aber auch, daß jeder von Ihnen, als Eltern, von einem dieser Konten Geld abheben kann, wann und so viel er will. Wie Sie es heute getan hätten, wenn das Geld – ahem – noch dagewesen wäre.«

»Aber hier ist keine dieser verdammten Abhebungen *eingetragen*!« sagte ich, und ich muß ziemlich laut gewesen sein, weil die Leute in der Bank zu uns herüberschauten. Ich konnte sie durch die Glaswände hindurch sehen, aber es war mir völlig egal. »Wie konnte er an das Geld kommen ohne die verdammten *Bücher*?«

Er rieb seine Hände immer schneller gegeneinander. Sie machten ein Geräusch, das sich anhörte wie Sandpapier, und ich bin ganz sicher, wenn er einen trockenen Ast zwischen ihnen gehabt hätte, dann hätte er die Kaugummipapiere in seinem Aschenbecher in Brand setzen können. »Mrs. St. George, darf ich Sie bitten, Ihre Stimme ein wenig zu senken . . .«

»Meine Stimme ist *meine* Sache«, sagte ich. »*Ihre* Sache ist es, mir zu erklären, wie diese Scheißbank ihre Geschäfte macht! Und wie es aussieht, haben Sie eine Menge zu erklären.«

Er nahm ein Blatt Papier von seinem Schreibtisch und betrachtete es. »Dieser Notiz zufolge hat Ihr Mann angegeben, die Sparbücher wären verlorengegangen«, sagte er schließlich. »Er hat die Ausstellung von neuen Büchern beantragt. Das ist ein ganz normaler . . .«

»Zum Teufel mit Normal!« brüllte ich. »Sie haben mich nicht angerufen! *Niemand* in dieser Bank hat mich angerufen! Diese Konten wurden unter unser *beider* Namen geführt – so wurde es mir erklärt, als wir 1951 die Konten für Selena und Joe Junior eröffneten, und es war genau dasselbe, als 1954 das für Pete dazukam. Wollen Sie etwa behaupten, daß die Vorschriften seither geändert wurden?«

»Mrs. St. George ...«, setzte er an, aber er hätte ebenso gut versuchen können, mit einem Mund voll Crackers zu pfeifen; ich gedachte, zu sagen, was ich zu sagen hatte.

»Er hat Ihnen einen Bären aufgebunden, und Sie haben ihm geglaubt – verlangte neue Sparbücher, und Sie haben sie ihm gegeben. Das ist doch nicht zu fassen! Wer zum Teufel, glauben Sie, hat das Geld überhaupt erst eingezahlt? Wenn Sie denken, Joe St. George hätte es getan, dann sind Sie wesentlich dämlicher, als Sie aussehen!«

Inzwischen hatten alle Leute in der Bank aufgehört, so zu tun, als kümmerten sie sich um ihre eigenen Angelegenheiten. Sie standen einfach da, wo sie gerade waren, und schauten zu uns herüber. Ihrem Gesichtsausdruck nach zu urteilen, müssen die meisten ihren Spaß an dieser Szene gehabt haben, aber ich frage mich, ob sie den auch gehabt hätten, wenn es das College-Geld *ihrer* Kinder gewesen wäre, das gerade davongeflogen war wie ein dicker, fetter Vogel. Mr. Pease war so rot geworden wie die Wand von Dads alter Scheune. Sogar sein schweißiger Kahlkopf war jetzt rot.

»*Bitte,* Mrs. St. George«, sagte er. Inzwischen sah er aus, als würde er gleich zusammenbrechen und weinen. »Ich versichere Ihnen, was wir getan haben, war nicht nur völlig legal, sondern auch normale Bankpraxis.«

Daraufhin senkte ich die Stimme. Ich spürte, wie aller Kampfgeist mich verließ. Joe hatte mich gründlich hereingelegt, und diesmal brauchte ich nicht darauf zu warten, daß es ein zweites Mal passierte, um Schande für mich zu sagen.

»Vielleicht ist es legal, vielleicht auch nicht«, sagte ich. »Um das rauszufinden, müßte ich Sie vermutlich vor Gericht zerren, und dazu habe ich weder die Zeit noch das

Geld. Außerdem ist es nicht die Frage, was legal ist und was nicht, um die es hier geht – es ist die Tatsache, daß Ihnen nie der Gedanke gekommen ist, daß sich noch jemand dafür interessieren könnte, was mit dem Geld passiert. Gestattet euch die ›normale Bankpraxis‹ nicht, auch nur einmal zum Telefonhörer zu greifen? Schließlich steht die Nummer auf jedem dieser Formulare, und sie hat sich nicht geändert.«

»Mrs. St. George, es tut mir sehr leid, aber ...«

»Wenn es umgekehrt gewesen wäre«, sagte ich, »wenn *ich* hier mit der Geschichte, daß die Sparbücher verlorengegangen wären, zu Ihnen gekommen wäre und alles abgehoben hätte, was einzuzahlen elf oder zwölf Jahre gedauert hat – hätten Sie dann meinen Mann angerufen? Wenn das Geld noch dagewesen wäre und ich es *heute* hätte abheben können, wie ich es vorhatte, hätten Sie ihn dann nicht noch in derselben Minute angerufen, in der ich zur Tür hinausging, um ihn zu informieren – nur der guten Ordnung halber –, was seine Frau getan hat?«

Genau damit hatte ich nämlich gerechnet, Andy – und nur deshalb hatte ich mir einen Tag ausgesucht, an dem er mit den Stargills draußen war. Ich hatte vor, auf die Insel zurückzukehren, die Kinder zu holen und lange fort zu sein, bevor Joe mit einem Sechserpack in der einen und seinem Henkelmann in der anderen Hand die Auffahrt heraufkam.

Pease schaute mich an und machte den Mund auf. Dann schloß er ihn wieder, ohne etwas zu sagen. Das brauchte er auch nicht. Die Antwort stand ihm ins Gesicht geschrieben. *Natürlich* hätte er – oder sonstjemand in der Bank – Joe angerufen und es immer wieder versucht, bis er ihn erreicht hatte. Warum? Weil Joe der Herr des Hauses war, deshalb. Und der Grund dafür, daß sich niemand die Mühe gemacht hatte, mich zu informieren, war der, daß ich *nur* seine Frau war. Was zum Teufel konnte *ich* schon von Geld wissen, abgesehen davon, wie man einen Teil davon verdient, indem man auf den Knien liegt und Fußböden, Wandleisten und Klobecken scheuert? Wenn der Herr des Hauses beschließt, das gesamte College-Geld seiner Kinder abzuheben, dann muß er schon einen verdammt guten Grund dafür haben, und selbst wenn er den nicht hatte, spielte das auch keine Rolle, denn er war der Herr des Hauses und hatte das Sagen. Seine Frau war nur das Heimchen am Herd, und alles, worüber *sie* zu bestimmen hatte, waren Fußböden, Klobecken und Hühnerfrikassee für das Mittagessen am Sonntag.

»Wenn es da ein Problem gibt, Mrs. St. George«, sagte Pease, »dann tut es mir sehr leid . . .«

»Wenn Sie noch einmal sagen, daß es Ihnen leid tut, dann trete ich Ihnen in den Hintern, daß er hochrutscht und Sie aussehen, als hätten Sie einen Buckel«, sagte ich, aber jetzt bestand nicht mehr die Gefahr, daß ich etwas dergleichen tat. In diesem Augenblick war mir, als hätte ich nicht einmal die Kraft, eine Bierdose über die Straße zu kicken. »Sagen Sie mir noch eines, dann lasse ich Sie in Ruhe. Hat er das Geld ausgegeben?«

»Woher soll ich das wissen?« sagte er mit seiner kleinen, affektierten und schockierten Stimme. Man hätte meinen können, ich hätte ihm gesagt, ich würde ihm meinen zeigen, wenn er mir seinen zeigte.

»Dies ist die Bank, mit der Joe sein ganzes Leben lang zu tun gehabt hat«, sagte ich. »*Er hätte* ein Stück die Straße entlangfahren können, nach Machias oder Columbia Falls, und es dort bei einer Bank einzahlen, aber er hat es nicht getan – dazu ist er zu dämlich und zu faul und zu sehr ein Gewohnheitstier. Nein, er hat es entweder in ein paar Gurkengläser gesteckt und irgendwo vergraben oder bei Ihnen wieder eingezahlt. *Das* ist es, was ich wissen möchte – ob mein Mann in den letzten zwei Monaten bei Ihnen ein neues Konto eröffnet hat.« Nur daß es eher so war, daß ich es wissen *mußte,* Andy. Mir war speiübel bei dem Gedanken, wie er mich hereingelegt hatte, und das war schon schlimm; aber nicht zu wissen, ob er alles irgendwie verjubelt hatte – *das* brachte mich um.

»Wenn er es getan hat, dann fällt das unter das Bankgeheimnis«, sagte er, und jetzt hätte man glauben können, ich hätte ihm gesagt, ich würde seinen *anfassen,* wenn er meinen anfaßte.

»Ja«, sagte ich. »Das habe ich erwartet. Ich bitte Sie, gegen eine Regel zu verstoßen. Ich brauche Sie nur anzusehen, um zu wissen, daß Sie kein Mann sind, der das öfters tut; mir ist klar, daß Ihnen das gegen den Strich geht. Aber das war das Geld meiner Kinder, Mr. Pease, und er hat gelogen, um es zu bekommen. Sie wissen, daß er das getan hat; der Beweis dafür liegt hier auf Ihrem Schreibtisch. Es war eine Lüge, mit der er nicht durchgekommen wäre, wenn diese Bank – *Ihre* Bank – sich die kleine Mühe gemacht hätte, mich anzurufen.«

Er räusperte sich und setzte an: »Wir sind nicht verpflichtet . . .«

»Ich weiß, daß Sie das nicht sind«, sagte ich. Ich hätte ihn am liebsten gepackt und geschüttelt, aber mir war klar, daß das nichts bringen würde – nicht bei einem Mann wie ihm. Außerdem hat meine Mutter immer gesagt, daß man mit Honig mehr Fliegen fängt als mit Essig, und ich weiß, daß das stimmt. »Das weiß ich, aber denken

Sie an den Kummer und die Sorgen, die Sie mir mit diesem Anruf erspart hätten. Und wenn Sie einiges wieder gutmachen möchten – ich weiß, daß Sie das nicht *müssen*, aber wenn Sie es *möchten* –, dann verraten Sie mir bitte, ob er hier ein Konto eröffnet hat oder ob ich anfangen muß, um mein Haus herum den Boden aufzugraben. Bitte – ich werde es niemandem verraten. Ich schwöre bei Gott, daß ich es nicht tun werde.«

Er saß da, sah mich an und trommelte mit den Fingern auf diesen grünen Kontoauszügen. Seine Fingernägel waren ganz sauber und sahen aus, als wären sie fachmännisch manikürt worden, obwohl das ziemlich unwahrscheinlich war – schließlich reden wir von Jonesport im Jahre '62. Ich nehme an, seine Frau hatte es getan. Diese gepflegten Nägel machten jedesmal, wenn sie auf das Papier trafen, ein kleines Geräusch, und ich dachte, er wird nichts für mich tun, nicht ein Mann wie er. Was kümmern ihn die Leute von der Insel und ihre Probleme? Sein Rücken ist gedeckt, und das ist alles, was ihn kümmert.

Doch als er dann reagierte, da schämte ich mich wegen dem, was ich über die Männer im allgemeinen und ihn im besonderen gedacht hatte.

»Ich kann so etwas nicht überprüfen, während Sie hier sitzen, Mrs. St. George«, sagte er. »Wie wär's, wenn Sie ins Chatty Buoy hinuntergingen und sich dort ein Stück Kuchen und eine Tasse Kaffee bestellten? Sie sehen aus, als könnten Sie so etwas brauchen. Ich komme in einer Viertelstunde nach. Nein, sagen wir lieber, in einer halben Stunde.«

»Ich danke Ihnen«, sagte ich. »Ich danke Ihnen vielmals.«

Er seufzte und schob die Papiere wieder zusammen. »Ich muß wohl den Verstand verlieren«, sagte er, dann lachte er ein wenig nervös.

»Nein«, erklärte ich ihm. »Sie helfen einer Frau, die sonst niemanden hat, an den sie sich wenden könnte, das ist alles.«

»Damen in Not zu helfen war schon immer eine Schwäche von mir«, sagte er. »Geben Sie mir eine halbe Stunde. Es kann sogar noch etwas länger dauern.«

»Aber Sie werden kommen?«

»Ja«, sagte er. »Ich werde kommen.«

Er kam tatsächlich, aber es waren eher fünfundvierzig Minuten als eine halbe Stunde, und als er endlich im Buoy auftauchte, war ich ziemlich sicher, daß er mich in der Bredouille sitzenließ. Dann, als er schließlich hereinkam, hatte ich den Eindruck, daß er schlechte Nachrichten hatte. Ich glaubte, es ihm am Gesicht ablesen zu können.

Er blieb ein paar Sekunden an der Tür stehen und schaute sich um. Offenbar wollte er sicher sein, daß niemand in dem Restaurant war, der ihm Schwierigkeiten machen konnte, wenn er nach dem Aufstand, den ich in der Bank veranstaltet hatte, mit mir zusammen gesehen wurde. Dann kam er rüber in die Ecknische, in der ich saß, setzte sich mir gegenüber und sagte: »Es ist immer noch auf der Bank. Jedenfalls der größte Teil davon. Etwas mehr als dreitausend Dollar.«

»Gott sei Dank!« sagte ich.

»Ja«, sagte er, »das ist die gute Nachricht. Die schlechte ist, daß das neue Konto nur auf seinen Namen lautet.«

»Natürlich tut es das«, sagte ich. »Schließlich hat er mir keine Vollmacht zum Unterschreiben vorgelegt. Damit hätte er sich sein eigenes Spielchen verdorben.«

»Viele Frauen hätten keine Ahnung gehabt«, sagte er. Er räusperte sich, zupfte an seiner Krawatte, dann läutete die Glocke über der Tür, und er schaute schnell hin, um zu sehen, wer hereinkam. »Viele Frauen unterschreiben alles, was ihr Mann ihnen vorlegt.«

»Nun, ich bin nicht so wie viele Frauen«, sagte ich.

»Das habe ich festgestellt«, sagte er trocken. »Jedenfalls habe ich getan, worum Sie mich gebeten haben. Aber jetzt muß ich zurück in die Bank. Ich wünschte, ich hätte Zeit, einen Kaffee mit Ihnen zu trinken.«

»Wissen Sie«, sagte ich, »das glaube ich nicht so recht.«

»Ich eigentlich auch nicht«, sagte er. Aber er streckte mir die Hand entgegen, so, als wäre ich auch ein Mann, und das empfand ich als eine Art Kompliment. Ich blieb sitzen, bis er gegangen war, und als die Kellnerin kam und fragte, ob ich noch eine Tasse Kaffee wollte, da sagte ich, nein danke, ich hätte schon Sodbrennen von der ersten. Ich hatte tatsächlich Sodbrennen, aber daran war nicht der Kaffee schuld.

Man kann immer *etwas* finden, worüber man froh sein kann, ganz gleich, wie schwarz alles aussieht, und als ich mit der Fähre zurückfuhr, war ich froh, daß ich noch nichts gepackt hatte; nun brauchte ich wenigstens nicht wieder auszupacken. Und ich war auch froh, daß ich Selena nichts gesagt hatte. Ich hatte es vorgehabt, aber dann hatte ich befürchtet, daß das Geheimnis für sie zu groß sein und sie es einer ihrer Freundinnen erzählen könnte, und dann hätte Joe es womöglich erfahren. Außerdem war mir der Gedanke gekommen, daß sie sich auf die Hinterbeine stellen und sagen könnte, sie wollte nicht mitkommen. Aber das hielt ich für ziemlich unwahrscheinlich, wenn man bedenkt, wie sie jedesmal zurückwich, wenn Joe in ihre Nähe kam, aber wenn man es mit einem Teenager zu tun hat, ist so ziemlich alles möglich.

Es gab also ein paar Dinge, über die ich froh sein konnte, aber ich hatte keine Vorstellung davon, wie es weitergehen sollte. Ich konnte kaum das Geld von unserem gemeinsamen Sparkonto abheben; es waren nur ungefähr vierundsechzig Dollar darauf, und unser Girokonto war ein noch größerer Witz – wenn es nicht ohnehin schon überzogen war, dann fehlte jedenfalls nicht viel daran. Aber ich konnte nicht einfach die Kinder nehmen und verschwinden, denn wenn ich das tat, würde Joe das Geld aus purer Gehässigkeit verjubeln. Das war so sicher wie das Amen in der Kirche. Nach dem, was Mr. Pease mir erzählte, hatte er ohnehin schon mehr als dreihundert Dollar davon durchgebracht – und von den dreitausend, die noch da waren, hatte ich mindestens zweieinhalbtausend selbst eingezahlt – ich hatte es verdient, indem ich Fußböden scheuerte und Fenster putzte und den ganzen Sommer hindurch die Laken dieses verdammten Luders Vera Donovan aufgehängt hatte – *sechs* Klammern, nicht nur vier. Das war nicht so schlimm, wie es dann später im Winter wurde, aber es war trotzdem kein Honigschlekken, ganz und gar nicht.

Ich und die Kinder würden trotzdem verschwinden, dazu war ich fest entschlossen, aber der Teufel sollte mich holen, wenn wir das ohne einen Pfennig Geld taten. Meine Kinder sollten ihr Geld bekommen. Als ich zur Insel zurückfuhr und auf dem Vorderdeck der *Island Princess* stand, wo mir ein frischer Wind von der offenen See her ins Gesicht blies und mir das Haar von den Schläfen zurückwehte, *wußte* ich, daß ich das Geld wieder aus ihm herausholen würde. Das einzige, was ich nicht wußte, war, wie ich das anstellen sollte.

Das Leben ging weiter. Wenn man die Dinge nur oberflächlich betrachtet, sah es so aus, als hätte sich nichts geändert. Auf der Insel scheint sich nie viel zu ändern – das heißt, solange man die Dinge nur oberflächlich betrachtet. Aber in einem Leben steckt viel mehr, als man von außen sehen kann; ich zumindest hatte das Gefühl, daß sich die Dinge im Innern in diesem Herbst von Grund auf geändert hatten. Die Art, auf die *ich* die Dinge sah, hatte sich verändert, und das war das Wesentliche. Ich rede jetzt nicht von meinem dritten Auge; um die Zeit, als Little Petes Papiergespenster abgenommen und seine Bilder von Putern und Pilgervätern aufgehängt worden waren, sah ich alles, was ich sehen mußte, mit meinen ganz normalen Augen.

Die gierige, schweinische Art zum Beispiel, auf die Joe Selena manchmal betrachtete, wenn sie ihren Bademantel anhatte, oder wie er ihren Hintern ansah, wenn sie sich bückte, um aus dem Schrank unter dem Ausguß ein Geschirrtuch herauszuholen. Die Art, wie sie einen großen Bogen um ihm machte, wenn er in seinem Sessel saß und sie das Wohnzimmer durchquerte, um in ihr Zimmer zu kommen; wie sie aufpaßte, daß ihre Hand nie mit seiner in Berührung kam, wenn sie ihm beim Essen eine Schüssel zureichte. Es bewirkte, daß mir das Herz wehtat vor Scham und Mitleid, aber es bewirkte auch, daß ich so wütend wurde, daß mir meistens speiübel war. Schließlich war er ihr *Vater*, sie hatte sein Blut in den Adern, sie hatte sein schwarzes irisches Haar und die gelenkigen kleinen Finger, aber seine Augen wurden jedesmal groß und rund, wenn sie eine ärmellose Bluse trug und ein Träger ihres Büstenhalters an ihrem Arm runterrutschte.

Ich sah auch, wie Joe Junior einen großen Bogen um ihn machte und auf seine Fragen keine Antwort gab, wenn er damit durchkommen konnte, und nur etwas murmelte, wenn es sich gar nicht vermeiden ließ. Ich erinnere mich an den Tag, an dem Joe Junior mir seinen Aufsatz über Präsident Roosevelt zeigte, nachdem er ihn von der Lehrerin zurückbekommen hatte. Sie hatte ihm dafür eine Eins plus gegeben und vorn draufgeschrieben, daß es die einzige Eins plus war, die sie im Lauf von zwanzig Jahren für einen historischen Aufsatz gegeben hatte, und daß sie ihn für so gut hielt, daß er es verdiente, in einer Zeitung abgedruckt zu werden. Ich fragte Joe Junior, ob er versuchen wollte, ihn an den *Ellsworth American* oder vielleicht an die *Bar Harbor Times* zu schicken. Das Porto dafür würde ich gern bezahlen. Er schüttelte nur den Kopf und lachte. Es war kein angenehmes Lachen; es war hart und zynisch wie das seines Vaters. »Und damit riskieren, daß *er* mir im nächsten halben Jahr ständig im Genick sitzt?« fragte er. »Nein, besten Dank. Hast du noch nie gehört, daß Dad ihn Franklin D. Wichservelt nennt?«

Ich sehe ihn jetzt noch vor mir stehen, Andy, erst zwölf, aber schon fast einsachtzig groß, wie er da auf der Veranda stand, die Hände tief in den Taschen vergraben, und zu mir aufschaute, während ich seinen Aufsatz mit der Eins plus darauf in der Hand hielt. Ich erinnere mich an das winzige Lächeln in seinen Mundwinkeln. Es war keine Gutmütigkeit in diesem Lächeln, keine gute Laune, kein Glück. Es war das Lächeln seines Vaters; aber das hätte ich dem Jungen niemals sagen können.

»Von allen Präsidenten haßt Dad Roosevelt am meisten«, erklärte er mir. »Und genau deshalb habe ich mich für ihn entschieden, als die Aufsatzthemen vergeben wurden. Und nun gib ihn mir bitte zurück. Ich werde ihn in den Herd stecken.«

»Nein, das wirst du nicht tun, Sunny Jim«, sagte ich, »und wenn du wissen willst, wie es sich anfühlt, wenn man von seiner eigenen Mom über das Verandageländer geschubst wird und im Vorgarten landet, dann brauchst du nur zu versuchen, ihn mir wegzunehmen.«

Er zuckte die Achseln. Auch das tat er wie Joe, aber sein Lächeln wurde breiter und herzlicher als alles, was sein Vater je in seinem Leben zustandegebracht hatte, falls er überhaupt einmal lächelte. »Okay«, sagte er. »Aber paß bitte auf, daß er ihn nicht in die Finger kriegt.«

Ich sagte, das würde ich tun, und er zog ab, um mit seinem Freund Marky Gigeure Basketball zu spielen. Ich sah ihm nach, hielt seinen Aufsatz in der Hand und dachte nach über das, worüber wir gerade geredet hatten. Vor allem dachte ich daran, daß er die einzige Eins plus seiner Lehrerin im Laufe von zwanzig Jahren bekommen hatte, indem er als Thema für seinen Aufsatz den Präsidenten gewählt hatte, den sein Vater am meisten haßte.

Und dann war da noch Little Pete, der immer den Hintern schwenkend und mit vorgeschobener Unterlippe herumstolzierte, andere Leute Wichser nannte und an drei von fünf Tagen nachsitzen mußte, weil er sich geprügelt und einem anderen kleinen Jungen einen solchen Hieb an den Kopf versetzt hatte, daß dessen Ohr blutete. Was sein Vater an diesem Abend sagte, war: »Ich glaube, wenn der dich das nächste Mal sieht, wird er schlau sein und einen großen Bogen um dich machen, was, Petie?«

Ich sah, wie die Augen des Jungen aufleuchteten, als sein Vater das sagte, und ich sah, wie liebevoll er ihn ungefähr eine Stunde später ins Bett brachte. In diesem Herbst war es, als könnte ich alles sehen bis auf das eine, das ich am liebsten gesehen hätte – eine Möglichkeit, von ihm loszukommen.

Ahnt ihr, wer mir schließlich die Lösung zeigte? Vera. So ist es. Vera Donovan höchstpersönlich. Sie war die einzige, die wußte, was ich getan habe, jedenfalls bis heute. Und sie war es, die mir die Idee eingab.

Während der ganzen fünfziger Jahre waren die Donovans die verläßlichsten Sommergäste – sie erschienen am Memorial Day-Wochenende, blieben den ganzen Sommer auf der Insel und kehrten am Labor Day-Wochenende nach Baltimore zurück. Ich weiß nicht, ob man die Uhr nach ihnen hätte stellen können, aber ich bin sicher, daß es möglich gewesen wäre, den Kalender nach ihnen zu stellen. Am Mittwoch nach ihrer Abreise ging ich immer mit einer Putzkolonne hin, und wir machten das Haus von vorn bis hinten sauber, zogen die Betten ab, verhängten die Möbel, sammelten die Spielsachen der Kinder ein und verstauten die Puzzles unten im Keller. Ich glaube, um 1960, als Mr. Donovan starb, müssen an die dreihundert Puzzles im Keller gelegen haben, die mit Pappen dazwischen aufgestapelt waren und schimmelig wurden. Ich konnte einen so gründlichen Hausputz veranstalten, weil ich ziemlich sicher sein konnte, daß vor dem Memorial Day-Wochenende im nächsten Jahr niemand einen Fuß ins Haus setzen würde.

Es gab natürlich ein paar Ausnahmen; in dem Jahr, in dem Little Pete geboren wurde, kamen sie und feierten Thanksgiving auf der Insel (das Haus war winterfest, was uns merkwürdig vorkam, aber schließlich sind die meisten Sommergäste merkwürdige Leute), und ein oder zwei Jahre später kamen sie zu Weihnachten. Ich erinnere mich, wie die Donovan-Kinder am Nachmittag des Weihnachtsfeiertages Selena und Joe Junior zum Schlittenfahren mitnahmen und wie Selena nach drei Stunden auf dem Sunrise Hill heimkam mit Backen so rot wie Äpfel und Augen, die wie Diamanten funkelten. Sie kann damals erst acht oder neun gewesen sein, aber ich bin ziemlich sicher, daß sie bis über beide Ohren in Donald Donovan verknallt war.

Also verbrachten sie in einem Jahr Thanksgiving auf der Insel und Weihnachten in einem anderen, aber das war auch alles. Sie waren *Sommer*gäste – zumindest drei von den vieren. Die Vierte war Vera. Sie kam von außerhalb, aber schließlich wurde sie ebenso eine Frau von der Insel, wie ich eine bin. Vielleicht sogar noch mehr.

1961 fing alles so an wie in all den anderen Jahren, obwohl ihr Mann im Jahr zuvor bei diesem Verkehrsunfall ums Leben gekommen war – sie und die Kinder erschienen am Memorial Day, und Vera ging ans Werk und puzzelte, sammelte Muscheln, rauchte Zigaretten und hatte ihre speziellen Vera Donovan-Cocktail-Stunden, die um fünf begannen und gegen halb zehn endeten. Aber es war nicht mehr dasselbe, das konnte sogar ich erkennen, und dabei war ich nur die Putzfrau. Die Kinder waren still und in sich gekehrt, trauerten vermutlich noch immer um ihren Dad, und nicht lange nach dem Vierten Juli hatten die drei bei einem Essen im Harborside einen Mordskrach miteinander. Jimmy DeWitt, der damals dort als Kellner arbeitete, sagte, er glaubte, es hätte etwas damit zu tun gehabt, daß Helga einen Führerschein haben wollte, aber das kann es natürlich nicht gewesen sein, denn dazu wäre sie noch viel zu jung gewesen – sie war erst dreizehn. Aber es hatte *etwas* mit einem Wagen zu tun.

Was immer es war, die Kinder reisten am nächsten Tag ab. Der Ungar brachte sie in dem großen Motorboot, das sie damals hatten, zum Festland rüber, und ich vermute, daß sie dort von irgendeinem anderen Angestellten aufgegabelt wurden. Seither habe ich beide nie wiedergesehen. Vera blieb. Man konnte sehen, daß sie nicht glücklich war, aber sie blieb. In diesem Sommer war mit Vera gar nicht gut Kirschen essen. Bis der Labor Day endlich gekommen war, muß sie ein halbes Dutzend Aushilfen gefeuert haben, und als ich sah, wie die *Princess* mit ihr an Bord ablegte, da dachte ich, wetten, daß wir sie im nächsten Sommer oder sogar lange Zeit nicht wieder hier sehen werden. Sie wird sich mit ihren Kindern aussöhnen – das wird sie müssen, schließlich sind sie alles, was ihr noch geblieben ist –, und wenn sie Little Tall satt haben, dann wird sie nachgeben und mit ihnen woanders hingehen. Schließlich werden sie allmählich erwachsen, und damit würde sie sich abfinden müssen.

Was nur beweist, wie schlecht ich Vera Donovan damals kannte. Tatsache war, daß sie sich mit überhaupt nichts abfinden mußte, wenn sie nicht wollte. 1962 kam sie am Nachmittag des Memorial Day von der Fähre – ganz allein – und blieb bis zum Labor Day. Sie kam allein, hatte weder für mich noch für sonst jemanden ein gutes Wort, trank mehr als je zuvor und sah an den meisten Tagen aus wie die Großmutter von Gevatter Tod, aber sie kam und puzzelte und ging hinunter an den Strand – jetzt ganz allein – und sammelte ihre Muscheln, wie sie es immer getan hatte. Einmal sagte sie zu mir, wahrscheinlich würden Donald und Helga den August in Pinewood verbringen (so haben sie das Haus immer genannt; du, Andy, weißt das vermutlich, aber ich bezweifle, daß Nancy es weiß), aber sie sind nie erschienen.

Es war 1962, als sie anfing, auch *nach* dem Labor Day zu kommen. Sie rief Mitte Oktober an und wies mich an, das Haus bewohnbar zu machen, was ich tat. Sie blieb drei Tage – der Ungar kam mit und bezog die Wohnung über der Garage –, dann fuhr sie wieder ab. Bevor sie das tat, rief sie mich an und sagte mir, ich sollte Dougie Tappert damit beauftragen, den Heizkessel zu überprüfen, und die Möbel nicht abdecken. »Jetzt, wo die Angelegenheiten meines Mannes endlich geordnet sind, werden Sie wesentlich mehr von mir zu sehen bekommen«, sagte sie. »Vielleicht sogar mehr, als Ihnen lieb ist, Dolores. Und ich hoffe, daß Sie auch die Kinder zu sehen bekommen werden.« Aber ich hörte etwas in ihrer Stimme, als sie das sagte, Andy – etwas, das mich glauben ließ, daß das mit den Kindern reines Wunschdenken war, sogar damals schon.

Das nächste Mal kam sie gegen Ende November, ungefähr eine Woche nach Thanksgiving, und sie rief mich gleich an, wollte, daß ich im Erdgeschoß staubsaugte und oben die Betten frisch bezog. Die Laken, die ich schon aufgezogen hatte, waren natürlich völlig sauber, aber sauber war nicht genug für Mrs. Vera Donovan – *bei weitem* nicht. Sie sagte, sie röchen muffig, und sie hätte nicht die Absicht, in muffigen Laken zu schlafen. Und ihre Kinder auch nicht, falls sie sich entschließen sollten, sich von dem loszureißen, was sie gerade taten, und zu ihr zu kommen.

Ich konnte gleich kommen, weil um diese Jahreszeit nicht viel zu tun war für Leute von der Insel, die meine Art von Arbeit taten. Ich schleppte mich mit hängendem Kopf in einem kalten Regen zu ihr hinauf, und in meinem Verstand ging alles drunter und drüber wie seit dem Tag, an dem ich rausgefunden hatte, was mit dem Geld der Kinder passiert war. Mein Ausflug zur Bank lag fast einen Monat zurück, und seither hatte die Geschichte an mir gefressen, so, wie Batteriesäure ein Loch in die Kleider oder in die Haut frißt, wenn man einen Spritzer davon abkriegt.

Ich konnte nicht richtig essen, konnte nicht länger als drei Stunden hintereinander schlafen, bevor irgendein Alptraum mich aufweckte, konnte kaum daran denken, meine eigene Unterwäsche zu wechseln. Mein Denken war nie weit fort von dem, was mein Mann mit meiner Tochter angestellt hatte, und von dem Geld, das er von ihren Konten gestohlen hatte, und wie ich es zurückbekommen konnte. Vor allem letzteres. Mir war klar, daß ich eine Weile aufhören mußte, daran zu denken, wenn ich eine Antwort finden wollte – wenn ich das fertigbrachte, würde sie sich vielleicht von selbst präsentieren –, aber gerade das schien ich nicht zu können. Selbst wenn meine Gedanken einmal für kurze Zeit irgendwo anders hinwanderten, dann genügte schon die geringste Kleinigkeit, und sie purzelten wieder in dasselbe alte Loch. Ich hatte mich festgefahren, es machte mich wahnsinnig, und das war vermutlich der wahre Grund dafür, daß ich Vera schließlich erzählte, was passiert war.

Ich hatte wahrhaftig nicht die *Absicht*, mit ihr zu reden. Seit sie im Mai nach dem Tod ihres Mannes aufgekreuzt war, war sie reizbar gewesen wie eine Löwin mit einem Dorn in der Pfote, und ich dachte nicht daran, einer Frau mein Herz auszuschütten, die sich benahm, als wäre die ganze Welt gegen sie. Aber als ich an diesem Tag zu ihr kam, hatte sich ihre Laune endlich gebessert.

Sie war in der Küche und heftete einen Artikel von der Titelseite des *Boston Globe* an die Korktafel, die neben der Tür zur Speisekammer an der Wand hing. Sie sagte: »Sehen Sie sich das an, Dolores – wenn wir Glück haben und das Wetter mitspielt, dann werden wir im nächsten Sommer etwas ganz Außerordentliches erleben.«

Nach all diesen Jahren erinnere ich mich noch wortwörtlich an die Schlagzeile dieses Artikels, denn als ich ihn las, war mir, als drehte sich in mir irgendwas um. TOTALE SONNENFINSTERNIS WIRD NÄCHSTEN SOMMER DEN NORDEN VON NEUENGLAND VERDUNKELN lautete sie. Da war eine kleine Karte, aus der hervorging, welcher Teil von Maine in der Bahn der Sonnenfinsternis liegen würde, und Vera hatte die Stelle, an der Little Tall lag, mit einem kleinen roten Kreuz markiert.

»Vor dem Ende des nächsten Jahrhunderts wird es keine weitere mehr geben«, sagte sie. »Unsere Enkel werden sie sehen, Dolores, aber wir sind dann schon lange unter der Erde – also sollten wir uns diese nicht entgehen lassen.«

»Wahrscheinlich wird es an diesem Tag in Strömen regnen«, sagte ich daraufhin, ohne viel darüber nachzudenken, und da Vera seit dem Tod ihres Mannes fast ständig angefressen gewesen war, dachte ich, sie würde mich anfahren. Statt dessen lachte sie nur und ging summend nach oben, und ich erinnere mich, daß ich dachte, daß in ihrem Kopf das Wetter anscheinend umgeschlagen war. Nicht nur, daß sie summte, sie schien nicht einmal eine Spur verkatert zu sein.

Ungefähr zwei Stunden später war ich oben in ihrem Zimmer und bezog das Bett, in dem sie später so lange hilflos gelegen hat. Sie saß in ihrem Sessel beim Fenster, strickte an einer Decke und summte immer noch. Der Kessel war in Betrieb, aber es war noch nicht richtig warm – es dauert eine halbe Ewigkeit, bis so ein großes Haus richtig geheizt ist –, und sie hatte sich ihren rosa Schal um die Schultern gelegt. Inzwischen war ein starker Westwind aufgekommen, und der Regen, der an die Fensterscheibe schlug, hörte sich an, als würden Hände voll Sand dagegen geworfen. Als ich zu dem Fenster hinausschaute, konnte ich das Licht von der Garage sehen, was bedeutete, daß der Ungar in seiner kleinen Wohnung saß und es sich vermutlich gutgehen ließ.

Ich schlug gerade die Ecken des Lakens unter (Spannbettlaken kamen für Vera Donovan nicht in Frage, darauf könnt ihr euren letzten Dollar verwetten – Spannbettlaken wären zu einfach gewesen) und dachte zur Abwechslung einmal nicht an Joe oder die Kinder, und meine Unterlippe begann zu zittern. Hör auf damit, sagte ich mir. Hör sofort damit auf. Aber diese Lippe wollte nicht aufhören. Dann begann auch die obere zu zittern. Ganz plötzlich füllten sich meine Augen mit Tränen und meine Knie wurden weich, und ich setzte mich aufs Bett und weinte.

Nein. Nein.

Wenn ich schon die Wahrheit erzählen will, dann sollte ich auch nichts verschweigen. Tatsache ist, daß ich nicht einfach *weinte*; ich schlug mir die Schürze vors Gesicht und *heulte*. Ich war erschöpft und völlig durcheinander und am Ende meiner Kräfte. Ich hatte seit Wochen nicht mehr richtig geschlafen, und ich konnte um alles in der Welt nicht sehen, wie ich weitermachen sollte. Und der Gedanke, der mir immer wieder durch den Kopf ging, war: Anscheinend hast du dich geirrt, Dolores. Anscheinend hast du doch an Joe und die Kinder gedacht. Und natürlich hatte ich das. Inzwischen war ich so weit, daß ich an nichts anderes mehr denken konnte, und das genau war der Grund dafür, daß ich dasaß und heulte.

Ich weiß nicht, wie lange ich so geheult habe, aber ich weiß, daß ich, als es endlich aufhörte, das ganze Gesicht voller Rotz hatte und meine Nase verstopft war und ich so außer Atem war, als hätte ich einen Dauerlauf hinter mir. Ich hatte Angst, meine Schürze wegzunehmen, weil ich damit rechnete, daß, wenn ich es tat, Vera sagen würde: »Das war wirklich eine tolle Vorstellung, Dolores. Sie können sich am Freitag Ihren letzten Lohn abholen. Kenopensky« – ja, so hieß er, Andy, jetzt endlich ist es mir wieder eingefallen – »wird Sie auszahlen.« Das wäre genau ihre Art gewesen. Nur, daß im Grunde *alles mögliche* ihre Art war. Was Vera tun würde, konnte man nie vorhersehen, selbst damals nicht, als sie noch bei klarem Vertand war.

Als ich endlich die Schürze vom Gesicht nahm, saß sie da beim Fenster mit dem Strickzeug im Schoß und musterte mich, als wäre ich irgendein neuer und interessanter Käfer. Ich erinnere mich an die unheimlichen Schatten, die der an den Fensterscheiben herabrinnende Regen auf ihre Wangen und ihre Stirn warf.

»Dolores«, sagte sie, »bitte sagen Sie mir, daß Sie nicht so unvorsichtig waren, sich von diesem widerlichen Kerl, mit dem Sie zusammenleben, wieder anbuffen zu lassen.«

Eine Sekunde lang hatte ich nicht die geringste Ahnung, wovon sie redete – als sie »anbuffen« sagte, schoß mir die Erinnerung an den Abend durch den Kopf, an dem Joe mich mit dem Holzscheit geschlagen hatte und ich ihn mit dem Sahnekrug. Dann klickte es, und ich begann zu kichern. Ein paar Sekunden später lachte ich so heftig, wie ich vorher geweint hatte, und ich konnte dagegen ebenso wenig tun wie gegen das andere. Ich wußte, daß es überwiegend Grausen war – der Gedanke, wieder von Joe schwanger zu sein, war so ungefähr das Schlimmste, das ich mir vorstellen konnte, und die Tatsache, das wir das, wovon man schwanger wird, nicht mehr taten, änderte daran nicht das geringste –, aber daß ich wußte, warum ich lachte, half mir nicht, damit aufzuhören.

Vera musterte mich noch ein oder zwei Sekunden länger, dann hob sie ihr Strickzeug wieder hoch und machte in aller Seelenruhe weiter. Sie fing sogar wieder an zu summen. Man hätte fast meinen können, für sie wäre die Tatsache, daß ihre Haushälterin auf ihrem ungemachten Bett saß und heulte wie ein Kalb im Mondschein, die allernatürlichste Sache von der Welt. Wenn das so war, dann müssen die Donovans in Baltimore ziemlich merkwürdiges Personal gehabt haben.

Nach einer Weile schlug das Lachen wieder in Weinen um, so, wie sich im Winter, wenn der Wind in die richtige Richtung dreht, Regen manchmal für kurze Zeit in Schnee verwandelt. Als schließlich gar nichts mehr kam und ich nur so dasaß auf ihrem Bett, war ich völlig ausgelaugt und schämte mich – aber irgendwie kam ich mir sauber vor.

»Es tut mir leid, Mrs. Donovan«, sagte ich. »Es tut mir wirklich leid.«

»Vera«, sagte sie.

»Wie bitte?« fragte ich.

»Vera«, wiederholte sie. »Ich bestehe darauf, daß alle Frauen, die auf meinem Bett einen hysterischen Anfall haben, mich künftig beim Vornamen nennen.«

»Ich weiß nicht, was über mich gekommen ist.«

»Oh«, erwiderte sie sofort, »ich glaube, das wissen Sie recht gut. Machen Sie sich sauber, Dolores – Sie sehen aus, als hätten Sie Ihr Gesicht in eine Schüssel mit püriertem Spinat gesteckt. Sie können mein Badezimmer benutzen.«

Ich ging hinein, um mir das Gesicht zu waschen, und blieb lange Zeit darin. Die Wahrheit war, daß ich ein bißchen Angst vor dem Herauskommen hatte. Seit sie gesagt hatte, ich sollte sie Vera nennen anstatt Mrs. Donovan, glaubte ich nicht mehr, daß sie mich vor die Tür setzen würde – so verhält man sich nicht jemandem gegenüber, von dem man sich fünf Minuten später trennen will –, aber ich wußte nicht, *was* sie vorhatte. Sie konnte grausam sein; wenn euch das aus dem, was ich erzählt habe, nicht klargeworden ist, dann habe ich meine Zeit verschwendet. Sie konnte einem ganz schöne Püffe versetzen, wann und wo immer es ihr gefiel, und wenn sie es tat, dann waren sie gewöhnlich hart.

»Sind Sie da drinnen ertrunken, Dolores?« rief sie herüber, und da wußte ich, daß ich es nicht länger hinausschieben konnte. Ich drehte den Wasserhahn zu, trocknete mir das Gesicht ab und kehrte in ihr Schlafzimmer zurück. Ich fing sofort an, mich abermals zu entschuldigen, aber sie tat es mit einer Handbewegung ab. Sie musterte mich immer noch, als wäre ich ein Käfer, den sie noch nie zuvor gesehen hatte.

»Wissen Sie, Sie haben mir einen ganz schönen Schrekken eingejagt«, sagte sie. »All diese Jahre war ich mir nicht sicher, ob Sie überhaupt weinen *können* – ich habe gedacht, Sie wären vielleicht aus Stein.«

Ich murmelte etwas davon, daß ich in der letzten Zeit nicht gut geschlafen hätte.

»Das ist nicht zu übersehen«, sagte sie. »Sie haben eine

Garnitur von Louis Vuitton unter den Augen, und Ihre Hände haben sich ein reizendes kleines Zittern zugelegt.«

»*Was* habe ich unter den Augen?« fragte ich.

»Unwichtig«, sagte sie. »Erzählen Sie mir, was los ist. Ein Brötchen im Ofen war der einzige Grund für einen so unerwarteten Tränenausbruch, den ich mir vorstellen konnte, und ich muß gestehen, es ist *immer noch* der einzige, an den ich denken kann. Also klären Sie mich auf, Dolores.«

»Ich kann nicht«, sagte ich, und ich will verdammt sein, wenn meine Unterlippe nicht abermals anfing zu zittern. Ich konnte spüren, wie die ganze Sache sich bereit machte, wieder auf mich einzuschlagen, wie die Kurbel von dem alten Model A-Ford meines Dad es immer tat, wenn man sie nicht richtig anfaßte; wenn ich nicht aufpaßte, würde es nicht lange dauern, bis ich wieder mit der Schürze vorm Gesicht auf ihrem Bett saß.

»Sie können und Sie werden es tun«, sagte Vera. »Sie können nicht den ganzen Tag damit zubringen, sich die Augen aus dem Kopf zu heulen. Davon kriege ich Kopfschmerzen, und dann muß ich ein Aspirin nehmen. Ich hasse es, Aspirin zu nehmen. Es reizt die Magenschleimhaut.«

Ich setzte mich auf die Bettkante und sah sie an. Ich machte den Mund auf ohne die leiseste Ahnung, was herauskommen würde. Was herauskam, war dies: »Mein Mann hat versucht, seine eigene Tochter zu vögeln, und als ich ihr College-Geld bei der Bank abheben wollte, damit ich mit ihr und den Jungen weggehen konnte, mußte ich feststellen, daß er sich alles unter den Nagel gerissen hat. Nein, ich bin nicht aus Stein. Ich bin ganz und gar nicht aus Stein.«

Ich fing wieder an zu weinen, und ich weinte eine ganze Weile, aber nicht so heftig wie vorher und ohne das Gefühl, mein Gesicht hinter meiner Schürze verbergen zu müssen. Als ich nur noch schnüffelte, da sagte sie, ich sollte ihr die ganze Geschichte erzählen, von Anfang an und ohne etwas auszulassen.

Und ich tat es. Ich hätte es nie für möglich gehalten, daß ich *irgendwem* diese Geschichte erzählen würde, und am wenigsten Vera Donovan mit ihrem Geld und ihrem Haus in Baltimore und ihrem Ungarn, der nicht nur dazu da war, ihren verdammten Lincoln zu polieren, aber ich erzählte sie ihr, und ich spürte, wie mir bei jedem Wort leichter ums Herz wurde. Ich erzählte die ganze Geschichte, wie sie es verlangt hatte.

»Und nun stecke ich in der Klemme«, endete ich. »Ich weiß einfach nicht, was ich mit dem Mistkerl anfangen soll. Wahrscheinlich könnte ich uns irgendwie durchbringen, wenn ich einfach die Kinder nehmen und sie aufs Festland bringen würde – vor schwerer Arbeit habe ich mich noch nie gefürchtet –, aber das ist nicht der springende Punkt.«

»Was ist es dann?« fragte sie mich. Das Stück Decke, an dem sie arbeitete, war fast fertig – ihre Finger waren so ziemlich die flinkesten, die ich je gesehen habe.

»Er hat mit seiner Tochter so ziemlich alles gemacht außer sie zu vergewaltigen«, sagte ich. »Er hat ihr eine solche Angst eingejagt, daß sie vielleicht nie wieder völlig darüber hinwegkommt, und er hat sich für sein mieses Verhalten selbst eine Belohnung von mehr als dreitausend Dollar gezahlt. Ich denke nicht daran, ihm das durchgehen zu lassen – *das* ist der springende Punkt.«

»Tatsächlich?« sagte sie mit ihrer sanften Stimme, und

ihre Stricknadeln klickten und der Regen rann an den Scheiben herunter und die Schatten tanzten auf ihren Wangen und ihrer Stirn wie schwarze Adern. Als ich sie so ansah, mußte ich an eine Geschichte denken, die mir meine Großmutter immer erzählt hat, von den drei Schwestern in den Sternen, die unser Leben stricken – eine, die spinnt, eine die den Faden hält, und eine, die jeden Faden durchschneidet, wann immer sie die Lust dazu überkommt. Ich glaube, die dritte hieß Atropos. Aber auch wenn das nicht stimmt, bei diesem Namen habe ich immer eine Gänsehaut bekommen.

»Ja«, sagte ich zu ihr, »aber ich will verdammt sein, wenn ich eine Möglichkeit sehe, ihm das zukommen zu lassen, was er verdient.«

Klick-klick-klick. Neben ihr stand eine Tasse mit Tee, und sie unterbrach ihre Arbeit lange genug, um einen Schluck zu trinken. Es sollte eine Zeit kommen, in der sie immer wieder versuchte, ihren Tee durch ihr rechtes Ohr zu trinken und sich die Haare damit zu waschen, aber an jenem Herbsttag im Jahre 1962 war ihr Verstand immer noch so scharf wie das Rasiermesser meines Vaters. Als sie mich ansah, schienen ihre Augen ein Loch ganz durch mich hindurchzubohren.

»Was ist das Schlimmste daran, Dolores?« fragte sie schließlich, setzte ihre Teetasse ab und griff wieder zu ihrem Strickzeug. »Was meinen Sie – was ist das Schlimmste? Nicht für Selena oder die Jungen, sondern für *Sie*?«

Darüber brauchte ich gar nicht erst nachzudenken. »Daß dieser Mistkerl mich *auslacht*«, sagte ich. »Das ist für mich das Schlimmste daran. Manchmal kann ich es ihm ansehen. Ich habe es ihm nie gesagt, aber er weiß, daß ich in der Bank war, er weiß es ganz genau, und er weiß, was ich herausgefunden habe.«

»Das könnte pure Einbildung sein«, sagte sie.

»Und wenn schon«, gab ich sofort zurück. »Ich habe jedenfalls das *Gefühl.*«

»Ja«, sagte sie. »Was man für ein Gefühl hat, das ist wichtig. Da stimme ich Ihnen zu. Fahren Sie fort, Dolores.«

Was meinen Sie damit, ich soll fortfahren, wollte ich sagen. Ich hatte gesagt, was zu sagen war. Aber das hatte ich vermutlich nicht, denn etwas anderes kam zum Vorschein wie ein Schachtelmännchen. »Er würde mich nicht auslachen«, sagte ich, »wenn er wüßte, daß ich ein paarmal ganz nahe dran war, seine Uhr für immer anzuhalten.«

Sie saß nur da und musterte mich, und diese dünnen, dunklen Schatten jagten sich gegenseitig über ihr Gesicht und kamen ihr in die Augen, so daß ich ihnen nichts entnehmen konnte. Ich mußte wieder an die Frauen denken, die über den Sternen spinnen. Besonders an die mit der Schere.

»Ich habe Angst«, sagte ich. »Nicht vor ihm – vor mir selbst. Wenn ich die Kinder nicht bald von ihm wegbringen kann, wird irgendetwas Schlimmes passieren. Das weiß ich. Da ist etwas in mir, und es wird immer schlimmer.«

»Ist es ein Auge?« fragte sie, und mich überlief es eiskalt. Es war fast so, als hätte sie in meinem Schädel ein Fenster gefunden und es dazu benutzt, direkt in meine Gedanken zu schauen. »So etwas wie ein Auge?«

»Woher wissen Sie das?« flüsterte ich, und wie ich da saß, kriegte ich eine Gänsehaut auf den Armen und fing an zu zittern.

»Ich weiß es«, sagte sie und fing eine neue Reihe an. »Ich weiß alles darüber, Dolores.«

»Also – wenn ich nicht aufpasse, bringe ich ihn um. Das ist es, wovor ich Angst habe. Und dann kann ich das Geld vergessen. Dann kann ich so ziemlich *alles* vergessen.«

»Unsinn«, sagte sie, und die Nadeln in ihrem Schoß machen klick-klick-klick. »Ehemänner sterben alle Tage, Dolores. Wahrscheinlich stirbt gerade jetzt wieder einer, während wir hier sitzen und uns unterhalten. Sie sterben und hinterlassen ihren Frauen ihr Geld.« Sie beendete ihre Reihe und sah zu mir auf, aber ihre Augen konnte ich immer noch nicht sehen, wegen der Schatten, die der Regen warf. Sie krochen und wanden sich über ihr Gesicht wie Schlangen. »Ich muß es schließlich wissen, wenn man bedenkt, was mit meinem Mann passiert ist.«

Ich brachte kein Wort heraus. Die Zunge klebte mir am Gaumen wie ein Maikäfer an einem Fliegenfänger.

»Manchmal«, sagte sie mit einer klaren Stimme, die sich anhörte wie die einer Lehrerin, »ist ein Unfall der beste Freund einer unglücklichen Frau.«

»Wie meinen Sie das?« fragte ich. Es war nur ein Flüstern, aber ich war ein wenig überrascht, daß ich überhaupt so viel herausbrachte.

»Wie Sie es verstehen wollen«, sagte sie. Dann grinste sie – es war kein Lächeln, sondern ein Grinsen. Um die Wahrheit zu gestehen, Andy, dieses Grinsen ließ mir das Blut erstarren. »Sie müssen nur daran denken, was Ihnen gehört, gehört ihm, und was ihm gehört, gehört Ihnen. Wenn er zum Beispiel einen Unfall hätte, dann würde das Geld, das auf seinem Konto liegt, Ihnen gehören. So will es das Gesetz in unserem großartigen Land.«

Ihre Augen hefteten sich auf mich, und eine Sekunde

lang waren die Schatten fort und ich konnte sie deutlich sehen. Was ich sah, veranlaßte mich, den Blick schnell wieder abzuwenden. Äußerlich war Vera so kalt wie ein Baby, das auf einem Eisblock sitzt, aber im Innern schien die Temperatur wesentlich höher zu sein; ungefähr so hoch wie im Zentrum eines Waldbrandes, würde ich schätzen. Jedenfalls zu hoch, als daß Leute wie ich lange hinsehen konnten.

»Das Gesetz ist eine großartige Sache, Dolores«, sagte sie. »Und wenn ein schlimmer Mann einen schlimmen Unfall hat, dann kann auch das manchmal eine großartige Sache sein.«

»Wollen Sie damit sagen . . .«, fing ich an. Inzwischen war ich imstande, etwas mehr als ein Flüstern rauszubringen, aber nicht viel mehr.

»Ich will *überhaupt nichts* sagen«, erwiderte sie. Wenn Vera einmal entschieden hatte, daß ein Thema erledigt war, dann knallte sie es zu wie ein Buch. Sie verstaute ihr Strickzeug in ihrem Korb und stand auf. »Aber eins kann ich Ihnen sagen – dieses Bett wird nie fertig, wenn Sie nur draufsitzen. Ich gehe hinunter und setze Teewasser auf. Und wenn Sie hier fertig sind, können Sie, wenn Sie wollen, herunterkommen und ein Stück von dem Apfelkuchen probieren, den ich vom Festland mitgebracht habe. Wenn Sie ganz viel Glück haben, lege ich vielleicht sogar eine Kugel Vanilleeis drauf.«

»Gut«, sagte ich. Meine Gedanken überschlugen sich, und das einzige, was ich mit Sicherheit wußte, war, daß ein Stück Kuchen aus der Bäckerei in Jonesport genau das Richtige war. Zum ersten Mal seit mehr als vier Wochen war ich wirklich hungrig – das zumindest kam davon, daß ich mir alles von der Seele geredet hatte.

Vera kam bis zur Tür, dann drehte sie sich um und sah mich an. »Ich empfinde kein Mitleid für Sie, Dolores«, sagte sie. »Sie haben mir nicht erzählt, daß Sie schwanger waren, als Sie ihn heirateten. Das brauchten Sie auch nicht – sogar jemand, der so schwach im Rechnen ist wie ich, kann auf dem Kalender neun Monate zurückzählen und die richtigen Schlüsse ziehen. Wie weit waren Sie – im dritten Monat?«

»Im zweiten«, sagte ich. Meine Stimme war wieder zu einem Flüstern herabgesunken. »Selena kam etwas zu früh.«

Sie nickte. »Und was tut ein konventionelles kleines Mädchen von der Insel, wenn es feststellt, daß der Teig aufgeht? Natürlich das Nächstliegende – aber diejenigen, die in Eile heiraten, müssen oft in Muße bereuen; das haben Sie inzwischen selbst bemerkt. Zu dumm, daß Ihre selige Mutter ihnen das nicht beigebracht hat, zusammen mit ›In jeder Kartoffel schlägt ein Herz‹ und ›Benutz deinen Kopf und schon deine Füße‹. Aber eines kann ich Ihnen versichern, Dolores: damit, daß Sie sich mit der Schürze vor dem Gesicht die Augen aus dem Kopf heulen, retten Sie weder die Jungfräulichkeit Ihrer Tochter, wenn dieser stinkende alte Bock wirklich hinter ihr her ist, noch das Geld Ihrer Kinder, wenn er wirklich vorhat, es auszugeben. Aber Männer, vor allem Männer, die gern trinken, haben manchmal tatsächlich einen Unfall. Sie fallen die Treppe hinunter, sie rutschen in der Badewanne aus, und manchmal versagen ihre Bremsen und sie prallen auf dem Heimweg von der Wohnung ihrer Geliebten in Arlington Heights mit ihrem BMW gegen eine Eiche.«

Danach ging sie hinaus und machte die Tür hinter sich zu. Ich bezog das Bett, und während ich es tat, dachte ich über das nach, was sie gesagt hatte – daß es manchmal eine großartige Sache sein kann, wenn ein schlimmer Mann einen schlimmen Unfall hat. Ich begann zu sehen, was die ganze Zeit direkt vor meiner Nase gewesen war – was ich schon früher gesehen hätte, wenn mein Verstand nicht in blinder Panik rumgeflattert wäre wie ein Spatz, der sich auf einen Dachboden verirrt hat.

Als wir unseren Kuchen gegessen hatten und sie nach oben gegangen war, um ihren Mittagsschlaf zu halten, war ich mir klar darüber, daß ich es tun könnte. Ich wollte Joe loswerden, ich wollte das Geld meiner Kinder wiederhaben, und vor allem wollte ich, daß er für das bezahlte, was wir von ihm auszustehen hatten – insbesondere für das, was Selena von ihm auszustehen hatte. Wenn der Mistkerl einen Unfall hatte – die richtige *Art* von Unfall –, dann würde all das passieren. Das Geld, an das ich nicht herankam, solange er lebte, würde an mich fallen, wenn er starb. Er hatte es zwar geschafft, an das Geld ranzukommen, aber er hatte bestimmt kein Testament gemacht, das mich ausschaltete. Das war keine Sache des Verstandes – die Art, auf die er sich das Geld unter den Nagel gerissen hatte, bewies mir, daß er ein bißchen schlauer war, als ich geglaubt hatte –, sondern hing mit seiner Art des Denkens zusammen. Ich bin ziemlich sicher, daß Joe St. George tief im Innern daran glaubte, daß er niemals sterben würde.

Und weil ich seine Frau war, würde alles an mich zurückfallen.

Als ich Pinewood an diesem Nachmittag verließ, hatte der Regen aufgehört, und ich ging ganz langsam nach Hause. Ich hatte noch nicht einmal den halben Weg zurückgelegt, als mir der Gedanke an den alten Brunnen hinter dem Holzschuppen kam.

Als ich ankam, hatte ich das Haus für mich allein – die Jungen waren irgendwo und spielten, und Selena hatte einen Zettel hinterlassen, auf dem stand, daß sie zu Mrs. Devereaux rübergegangen war, um ihr bei der Wäsche zu helfen – sie wusch damals die ganze Bettwäsche vom Harborside Hotel. Ich hatte keine Ahnung, wo Joe war, und es kümmerte mich auch nicht. Das Entscheidende war, daß sein Laster nicht da war, und weil an diesem Ding der Auspuff nur noch an einem Faden hing, würde ich es früh genug hören, wenn er zurückkam.

Ich stand eine Minute lang da und betrachtete Selenas Zettel. Es ist irgendwie komisch, wie Kleinigkeiten einen Menschen dazu bringen können, sich zu irgendwas zu entschließen – ihn gewissermaßen vom »Ich könnte« zum »Ich werde« treiben. Ich bin selbst jetzt noch nicht sicher, ob ich, als ich an diesem Tag von Vera Donovan zurückkam, tatsächlich vorhatte, Joe umzubringen. Ich wollte mir den Brunnen ansehen, ja, aber das kann nicht mehr gewesen sein als ein Spiel, ungefähr so, wie Kinder »So tun als ob« spielen. Wenn da nicht dieser Zettel von Selena gewesen wäre, hätte ich es vielleicht nie getan – und was immer bei dieser Geschichte herauskommt, Andy, Selena darf es nie erfahren.

Auf dem Zettel stand ungefähr folgendes: »Mom – ich bin mit Cindy Babcock bei Mrs. Devereaux, um ihr bei der Hotelwäsche zu helfen – sie hatten über das Feiertags-Wochenende mehr Gäste als erwartet, und du weißt ja, wie schlimm Mrs. D.'s Arthritis geworden ist. Die Arme schien nicht mehr ein und aus zu wissen. Ich komme rechtzeitig zurück, um beim Abendessen zu helfen. Liebe und Küsse, Sel.«

Ich wußte, daß Selena nicht mehr als fünf oder sieben

Dollar mit heimbringen würde, aber sie würde sich über das Geld freuen wie ein Schneekönig. Sie würde mit dem größten Vergnügen wieder hingehen, wenn Mrs. Deveraux oder Cindy sie wieder darum baten, und wenn ihr im nächsten Sommer ein Job als Teilzeit-Zimmermädchen im Hotel angeboten werden sollte, dann würde sie bestimmt versuchen, mich dazu zu bringen, daß ich ihr erlaubte, ihn anzunehmen. Weil Geld nun einmal Geld ist; auf der Insel waren damals Tauschgeschäfte noch die alltäglichste Sache der Welt und Bargeld etwas, das nicht leicht zu haben war. Mrs. Deveraux würde sie bestimmt wieder kommen lassen und ihr auch ohne weiteres eine Empfehlung für das Hotel ausschreiben, wenn sie sie darum bitten sollte, weil Selena ein fleißiges Mädchen war und keine Angst davor hatte, den Rücken krumm oder sich die Hände schmutzig zu machen.

Mit anderen Worten, sie war genau so, wie ich in ihrem Alter gewesen war, und seht euch an, was aus mir geworden ist – ein alter Putzteufel, der ständig krumm geht, mit einer Packung Schmerztabletten für den Rücken im Medizinschränkchen. Selena fand nichts dabei, aber sie war gerade fünfzehn geworden, und mit Fünfzehn weiß ein Mädchen noch nicht, was es sieht, auch wenn es direkt vor seiner Nase passiert. Ich las den Zettel immer und immer wieder, und ich dachte, verdammt nochmal, sie soll nicht so enden wie ich, mit fünfunddreißig schon alt und ziemlich verbraucht. Das soll sie nicht, und wenn ich sterben müßte, um das zu verhindern. Aber weißt du was, Andy? Ich glaubte nicht, daß es so weit würde kommen müssen. Ich dachte, daß Joe vielleicht das ganze Sterben besorgen würde, das in diesem Haus erforderlich war.

Ich legte ihren Zettel auf den Tisch, knöpfte meinen

Regenmantel wieder zu und zog meine Gummistiefel an. Dann ging ich in den Hintergarten hinaus und blieb bei dem großen weißen Felsbrocken stehen, auf dem ich und Selena an dem Abend gesessen hatten, als ich ihr sagte, sie brauchte vor Joe keine Angst mehr zu haben, er hätte versprochen, sie in Ruhe zu lassen. Der Regen hatte aufgehört, aber ich konnte immer noch hören, wie das Wasser in dem Brombeergestrüpp hinter dem Schuppen heruntertropfte, und auch die Tropfen an den kahlen Ästen sehen. Sie sahen aus wie Vera Donovans Brillantohrringe, nur nicht so groß.

Das Gestrüpp war mehr als einen halben Morgen groß, und als ich mir meinen Weg hinein bahnte, war ich verdammt froh, daß ich den Regenmantel und die hohen Stiefel anhatte. Die Nässe war das wenigste, aber die Dornen waren der reinste Mord. Ende der vierziger Jahre wuchsen dort Gras und Blumen, und neben dem Schuppen hatte das Brunnenhäuschen gestanden, aber ungefähr sechs Jahre, nachdem Joe und ich geheiratet hatten und in das Haus einzogen, das ihm sein Onkel Freddy hinterlassen hatte, trocknete der Brunnen aus. Joe ließ Peter Doyon kommen, und er hat uns einen neuen angelegt, an der Westseite des Hauses. Seither haben wir keine Wasserprobleme mehr gehabt.

Sobald wir aufgehört hatten, den alten Brunnen zu benutzen, verwandelte sich der halbe Morgen hinter dem Schuppen in dieses brusthohe Gestrüpp aus Brombeersträuchern, und die Dornen rissen und zerrten an meinem Regenmantel, als ich darin rumwanderte und nach der Bretterabdeckung auf dem alten Brunnen suchte. Nachdem sie mir an drei oder vier Stellen die Hände aufgerissen hatten, zog ich die Ärmel über sie herunter.

Schließlich fand ich das verdammte Ding, weil ich beinahe hineingefallen wäre. Ich trat auf etwas, das gleichzeitig locker und irgendwie schwammig war, es gab ein knackendes Geräusch unter meinem Fuß, und ich trat gerade noch rechtzeitig zurück, bevor das Brett, auf das ich getreten war, durchbrach. Wenn ich Pech gehabt hätte, wäre ich nach vorn gefallen, und dann wäre wahrscheinlich die ganze Abdeckung eingebrochen und ich hätte die Katze im Brunnen gespielt.

Ich ging auf die Knie und sah mir alles genau an.

Die Abdeckung war ungefähr einen Meter breit und einsfünfundzwanzig lang; die Bretter waren alle weiß und verzogen und verrottet. Ich drückte auf eines davon, und es fühlte sich an, als drückte man auf eine Stange Lakritze. Das Brett, auf das ich meinen Fuß gesetzt hatte, war eingeknickt, und ich konnte sehen, daß frische Splitter hochstanden. Ich wäre bestimmt eingebrochen, und damals wog ich ungefähr hundertzwanzig Pfund. Joe war mindestens fünfzig Pfund schwerer als ich.

Ich hatte ein Taschentuch bei mir. Ich band es an der Schuppenseite des Brunnens an den oberen Ast eines Strauches, damit ich ihn schnell wiederfinden konnte. Dann kehrte ich ins Haus zurück. In dieser Nacht schlief ich tief und fest und hatte zum ersten Mal, seit ich von Selena erfahren hatte, was dieser Tunichtgut von einem Vater mit ihr angestellt hatte, keine Alpträume.

Das war Ende November, und ich hatte nicht vor, in der nächsten Zeit irgendwas zu unternehmen. Ich glaube nicht, daß ich euch sagen muß, warum, aber ich werde es trotzdem tun. Wenn ihm zu bald nach unserem Gespräch auf der Fähre etwas zustieß, konnte es sein, daß sich Selenas Augen auf mich richteten. Ich wollte nicht, daß das passierte, denn ein Teil von ihr liebte ihn immer noch und würde es vermutlich immer tun, und ich hatte Angst vor dem, was sie empfinden würde, wenn sie auch nur *vermutete,* was passiert war. Was sie von *mir* denken würde, natürlich – das versteht sich von selbst –, aber noch mehr fürchtete ich mich vor dem, was sie von sich selbst denken mochte. Was das betrifft – nun, lassen wir das fürs erste. Darauf werde ich wohl noch kommen. Vermutlich früher, als mir lieb ist.

Also ließ ich die Zeit vergehen, obwohl das für mich immer das Schwerste gewesen ist, wenn ich mich einmal zu etwas entschlossen hatte. Jedenfalls wurden die Tage zu Wochen, wie das immer so geht. Hin und wieder fragte ich Selena nach ihm. »Ist dein Daddy brav?« fragte ich, und wir wußten beide, was diese Frage zu bedeuten hatte. Sie sagte immer ja, was eine Erleichterung war, denn wenn Joe wieder damit anfing, dann hätte ich ihn gleich loswerden müssen, und zum Teufel mit dem Risiko. Oder den Konsequenzen.

Es gab andere Dinge, die mir Sorgen machten, als Weihnachten vorüberging und das Jahr 1963 anfing. Eines davon war das Geld – jeden Tag wachte ich auf mit dem Gedanken, daß es womöglich der Tag war, an dem er anfangen würde, es auszugeben. War es ein Wunder, daß ich mir deshalb Sorgen machte? Schließlich hatte er die ersten dreihundert schon durchgebracht, und ich hatte keine Möglichkeit, ihn daran zu hindern, auch den Rest auf den Kopf zu hauen, während ich darauf wartete, daß die Zeit sich Zeit ließ, wie sie bei seinen Treffen der Anonymen Alkoholiker immer sagten. Ich kann euch gar nicht sagen, wie oft ich nach dem verdammten Sparbuch gesucht habe, das er bekommen haben mußte, als er mit dieser Kohle sein eigenes Konto eröffnete; aber ich habe es nie gefunden. Und so konnte ich nichts anderes tun, als aufpassen, ob er nicht eines Tages mit einer neuen Kettensäge nach Hause kam oder einer teuren Uhr am Handgelenk, und hoffen, daß er nicht schon einen Teil davon oder alles bei Pokerpartien um hohe Einsätze verloren hatte, von denen er behauptete, daß sie jedes Wochenende in Ellsworth und Bangor stattfänden. Noch nie in meinem ganzen Leben bin ich mir so hilflos vorgekommen.

Und dann war da die Frage, wann und wie ich es tun würde – das heißt, falls ich den Mumm aufbrachte, es überhaupt zu tun. Die Idee, den alten Brunnen als Fallgrube zu benutzen, war schon in Ordnung, soweit sie ging; das Problem war nur, daß sie entschieden nicht weit genug ging. Wenn er fein sauber und ordentlich starb, wie die Leute im Fernsehen, dann wäre alles in bester Ordnung. Aber sogar vor dreißig Jahren hatte ich schon genug vom Leben gesehen, um zu wissen, daß die Dinge nie so ablaufen wie im Fernsehen.

Angenommen, er fiel hinein und fing an zu schreien, zum Beispiel? Die Insel war damals noch nicht so zugebaut, wie sie es heute ist, aber wir hatten trotzdem drei Nachbarn an diesem Stück der East Lane – die Carons, die Langills und die Jolanders. Es konnte sein, daß sie die Schreie, die aus dem Brombeergestrüpp hinter unserem Haus kamen, nicht hörten, aber andererseits konnte es auch sein, daß sie sie hörten, zumal wenn der Wind kräftig war und aus der richtigen Richtung wehte. Und das war noch nicht alles. Auf der East Lane, die, wie ihr ja wißt, vom Dorf zum Head verläuft, herrschte ziemlich viel Verkehr. Ständig fuhren irgendwelche Laster oder Personenwagen an unserem Haus vorbei, nicht so viele wie heute, aber doch schon genug, um einer Frau zu denken zu geben, die an das dachte, woran ich dachte.

Ich war fast zu dem Schluß gekommen, daß der Brunnen doch nicht das geeignete Instrument war, um ihm einen Strich durch die Rechnung zu machen, daß es einfach zu riskant war, als die Antwort kam. Diesmal war es Vera, die sie mir lieferte, aber ich glaube nicht, daß sie es wußte.

Sie war nämlich fasziniert von der Sonnenfinsternis. Als dieser Winter sich seinem Ende zuneigte, hing an der Korktafel in der Küche fast jede Woche ein neuer Zeitungsausschnitt, und als das Frühjahr mit den üblichen Stürmen und kalten Schauern begann, wurden es von Tag zu Tag mehr. Es waren Ausschnitte aus den Zeitungen der Umgebung, aus großen Zeitungen wie dem *Globe* und der *New York Times* und aus Zeitschriften wie dem *Scientific American.*

Sie war begeistert, weil sie ganz sicher war, daß die Sonnenfinsternis Donald und Helga endlich wieder nach Pinewood locken würde – das erzählte sie mir immer und immer wieder –, aber sie war auch von der Sache selbst begeistert. Von Mitte Mai an, als es endlich warm zu werden begann, verbrachte sie mehr Zeit auf der Insel als in Baltimore, und diese verdammte Sonnenfinsternis war so ziemlich das einzige, wovon sie redete. Sie hatte vier Kameras im Schrank in der Diele – und zwar keine billigen Boxen –, von denen drei bereits auf ein Stativ montiert waren. Sie hatte acht oder neun spezielle Sonnenbrillen, eigens für sie angefertigte offene Kästen, die sie »Finsternisbetrachter« nannte, Periskope mit besonders getönten Spiegeln darin und ich weiß nicht, was sonst noch.

Dann, gegen Ende Mai, kam ich ins Haus und sah, daß der Ausschnitt an der Korktafel aus unserer eigenen kleinen Zeitung, der *Weekly Tide*, stammte. HARBORSIDE WIRD »FINSTERNIS-ZENTRUM« FÜR EINHEIMISCHE UND SOMMERGÄSTE. Das Foto zeigte Jimmy Gagnon und Harley Fox bei irgendwelchen Zimmererarbeiten auf dem Dach des Hotels, das schon damals so flach und breit war, wie es heute noch ist. Und wißt ihr was? Ich spürte, wie sich wieder etwas in mir umdrehte, genau wie damals, als der erste Artikel über die Sonnenfinsternis an derselben Stelle an der Tafel hing.

In dem Artikel hieß es, daß die Besitzer des Harborside Hotels vorhatten, das Dach am Tag der Sonnenfinsternis zu einer Art Freiluft-Observatorium zu machen – nur daß es sich für mich so anhörte, als wäre es dasselbe wie immer, nur mit einem brandneuen Etikett. Sie behaupteten, das Dach würde eigens für diesen Anlaß renoviert (der Gedanke, daß Jimmy Gagnon und Harley Fox irgendetwas »renovieren«, ist ein ziemlicher Witz, wenn man's genau bedenkt), und sie rechneten damit, daß sie dreihundertfünfzig besondere »Finsternis-Eintrittskarten« verkaufen würden. Die Sommergäste sollten Vorrang haben vor den Einheimischen; der Preis war im Grunde zivil – zwei Dollar pro Person –, aber sie rechneten natürlich damit, daß sie Essen servieren und eine Bar aufstellen würden, und das sind die Dinge, mit denen die Hotels immer ihren Profit gemacht haben. Besonders die Bar.

Ich war immer noch dabei, den Artikel zu lesen, als Vera hereinkam. Ich hörte sie nicht, und als sie sprach, ging ich ungefähr einen halben Meter hoch in die Luft.

»Nun, Dolores«, sagte sie, »was ziehen Sie vor? Das Dach des Harborside oder die *Island Princess*?«

»Was ist mit der *Island Princess?*« fragte ich.

»Ich habe sie für den Nachmittag der Finsternis gechartert«, sagte sie.

»Soll das ein Witz sein?« fragte ich, aber eine Sukunde, nachdem es heraus war, wußte ich, daß es kein Witz war; es war nicht Veras Art, dummes Zeug zu reden oder aufzuschneiden. Trotzdem, der Gedanke, daß sie eine Fähre von der Größe der *Princess* gechartert hatte, ließ mir den Atem stocken.

»Ich habe es getan«, sagte sie. »Es kostet mich einen Arm und ein Bein, Dolores, und das meiste geht für die Ersatzfähre drauf, die an diesem Tag auf der regulären Route der *Princess* verkehrt, aber ich habe es wirklich getan. Und wenn Sie an *meinem* Ausflug teilnehmen, dann fahren Sie umsonst, und alle Drinks sind kostenlos.« Und dann sagte sie, indem sie mich irgendwie unter den Augenlidern hervor anschaute: »Das letztere dürfte Ihren Mann doch besonders reizen, meinen Sie nicht auch, Dolores?«

»Großer Gott«, sagte ich, »warum haben Sie diese verdammte *Fähre* gechartert, Vera?« Ihr Vorname hörte sich, wenn er aus meinem Mund kam, immer noch merkwürdig an, aber sie hatte mir unmißverständlich klargemacht, daß es ihr ernst damit war – sie ließ es nicht zu, daß ich zu Mrs. Donovan zurückkehrte, selbst wenn ich es gewollt hätte. »Ich meine, ich weiß, wie Sie sich auf die Sonnenfinsternis freuen und all das, aber Sie hätten doch in Vinalhaven ein fast ebensogroßes Ausflugsboot mieten können, und wahrscheinlich zum halben Preis.«

Sie zuckte mit den Achseln und warf gleichzeitig ihr langes Haar zurück. »Ich habe sie gechartert, weil ich diese mollige alte Hure liebe«, sagte sie. »Little Tall Island ist für mich der schönste Ort auf der Welt, Dolores – haben Sie das gewußt?«

Ich wußte es in der Tat, also nickte ich.

»Natürlich haben Sie es gewußt. Und fast immer war es die *Princess,* die mich hergebracht hat – die komische, watschelnde alte *Princess.* Man hat mir gesagt, daß vierhundert Leute bequem darauf Platz haben, fünfzig mehr als auf dem Hoteldach, und ich werde jeden mitnehmen, der mit mir und den Kindern fahren will.« Dann lächelte sie, und *dieses* Lächeln war echt; es war das Lächeln einer Frau, die sich einfach darüber freut, daß sie am Leben ist. »Und wissen Sie noch was, Dolores?« fragte sie mich.

»Nein«, sagte ich. »Ich weiß gar nichts mehr.«

»Sie brauchen sich gar nicht besonders anzustrengen, um eine Eintrittskarte für *meine* ...« Dann hörte sie plötzlich auf zu sprechen und musterte mich mit einem ganz merkwürdigen Blick. »Dolores? Fehlt Ihnen was?«

Aber ich konnte nichts sagen. Vor meinem inneren Auge war das grauenhafteste, das wundervollste Bild erschienen. Es zeigte mir das große Flachdach des Harborside Hotels, angefüllt mit Leuten, die rumstanden wie bei einer Cocktailparty, nur daß sie alle den Kopf in den Nacken gelegt hatten, und es zeigte mir die *Island Princess,* die in der Mitte zwischen dem Festland und der Insel auf dem Wasser lag, gleichfalls angefüllt mit Leuten, die hochschauten, und über alledem hing eine große, schwarze, von Feuer umgebene Scheibe an einem Himmel, an dem am Tag die Sterne funkelten. Es war ein gespenstisches Bild, bei dem einem Toten die Haare zu Berge gestanden hätten, aber das war es nicht, was mir so einen Schlag in die Magengrube versetzt hatte. Das hatte der Gedanke an den *Rest der Insel* getan.

»Dolores?« fragte sie und legte mir eine Hand auf die Schulter. »Was ist? Haben Sie einen Krampf? Ist Ihnen schlecht? Kommen Sie, setzen Sie sich an den Tisch. Ich hole Ihnen ein Glas Wasser.«

Ich hatte keinen Krampf, aber ganz plötzlich war mir tatsächlich ein bißchen schlecht, also ging ich zum Tisch und setzte mich, meine Knie waren so weich, daß ich beinahe auf den Stuhl plumpste. Ich sah zu, wie sie mir ein Glas Wasser holte und dachte an etwas, das sie im letzten November gesagt hatte – daß sogar jemand, der so schwach im Rechnen war wie sie, auf dem Kalender neun Monate zurückzählen und die richtigen Schlüsse ziehen konnte. Nun, sogar jemand, der so schwach im Rechnen war wie ich, konnte dreihundertfünfzig auf dem Hoteldach und vierhundert weitere auf der *Island Princess* zusammenzählen und auf eine Summe von siebenhundertfünfzig kommen. Das waren nicht *alle* Leute, die Mitte Juli auf der Insel sein würden, aber es war weiß Gott ein gewaltiger Teil davon. Ich konnte mir vorstellen, daß die übrigen entweder draußen sein und ihre Netze einholen oder die Sonnenfinsternis vom Strand oder vom Anleger aus beobachten würden . . .

Vera brachte mir das Wasser, und ich trank es in einem Zug. Sie setzte sich mir gegenüber und schien besorgt zu sein. »Ist alles in Ordnung, Dolores?« fragte sie. »Müssen Sie sich hinlegen?«

»Nein«, sagte ich. »Mir war nur ein paar Sekunden lang ein bißchen flau.«

Und mir war tatsächlich flau geworden. Plötzlich zu wissen, an welchem Tag man seinen Mann umzubringen gedenkt, ist wohl etwas, bei dem einem Menschen flau werden kann.

Drei Stunden später, nachdem ich die Wäsche aufgehängt, die Einkäufe erledigt und weggepackt, die Teppiche gesaugt und einen kleinen Auflauf für ihr einsames Abendessen in den Kühlschrank gestellt hatte, packte ich meine Sachen zusammen und wollte mich auf den Heimweg machen. Vera saß am Küchentisch und löste das Kreuzworträtsel in der Zeitung.

»Überlegen Sie sich, ob Sie am 20. Juli mit uns auf das Schiff kommen wollen«, sagte sie. »Glauben Sie mir, draußen auf dem Wasser wird es bestimmt viel angenehmer sein als auf diesem heißen Dach.«

»Danke, Vera«, sagte ich, »aber wenn ich an dem Tag frei habe, werde ich wohl nirgendwo hingehen, sondern einfach zu Hause bleiben.«

»Wären Sie gekränkt, wenn ich sagen würde, daß sich das ziemlich stumpfsinnig anhört?« fragte sie und sah zu mir auf.

Wann hätte es dich je gekümmert, ob du mich oder sonst jemanden kränkst, du hochnäsiges Biest? dachte ich, aber das sagte ich natürlich nicht. Und außerdem hatte sie wirklich besorgt ausgesehen, als sie gedacht hatte, ich könnte ohnmächtig werden, obwohl der Grund dafür gewesen sein mochte, daß sie fürchtete, ich könnte auf der Nase landen und ihren Küchenfußboden vollbluten, den ich gerade am Tag zuvor gebohnert hatte.

»Nein«, sagte ich. »So bin ich nun einmal, Vera – ziemlich stumpfsinnig.«

Da warf sie mir einen seltsamen Blick zu. »Wirklich?« sagte sie. »Manchmal finde ich das auch – und manchmal bin ich da nicht so sicher.«

Ich sagte auf Wiedersehen und machte mich auf den Heimweg, wobei ich mir die Idee durch den Kopf gehen ließ und nach Löchern suchte. Ich fand keine – nur Vielleichts, und Vielleichts gehören schließlich zum Leben. Pech kann man immer haben, aber wenn sich die Leute deshalb zu viel Gedanken machen würden, dann würde nie etwas getan werden. Außerdem, dachte ich, wenn irgendetwas schief läuft, kann ich jederzeit die Finger davon lassen, und zwar fast bis zur letzten Minute.

Der Mai ging vorüber, der Memorial Day kam und ging, und die Schulferien fingen an. Ich stellte mich darauf ein, Selena davon abzubringen, wenn sie zu mir kam und ich ihr erlauben sollte, im Harborside zu arbeiten, aber noch bevor wir unsere erste Auseinandersetzung hatten, passierte etwas Wunderbares. Reverend Huff, der damals der Methodisten-Geistliche war, kam zu uns, um mit Joe und mir zu reden. Er sagte, im Camp der Methodistenkirche in Winthrop würden als Aufseherinnen zwei Mädchen gebraucht, die gut schwimmen konnten. Nun, sowohl Selena als auch Tanya Caron konnten schwimmen wie die Fische, Huffy wußte das, und um eine lange Geschichte wenigstens ein bißchen kürzer zu machen – in der Woche nach dem Ferienbeginn brachten Gertrude Caron und ich unsere Töchter zur Fähre, sie winkten vom Deck und wir winkten vom Anleger, und wir alle vier weinten völlig grundlos. Selena trug auf dieser Reise ein hübsches rosa Kostüm, und damals sah ich zum ersten Mal die Frau, die aus ihr werden würde. Es hat mir fast das Herz gebrochen und tut es noch immer. Hat einer von euch ein Papiertaschentuch?

Danke Nancy. Also, wo war ich stehengeblieben?

Ach ja.

Für Selena war gesorgt; blieben noch die Jungen. Ich

brachte Joe dazu, seine Schwester in New Gloucester anzurufen und zu fragen, ob sie für die letzten drei Juliwochen und die erste Augustwoche zu ihnen kommen könnten. Schließlich hatten ihre beiden Bengel, als sie noch jünger waren, in mehreren Sommern jeweils so ungefähr einen Monat bei uns verbracht. Ich dachte, daß Joe sich sträuben würde, Little Pete fortzuschicken, aber er tat es nicht – vermutlich hat er daran gedacht, wie ruhig es im Haus sein würde, wenn alle drei fort waren, und der Gedanke hat ihm wohl gefallen.

Alicia Forbert – so hieß seine Schwester nach ihrem Mann – sagte, daß sie sich freuen würde, wenn die Jungen kämen. Ich konnte mir gut vorstellen, daß Jack Forbert sich ein bißchen weniger freute als sie, aber bei *diesem* Hund wedelte Alicia mit dem Schwanz, und so gab es kein Problem – jedenfalls nicht dort.

Das Problem war, daß weder Joe Junior noch Little Pete Lust hatten, zu ihnen zu fahren. Im Grunde konnte ich ihnen daraus keinen Vorwurf machen; die Forbert-Jungen waren beide Teenager und würden zwei kleinen Knirpsen wie ihnen nicht einmal Guten Morgen sagen. Aber davon ließ ich mich nicht behindern – ich konnte nicht *zulassen,* daß es mich behinderte. Also sprach ich ein Machtwort. Von den beiden erwies sich Joe Junior als die härtere Nuß. Schließlich nahm ich ihn beiseite und sagte: »Betrachte es einfach als Ferien von deinem Vater.« Das gab den Ausschlag, und das ist eine ziemlich traurige Sache, wenn man es genau bedenkt, findet ihr nicht auch?

Sobald der Ferienaufenthalt der Kinder geregelt war, konnte ich nur noch darauf warten, daß sie fort waren, und ich glaube, daß sie schließlich sogar ziemlich gern fuhren. Joe hatte seit dem Vierten Juli ständig eine Menge getrunken, und wahrscheinlich war sogar Little Pete nicht sonderlich glücklich, wenn er in der Nähe war.

Sein Trinken war für mich keine Überraschung; ich hatte mein Teil dazu beigetragen. Als er das erste Mal den Schrank unter dem Ausguß aufmachte und sah, daß eine brandneue Flasche Whiskey darin stand, kam ihm das merkwürdig vor – ich erinnere mich, daß er fragte, ob ich auf den Kopf gefallen wäre oder so etwas. Aber danach stellte er keine Fragen mehr. Warum sollte er auch? Vom vierten Juli bis zu dem Tag, an dem er starb, war Joe St. George zeitweise völlig hinüber und die meiste Zeit fast hinüber, und ein Mann in einer solchen Verfassung braucht nicht lange, um sein Glück für eines seiner verfassungsmäßig garantierten Rechte zu halten – zumal ein Mann wie Joe.

Das konnte mir nur recht sein, aber die Zeit nach dem Vierten – die Woche vor der Abreise der Jungen und die Woche danach – war trotzdem nicht gerade erfreulich. Ich stand um sieben auf, um zu Vera zu gehen, und er lag neben mir im Bett wie ein Klumpen saurer Käse und schnarchte mit völlig zerzaustem Haar. Um zwei oder um drei kam ich nach Hause, und er saß auf der wackligen Hinterveranda, die wir damals hatten (er hatte seinen scheußlichen alten Schaukelstuhl hinausgeschleppt), mit seinem *American* in der einen und dem zweiten oder dritten Drink des Tages in der anderen Hand. Es waren nie irgendwelche Leute da, die ihm beim Vertilgen seines Whiskeys halfen; mein Joe war alles andere als freigebig.

So ziemlich an jedem Tag in diesem Juli stand auf der Titelseite des *American* irgendein Artikel über die Sonnenfinsternis, aber ich glaube, Joe hatte trotz seiner ständigen Zeitungsleserei nur die allerverschwommenste Vorstellung davon, daß in diesem Monat ein ganz ungewöhnliches Ereignis bevorstand. Weil ihn so etwas überhaupt nicht interessierte. Was Joe interessierte, waren die Kommunisten und die schwarzen Bürgerrechtler (die er »Greyhound-Nigger« nannte) und dieser verdammte katholische Judenfreund im Weißen Haus. Ich glaube, wenn er gewußt hätte, was vier Monate später mit Kennedy passieren sollte, wäre er beinahe glücklich gestorben, so widerlich war er.

Aber ich setzte mich trotzdem zu ihm und hörte mir an, wie er über das schwadronierte, was er an diesem Tag in der Zeitung gelesen hatte, das ihm gegen den Strich ging. Ich wollte, daß er sich daran gewöhnte, daß ich mich in seiner Nähe aufhielt, wenn ich heimgekommen war, aber ich würde lügen, wenn ich behaupten wollte, daß mir das leicht fiel. Seine Sauferei wäre mir nicht halb so zuwider gewesen, wenn er, nachdem er einiges intus hatte, ein bißchen vergnügter und fröhlicher gewesen wäre. Ich weiß, daß das bei manchen Männern so ist, aber Joe gehörte nicht zu ihnen. Beim Trinken kam die Frau in ihm zum Vorschein, und was die Frau in Joe angeht, so war es immer ungefähr zwei Tage vor einer ganz starken Periode.

Doch als der große Tag näherkam, war es eine Erleichterung, Veras Haus verlassen zu können, auch wenn es nur ein betrunkener, übelriechender Ehemann war, zu dem ich zurückkehrte. Den ganzen Juni über war sie voll beschäftigt gewesen, hatte über dieses und jenes geredet, immer wieder ihre Gerätschaften für die Sonnenfinsternis überprüft und Leute angerufen – in der letzten Juniwoche muß sie die Firma, die für ihre Party auf der Fähre die Speisen und Getränke lieferte, jeden Tag mindestens zweimal angerufen haben, und die war nur ein Punkt auf ihrer Tagesliste.

Im Juni hatte ich sechs Mädchen unter mir und acht nach dem vierten Juli; es war die größte Zahl von Hilfskräften, die Vera je hatte, sowohl vor als auch nach dem Tod ihres Mannes. Das Haus wurde vom Keller bis zum Dachboden geschrubbt – geschrubbt, bis es glänzte –, und jedes Bett wurde bezogen. Wir stellten sogar zusätzliche Betten auf der Sonnenterrasse und auf der Veranda im Obergeschoß auf. Sie rechnete für das Wochenende der Sonnenfinsternis mit mindestens einem Dutzend, vielleicht sogar an die zwanzig Schlafgästen. Der Tag hatte für sie nicht genug Stunden, und sie sauste herum wie Moses auf einem Motorrad, aber sie war glücklich.

Doch dann, ungefähr um die Zeit, als ich die Jungen auf den Weg zu ihrer Tante Alicia und ihrem Onkel Jack brachte – das heißt, so um den zehnten oder elften Juli herum und immer noch mehr als eine Woche vor der Sonnenfinsternis –, brach ihre gute Laune zusammen.

Aber Zusammenbrechen ist nicht das richtige Wort. Sie *zerplatzte* wie ein Luftballon, den man mit einer Nadel angestochen hat. Den einen Tag sauste sie herum wie ein Düsenflugzeug; am nächsten waren ihre Mundwinkel so tief herabgezogen, daß sie beinahe darauf trat, und in ihren Augen lag dieser gemeine, gequälte Ausdruck, den ich so oft gesehen hatte, seit sie dazu übergegangen war, so viel Zeit allein auf der Insel zu verbringen. An diesem Tag feuerte sie zwei Mädchen, eines, weil es sich zum Putzen der Fenster im Wohnzimmer auf ein Fußpolster gestellt hatte, und das andere, weil es in der Küche mit einem der Lieferanten gelacht hatte. Diese zweite Sache war besonders unerfreulich, weil das Mädchen anfing zu weinen. Sie sagte Vera, sie wäre mit dem jungen Mann zusammen zur High School gegangen und hätte ihn seither nicht mehr gesehen, und sie hätte mit ihm nur ein wenig über die alten Zeiten geredet. Sie sagte, es täte ihr leid, und bat, sie nicht zu entlassen – ihre Mutter würde ihr die Hölle heiß machen, wenn das passierte.

Das machte auf Vera nicht den geringsten Eindruck. »Betrachten Sie es von der erfreulichen Seite, meine Liebe«, sagte sie mit ihrer niederträchtigsten Stimme. »Ihre Mutter wird vielleicht wütend sein, aber nun haben Sie massenhaft Zeit, über all den Spaß zu reden, den Sie auf der guten alten Jonesport High hatten.«

Das Mädchen – es war Sandra Mulcahey – ging die Auffahrt hinunter, ließ den Kopf hängen und schluchzte zum Steinerweichen. Vera stand in der Diele, ein wenig vorgebeugt, damit sie ihr durch das Fenster in der Haustür nachsehen konnte. Mich juckte der Fuß, und ich hätte ihr am liebsten einen Tritt in den Hintern versetzt, während sie so dastand – aber sie tat mir gleichzeitig ein bißchen leid. Ich konnte mir gut vorstellen, was an diesem Stimmungsumschwung schuld war – und wenig später wußte ich es mit Sicherheit. Ihre Kinder würden nun doch nicht kommen, um zusammen mit ihr die Sonnenfinsternis zu betrachten, ob sie nun die Fähre gechartert hatte oder nicht. Vielleicht lag es nur daran, daß sie sich einfach etwas anderes vorgenommen hatten, wie junge Leute es oft tun, ohne einen Gedanken an das zu verschwenden, was ihre Eltern vielleicht empfinden mögen, aber ich vermutete eher, daß das, was zwischen ihnen und ihr schiefging, immer noch schief war.

Veras Stimmung besserte sich, als am sechzehnten oder siebzehnten die ersten ihrer anderen Gäste eintrafen, aber ich war trotzdem jeden Tag froh, wenn ich ihr Haus verlassen konnte; und am Donnerstag dem achtzehnten feuerte sie wieder ein Mädchen – das war Karen Jolander. Ihr schweres Verbrechen war, daß sie einen Teller fallen ließ, der sowieso schon einen Sprung gehabt hatte. Karen weinte nicht, als sie die Auffahrt hinunterging, aber es war deutlich zu sehen, daß sie die Tränen nur zurückhielt, bis Vera sie nicht mehr sehen konnte.

Nun, ich ging hin und tat etwas Verrücktes – aber ihr müßt bedenken, daß ich inzwischen selbst ziemlich angespannt war. Ich schaffte es, wenigstens so lange zu warten, bis Karen außer Sicht war, doch dann machte ich mich auf die Suche nach Vera. Ich fand sie im Hintergarten. Sie hatte sich ihren Strohhut so auf den Kopf gerammt, daß die Krempe ihre Ohren berührte, und sie fuchtelte mit der Gartenschere herum, daß man hätte meinen können, sie wäre Madame Dufarge, die Köpfe abhackte, und nicht Vera Donovan beim Schneiden von Rosen für das Wohnzimmer und das Eßzimmer.

Ich ging schnurstracks auf sie zu und sagte: »Das war eine Gemeinheit, die Sie sich da geleistet haben, dieses Mädchen hinauszuwerfen.«

Sie richtete sich auf und bedachte mich mit ihrem herablassenden Dame-des-Hauses-Blick. »Finden Sie? Ich bin wirklich glücklich, Ihre Meinung zu hören, Dolores. Ich bin ganz versessen darauf; jeden Abend, wenn ich zu Bett gegangen bin, liege ich im Dunkeln da, denke über den vergangenen Tag nach und stelle mir bei jedem Ereignis, an das ich mich erinnere, immer dieselbe Frage: ›Was hätte Dolores St. George getan?‹«

Das machte mich noch wütender, als ich es je gewesen bin. »Ich kann Ihnen eines sagen, das Dolores Claiborne nicht getan hätte«, sagte ich, »und das ist, es andere Leute ausbaden zu lassen, wenn man sauer oder aus irgendeinem Grund enttäuscht ist. Wahrscheinlich habe ich dazu nicht genug von einem arroganten Luder an mir.«

Ihr Unterkiefer sackte herab, als hätte jemand die Schrauben rausgezogen, die ihren Mund geschlossen hielten. Ich bin ziemlich sicher, daß dies das erste Mal war, daß ich sie wirklich verblüffte, und ich machte mich schleunigst davon, bevor sie sehen konnte, was für eine Angst ich hatte. Als ich in die Küche kam, zitterten mir die Beine so sehr, daß ich mich hinsetzen mußte, und ich dachte, du bist verrückt, Dolores, ihr so auf die Zehen zu treten. Ich stand auf, um einen Blick durch das Fenster über dem Ausguß zu werfen, aber sie wendete mir den Rücken zu; Rosen fielen in ihren Korb wie tote Soldaten mit blutigen Köpfen.

Ich machte mich fertig zum Heimgehen an diesem Nachmittag, als sie plötzlich hinter mir stand und sagte, sie müßte mit mir reden. Mir war, als rutschte mir das Herz in die Schuhe. Ich zweifelte nicht im geringsten daran, daß meine Stunde gekommen war – sie würde sagen, daß sie in Zukunft auf meine Dienste verzichtete, würde mir einen letzten Blick zuwerfen, und dann würde ich meines Weges gehen, diesmal für immer. Man hätte meinen sollen, es wäre eine Erlösung gewesen, von ihr loszukommen, und in gewisser Hinsicht wäre es das auch wohl gewesen; trotzdem schmerzte es. Ich war sechsunddreißig, hatte schwer gearbeitet, seit ich sechzehn war, und ich war noch nie irgendwo vor die Tür gesetzt worden. Aber es gibt gewisse Dinge, gegen die man Front machen muß, und ich versuchte nach Leibeskräften, genau das zu tun, als ich mich umdrehte, um sie anzusehen.

Aber als ich ihr Gesicht sah, da wußte ich, daß sie nicht gekommen war, um mich rauszuwerfen. Das ganze Make-up, das sie am Morgen getragen hatte, war abgewaschen, und die Art, wie ihre Augenlider geschwollen waren, ließ mich vermuten, daß sie entweder ein Schläfchen gehalten oder in ihrem Zimmer geweint hatte. Sie hielt eine braune Einkaufstüte in den Armen und streckte sie mir entgegen. »Da«, sagte sie.

»Was ist da drin?« fragte ich.

»Zwei Finsternisbetrachter und zwei Reflektorboxen«, sagte sie. »Ich dachte, Sie und Joe hätten sie gern. Ich habe zufällig ...« Sie hustete in ihre geballte Faust, bevor sie mir wieder in die Augen schaute. Eines habe ich an ihr immer bewundert, Andy – ganz gleich, was sie sagte und wie schwer es ihr fiel, sie schaute einen an, wenn sie es sagte. »Ich habe zufällig von beiden zwei zuviel.«

»Oh?« sagte ich. »Tut mir leid, das zu hören.«

Sie wischte es beiseite, als wäre es eine Fliege, dann fragte sie mich, ob ich es mir anders überlegt hätte und doch den Tag mit ihr und ihren Gästen auf der Fähre verbringen wollte.

»Nein«, sagte ich. »Ich denke, ich werde auf unserer Veranda die Beine hochlegen und sie mir mit Joe von dort aus ansehen. Oder ich gehe runter zum East Head, wenn er unausstehlich werden sollte.«

»Da wir gerade von unausstehlich reden«, sagte sie, wobei sie mich immer noch direkt anschaute, »ich möchte mich entschuldigen für heute morgen – und fragen, ob Sie bei Mabel Jolander vorbeischauen und ihr sagen können, ich hätte es mir anders überlegt.«

Das zu sagen, kostete sie eine Menge Überwindung, Andy – du hast sie nicht so gekannt wie ich, also mußt du es mir einfach glauben, aber es kostete sie eine verdammt große Menge Überwindung. Wenn es darum ging, sich zu entschuldigen, war Vera Donovan eine ziemliche Abstinenzlerin.

»Das will ich gern tun«, sagte ich. Ich hätte fast die Hand ausgestreckt und sie berührt, aber dann ließ ich es. »Aber es ist Karen, nicht Mabel. Mabel hat vor sechs oder sieben Jahren hier gearbeitet. Sie lebt jetzt in New Hampshire, sagt ihre Mutter – sie arbeitet für die Telefongesellschaft und steht sich recht gut.«

»Dann also Karen«, sagte sie. »Sagen Sie ihr, sie kann wiederkommen. Sagen Sie ihr nur, ich hätte es mir anders überlegt, Dolores, und kein Wort mehr. Ist das klar?«

»Ja«, sagte ich. »Und danke für die Finsternis-Sachen. Ich bin sicher, sie werden uns gute Dienste leisten.«

»Gern geschehn«, sagte sie. Ich öffnete die Tür, um hinauszugehen, und sie sagte: »Dolores?«

Ich schaute über die Schulter zurück, und sie bedachte mich mit so einem merkwürdigen kleinen Nicken, als wüßte sie Dinge, die sie eigentlich nicht wissen durfte.

»Manchmal muß man ein arrogantes Luder sein, wenn man überleben will«, sagte sie. »Ein Luder zu sein, ist manchmal das einzige, woran eine Frau sich festhalten kann.« Und dann machte sie mir die Tür vor der Nase zu – aber sanft. Sie knallte sie nicht ins Schloß.

Und damit wären wir beim Tag der Sonnenfinsternis angekommen, und wenn ich euch erzählen soll, was passierte – *in allen Einzelheiten* –, dann werde ich es nicht trocken tun. Ich habe jetzt meiner Uhr nach fast zwei Stunden lang ununterbrochen geredet, lange genug, um sämtliches Öl in jedermanns Getriebe zu verbrennen, und ich bin immer noch lange nicht fertig. Also laß dir eins gesagt sein, Andy – entweder du trennst dich von einem Schluck von dem *Jim Beam* in deiner Schreibtischschublade, oder wir machen für heute Schluß. Wie ist es?

Besten Dank. Den habe ich jetzt gebraucht! Nein, stell die Flasche wieder weg. Einer reicht, um die Pumpe zu füllen; zwei würden womöglich die Rohre verstopfen.

So – und nun kann es weitergehen.

Als ich am Abend des Neunzehnten schlafen ging, war ich so nervös, daß ich mich beinahe übergeben hätte. Im Radio hatten sie gesagt, daß mit Regen zu rechnen wäre. Ich war so damit beschäftigt gewesen, zu planen, was ich vorhatte, und meinen ganzen Mut zusammenzunehmen, daß mir der Gedanke an Regen überhaupt nicht gekommen war. Ich werde mich die ganze Nacht von einer Seite auf die andere wälzen, dachte ich, als ich mich hinlegte, und dann dachte ich: Nein, das wirst du nicht tun, Dolores, und ich werde dir auch sagen, warum nicht – du kannst am Wetter nichts ändern, und es spielt ohnehin keine Rolle. Du weißt, daß du vorhast, ihn umzubringen, auch wenn es den ganzen Tag Bindfäden regnet. Du bist zu weit gegangen, um jetzt noch einen Rückzieher zu machen. Und das wußte ich tatsächlich, also machte ich die Augen zu und schlief auf der Stelle ein.

Samstag – der zwanzigste Juli 1963 – begann schwül und bewölkt. Im Radio hieß es, es würde wahrscheinlich doch nicht regnen, abgesehen vielleicht von ein paar Gewitterschauern am späten Abend. Aber es würde wahrscheinlich fast den ganzen Tag bewölkt sein, und die Chancen, daß die Orte an der Küste die Sonnenfinsternis beobachten konnten, standen nicht besser als fünfzig zu fünfzig.

Trotzdem hatte ich das Gefühl, als wäre mir eine schwere Last von den Schultern gefallen, und als ich mich auf den Weg zu Vera machte, um beim Servieren des großen Brunch-Buffets zu helfen, das sie vorgesehen hatte, war ich ganz ruhig und machte mir keine Sorgen mehr. Es spielte wirklich keine Rolle, ob es bewölkt war oder nicht; es würde nicht einmal eine Rolle spielen, wenn es hin und wieder einen Schauer gab. Solange es nicht in Strömen goß, würden die Hotel-Leute auf dem Dach und Veras Gäste draußen auf dem Wasser sein, und alle würden hoffen, daß die Wolken so weit aufrissen, daß sie einen Blick auf das werfen konnten, was zu ihren Lebzeiten nicht wieder vorkommen würde – jedenfalls nicht in Maine. Die Hoffnung ist eine mächtige Kraft in der Natur des Menschen – niemand weiß das besser als ich.

Soweit ich mich erinnere, hatte Vera an diesem Freitagabend achtzehn Hausgäste, aber bei dem Buffet am Samstagmorgen waren es noch mehr – dreißig oder vierzig, würde ich sagen. Die übrigen Leute, die mit ihr auf die Fähre gehen wollten (es waren zum größten Teil Leute von der Insel, nicht von außerhalb) würden sich gegen ein Uhr am Anleger versammeln, und gegen zwei sollte die alte *Princess* auslaufen. Wenn dann die Sonnenfinsternis tatsächlich eintrat – gegen halb fünf –, würden vermutlich die ersten zwei oder drei Fässer Bier bereits leer sein.

Ich rechnete damit, daß Vera gereizt sein würde und bereit, im nächsten Augenblick aus der Haut zu fahren, aber manchmal glaube ich, daß sie es geradezu darauf anlegte, mich zu überraschen. Sie hatte ein wogendes rotweißes Ding an, das eher aussah wie ein Cape als wie ein Kleid – ich glaube, so etwas nennt man einen Kaftan –, und ihr Haar trug sie in einem simplen Pferdeschwanz, meilenweit entfernt von den Fünfzig-Dollar-Frisuren, die sie sich zu dieser Zeit gewöhnlich machen ließ.

Sie wanderte ständig um das lange Buffet herum, das auf dem Rasen in der Nähe des Rosengartens aufgebaut war, und plauderte und lachte mit ihren Freunden – von denen die meisten, ihrem Aussehen und ihrem Reden nach zu urteilen, aus Baltimore kamen –, aber sie war an diesem Tag anders als in der Woche vor der Sonnenfinsternis. Ihr wißt noch, daß ich gesagt habe, sie sauste herum wie ein Düsenflugzeug? Am Tag der Sonnenfinsternis hatte sie mehr Ähnlichkeit mit einem Schmetterling, der eine Menge Pflanzen besucht, und ihr Lachen war nicht so schrill und laut wie sonst.

Sie sah, wie ich eine Platte mit Rührei rausbrachte, und sie eilte auf mich zu, um mir ein paar Anweisungen zu geben; aber sie ging nicht so, wie sie in den letzten paar Tagen gegangen war – so, als wäre sie in Wirklichkeit lieber gerannt –, und das Lächeln verschwand nicht aus ihrem Gesicht. Ich dachte: Sie ist glücklich – das ist alles, was dahintersteckt. Sie hat sich damit abgefunden, daß ihre Kinder nicht kommen, und sich entschlossen, trotzdem glücklich zu sein. Und *das* war auch alles – sofern man sie nicht sehr gut kannte und wußte, wie selten es vorkam, daß Vera Donovan glücklich war. Eines kann ich dir sagen, Andy – ich habe sie noch fast weitere dreißig Jahre gekannt, aber ich glaube nicht, daß ich sie jemals wieder wirklich glücklich erlebt habe. Zufrieden, ja, und resigniert, aber glücklich? Strahlend und glücklich, wie ein Schmetterling, der an einem heißen Sommernachmittag von einer Blüte zur anderen fliegt? Ich glaube nicht.

»Dolores!« sagte sie. »Dolores Claiborne!« Erst sehr viel später ist mir bewußt geworden, daß sie mich bei meinem Mädchennamen gerufen hatte, obwohl Joe an diesem

Morgen noch wohlauf und am Leben war, und daß sie das noch nie zuvor getan hatte. Aber als es mir dann bewußt wurde, da zitterte ich am ganzen Leibe – so, wie man angeblich zittert, wenn eine Gans über die Stelle läuft, an der man eines Tages begraben wird.

»Guten Morgen, Vera«, sagte ich. »Tut mir leid, daß der Tag so grau ist.«

Sie blickte zum Himmel empor, an dem tiefe, feuchte Sommerwolken hingen, dann lächelte sie. »Um drei kommt die Sonne raus«, sagte sie.

»Das hört sich ja an, als hätten Sie eine Bestellung aufgegeben«, sagte ich.

Das sollte natürlich ein Witz sein, aber sie nickte ganz ernsthaft und sagte: »Ja – genau das habe ich getan. Und nun gehen Sie in die Küche, Dolores, und sehen Sie nach, warum dieser unfähige Partyservice noch keinen frischen Kaffee herausgebracht hat.«

Ich machte mich auf den Weg, um zu tun, was sie wollte, aber noch bevor ich vier Schritte auf die Küchentür zu gemacht hatte, rief sie hinter mir her, genau so, wie sie es zwei Tage zuvor getan hatte, als sie mir sagte, daß eine Frau manchmal ein Luder sein muß, um überleben zu können. Ich drehte mich um und sah schon kommen, daß sie mir genau dasselbe noch einmal sagen würde. Aber sie tat es nicht. Sie stand da in ihrem hübschen rot-weißen Zeltkleid, die Hände auf den Hüften und den Pferdeschwanz über einer Schulter, und sah nicht älter aus als einundzwanzig in diesem weißen Morgenlicht.

»Um drei scheint die Sonne, Dolores!« sagte sie. »Sie werden's erleben!«

Das Buffet war um elf beendet, und um zwölf hatten ich und die Mädchen die Küche für uns allein, weil die Leute vom Partyservice inzwischen weitergezogen waren auf die *Island Princess*, um die Vorbereitungen für den zweiten Akt zu treffen. Vera selbst verschwand ziemlich spät, so gegen viertel nach zwölf; sie fuhr die letzten drei oder vier ihrer Gäste in dem alten Ford Ranch Wagon, den sie auf der Insel benutzte, selbst runter zum Anleger. Ich half bis gegen eins beim Abwaschen, und dann sagte ich zu Gail Lavesque, die an diesem Tag mehr oder weniger meine rechte Hand war, daß ich ein bißchen Kopfschmerzen hätte und mich nicht wohl fühlte und daß ich jetzt, wo das schlimmste Chaos beseitigt war, nach Hause ginge. Auf dem Weg nach draußen nahm mich Karen Jolander in die Arme und bedankte sich bei mir. Sie weinte schon wieder. Weiß der Himmel, in all den Jahren, in denen ich sie gekannt habe, hatte dieses Mädchen schon immer ganz nahe am Wasser gebaut.

»Ich weiß nicht, wer dir irgendwas erzählt hat, Karen«, sagte ich, »aber es gibt nichts, wofür du mir danken müßtest – ich habe überhaupt nichts getan.«

»Niemand hat mir irgendwas erzählt«, sagte sie, »aber ich weiß, daß Sie es waren, Missus St. George. Niemand außer Ihnen traut sich, dem alten Drachen Widerworte zu geben.«

Ich gab ihr einen Kuß auf die Wange und sagte ihr, meiner Meinung nach hätte sie nichts zu befürchten, solange sie keine Teller mehr fallen ließ. Dann machte ich mich auf den Heimweg.

Ich erinnere mich an alles, was passiert ist, Andy – an *alles* –, aber von dem Moment an, an dem ich von Veras Auffahrt auf den Center Drive hinaustrat, ist es so etwas wie die Erinnerung an den deutlichsten Traum, den man je in seinem Leben gehabt hat. Ich dachte immer wieder:

Ich gehe heim, um meinen Mann umzubringen, ich gehe heim, um meinen Mann umzubringen –, so, als könnte ich es in meinen Kopf reinhämmern wie einen Nagel in ein dickes, hartes Brett aus Teak oder Mahagoni, wenn ich es nur lange genug durchhielt. Aber wenn ich heute darüber nachdenke, dann glaube ich, daß es die ganze Zeit nur in meinem *Kopf* war. Es war mein *Herz*, das nicht begreifen konnte.

Obwohl es erst ungefähr viertel nach eins war, als ich in den Ort kam, und es noch rund drei Stunden dauern würde, bis die Sonnenfinsternis begann, waren die Straßen so leer, daß es fast gespenstisch war. Ich mußte an diese kleine Stadt unten im Süden des Staates denken, von der man sich erzählt, daß da niemand lebt. Dann schaute ich zum Dach des Harborside empor, und das war noch gespenstischer. Es mußten schon jetzt an die hundert Leute oder mehr da oben sein, die herumwanderten und den Himmel musterten wie Farmer am Tag der Aussaat. Ich schaute den Hügel runter zum Anleger, und da sah ich die *Princess*, mit ausgelegter Laufplanke, und das Autodeck voller Menschen anstelle von Wagen. Sie wanderten herum mit Drinks in den Händen und veranstalteten eine große Cocktailparty im Freien. Auf dem Anleger selbst wimmelte es von Leuten, und an die fünfhundert kleine Boote – jedenfalls mehr, als ich je auf einmal gesehen habe – waren bereits draußen auf dem Wasser, wo sie vor Anker lagen und warteten. Und jeder Mensch, den ich sah, ob auf dem Hoteldach oder dem Anleger oder auf der *Princess*, schien eine Sonnenbrille aufzuhaben und entweder einen Finsternisbetrachter mit geschwärztem Glas oder eine Reflektorbox in der Hand zu halten. Weder früher noch später hat es auf der Insel einen Tag wie diesen gegeben, und ich glaube, er wäre mir selbst dann wie ein Traum vorgekommen, wenn ich nicht vorgehabt hätte, was ich vorhatte.

Der Laden war offen, trotz der Sonnenfinsternis – ich glaube, dieser Kerl würde selbst am Morgen des Jüngsten Tages noch versuchen, Geschäfte zu machen. Ich ging rein und kaufte eine Flasche *Johnnie Walker Red,* dann ging ich die East Lane runter zu unserem Haus. Dort gab ich als erstes Joe die Flasche – ich machte keine große Sache daraus, sondern warf sie ihm einfach in den Schoß. Dann ging ich ins Haus und holte die Tüte mit den Finsternisbetrachtern und den Reflektorboxen, die Vera mir gegeben hatte. Als ich wieder rauskam auf die Hinterveranda, hielt er die Flasche Scotch hoch, um ihre Farbe zu betrachten.

»Willst du das Zeug trinken oder nur bewundern?« fragte ich ihn.

Er sah mich an, irgendwie argwöhnisch, und sagte: »Was zum Teufel soll das, Dolores?«

»Das ist ein Geschenk zur Feier der Sonnenfinsternis«, sagte ich. »Wenn du es nicht willst, kann ich es jederzeit in den Ausguß kippen.«

Ich tat so, als wollte ich nach der Flasche greifen, und er zog sie ganz schnell zurück.

»Du hast mir in der letzten Zeit verdammt viele Geschenke gemacht«, sagte er. »Zeug wie dieses können wir uns nicht leisten, ob mit oder ohne Finsternis.« Das hinderte ihn aber nicht daran, sein Messer aus der Tasche zu holen und die Kappe aufzuschneiden; es schien ihn nicht einmal aufzuhalten.

»Also, um die Wahrheit zu sagen, es ist nicht nur die Finsternis», sagte ich. »Mir war einfach so wohl zumute, daß ich etwas von meinem Glück mit dir teilen wollte. Und seit mir aufgefallen ist, daß das meiste von dem, was *dich* glücklich macht, offenbar aus einer Flasche kommt ...«

Ich sah zu, wie er die Kappe entfernte und sich ein Glas voll einschenkte. Seine Hand zitterte ein bißchen, und das tat mir überhaupt nicht leid. Je zittriger er war, desto besser standen meine Chancen.

»Welchen Grund kannst du schon haben, dich wohl zu fühlen?« fragte er. »Hat jemand eine Pille gegen die Häßlichkeit erfunden?«

»Das ist ziemlich gemein gegenüber jemandem, der dir gerade eine Flasche erstklassigen Scotch gekauft hat«, sagte ich. »Vielleicht sollte ich sie dir wirklich wieder wegnehmen.«

»Kommt nicht in Frage«, sagte er.

»Dann sei gefälligst ein bißchen netter«, sagte ich. »Was ist aus all der Dankbarkeit geworden, die du angeblich bei den Anonymen Alkoholikern lernst?«

Er ging nicht darauf ein, sondern sah mich weiter so an wie ein Verkäufer, der sich klarzuwerden versucht, ob ein Kunde mit einem falschen Zehner bezahlt hat. »Weshalb fühlst du dich so wohl?« fragte er wieder. »Es sind die Gören, stimmt's? Daß sie aus dem Haus sind.«

»Nein, ich vermisse sie jetzt schon«, sagte ich, und das war die Wahrheit.

»Ja, das kann ich mir vorstellen«, sagte er und kippte seinen Drink. »Was ist es dann?«

»Das erzähl ich dir später«, sagte ich und stand auf.

Er packte meinen Arm und sagte: »Ich will es gleich wissen. Du weißt genau, daß ich es nicht ausstehen kann, wenn du frech wirst.«

Ich schaute auf ihn runter und sagte: »Nimm deine Pfote von mir, sonst kann es passieren, daß diese teure Flasche Scotch an deinem Kopf zerbricht. Ich will mich nicht mit dir anlegen, Joe, vor allem heute nicht. Ich habe eine gute Salami im Haus, ein bißchen Schweizer Käse und ein paar Cracker.«

»Cracker!« sagte er. »So eine Schnapsidee!«

»Und wenn schon«, sagte ich. »Ich mache uns eine Platte mit *hors d'œuvres,* genau so gut wie die, die Veras Gäste auf der Fähre bekommen.«

»Von so verrücktem Zeug kriege ich Läuse im Bauch «, sagte er. »Das kann mir gestohlen bleiben. Mach mir einfach ein Sandwich.«

»Also gut«, sagte ich. »Das mach ich.«

Jetzt schaute er hinaus aufs Wasser – vermutlich weil ich die Fähre erwähnt hatte –, mit vorgeschobener Unterlippe, wie es seine widerliche Art war. Inzwischen waren mehr Boote draußen als je zuvor, und es sah so aus, als hätte sich der Himmel über ihnen ein wenig aufgehellt. »Sieh dir das an!« sagte er auf seine höhnische Art, die nachzuahmen sich sein jüngster Sohn so sehr bemühte. »Und dabei passiert nichts anderes, als wenn sich eine Gewitterwolke vor die Sonne schiebt, und dieses Volk macht sich beinahe in die Hose. Ich hoffe, es regnet. Ich hoffe, es gießt in solchen Strömen, daß die hochnäsige Fotze, für die du arbeitest, darin absäuft, und alle anderen mit ihr.«

»Das ist mein Joe, wie er leibt und lebt«, sagte ich. »Immer heiter, immer liebenswürdig.«

Er drehte den Kopf und sah mich an, wobei er nach wie vor die Flasche Scotch an sich drückte wie ein Bär ein Stück Honigwabe. »Was in Herrgottsnamen hast du vor, Frau?«

»Gar nichts«, sagte ich. »Ich gehe jetzt rein und mache das Essen zurecht – ein Sandwich für dich und ein paar *hors d'oeuvres* für mich. Dann setzen wir uns hier hin und trinken ein paar Glas und sehen uns die Finsternis an – Vera hat mir für jeden von uns einen Betrachter und so eine Reflektorbox mitgegeben – und wenn sie vorbei ist, dann erzähle ich dir, weshalb ich so glücklich bin. Es ist eine Überraschung.«

»Ich kann Überraschungen nicht ausstehen«, sagte er.

»Das weiß ich«, erklärte ich ihm. »Aber es ist wirklich eine tolle Überraschung. Du kommst nicht drauf, und wenn du dir tausend Jahre den Kopf zerbrichst.« Dann ging ich in die Küche, damit er mit der Flasche, die ich ihm mitgebracht hatte, richtig loslegen konnte. Ich wollte, daß er sie genoß – das wollte ich wirklich und wahrhaftig. Schließlich war es der letzte Schnaps, den er je trinken würde. Auch die Anonymen Alkoholiker würde er nicht mehr brauchen. Nicht da, wo er hingehen würde.

Das war der längste Nachmittag in meinem Leben und auch der seltsamste. Da war er, saß auf der Veranda in seinem Schaukelstuhl, hielt in einer Hand die Zeitung und einen Drink in der anderen und schwadronierte durch das offene Küchenfenster zu mir herein über irgendwas, das die Demokraten unten in Augusta vorhatten. Er hatte völlig vergessen, daß er herausbekommen wollte, worüber ich glücklich war, und die Sonnenfinsternis hatte er auch vergessen. Ich war in der Küche, machte ihm ein Sandwich, summte vor mich hin und dachte: Mach es gut, Dolores – tu ein paar von den roten Zwiebeln darauf, die er so gern ißt, und gerade so viel Senf, daß es richtig pikant ist. Mach es gut, weil es das Letzte ist, was er jemals essen wird.

Von da aus, wo ich stand, konnte ich den Holzschuppen sehen und den weißen Felsbrocken und den Rand des Brombeergestrüpps. Das Taschentuch, das ich an einen der Sträucher gebunden hatte, war noch da; auch das konnte ich sehen. Es flatterte im Wind, und jedesmal, wenn es das tat, dachte ich an diese morsche Brunnenabdeckung direkt darunter.

Ich weiß noch, wie an diesem Nachmittag die Vögel sangen, und daß ich hören konnte, wie sich die Leute draußen auf dem Wasser gegenseitig anriefen, mit winzigen und weit entfernten Stimmen – sie hörten sich an wie Stimmen im Radio. Ich kann mich sogar erinnern, was ich summte: *Amazing Grace, how sweet the sound.* Ich summte weiter, während ich mir meine Cracker mit Käse zurechtmachte (mir lag so wenig daran wie einem Huhn an einer Fahne, aber ich wollte nicht, daß Joe mich fragte, weshalb ich nichts aß).

Es muß so ungefähr viertel nach zwei gewesen sein, als ich auf die Veranda zurückkam. Mit der einen Hand balancierte ich ein Tablett wie eine Kellnerin, in der anderen Hand hatte ich die Tüte, die Vera mir gegeben hatte. Der Himmel war nach wie vor bedeckt, aber man konnte sehen, daß er sich schon kräftig aufgehellt hatte.

Das war eine gute kleine Mahlzeit, wie sich herausstellte. Joe war nicht der Mann, der Komplimente machte, aber an der Art, wie er seine Zeitung hinlegte und das Sandwich betrachtete, während er es aß, konnte ich sehen, daß es ihm schmeckte. Mir fiel etwas ein, das ich einmal in einem Buch gelesen oder in einem Film gehört hatte: »Der zum Tode Verurteilte verzehrte eine herzhafte Mahlzeit.« Nachdem mir dieser Satz eingefallen war, konnte ich ihn einfach nicht wieder loswerden.

Das hinderte mich jedoch nicht daran, mich über mein eigenes Essen herzumachen, nachdem ich erst einmal angefangen hatte. Ich aß weiter, bis auch der letzte Crakker mit Käse verschwunden war, und dazu trank ich eine ganze Flasche Pepsi. Ein- oder zweimal ging mir die Frage durch den Kopf, ob Henker an den Tagen, an denen sie ihren Job erledigen müssen, guten Appetit haben. Es ist schon seltsam, auf was für verrückte Gedanken man kommt, wenn man sich darauf vorbereitet, sowas zu unternehmen.

Gerade als wir mit dem Essen fertig waren, kam die Sonne aus den Wolken. Ich dachte an das, was Vera am Morgen zu mir gesagt hatte, und sah auf die Uhr. Es war drei Uhr, auf die Minute genau. Ungefähr um diese Zeit fuhr Dave Pelletier – er trug damals auf der Insel die Post aus – in den Ort zurück, als wäre ihm der Teufel auf den Fersen, und zog einen langen Hahnenschwanz von Staub hinter sich her. Ich habe bis lange nach Einbruch der Dunkelheit keinen weiteren Wagen auf der East Lane gesehen.

Ich stellte die Teller und meine leere Pepsi-Flasche auf das Tablett, und bevor ich aufstehen konnte, hatte Joe etwas getan, was seit Jahren nicht mehr vorgekommen war: er legte mir seine Hände ins Genick und gab mir einen Kuß. Ich habe schon bessere bekommen; sein Atem bestand nur aus Schnaps und Zwiebeln und Salami, und er war unrasiert, aber ein Kuß war es trotzdem, und es war nichts Gemeines oder Halbherziges oder Gereiztes daran. Es war einfach ein netter Kuß, und ich konnte mich nicht erinnern, wann er mir das letzte Mal einen gegeben hatte. Ich machte die Augen zu und ließ ihn. Daran erinnere ich mich – wie ich die Augen zumachte und seine Lippen auf meinen fühlte und die Sonne auf meiner Stirn. Das eine war so warm und nett wie das andere.

»Das war nicht übel, Dolores«, sagte er, was für ihn so ziemlich das größte Lob war.

Da gab es eine Sekunde, in der ich irgendwie schwankte – ich will nicht hier sitzen und etwas anderes behaupten. Es war eine Sekunde, in der ich nicht den Joe sah, der Selena begrapschte, sondern die Art, wie seine Stirn ausgesehen hatte, 1945 im Lesesaal – wie ich sie sah und mir wünschte, daß er mich genau so küßte, wie er es gerade eben getan hatte; wie ich gedacht hatte: Wenn er mich küssen würde, dann würde ich die Hand ausstrecken und die Haut auf seiner Stirn berühren und feststellen, ob sie genau so glatt ist, wie sie aussieht.

Jetzt streckte ich die Hand aus und berührte ihn, genau wie ich es mir vor so vielen Jahren erträumt hatte, als ich nichts war als ein grünes Gör, und in dem Augenblick, in dem ich es tat, öffnete sich dieses innere Auge weiter als je zuvor. Und es sah, wie er weitermachen würde, wenn ich zuließ, daß er weitermachte – nicht nur, daß er von Selena bekommen würde, was er wollte, oder das Geld ausgeben würde, das er von den Sparkonten seiner Kinder gestohlen hatte, sondern wie er sie *bearbeitete*; wie er sich lustig machte über Joe Juniors gute Noten und sein Interesse an Geschichte; wie er Little Pete jedesmal auf den Rücken klopfte, wenn Pete jemanden einen Itzig nannte oder sagte, einer aus seiner Klasse wäre faul wie ein Nigger; wie er sie bearbeitete, ununterbrochen bearbeitete. Wenn ich das zuließ, würde er weitermachen, bis sie kaputt oder verdorben waren, und letzten Endes würde er sterben und uns nichts hinterlassen außer unbezahlten Rechnungen und einem Loch, um ihn zu begraben.

Nun, ich hatte ein Loch für ihn, eines, das nicht nur zwei, sondern zehn Meter tief war, und das nicht mit Erde, sondern mit Feldsteinbrocken ausgekleidet war. Ich hatte ein Loch für ihn, und daran konnte auch ein Kuß nach drei oder vielleicht sogar fünf Jahren nichts ändern. Und ebensowenig das Berühren seiner Stirn, das weit mehr die Ursache all meiner Probleme war, als sein jämmerlicher kleiner Pimmel – aber ich berührte sie trotzdem noch einmal, fuhr mit einem Finger darüber und erinnerte mich, wie er mich auf der Terrasse des Samoset Inn geküßt hatte, während die Band drinnen *Moonlight Cocktail* spielte, und wie ich das Rasierwasser seines Vaters auf seinem Gesicht gerochen hatte, während er es tat.

Dann verhärtete ich mein Herz.

»Das freut mich«, sagte ich und griff nach dem Tablett. »Wie wär's, wenn du zusehen würdest, wie du mit diesen Betrachtern und Reflektorboxen zurechtkommst, während ich das bißchen Geschirr abwasche?«

»Mir ist scheißegal, was diese reiche Fotze dir gegeben hat«, sagte er, »und diese verdammte Sonnenfinsternis ist mir auch scheißegal. Ich weiß, wie es ist, wenn es dunkel wird. Das passiert jeden Abend.«

»Na schön«, sagte ich. »Tu, was du willst.«

Ich war bis zur Tür gekommen, als er sagte: »Vielleicht sollten wir beide, du und ich, später noch ein bißchen Spaß haben. Was hältst du davon?«

»Vielleicht«, sagte ich und dachte dabei die ganze Zeit, daß er eine Menge Spaß bekommen würde. Bevor es an diesem Tag zum zweiten Mal dunkel wurde, würde Joe St. George mehr Spaß haben, als er sich je hatte träumen lassen.

Ich behielt ihn im Auge, während ich am Ausguß stand

und unser bißchen Geschirr abwusch. Er hatte seit Jahren im Bett nichts anderes getan als schlafen, schnarchen und furzen, und ich glaube, er wußte so gut wie ich, daß das Saufen ebensoviel damit zu tun hatte wie mein häßliches Gesicht – wahrscheinlich mehr. Ich hatte ein bißchen Angst, daß der Gedanke, später den großen Macker herauszukehren, ihn vielleicht veranlassen könnte, die Flasche *Johnnie Walker* wieder zuzumachen, aber er dachte gar nicht daran. Für Joe war das Ficken (Entschuldigung, Nancy) nicht mehr als eine Laune des Augenblicks, genau wie sein Kuß es gewesen war. Für ihn war die Flasche wesentlich realer. Die Flasche war genau da, wo er sie anfassen konnte. Er hatte einen der Finsternisbetrachter aus der Tüte geholt und hielt ihn am Griff hoch, drehte ihn hin und her, blinzelte durch ihn hindurch zur Sonne hinauf. Er erinnerte mich an etwas, das ich einmal im Fernsehen sah – einen Schimpansen, der versucht, ein Radio einzustellen. Dann legte er ihn hin und schenkte sich einen weiteren Drink ein.

Als ich mit meinem Nähkorb auf die Veranda zurückkehrte, sah ich, daß er bereits diesen eulenhaften Ausdruck mit rot umränderten Augen bekam, den er immer hatte, wenn er unterwegs war von leicht Angesäuselt zu Stockbesoffen. Trotzdem warf er mir einen scharfen Blick zu; offensichtlich fragte er sich, ob ich vorhatte, über ihn herzufallen.

»Um mich brauchst du dich nicht zu kümmern«, sagte ich zuckersüß. »Ich sitze einfach da und mache ein bißchen Flickarbeit und warte drauf, daß die Finsternis anfängt. Ist es nicht schön, daß die Sonne rausgekommen ist?«

»Herrgott, Dolores, du tust gerade so, als hätte ich

Geburtstag«, sagte er. Seine Stimme wurde bereits dick und pelzig.

»Nun – vielleicht etwas von der Art«, sagte ich und fing an, einen Riß in einer von Little Petes Jeans zuzunähen.

Die nächsten anderthalb Stunden vergingen langsamer, als die Zeit je vergangen war, seit ich ein kleines Mädchen war und meine Tante Cloris mir versprochen hatte, mich zu meinem ersten Film ins Kino in Ellsworth mitzunehmen. Nachdem ich mit Little Petes Jeans fertig war, setzte ich auf zwei oder drei von Joe Juniors Twillhosen (schon damals wollte der Junge absolut keine Jeans tragen – ich glaube, ein Teil von ihm faßte schon damals ins Auge, daß er später einmal Politiker werden wollte) Flikken auf und säumte zwei von Selenas Röcken. Das letzte, was ich tat, war, daß ich in eine von Joes beiden guten Hosen einen neuen Reißverschluß einsetzte. Sie waren alt, aber noch nicht völlig abgetragen. Ich weiß noch, daß ich dachte, daß sie noch gut genug waren, um ihn darin zu begraben.

Und dann, gerade als ich dachte, es würde nie passieren, fiel mir auf, daß das Licht auf meinen Händen ein wenig schwächer wurde.

»Dolores?« sagte Joe. »Ich glaube, das ist das, worauf du zusammen mit all den anderen Idioten gewartet hast.«

»Ja«, sagte ich, »das glaube ich auch.« Das Licht, das auf dem Garten lag, hatte sich von diesem kräftigen Nachmittags-Gelb, das es im Juli hat, in ein verblichenes Rosa verwandelt, und der Schatten des Hauses, der auf die Auffahrt fiel, wirkte irgendwie *dünn* – auf eine Art, wie ich es niemals vorher gesehen hatte oder seither wieder gesehen habe.

Ich nahm eine der Reflektorboxen und hielt sie so, wie

Vera es mir im Laufe der letzten Woche mindestens hundertmal gezeigt hatte, und während ich das tat, kam mir ein ganz verrückter Gedanke: »Dieses kleine Mädchen tut genau dasselbe«, dachte ich. »Das, das auf dem Schoß von seinem Vater sitzt. Es tut ganz genau dasselbe.«

Damals wußte ich nicht, was dieser Gedanke bedeutete, Andy, und ich weiß es auch jetzt noch nicht genau, aber ich erzähle es trotzdem – weil ich wild entschlossen bin, alles zu erzählen, und weil ich später wieder an die Kleine denken mußte. Nur, daß ich in den nächsten ein oder zwei Sekunden nicht nur an sie *dachte*; ich *sah* sie, so, wie man Leute im Traum sieht oder so, wie die Propheten des Alten Testaments vielleicht irgendwelche Dinge in ihren Visionen gesehen haben: ein kleines Mädchen, vielleicht zehn Jahre alt, mit seiner eigenen Reflektorbox in den Händen. Sie trug ein kurzes Kleid mit roten und gelben Streifen – eine Art Sonnenkleid mit Trägern anstelle von Ärmeln, ihr wißt schon – und Lippenstift in der Farbe von Pfefferminzbonbons. Ihr Haar war blond und hinten hochgesteckt, als wollte sie älter aussehen, als sie in Wirklichkeit war. Und noch etwas sah ich, etwas, das mich an Joe denken ließ: die Hand ihres Daddys lag auf ihrem Bein, ziemlich hoch oben. Vielleicht höher, als sie hätte sein dürfen. Dann war das Bild verschwunden.

»Dolores?« fragte Joe. »Ist alles in Ordnung?«

»Wieso?« fragte ich zurück. »Natürlich ist alles in Ordnung.«

»Du hast eben ganz komisch ausgesehen.«

»Das ist nur die Finsternis«, sagte ich, und ich glaube tatsächlich, daß es genau das war, aber ich glaube auch, daß das kleine Mädchen, das ich damals und später noch einmal sah, ein *wirkliches* kleines Mädchen war, und daß sie zusammen mit ihrem Vater irgendwo anders auf der Bahn der Finsternis war, während ich mit Joe auf der Hinterveranda saß.

Ich schaute in die Box und sah eine winzige weiße Sonne, so hell, daß man glauben konnte, man sähe ein brennendes Fünfzig-Cent-Stück, mit einer dunklen Kurve, die in eine Seite davon einschnitt. Ich sah sie mir eine kleine Weile an, dann warf ich einen Blick auf Joe. Er hielt einen der Betrachter hoch und schaute hinein.

»Verdammt«, sagte er. Ich wußte nicht, ob er seine Ansicht geändert hatte oder ob es der Schnaps war, der aus ihm redete, und nicht das Interesse. »Sie verschwindet tatsächlich.«

Um die Zeit begannen die Grillen im Gras zu zirpen; offenbar glaubten sie, daß der Sonnenuntergang an diesem Tag früher stattfand, und daß für sie die Zeit gekommen war, ihr Konzert anzustimmen. Ich schaute hinaus zu den Booten und sah, daß das Wasser, auf dem sie schwammen, jetzt ein dunkleres Blau hatte – da war etwas an ihnen, das gespenstisch und wundervoll zugleich war. Mein Verstand versuchte hartnäckig zu glauben, daß all diese Boote unter diesem merkwürdig dunklen Sommerhimmel nichts waren als eine Halluzination.

Ich sah auf die Uhr – es war fast zehn Minuten vor fünf. Immer noch mehr als eine halbe Stunde bis zur totalen Finsternis, was bedeutete, daß jedermann auf der Insel in der nächsten Stunde an nichts anderes denken und nichts anderes sehen würde. Die East Lane war menschenleer, unsere Nachbarn waren entweder auf der *Island Princess* oder auf dem Hoteldach, und wenn ich Joe wirklich umbringen wollte, dann war jetzt die Zeit dazu gekommen. Meine Eingeweide fühlten sich an, als hätten sie sich zu einer großen Spiralfeder aufgerollt, und ich konnte das, was ich gesehen hatte – das kleine Mädchen auf dem Schoß seines Vaters – einfach nicht loswerden; aber ich konnte auch nicht zulassen, daß eines dieser Dinge mich aufhielt oder auch nur ablenkte, nicht für eine einzige Minute. Ich wußte, wenn ich es nicht auf der Stelle tat, dann würde ich es nie tun.

Ich legte die Reflektorbox neben meine Näherei und sagte: »Joe.«

»Was ist?« fragte er. Vorher hatte er sich lustig gemacht über die Sonnenfinsternis, aber jetzt, da sie tatsächlich begonnen hatte, hatte es den Anschein, als könnte er den Blick nicht von ihr abwenden. Er hatte den Kopf in den Nacken gelegt, und der Betrachter, durch den er hindurchschaute, warf einen merkwürdigen, bleichen Schatten auf sein Gesicht.

»Es ist Zeit für die Überraschung«, sagte ich.

»Was für eine Überraschung?« fragte er, und als er den Finsternisbetrachter sinken ließ, um mich anzusehen, wurde mir klar, daß es doch nicht die Faszination der Finsternis war, jedenfalls nicht allein. Er war schon halb hinüber und so groggy, daß ich es ein bißchen mit der Angst zu tun bekam. Wenn er nicht verstand, was ich sagte, war mein Plan im Eimer, bevor ich auch nur angefangen hatte. Und was sollte ich dann tun? Ich wußte es nicht. Das einzige, was ich wußte, ängstigte mich fast zu Tode: ich würde keinen Rückzieher machen. Ganz gleich, was schief ging oder was später passieren mochte, ich würde keinen Rückzieher machen.

Dann streckte er eine Hand aus, packte mich an der Schulter und schüttelte mich. »Worauf in Herrgotts Namen willst du hinaus, Frau?«

»Du weißt von dem Geld auf den Sparkonten der Kinder?« fragte ich ihn.

Seine Augen verengten sich ein wenig, und ich sah, daß er doch nicht so betrunken war, wie ich zuerst gedacht hatte. Und noch etwas begriff ich – daß ein Kuß nicht das mindeste ändert. Einen Kuß kann schließlich jeder geben; ein Kuß war das, womit Judas Ischariot den Römern zeigte, wer Jesus war.

»Was ist damit?« fragte er.

»Du hast es genommen.«

»Du spinnst!«

»Oh ja«, sagte ich. »Nachdem ich herausgefunden hatte, daß du dich an Selena rangemacht hast, bin ich zur Bank gegangen. Ich wollte das Geld abheben und dann die Kinder nehmen und sie von dir fortbringen.«

Sein Unterkiefer sackte herab, und ein paar Sekunden lang stierte er mich bloß an. Dann begann er zu lachen – lehnte sich einfach in seinem Schaukelstuhl zurück und lachte, während der Tag um ihn herum immer dunkler wurde. »Ja, damit hab ich dich schön reingelegt, stimmt's?« Dann verhalf er sich zu noch etwas Scotch und schaute wieder durch den Finsternisbetrachter zum Himmel empor. »Sie ist halb weg, Dolores!« sagte er. »Halb weg, vielleicht sogar etwas mehr!«

Ich schaute in die Reflektorbox und sah, daß es stimmte; nur ungefähr die Hälfte von diesem Fünfzig-Cent-Stück war übrig, und es wurde immer weniger. »Ja«, sagte ich. »Sie ist tatsächlich halb weg. Und was das Geld angeht, Joe . . .«

»Das kannst du vergessen«, erklärte er mir. »Deshalb brauchst du dir in deinem klugen Köpfchen keine Sorgen zu machen. Das ist bestens aufgehoben.«

»Oh, deshalb mache ich mir keine Sorgen«, sagte ich. »Nicht die geringsten. Aber die Art, auf die du mich hereingelegt hast – die macht mir zu schaffen.«

Er nickte, irgendwie ernst und nachdenklich, als wollte er zeigen, daß er mich verstand und sogar Mitgefühl aufbrachte, aber dann schaffte er es nicht, diesen Ausdruck beizubehalten. Es dauerte nicht lange, bis er in Gelächter ausbrach wie ein kleiner Junge, der von einer Lehrerin gescholten wird, vor der er nicht die geringste Angst hat. Er lachte so heftig, daß er eine silbrige kleine Wolke aus Spucke vor seinem Mund in die Luft spritzte.

»Tut mir leid, Dolores«, sagte er, als er wieder dazu imstande war. »Ich wollte nicht lachen, aber da habe ich dir hübsch eins versetzt, stimmt's?«

»Ja, das hast du«, pflichtete ich ihm bei. Schließlich war es nichts als die pure Wahrheit.

»Hab dich gründlich reingelegt«, sagte er und lachte dabei und schüttelte den Kopf, wie man es tut, wenn jemand einen tollen Witz erzählt.

»Ja«, pflichtete ich ihm abermals bei, »aber du weißt doch, was man so sagt.«

»Nein«, sagte er. Er ließ den Finsternisbetrachter in seinen Schoß fallen und drehte den Kopf, um mich anzusehen. Er hatte so heftig gelacht, daß in seinen blutunterlaufenen kleinen Schweinsaugen Tränen standen. »Du bist es, die für alles und jedes eine Redensart hat. Was sagt man über Männer, die ihren Frauen, die ihre Nase in alles stecken müssen, endlich einmal eins ausgewischt haben?«

»Leg mich einmal rein, Schande für dich, leg mich zweimal rein, Schande für mich«, sagte ich. »Du hast mich mit Selena reingelegt, und dann hast du mich mit dem

Geld reingelegt, aber ich glaube, jetzt habe ich endlich mit dir gleichgezogen.«

»Vielleicht hast du das, vielleicht auch nicht«, sagte er, »aber wenn du dir Sorgen machst, daß ich es ausgegeben haben könnte, dann kannst du damit aufhören, weil ...«

Da unterbrach ich ihn. »Ich mache mir *keine* Sorgen«, sagte ich. »Das habe ich dir schon einmal gesagt. Ich mache mir nicht die *geringsten* Sorgen.«

Da warf er mir einen harten Blick zu, und sein Lächeln trocknete aus. »Du hast wieder diesen gerissenen Ausdruck im Gesicht«, sagte er, »diesen Ausdruck, den ich nicht ausstehen kann.«

»Ach, wirklich?« sagte ich.

Er schaute mich lange Zeit an, versuchte herauszufinden, was in meinem Kopf vorging, aber wahrscheinlich blieb es für ihn das Geheimnis, das es immer gewesen war. Er schob wieder die Unterlippe vor und seufzte so tief, daß er die Haarsträhne zurückblies, die ihm in die Stirn gefallen war.

»Die meisten Frauen haben von Geld keine Ahnung, Dolores«, sagte er, »und du bist keine Ausnahme von der Regel. Ich habe alles zusammen auf ein Konto gelegt, das ist alles – so bringt es mehr Zinsen. Ich habe dir nichts davon erzählt, weil ich keine Lust hatte, mir dein dummes Geschwätz anzuhören. Und jetzt habe ich mir doch etwas davon anhören müssen, wie gewöhnlich. Aber nun reicht es.« Dann nahm er den Finsternisbetrachter wieder in die Hand, um mir zu bedeuten, daß das Thema erledigt war.

»Ein Konto auf deinen Namen«, sagte ich.

»Na und?« fragte er. Inzwischen war es so, als säße man in der späten Abenddämmerung, und die Bäume hatten begonnen, vor dem Horizont zu verschwimmen.

Ich konnte hören, wie irgendwo hinter dem Haus ein Ziegenmelker sang und irgendwo anders eine Nachtschwalbe. Außerdem war mir, als wäre es kühler geworden. Das alles flößte mir ein ganz eigenartiges Gefühl ein – ungefähr so, als lebte man in einem Traum, der irgendwie Wirklichkeit geworden ist. »Warum sollte es nicht auf meinen Namen sein? Schließlich bin ich ihr Vater.«

»Sie haben dein Blut in sich. Wenn dich das zu einem Vater macht, dann bist du vermutlich einer.«

Ich konnte sehen, wie er sich darüber klarzuwerden versuchte, ob es sich lohnte, darauf einzugehen und eine Weile darauf rumzureiten; doch dann beschloß er, es zu lassen. »Ich will davon nichts mehr hören, Dolores«, sagte er. »Laß dir das gesagt sein.«

»Nun, vielleicht noch *etwas* mehr«, erwiderte ich lächelnd. »Du hast nämlich die Überraschung vergessen.«

Er sah mich an, jetzt wieder argwöhnisch. »Was zum Teufel quasselst du da, Dolores?«

»Ich war bei dem Mann, der bei der Coastal Northern in Jonesport für die Sparkonten zuständig ist«, sagte ich. »Ein netter Mann. Er heißt Pease. Ich habe ihm erklärt, was passiert ist, und er war empört. Zumal, als ich ihm die Sparbücher zeigte, die nicht verlorengegangen waren, wie du behauptet hattest.«

Das war der Moment, in dem er das bißchen Interesse an der Sonnenfinsternis verlor, das er gehabt hatte. Er saß einfach da in seinem schäbigen alten Schaukelstuhl und starrte mich an. Auf seiner Stirn tobte ein Gewitter, und seine Lippen waren zu einer schmalen weißen Linie zusammengepreßt, die aussah wie eine Narbe. Er ließ den Finsternisbetrachter wieder in seinen Schoß fallen, und seine Fäuste schlossen sich und öffneten sich wieder, ganz langsam.

»Es stellte sich heraus, daß du das nicht hättest tun dürfen«, erklärte ich ihm. »Mr. Pease erkundigte sich, ob das Geld nach wie vor auf der Bank war. Als er festgestellt hatte, daß das der Fall war, waren wir beide erleichtert. Er fragte mich, ob ich wollte, daß er die Polizei riefe und ihr sagte, was passiert war. Ich konnte seinem Gesicht ansehen, daß er sich nichts sehnlicher wünschte, als daß ich nein sagte. Ich fragte ihn, ob er das Geld auf mich überschreiben könnte. Er schaute in einem Buch nach und sagte, das könnte er. Daraufhin sagte ich, ›Dann tun Sie das bitte.‹ Und er tat es. Und das ist der Grund dafür, daß ich mir um das Geld der Kinder keine Sorgen mehr mache, Joe – denn jetzt habe ich es. Ist das nicht eine tolle Überraschung?«

»Du lügst!« schrie Joe mich an, und dann stand er so schnell auf, daß sein Schaukelstuhl beinahe umgekippt wäre. Der Finsternisbetrachter rutschte von seinem Schoß, landete auf dem Boden der Veranda und zerbrach. Ich wollte, ich hätte ein Foto davon, wie er da ausgesehen hat; ich hatte ihm einen Schlag versetzt, und er hatte ihn bis ins Mark getroffen. Der Ausdruck auf dem Gesicht dieses verdammten Dreckskerls war so ziemlich alles wert, was ich seit dem Tag mit Selena auf der Fähre durchgemacht hatte. »Das können sie nicht tun!« röhrte er. »Du kannst keinen Cent von dieser Knete anrühren, kannst nicht einmal einen Blick auf das verdammte Sparbuch werfen . . .«

»Meinst du?« sagte ich. »Wie kommt es dann, daß ich weiß, daß du schon dreihundert Dollar davon ausgegeben hast? Ich bin froh, daß es nicht mehr war, aber trotzdem überkommt mich jedesmal, wenn ich daran denke, die kalte Wut. Du bist nichts als ein gemeiner Dieb, Joe St. George – so gemein, daß du sogar deine eigenen Kinder bestiehlst!«

Sein Gesicht war leichenblaß in der Düsternis. Nur seine Augen waren lebendig, und sie brannten vor Haß. Er hatte die Hände ausgestreckt, und seine Fäuste ballten und öffneten sich, ballten und öffneten sich. Ich schaute nur eine Sekunde lang auf den Boden und sah die Sonne – jetzt weniger als die Hälfte, nur noch ein dicker Halbmond – vielfach reflektiert in den Scherben aus geschwärztem Glas, die um seine Füße herumlagen. Dann sah ich ihn wieder an. Ich konnte es nicht riskieren, den Blick lange von ihm abzuwenden, nicht bei der Stimmung, in der er war.

»Wofür hast du die dreihundert ausgegeben, Joe? Für Huren? Beim Pokern? Für beides einen Teil davon? Ich weiß, daß es nicht noch ein Schrottauto gewesen sein kann, weil kein neues auf dem Hof steht.«

Er sagte nichts, sondern stand nur vor mir, ballte die Fäuste und öffnete sie wieder, und hinter ihm sah ich die ersten Glühwürmchen, kleine Lichtpunkte über dem Garten. Die Boote draußen auf dem Wasser waren jetzt nur noch Gespenster, und ich dachte an Vera. Ich konnte mir vorstellen, daß sie, wenn nicht schon im siebenten Himmel, doch zumindest in der Vorhalle war. Nicht, daß es angebracht gewesen wäre, an Vera zu denken; es war Joe, auf den ich mich konzentrieren mußte. Ich wollte ihn in Bewegung setzen, und ich schätzte, daß ein weiter guter Schubs das bewirken würde.

»Aber wofür du es ausgegeben hast, ist mir ziemlich egal«, sagte ich. »Ich habe den Rest, und das ist die Hauptsache. Du kannst dir selbst einen reinschieben – das heißt, wenn du mit deinem schlappen Pimmel überhaupt noch einen Ständer zuwege bringst.«

Er taumelte über die Veranda, zermalmte die Scherben des Finsternisbetrachters unter seinen Schuhen und packte mich bei den Armen. Ich hätte mich losreißen können, aber ich wollte es nicht. Nicht in diesem Augenblick.

»Halt lieber dein freches Maul«, flüsterte er und blies mir Whiskeydunst ins Gesicht. »Denn wenn du es nicht tust, muß ich es dir stopfen.«

»Mr. Pease wollte, daß ich das Geld auf der Bank lasse, aber das wollte ich nicht – nachdem du es geschafft hattest, es von den Konten der Kinder runterzuholen, würdest du womöglich auch Mittel und Wege finden, es von meinem Konto runterzuholen. Dann wollte er mir einen Scheck geben, aber ich hatte Angst, du könntest ihn sperren lassen, falls du rausfinden solltest, was ich vorhatte, bevor ich *wollte*, daß du es herausfindest. Also habe ich Mr. Pease gebeten, es mir in bar auszuzahlen. Es gefiel ihm nicht, aber schließlich hat er es doch getan, und jetzt habe ich es, jeden einzelnen Cent, und ich habe es an einem sicheren Ort versteckt.«

Da packte er mich bei der Kehle. Ich war ziemlich sicher gewesen, daß er das tun würde, und ich hatte Angst, aber genau das wollte ich – es würde ihn das letzte, was ich zu sagen hatte, viel eher glauben lassen. Aber das war nicht das Wichtigste. Daß er mich auf diese Weise bei der Kehle packte, ließ es irgendwie eher wie Notwehr erscheinen – *das* war das Wichtigste. Und es *war* Notwehr, einerlei, was das Gesetz darüber zu sagen hat; ich weiß es, weil ich dabei war und das Gesetz nicht. Am Ende verteidigte ich mich selbst, und ich verteidigte meine Kinder.

Er nahm mir den Atem und würgte mich hin und her und brüllte dabei. Ich kann mich nicht an alles erinnern; ich glaube, er muß meinen Kopf ein- oder zweimal gegen einen der Verandapfosten geschlagen haben. Ich wäre ein verdammtes Dreckstück, sagte er, und er würde mich umbringen, wenn ich ihm das Geld nicht zurückgäbe, das Geld gehörte ihm – Blödsinn dieser Art. Ich begann zu fürchten, daß er mich tatsächlich umbringen würde, bevor ich ihm sagen konnte, was er hören wollte. Der Garten war wesentlich dunkler geworden und schien voll zu sein von diesen Lichtpünktchen, als ob zu den hundert oder zweihundert Glühwürmchen, die ich vorher gesehen hatte, noch an die zehntausend weitere hinzugekommen wären. Und seine Stimme hörte sich so weit weg an, als wäre schon jetzt alles schiefgegangen – es war, als wäre ich an seiner Stelle in den Brunnen gefallen.

Endlich ließ er mich los. Ich versuchte, mich auf den Füßen zu halten, aber meine Beine trugen mich nicht. Ich versuchte, auf den Stuhl zu sinken, auf dem ich vorher gesessen hatte, aber er hatte mich zu weit von ihm fortgezerrt, und mein Hintern streifte nur die Kante des Sitzes. Ich landete auf dem Boden der Veranda neben dem Häufchen Glasscherben, die alles waren, was von seinem Finsternisbetrachter übriggeblieben war. Eine größere Scherbe war noch da, in der eine halbmondförmige Sonne funkelte wie ein Edelstein. Ich wollte danach greifen, doch dann ließ ich es. Ich würde ihn nicht schneiden, selbst wenn er mir die Gelegenheit dazu bot. Ich *durfte* ihn nicht schneiden. Ein solcher Schnitt – ein Schnitt mit einer Glasscherbe – würde später womöglich nicht richtig aussehen. Jetzt wißt ihr, wie ich dachte – es besteht wohl kaum ein Zweifel daran, ob es vorsätzlicher Mord war oder nicht, was, Andy? Statt nach der Scherbe griff ich nach meiner Reflektorbox, die aus irgendeinem schweren Holz bestand. Ich könnte behaupten, daß ich daran dachte, ihm damit einen Schlag zu versetzen, wenn es sein mußte, aber das wäre gelogen. In dem Moment dachte ich fast überhaupt nicht.

Aber husten tat ich – so heftig, daß es mir wie ein Wunder vorkam, daß ich außer Spucke nicht auch noch Blut verspritzte. Meine Kehle fühlte sich an, als stünde sie in Flammen.

Er riß mich wieder hoch, so grob, daß einer der Träger meines Unterrocks riß, dann erwischte er mein Genick mit der Armbeuge und zerrte mich zu sich hin, bis wir einander nahe genug waren, um uns zu küssen – nur, daß er zum Küssen jetzt nicht mehr in der rechten Stimmung war.

»Ich habe dir gesagt, was passieren würde, wenn du nicht aufhörst, die große Lippe zu riskieren«, sagte er. Seine Augen waren irgendwie nass und merkwürdig, als hätte er geheult, aber was mir Angst machte, war die Art, wie er regelrecht durch mich hindurchzublicken schien, als wäre ich für ihn überhaupt nicht mehr da. »Ich habe es dir schon eine Million mal gesagt. Glaubst du mir jetzt, Dolores?«

»Ja«, sagte ich. Er hatte mir die Kehle so schlimm gequetscht, daß es sich anhörte, als spräche ich durch einen Mund voll Schlamm. »Ja, das tue ich.«

»Sag es noch einmal!« sagte er. Er hatte immer noch mein Genick in der Armbeuge, und jetzt drückte er so fest zu, daß er einen Nerv darin einklemmte. Ich schrie. Ich konnte nicht anders – es tat fürchterlich weh. Daraufhin grinste er. »Sag es so, als ob du es ernst meintest«, sagte er.

»Ich tue es!« schrie ich. »Ich meine es ernst!« Ich hatte vorgehabt, so zu tun, als hätte ich Angst, aber Joe ersparte mir die Mühe; in diesem Augenblick brauchte ich ganz und gar nicht so zu tun.

»Gut«, sagte er. »Freut mich, das zu hören. Und nun sag mir, wo das Geld ist, und zwar bis auf den letzten Heller.«

»Es ist draußen beim Holzschuppen«, sagte ich. Jetzt hörte es sich nicht mehr so an, als redete ich durch einen Mund voll Schlamm; inzwischen hörte es sich an wie Groucho Marx in *You Bet Your Life.* Was irgendwie der Situation angemessen war, wenn ihr versteht, was ich meine. Dann sagte ich ihm, ich hätte das Geld in ein Glas gesteckt und das Glas in dem Brombeergestrüpp versteckt.

»Darauf kann nur eine Frau kommen!« höhnte er, und dann gab er mir einen Schubs in Richtung Verandatreppe. »Also los. Holen wir es.«

Ich stieg die Verandatreppe runter und ging an der Hauswand entlang. Joe war dicht hinter mir. Inzwischen war es fast so dunkel, wie es nachts ist, und als wir den Schuppen erreicht hatten, sah ich etwas so Merkwürdiges, daß ich für ein paar Sekunden alles andere vergaß. »Sieh doch, Joe!« sagte ich. »Sterne!«

Und sie waren wirklich da – ich konnte an diesem Sommernachmittag um viertel nach fünf den Großen Bären so deutlich sehen wie sonst in einer Winternacht. Ich bekam eine Gänsehaut am ganzen Körper, aber für Joe bedeutete es nicht das geringste. Er stieß mich so heftig an, daß ich fast gestürzt wäre. »Sterne?« sagte er. »Du wirst eine Menge Sterne sehen, wenn du noch mehr Ausflüchte machst, Frau – das kann ich dir versichern.«

Ich setzte mich wieder in Bewegung. Unsere Schatten

waren völlig verschwunden, und der große weiße Stein, auf dem Selena und ich an dem Abend im Vorjahr gesessen hatten, zeichnete sich fast so deutlich ab, als wäre ein Punktstrahler darauf gerichtet, so, wie ich es sonst nur bei Vollmond gesehen habe. Aber es war nicht so wie Mondlicht, Andy – ich kann nicht beschreiben, *wie* es war, es war irgendwie düster und unheimlich – das muß genügen. Ich weiß noch, daß es, genau wie bei Mondlicht, schwierig war, Entfernungen richtig abzuschätzen; man konnte keinen einzelnen Brombeerstrauch mehr ausmachen – die Sträucher waren nur noch eine große, verschwommene Masse, vor der die Glühwürmchen herumtanzten.

Vera hatte mir immer wieder eingeschärft, daß es gefährlich war, direkt in die Sonnenfinsternis zu sehen; sie sagte, es könnte einem die Netzhaut verbrennen oder einen sogar blind machen. Trotzdem konnte ich der Versuchung, den Kopf zu drehen und einen schnellen Blick über die Schulter zu werfen, ebensowenig widerstehen wie Lots Weib der Versuchung, einen letzten Blick auf Sodom zu werfen. Was ich sah, ist mir seither nicht mehr aus dem Kopf gegangen. Wochen und manchmal ganze Monate vergehen, ohne daß ich an Joe denken muß, aber es vergeht kaum ein Tag, an dem ich nicht an das denke, was ich an diesem Nachmittag sah, als ich über die Schulter zum Himmel hinaufschaute. Lots Weib wurde zur Salzsäule, weil sie ihre Augen nicht vorn behalten und sich um ihre eigenen Angelegenheiten kümmern konnte, und ich habe manchmal gedacht, es ist ein Wunder, daß ich nicht denselben Preis bezahlen mußte.

Die Finsternis war noch nicht total, aber es fehlte nicht mehr viel. Der Himmel hatte eine tiefpurpurne Farbe, und was ich über dem Wasser an ihm hängen sah, das sah aus wie eine große schwarze Pupille, fast vollständig umgeben von einem Gazeschleier aus Feuer. An einer Seite war noch ein schmaler Streifen übriggeblieben, wie geschmolzenes Gold in einem Hochofen. Es war nicht recht von mir, so etwas anzuschauen, und ich wußte es, aber nachdem ich es einmal getan hatte, war es, als könnte ich den Blick nicht wieder abwenden. Es war ungefähr so – ihr werdet vielleicht lachen, aber ich sage es trotzdem – es war ungefähr so, als hätte sich dieses innere Auge irgendwie von mir gelöst, als wäre es hinaufgeflogen zum Himmel und schaute jetzt auf mich herab, um zu sehen, wie ich zurechtkam. Aber es war viel, viel größer, als ich es mir je vorgestellt hatte! Viel, viel *schwärzer!*.

Ich hätte wahrscheinlich hingeschaut, bis ich stockblind war, wenn Joe mir nicht abermals einen Stoß versetzt und mich gegen die Schuppenwand geschleudert hätte. Das weckte mich auf, und ich ging weiter. Vor mir hing ein großer blauer Fleck, wie man ihn manchmal sieht, wenn jemand eine Blitzlichtaufnahme gemacht hat, und ich dachte: Wenn du dir die Netzhaut verbrannt hast und dir das für den Rest deines Lebens ansehen mußt, dann geschieht es dir recht, Dolores – es wäre nicht mehr als das Mal, das Kain tragen mußte.

Wir gingen an dem weißen Felsbrocken vorbei, Joe nahe hinter mir, und er hielt mich am Kragen meines Kleides. Ich konnte spüren, wie mein Unterrock an der Seite, an der der Träger gerissen war, runterrutschte. Und wegen der Dunkelheit und dem großen blauen Fleck, der da vor mir hing, sah es so aus, als wäre alles aus dem Gleichgewicht und am falschen Ort. Das Ende des Schuppens war nichts als eine schwarze Form, als hätte jemand eine Schere genommen und ein Loch in den Himmel geschnitten.

Er stieß mich auf den Rand des Brombeergestrüpps zu, und als mir der erste Dorn in die Wade stach, fiel mir ein, daß ich vergessen hatte, meine Jeans anzuziehen. Daraufhin fragte ich mich, was ich womöglich sonst noch vergessen hatte, aber natürlich war es inzwischen zu spät, um noch irgendwas zu ändern. Im letzten Rest des Lichtes konnte ich das Taschentuch flattern sehen und hatte gerade noch Zeit, mich zu erinnern, daß die Brunnenabdekkung genau darunter lag. Dann riß ich mich von ihm los und stürmte in das Gestrüpp.

»*Du verdammtes Miststück, ich kriege dich noch!*« schrie er hinter mir her, und ich konnte hören, wie die Sträucher brachen, als er hinter mir hertrampelte. Ich spürte, wie seine Hand wieder nach meinem Kragen griff und ihn beinahe zu fassen bekam. Ich riß mich los und stürmte weiter. Das war schwierig, weil mein Unterrock immer weiter runterrutschte und sich an den Dornen verhakte. Schließlich rissen sie einen langen Streifen davon ab und außerdem eine Menge Fleisch von meinen Beinen. Ich blutete von den Knien bis zu den Knöcheln, aber das bemerkte ich erst, als ich wieder im Haus war, und das war viel später.

»*Komm wieder her!*« brüllte er, und diesmal fühlte ich seine Hand auf meinem Arm. Ich riß mich los, und daraufhin ergriff er meinen Unterrock, der inzwischen wie eine Brautschleppe hinter mir herflatterte. Wenn er gehalten hätte, dann hätte Joe mich vielleicht wie einen großen Fisch an Land gezogen, aber er war alt und morsch von zwei- oder dreihundert Wäschen. Ich spürte, wie der Streifen, den er erwischt hatte, riß, und ich hörte ihn fluchen, schrill und außer Atem. Ich hörte, wie die Brombeersträucher knickten und brachen und durch die Luft peitschten, konnte aber fast nichts sehen; sobald wir in dem Brombeergestrüpp waren, war es dunkler als im Arsch eines Waldmurmeltiers, und das Taschentuch, das ich angebunden hatte, war auch keine Hilfe. Statt dessen sah ich die Kante der Brunnenabdeckung – nicht mehr als ein weißlicher Schimmer in der Dunkelheit vor mir –, und ich sprang aus Leibeskräften. Ich schaffte es gerade eben darüber hinweg, und weil ich ihm den Rücken zukehrte, sah ich nicht, wie er darauf trat. Es gab ein lautes, knakkendes Geräusch, und dann brüllte er ...

Nein, das stimmt nicht.

Er brüllte nicht, und das wißt ihr vermutlich ebenso gut wie ich. Er quiekte wie ein Kaninchen, das mit einem Fuß in eine Falle geraten ist. Ich drehte mich um und sah ein großes Loch in der Mitte der Abdeckung. Joes Kopf ragte daraus hervor, und er hielt sich mit aller Kraft an einem der splittrigen Bretter fest. Seine Hände bluteten, und von seinem Mundwinkel lief ein kleiner Blutfaden herunter auf sein Kinn. Seine Augen waren so groß wie Türknäufe.

»Großer Gott, Dolores!« sagte er. »Es ist der alte Brunnen. Schnell, hilf mir raus, bevor ich ganz reinfalle.«

Ich stand einfach da, und nach ein paar Sekunden veränderten sich seine Augen. Ich sah, wie das Begreifen in ihnen auftauchte. Ich habe nie so viel Angst ausgestanden wie damals, als ich an der anderen Seite der Abdeckung stand und ihn anstarrte, während über uns diese schwarze Sonne am Himmel hing. Ich hatte meine Jeans vergessen, und er war nicht richtig reingefallen, wie es hätte sein sollen. Mir kam es vor, als wäre so ziemlich alles schiefgegangen.

»Oh«, sagte er. »Oh, du Miststück.« Dann fing er an, sich nach oben zu krallen und zu winden.

Ich sagte mir, daß ich davonlaufen mußte, aber meine Beine wollten nicht. Und wo hätte ich auch hinlaufen können, wenn er herauskam? Eins habe ich am Tag der Sonnenfinsternis begriffen: wenn man auf einer Insel lebt und versucht, jemanden umzubringen, dann sollte man gute Arbeit leisten. Denn wenn man es nicht tut, kann man nirgendwo hinlaufen und sich verstecken.

Ich konnte hören, wie seine Fingernägel in dem alten Brett Splitter losrissen, als er versuchte, sich Hand über Hand hochzuarbeiten. Dieses Geräusch ist so etwas wie das, was ich sah, als ich zu der Finsternis hinaufschaute – etwas, das mir immer sehr viel näher war, als mir lieb sein konnte. Manchmal höre ich es sogar im Traum, nur daß er im Traum herauskommt und wieder hinter mir her ist; doch das ist nicht das, was in Wirklichkeit geschah. Was wirklich geschah, war, daß das Brett, an dem er sich festgekrallt hatte, plötzlich unter seinem Gewicht brach und er runterstürzte. Es geschah so schnell, daß es fast so war, als wäre er überhaupt nicht dagewesen; ganz plötzlich war nichts mehr da als ein undeutliches, graues Viereck aus Holz mit einem ausgefetzten schwarzen Loch in der Mitte und Glühwürmchen, die darüber umherschwirrten.

Er schrie wieder, als er hinunterstürzte. Es widerhallte von den Wänden des Brunnens. Auch darauf war ich nicht vorbereitet – daß er schrie, wenn er fiel. Dann gab es einen dumpfen Aufprall, und er hörte auf. Hörte abrupt auf. So, wie eine Lampe verlischt, wenn man den Stecker aus der Wand zieht.

Ich kniete nieder, verschränkte die Arme und wartete, ob da noch etwas kam. Es verging einige Zeit, und ich weiß nicht, wie lange es dauerte, aber das letzte Licht verschwand aus dem Tag. Die totale Finsternis war eingetreten, und es war dunkel wie in der Nacht. Noch immer kam kein Geräusch aus dem Brunnen, aber ein kleiner Windhauch kam von ihm her auf mich zu, und mir war, als könnte ich ihn riechen. Kennt ihr diesen Geruch, den Wasser manchmal hat, das aus einem flachen Brunnen kommt? Es ist ein Geruch wie von Kupfer, feucht und ziemlich widerlich. Das konnte ich riechen, und es bewirkte, daß ich zitterte.

Ich sah, daß mein Unterrock fast bis auf meinen linken Schuh runterhing. Er war überall zerfetzt. Ich griff in den Halsausschnitt meines Kleides und riß auch den rechten Träger ab. Dann zog ich den Unterrock aus. Ich knüllte ihn zusammen und versuchte rauszufinden, wie ich am besten um die Brunnenabdeckung herumkommen konnte, und dann mußte ich ganz plötzlich wieder an das kleine Mädchen denken, von dem ich euch vorhin schon erzählt habe. Ganz plötzlich sah ich sie so deutlich vor mir wie am hellichten Tag. Sie lag auch auf den Knien und schaute unters Bett, und ich dachte: Sie ist unglücklich, und sie riecht denselben Geruch. Den wie von Münzen und Austern. Nur, daß er nicht aus dem Brunnen kommt; er hat etwas mit ihrem Vater zu tun.

Und dann, ganz plötzlich, war es, als drehte sie sich zu mir um, Andy – ich glaube, sie *sah* mich. Ich begriff, weshalb sie so unglücklich war; ihr Vater hatte sich irgendwie an sie rangemacht, und sie versuchte, es zu verheimlichen. Zu alledem war ihr plötzlich bewußt geworden, daß jemand sie ansah, daß eine Frau, Gott weiß wie viele Meilen entfernt, aber trotzdem auf der Bahn der Sonnenfinsternis – eine Frau, die gerade ihren Mann umgebracht hatte –, sie ansah.

Sie sprach zu mir, nur hörte ich ihre Stimme nicht mit den Ohren; sie kam aus der Mitte meines Kopfes. »Wer *bist* du?« fragte sie.

Ich weiß nicht, ob ich ihr geantwortet hätte oder nicht, aber bevor ich Gelegenheit dazu hatte, kam aus dem Brunnen ein langgezogener, bebender Schrei:

»Doh-lorrrr-isss . . .«

Ich hatte das Gefühl, als gefröre das Blut in mir, und ich *weiß,* daß mein Herz eine Sekunde lang aussetzte, denn als es wieder zu schlagen begann, mußte es mit drei oder vier hastigen Schlägen wieder aufholen. Ich hatte den Unterrock aufgehoben, aber als ich den Schrei hörte, ließen meine Finger los, und er fiel mir aus der Hand und verhakte sich an einem der Brombeersträucher.

Das ist nur deine Phantasie, die Überstunden macht, Dolores, sagte ich mir. Das kleine Mädchen, das unter dem Bett nach seinen Sachen sucht, und Joe, der auf einmal so schreit – beides hast du dir nur eingebildet. Das eine war eine Halluzination, weil du etwas von der schalen Luft aus dem Brunnen eingeatmet hast, und das andere nicht mehr als dein Schuldbewußtsein. Joe liegt mit eingeschlagenem Schädel auf dem Grund dieses Brunnens. Er ist tot, und er wird weder dir noch den Kindern jemals wieder etwas antun.

Anfangs glaubte ich das nicht, aber es verging weitere Zeit, und ich hörte nichts mehr außer dem Ruf einer Eule, irgendwo weit weg auf einem Feld. Ich weiß noch, daß ich dachte, es hörte sich so an, als fragte sie, weshalb ihre Schicht heute so früh angefangen hatte. Eine leichte Brise fuhr durch die Brombeersträucher und ließ sie rascheln. Ich schaute rauf zu den Sternen am Taghimmel, dann wieder hinunter auf die Brunnenabdeckung. Sie schien in der Dunkelheit fast zu schweben, und das Loch in der Mitte, durch das er eingebrochen war, kam mir vor wie ein Auge. Der zwanzigste Juli 1963 war der Tag, an dem ich überall Augen sah.

Dann kam wieder seine Stimme aus dem Brunnen. *»Hilf mir, Doh-lorrrrr-isss . . .«*

Ich stöhnte und schlug die Hände vors Gesicht. Es war sinnlos, mir einreden zu wollen, daß *das* nur meine Phantasie war oder mein Schuldbewußtsein oder irgendwas sonst; es war Joe. Und es hörte sich an, als weinte er.

»Bitte – hilf mir – BITTE . . .« jammerte er.

Ich suchte mir stolpernd meinen Weg um die Brunnenabdeckung herum und rannte auf dem Pfad entlang, den wir durch die Sträucher gebahnt hatten. Ich war nicht in Panik, nicht wirklich, und ich kann euch sagen, wieso ich das wußte; ich hielt lange genug an, um die Reflektorbox aufzuheben, die ich in der Hand gehabt hatte, als wir uns auf den Weg zu dem Brombeergestrüpp machten. Ich konnte mich nicht erinnern, daß ich sie hatte fallen lassen, aber als ich sie auf dem Boden vor mir sah, nahm ich sie an mich. Was wahrscheinlich nur gut war, wenn man bedenkt, wie die Dinge mit diesem verdammten Dr. McAuliffe liefen – aber das ist noch ein oder zwei Abzweigungen von der Stelle entfernt, an der ich jetzt bin. Ich blieb stehen und nahm sie an mich, das ist das Entscheidende, und es beweist mir, daß ich meine fünf Sinne noch beieinander hatte. Aber ich konnte spüren, wie die Panik versuchte, sie aus dem Gleichgewicht zu bringen, ungefähr wie eine Katze, die versucht, mit der Pfote eine Schachtel unzukippen, wenn sie hungrig ist und etwas Freßbares darin riecht.

Ich dachte an Selena, und das half mir, der Panik zu

entkommen. Ich konnte mir vorstellen, wie sie zusammen mit Tanya und vierzig oder fünfzig Kindern am Ufer des Lake Winthrop stand, alle mit einer eigenen Reflektorbox, die sie in der Bastelwerkstatt des Camps gebaut hatten, und die Mädchen zeigten ihnen, wie sie damit die Finsternis beobachten konnten. Das Bild war nicht so klar wie die Vision, die ich draußen beim Brunnen gehabt hatte, die von dem kleinen Mädchen, das unter dem Bett nach seinen Shorts und seiner Bluse gesucht hatte, aber es war klar genug, daß ich hören konnte, wie Selena mit ihrer ruhigen und freundlichen Stimme mit den Kleinen redete und diejenigen beruhigte, die sich fürchteten. Daran dachte ich und auch daran, daß ich für sie und ihre Brüder da sein mußte, wenn sie zurückkamen – was vermutlich nicht der Fall sein würde, wenn ich der Panik Raum gab. Ich war zu weit gegangen und hatte zu viel getan, und außer mir selbst gab es niemanden, auf den ich zählen konnte.

Ich ging in den Schuppen und fand Joes große Taschenlampe auf seinem Arbeitstisch. Ich schaltete sie ein, aber nichts passierte; er hatte die Batterien leerlaufen lassen, was ihm ähnlich sah. Aber ich hatte immer dafür gesorgt, daß in der untersten Schublade seines Tisches neue lagen, weil im Winter so oft der Strom ausfällt. Ich holte sechs davon heraus und versuchte, sie einzusetzen. Meine Hände zitterten so heftig, daß die Batterien beim ersten Versuch runterfielen und über den Boden rollten und ich sie wieder zusammensuchen mußte. Beim zweiten Mal schaffte ich es, sie einzulegen, aber ich muß in der Eile eine oder zwei verkehrtrum reingesteckt haben; das Licht wollte immer noch nicht angehen. Ich dachte daran, es einfach zu lassen; schließlich würde es nicht mehr allzu lange dauern, bis die Sonne wieder rauskam. Aber auf dem Grund des Brunnens würde es dunkel sein, auch nachdem sie wieder rausgekommen war, und außerdem war da eine Stimme in mir, die mir sagte, ich könnte mir alle Zeit der Welt lassen – wenn ich lange genug dazu brauchte, würde ich vielleicht feststellen, daß er endlich den Geist aufgegeben hatte, wenn ich wieder rausging.

Schließlich funktionierte die Lampe. Sie lieferte ein helles Licht, und das half mir, den Weg zum Brunnen zu finden, ohne mir die Beine noch schlimmer zu zerkratzen. Ich habe nicht die geringste Ahnung, wieviel Zeit vergangen war, aber am Himmel standen immer noch Sterne; also nehme ich an, daß es noch vor sechs war und die Sonne nach wie vor zum größten Teil verdeckt.

Daß er nicht tot war, wußte ich, noch bevor ich den halben Weg hinter mich gebracht hatte – ich hörte, wie er stöhnte und meinen Namen rief und mich anflehte, ihm rauszuhelfen. Ich weiß nicht, ob die Jolanders oder die Langills oder die Carons ihn gehört hätten, wenn sie zu Hause gewesen wären, oder nicht. Aber ich dachte nicht daran, mir deshalb den Kopf zu zerbrechen; ich hatte auch so genügend Probleme. Ich mußte mir darüber klar werden, was ich mit ihm machen sollte, das war das Wichtigste, aber ich kam nicht allzu weit damit. So oft ich versuchte, mir eine Lösung einfallen zu lassen, meldete sich diese innere Stimme zu Wort. Das ist nicht fair, schrie diese Stimme, so war es nicht vorgesehen, er sollte gleich *tot* sein, verdammt nochmal, *tot!*

»Hilfe, Doh-lorrrr-iss!« driftete seine Stimme heraus. Sie hörte sich flach und hallend an, als riefe er im Innern einer Höhle. Ich schaltete die Lampe ein und versuchte, runterzuschauen, aber ich konnte es nicht. Das Loch in der Abdeckung lag zu weit in der Mitte, und alles, was ich sah,

war das obere Ende des Schachtes – große Granitbrocken, die mit Moos bewachsen waren. Das Moos sah schwarz und giftig aus im Licht der Taschenlampe.

Joe hatte das Licht gesehen. »Dolores?« rief er herauf. »Um Gottes willen, hilf mir. Ich bin ganz zerschlagen!«

Er hörte sich auch zerschlagen an, seine Stimme klang, als redete er durch einen Mund voll Dreck. Ich konnte ihm nicht antworten. Ich hatte das Gefühl, wenn ich mit ihm reden mußte, würde ich bestimmt den Verstand verlieren. Statt dessen legte ich die Taschenlampe hin, streckte die Arme aus, so weit ich konnte, und bekam eines der Bretter zu fassen, durch die er eingebrochen war. Ich zerrte daran, und es brach wie ein fauler Zahn.

»Dolores!« rief er, als er das hörte. »Oh, Gott. Gott sei Dank!«

Ich antwortete nicht, sondern brach nur ein weiteres Brett ab und dann noch eines und noch eines. Mittlerweile begann der Tag wieder heller zu werden, die Vögel zwitscherten wie im Sommer, wenn die Sonne aufgeht. Die Sterne waren wieder verschwunden, nur die Glühwürmchen schwirrten noch herum. Ich machte weiter mit dem Abbrechen der Bretter und arbeitete mich auf der Seite des Brunnens vor, an der ich kniete.

»Dolores!« kam seine Stimme herauf. »Du kannst das Geld haben! Das ganze Geld! Und ich werde Selena nie wieder anrühren, das schwöre ich bei Gott und allen Engeln! Bitte, Liebling, hilf mir nur, aus diesem Loch rauszukommen!«

Ich kam zum letzten Brett – ich mußte es aus den Brombeerranken raushebeln, um es zu lockern – und warf es hinter mich. Dann leuchtete ich mit der Lampe in den Brunnen.

Das erste, worauf der Lichtstrahl traf, war sein nach oben gewendetes Gesicht, und ich schrie auf. Es war eine kleine weiße Scheibe mit zwei großen schwarzen Löchern darin. Ein oder zwei Sekunden lang glaubte ich, er hätte Steine in seine Augen gesteckt. Dann blinzelte er, und es waren nur noch seine Augen, die zu mir raufstarrten. Dann dachte ich daran, was er gesehen haben mußte – nichts als den dunklen Umriß eines Frauenkopfes hinter einem hellen Lichtkreis.

Er lag auf den Knien, und sein Kinn und sein Hals und die Vorderseite seines Hemdes waren voller Blut. Als er den Mund öffnete und meinen Namen rief, strömte noch mehr Blut heraus. Er hatte sich fast sämtliche Rippen gebrochen, als er stürzte, und sie müssen sich in seine Lungen gebohrt haben wie die Borsten eines Stachelschweins.

Ich wußte nicht, was ich tun sollte. Ich hockte irgendwie da, fühlte, wie die Wärme in den Tag zurückkehrte, spürte sie in meinem Genick und auf meinen Armen und Beinen, und richtete das Licht auf ihn. Dann hob er die Arme und schwenkte sie, als wäre er am Ertrinken; ich konnte es nicht aushalten. Ich schaltete das Licht aus und wich zurück. Ich saß zusammengekauert am Rande des Brunnens, hielt mir die blutigen Knie und zitterte.

»Bitte!« rief er herauf. *»Bitte!«* und *»Biiitte!«* und schließlich *»Biiiiiiiitte, Doh-lorrrr-issss!«*

Oh, es war grauenhaft, grauenhafter, als sich irgend jemand vorstellen kann, und so ging es lange Zeit weiter. Es ging so lange weiter, daß ich glaubte, ich würde wahnsinnig. Die Finsternis ging zu Erde, die Vögel hörten auf mit ihrem Guten-Morgen-Gesang und die Glühwürmchen hörten auf rumzuschwirren (vielleicht konnte ich sie auch einfach nicht mehr sehen); ich hörte, wie sich draußen auf dem Wasser die Boote gegenseitig zututeten – und er gab immer noch nicht auf. Manchmal bettelte er und nannte mich Liebling; er versicherte mir, was er alles tun würde, wenn ich ihn herausließe, daß er sich ändern würde, daß er uns ein neues Haus bauen und mir den Buick kaufen würde, den ich mir immer gewünscht hatte. Dann verfluchte er mich und sagte mir, daß er mich an der Wand festbinden und mir ein heißes Schüreisen reinstekken und zusehen würde, wie ich mich wand, bevor er mich schließlich umbrächte.

Einmal fragte er, ob ich ihm die Flasche Scotch runterwerfen würde. Könnt ihr euch das vorstellen? Er wollte seine verdammte Flasche, und als er begriffen hatte, daß ich es nicht tun würde, verfluchte er mich und nannte mich eine dreckige, verbrauchte alte Fotze.

Endlich wurde es wieder dunkler – diesmal *wirklich* –, also muß es mindestens halb, vielleicht auch um neun gewesen sein. Ich fing an, darauf zu achten, ob wieder Wagen auf der East Lane fuhren, aber bisher waren keine gekommen. Das war gut, aber ich wußte, ich konnte nicht damit rechnen, daß mein Glück ewig anhielt.

Eine Weile später riß ich den Kopf von der Brust hoch und begriff, daß ich eingedöst war. Lange kann es nicht gewesen sein, denn am Himmel war noch ein wenig Helligkeit zu sehen, aber die Glühwürmchen waren wieder da und gingen wie üblich ihren Geschäften nach, und die Eule rief auch wieder. Jetzt, beim zweiten Mal, hörte es sich angenehmer an.

Ich versuchte, mich zu regen und mußte die Zähne zusammenbeißen; sobald ich mich bewegte, stach und kribbelte es – ich hatte so lange gekniet, daß mir die Beine von den Knien abwärts eingeschlafen waren. Aber aus dem Brunnen war nichts zu hören, und ich begann zu hoffen, daß er endlich tot war – daß es mit ihm zu Ende gegangen war, während ich geschlafen hatte. Dann hörte ich schwache, schlurfende Geräusche und Stöhnen und Weinen. Das war das Schlimmste – er weinte, weil er Schmerzen hatte, wenn er sich bewegte.

Ich stützte mich auf die linke Hand und richtete das Licht der Taschenlampe wieder in den Brunnen. Es fiel mir verdammt schwer, das zu tun; inzwischen war es fast völlig dunkel geworden. Irgendwie hatte er es geschafft, auf die Beine zu kommen, und ich konnte sehen, wie sich das Licht in drei oder vier nassen Stellen auf seinen Arbeitsstiefeln spiegelte. Ich mußte daran denken, wie ich die Sonne in den Scherben aus geschwärztem Glas gesehen hatte, nachdem er es satt gehabt hatte, mich zu würgen, und ich auf die Veranda gestürzt war.

Als ich hinunterschaute, begriff ich endlich, was passiert war – wie er es geschafft hatte, zehn oder zwölf Meter tief zu fallen und sich nur zu verletzen, anstatt sofort tot zu sein. Der Brunnen war nicht mehr gänzlich trocken. Er hatte sich nicht wieder gefüllt – wenn das der Fall gewesen wäre, dann wäre er vermutlich ertrunken wie eine Ratte in einer Regentonne –, aber der Grund war feucht und sumpfig und hatte seinen Sturz abgemildert, und daß er betrunken war, dürfte auch geholfen haben.

Er stand da mit gesenktem Kopf und schwankte von einer Seite zur anderen; um nicht gleich wieder umzufallen, hatte er die Hände gegen die Steinwände gestemmt. Dann schaute er hoch und sah mich und grinste. Bei diesem Grinsen überlief es mich heiß und kalt, Andy, denn es war das Grinsen eines Toten – eines Toten mit dem Gesicht und dem Hemd voller Blut, eines Toten mit etwas, das aussah wie in die Augen gesteckte Steine.

Dann fing er an, in dem Brunnen hochzuklettern.

Ich sah es ganz genau und konnte es trotzdem nicht glauben. Er bohrte seine Finger in den Spalt zwischen zwei Steinen, die aus der Wand herausragten, und zog sich hoch, bis er seine Füße zwischen zwei weitere Steine keilen konnte. Da ruhte er sich eine Minute aus, und dann sah ich, wie eine seiner Hände wieder über seinem Kopf herumtastete. Sie sah aus wie eine fette weiße Made. Er fand einen weiteren Stein, krallte sich an ihm fest und holte die andere Hand nach. Dann zog er sich wieder hoch. Als er das nächste Mal ausruhte, hob er sein blutiges Gesicht ins Licht der Taschenlampe, und ich sah, wie Bröckchen von dem Moos auf dem Stein, an dem er sich festhielt, herunterrieselten auf seine Wangen und seine Schultern.

Er grinste noch immer.

Kann ich noch etwas zu trinken bekommen, Andy? Nein, keinen *Jim Beam* – davon habe ich für heute abend genug gehabt. Nur ein Glas Wasser, mehr brauche ich nicht.

Danke. Vielen Dank.

Also, er tastete herum nach seinem nächsten Halt, als seine Füße abrutschten und er fiel. Ich hörte ein schlammig schmatzendes Geräusch. Er war auf dem Hintern gelandet und schrie und griff nach seiner Brust, genau wie im Fernsehen, wenn jemand so tut, als hätte er einen Herzanfall, und dann sank ihm der Kopf auf die Brust.

Ich hielt es nicht mehr aus. Ich stolperte aus dem Brombeergestrüpp heraus und rannte zurück ins Haus. Ich ging ins Badezimmer und kotzte mir die Seele aus dem Leib.

Dann ging ich ins Schlafzimmer und legte mich lang. Ich zitterte am ganzen Leibe und dachte immer wieder: Was ist, wenn er immer noch nicht tot ist? Was ist, wenn er die ganze Nacht am Leben bleibt, wenn er *tagelang* am Leben bleibt, das Wasser trinkt, das zwischen den Steinen heraussickert oder im Schlamm hochkommt? Was ist, wenn er so lange um Hilfe schreit, bis einer von den Carons oder den Langills oder den Jolanders ihn hört und Garrett Thibodeau ruft? Oder was ist, wenn morgen jemand herkommt – einer seiner Saufkumpane oder jemand, der möchte, daß er auf seinem Boot aushilft oder einen Motor repariert – und die Schreie hört, die aus dem Brombeergestrüpp kommen? Was dann, Dolores?

Da war noch eine andere Stimme, die all diese Fragen beantwortete. Ich nehme an, sie gehörte zu dem inneren Auge, aber für mich hörte sie sich mehr nach Vera Donovan an als nach Dolores Claiborne; sie hörte sich forsch und trocken an und nach Leck-mich-am-Arsch-wenn-es-dir-nicht-paßt. Natürlich ist er tot, sagte diese Stimme, und wenn er es noch nicht ist, wird er es bald sein. Er wird an Schock und Unterkühlung und zerfetzten Lungen sterben. Vermutlich gibt es Leute, die nicht glauben, daß ein Mann in einer Julinacht an Unterkühlung sterben kann, aber das sind Leute, die noch nie ein paar Stunden zehn Meter unter der Erdoberfläche verbracht haben, knapp drei Meter über feuchtem Grundgestein. Ich weiß, daß es nicht angenehm ist, an dergleichen zu denken, Dolores, aber es bedeutet zumindest, daß du aufhören kannst, dir Sorgen zu machen. Schlaf eine Weile, und wenn du dann wieder hinausgehst, wirst du es erleben.

Ich weiß nicht, ob das, was diese Stimme sagte, vernünftig war oder nicht, aber es *schien* vernünftig zu sein, und ich versuchte zu schlafen. Aber ich brachte es nicht fertig. So oft ich einnickte, war mir, als hörte ich Joe, der an der Seite des Schuppens entlang auf die Hintertür zutaumelte, und bei jedem Knarren im Haus fuhr ich zusammen.

Schließlich wurde es mir zuviel. Ich vertauschte mein Kleid gegen Jeans (schließ die Stalltür ab, nachdem das Pferd gestohlen ist, werdet ihr vermutlich denken) und klaubte die Taschenlampe vom Badezimmerboden auf, wo ich sie hatte hinfallen lassen, als ich niederkniete, um in das Klobecken zu kotzen. Dann ging ich wieder hinaus.

Es war dunkler als je zuvor. Ich weiß nicht, ob es in dieser Nacht einen Mond gegeben hat, aber selbst wenn einer da gewesen wäre, hätte es nichts geändert, denn der Himmel war wieder bewölkt. Je näher ich dem Brombeergestrüpp hinter dem Schuppen kam, desto schwerer wurden meine Füße, und als ich im Licht der Taschenlampe die Brunnenabdeckung sehen konnte, war mir, als könnte ich sie überhaupt nicht mehr regen.

Ich tat es trotzdem – zwang mich, bis an den Brunnen heranzugehen. Dann stand ich fast fünf Minuten lang da, und ich hörte nichts außer den Grillen und dem Wind, der in den Brombeersträuchern raschelte, und einer Eule, die irgendwo schrie – wahrscheinlich war es dieselbe, die ich vorher schon gehört hatte. Ach ja, irgendwo weit weg im Osten konnte ich das Anbranden der Wellen an das Vorgebirge hören, aber das ist ein Geräusch, an das man auf der Insel so sehr gewöhnt ist, daß man es kaum noch wahrnimmt. Ich stand da mit Joes Taschenlampe in der Hand, richtete das Licht auf das Loch in der Abdeckung, spürte, wie mir am ganzen Körper fettiger, klebriger Schweiß ausbrach und in den Rissen brannte, die mir die Brombeerdornen beigebracht hatten, und ich befahl mir, niederzuknien und in den Brunnen hinunterzuschauen. War ich nicht gekommen, um genau das zu tun?

Das war ich, aber als ich tatsächlich am Brunnen stand, brachte ich es nicht fertig. Ich konnte nur zittern und in meiner Kehle einen dumpfen, stöhnenden Laut hervorbringen. Auch mein Herz schlug nicht richtig, es schwirrte in meiner Brust wie die Flügel eines Kolibris.

Und dann reckte sich eine weiße, mit Dreck und Blut und Moos verschmierte Hand aus dem Brunnen und packte meinen Knöchel.

Ich ließ die Lampe fallen. Sie landete im Gebüsch am Rand des Brunnens, was ein Glück für mich war; wenn sie in den Brunnen reingefallen wäre, hätte ich ganz tief in der Scheiße gesessen. Aber ich dachte nicht an die Taschenlampe oder an mein Glück – die Scheiße, in der ich saß, war auch so schon dick genug, und das einzige, woran ich dachte, war die Hand an meinem Knöchel, die Hand, die mich zu dem Loch hinzerrte. Das, und ein Vers aus der Bibel. Er dröhnte in meinem Kopf wie eine große Eisenglocke: *Wer eine Grube macht, der wird selbst drein fallen.*

Ich schrie und versuchte mich loszureißen, aber Joe hielt mich so fest, daß es sich anfühlte, als wäre seine Hand aus Zement. Meine Augen hatten sich inzwischen so weit an die Dunkelheit gewöhnt, daß ich ihn sehen konnte, obwohl das Licht der Taschenlampe in die falsche Richtung fiel. Er hatte es tatsächlich fast geschafft, im Brunnen hochzuklettern. Gott weiß, wie oft er wieder runtergestürzt war, aber schließlich hatte er es fast bis zum Rand geschafft. Ich nehme an, wenn ich nicht in diesem Moment zurückgekommen wäre, hätte er es vielleicht ganz geschafft.

Sein Kopf war nur ungefähr einen halben Meter unter dem, was von der Abdeckung übrig war. Er grinste immer noch. Sein Gebiß war ein Stückchen aus seinem Mund rausgerutscht – ich sehe es noch so deutlich vor mir, wie ich jetzt sehe, daß du mir gegenübersitzt, Andy –, und wie er mich so angrinste, sah es aus wie Pferdezähne. Ein paar davon waren schwarz von dem Blut, das auf ihnen war.

»Doh-lorrr-isss«, keuchte er und zerrte weiter an mir. Ich schrie und fiel aufs Kreuz und rutschte immer näher an dieses verdammte Loch heran. Ich konnte hören, wie die Dornen der Brombeersträucher knackten, als meine Jeans an ihnen entlangglitten. *»Doh-lorrr-isss, du Miststück«*, sagte er, aber mir kam es eher so vor, als sänge er. Ich erinnere mich, daß ich gedacht habe: Gleich fängt er an, *Moonlight Cocktail* zu singen.

Ich griff nach den Sträuchern und bekam die Hände voll von Dornen und frischem Blut. Ich trat mit dem Fuß, den er nicht festhielt, nach seinem Kopf, aber ich konnte ihn nicht treffen, weil er noch ein bißchen zu weit unten war; ich berührte ein paarmal mit dem Absatz meines Schuhs sein Haar, aber das war auch alles.

»Los, komm, Doh-lorr-iss«, sagte er, als wollte er mich zu einem Eiscremesoda einladen oder vielleicht auch zum Tanzen bei Country- und Westernmusik drüben bei Fudgy's.

Mein Hintern stieß gegen eines der Bretter, die noch an der Kante des Brunnens lagen, und ich wußte, wenn ich nicht sofort etwas unternahm, würden wir zusammen hinunterstürzen, und da würden wir bleiben, vermutlich eng umschlungen. Und wenn wir gefunden wurden, dann würde es Leute geben – vor allem Schwachköpfe wie Yvette Anderson –, die sagten, das zeigte nur, wie sehr wir einander geliebt hätten.

Das gab den Ausschlag. Ich nahm all meine Kraft zusammen und ruckte ein letztes Mal zurück. Fast hätte er mich gehalten, doch dann glitt seine Hand ab. Mein Schuh muß ihn ins Gesicht getroffen haben. Er schrie, seine Hand traf mehrmals die Kante meines Fußes, dann war sie endgültig weg. Ich wartete darauf, zu hören, wie er wieder hinunterstürzte, aber er tat es nicht. Dieser Mistkerl gab einfach nicht auf; wenn er so gelebt hätte, wie er gestorben ist, dann hätte es zwischen uns beiden vermutlich nie Probleme gegeben.

Ich kam auf die Knie und sah, wie er über dem Loch nach hinten schwankte – aber irgendwie hielt er sich fest. Er schaute zu mir hoch, schüttelte ein blutiges Haarbüschel aus den Augen und grinste. Dann kam wieder seine Hand aus dem Brunnen und krallte sich in die Erde.

»Dol-OOH-riss«, stöhnte er, *»Dol-OOOH-riss, Dol-OOOH-riss, Dol-OOOOOOHHH-risss!«* Und dann fing er an, herauszuklettern.

Schlag ihn tot, du dumme Kuh, sagte Vera Donovan. Nicht in meinem Kopf, wie die Stimme des kleinen Mädchens, das ich eine Weile zuvor gesehen hatte. Versteht ihr, was ich damit sagen will? Ich hörte diese Stimme, genau wie ihr drei jetzt mich hört, und wenn Nancy Bannisters Tonbandgerät da draußen gewesen wäre, dann hättet ihr diese Stimme wieder und wieder abspielen können. Das weiß ich so sicher, wie ich weiß, wie ich heiße.

Wie dem auch sei, ich griff nach einem der Steine, mit denen der Brunnenrand eingefaßt ist. Er versuchte, nach meinem Handgelenk zu greifen, aber ich bekam den Stein frei, bevor er zufassen konnte. Es war ein großer Stein, mit trockenem Moos verkrustet. Ich hob ihn über den Kopf. Er sah zu ihm auf. Inzwischen war sein Kopf aus dem Loch heraus, und es sah aus, als säßen seine Augen auf Stielen. Ich ließ den Stein mit all meiner Kraft niederfahren. Ich hörte, wie sein Gebiß zerbrach. Es klang ungefähr so, wie wenn man einen Porzellanteller auf einen Ziegelsteinboden fallen läßt. Und dann war er weg, stürzte wieder hinunter in den Brunnen, und der Stein fiel mit ihm.

Da wurde ich ohnmächtig. Ich kann mich nicht *erinnern,* daß ich ohnmächtig wurde, nur daran, daß ich mich langlegte und zum Himmel emporschaute. Da war nichts zu sehen wegen der Wolken, also machte ich die Augen zu – und als ich sie wieder aufmachte, war der Himmel voller Sterne. Ich brauchte eine Weile, bis ich begriffen hatte, was passiert war, daß ich ohnmächtig gewesen war und die Wolken sich verzogen hatten, während ich hinüber war.

Die Taschenlampe lag nach wie vor im Gestrüpp neben dem Brunnen, und der Strahl war immer noch hell. Ich nahm sie und richtete sie in den Brunnen. Joe lag auf dem Grund, mit dem Kopf auf einer Schulter, den Händen im Schoß und weit gespreizten Beinen. Der Stein, mit dem ich ihn erschlagen hatte, lag zwischen ihnen.

Ich hielt die Lampe fünf Minuten lang auf ihn gerichtet, wartete, ob er sich bewegte, aber er tat es nicht. Dann stand ich auf und ging ins Haus zurück. Ich mußte zweimal stehenbleiben, weil die Welt vor meinen Augen verschwamm, aber schließlich hatte ich es geschafft. Ich ging ins Schlafzimmer, zog mich unterwegs aus und ließ meine Sachen da liegen, wo sie gerade hingefallen waren. Ich ging unter die Dusche und stand ungefähr zehn Minuten lang einfach da, unter Wasser, so heiß, wie ich es grade aushalten konnte, seifte mich nicht ab, wusch nicht meine Haare, tat nichts, stand nur da mit dem Gesicht nach oben, so daß das Wasser darüber hinwegströmte. Ich glaube, ich wäre unter der Dusche eingeschlafen, wenn das Wasser nicht allmählich kälter geworden wäre. Ich wusch mir schnell die Haare, bevor es richtig eiskalt wurde, und stieg dann raus. Meine Arme und Beine waren überall zerkratzt, und mein Hals tat immer noch verdammt weh, aber ich glaubte nicht, daß ich daran sterben würde. Die Idee, daß man sich bei all diesen Kratzern irgendwas denken könnte, von den Quetschungen an meinem Hals gar nicht zu reden, nachdem Joe im Brunnen gefunden worden war, kam mir überhaupt nicht. Jedenfalls da noch nicht.

Ich zog mein Nachthemd an und fiel aufs Bett und schlief bei eingeschaltetem Licht sofort ein. Eine Stunde später wachte ich schreiend wieder auf, mit Joes Hand an meinem Knöchel. Ich hatte einen Moment der Erleichterung, als mir klar wurde, daß es nur ein Traum gewesen war, aber dann dachte ich: Was ist, wenn er wieder aus dem Brunnen rausklettert? Ich wußte, daß er es nicht tat – daß ich ihm den Rest gegeben hatte, als ich ihn mit diesem Stein erschlug und er zum letztenmal hinunterstürzte – aber ein Teil von mir war sicher, daß er es tat und daß er in ein oder zwei Minuten draußen sein würde. Und sobald er draußen war, würde er hinter mir her sein.

Ich versuchte, liegenzubleiben und abzuwarten, aber ich konnte es nicht – das Bild, wie er an der Brunnenwand hochkletterte, wurde immer deutlicher, und mein Herz klopfte so heftig, als wollte es explodieren. Schließlich zog ich meine Schuhe an, griff wieder nach der Taschenlampe und lief im Nachthemd hinaus. Diesmal *kroch* ich an den

Brunnenrand heran; ich brachte es einfach nicht fertig, aufrecht zu gehen. Ich hatte viel zu viel Angst davor, daß seine weiße Hand wieder aus der Dunkelheit hervorkommen und nach mir greifen könnte.

Endlich richtete ich die Lampe nach unten. Er lag noch genau so da wie vorher, mit den Händen im Schoß und dem zur Seite geneigten Kopf. Der Stein lag noch an derselben Stelle zwischen seinen gespreizten Beinen. Ich schaute lange Zeit hinunter, und als ich diesmal ins Haus zurückkehrte, hatte ich angefangen zu begreifen, daß er wirklich tot war.

Ich kroch ins Bett, schaltete das Licht aus und schlief ziemlich schnell ein. Das letzte, woran ich dachte, war: jetzt ist alles in Ordnung; aber das war es nicht. Ein paar Stunden später wachte ich wieder auf, ganz sicher, daß ich jemanden in der Küche hörte. Sicher, daß ich *Joe* in der Küche hörte. Ich versuchte, aus dem Bett zu springen, meine Füße verhedderten sich in den Decken, und ich fiel hin. Ich stand wieder auf und tastete nach dem Lichtschalter, ganz sicher, daß ich seine Hände an meiner Kehle spüren würde, bevor ich ihn gefunden hatte.

Das passierte natürlich nicht. Ich schaltete das Licht ein und ging durchs ganze Haus. Es war leer. Dann zog ich die Schuhe an, nahm die Taschenlampe und lief wieder hinaus zum Brunnen.

Joe lag immer noch auf dem Grund, mit den Händen im Schoß und dem Kopf auf der Schulter. Aber diesmal mußte ich sehr lange runterschauen, bevor ich mich selbst davon überzeugt hatte, daß er auf *derselben* Schulter lag. Und einmal glaubte ich zu sehen, wie sein Fuß sich bewegte, aber was sich bewegt hatte, war höchstwahrscheinlich nur ein Schatten gewesen. Es gab eine Menge bewegte Schatten da unten, weil die Hand, die die Lampe hielt, nicht gerade ruhig war; das kann ich euch versichern.

Während ich da hockte mit zurückgebundenem Haar und wahrscheinlich aussah wie die Lady auf den *White Rock*-Etiketten, überkam mich ein ganz merkwürdiger Drang – mir war, als sollte ich mich einfach auf den Knien vorlehnen, bis ich in den Brunnen fiel. Man würde mich bei ihm finden – nicht gerade ein ideales Ende, soweit es mich betraf, aber zumindest würde man mich nicht in seinen Armen finden –, und ich würde nicht ständig mit der Vorstellung aufwachen, daß er bei mir im Zimmer war, oder das Gefühl haben, ich müßte mit der Lampe hinauslaufen und mich vergewissern, daß er immer noch tot war.

Dann meldete sich Vera wieder zu Wort, aber diesmal war die Stimme tatsächlich in meinem Kopf. Das weiß ich, genau so, wie ich weiß, daß sie mir beim ersten Mal direkt ins Ohr gesprochen hatte. Das einzige, wo du reinfällst, ist dein Bett, erklärte mir diese Stimme. Sieh zu, daß du ein bißchen Schlaf bekommst, und wenn du aufwachst, ist die Sonnenfinsternis vorbei. Du wirst überrascht sein, um wieviel besser die Dinge aussehen, wenn die Sonne wieder scheint.

Das hörte sich an wie ein guter Rat, und ich machte mich daran, ihn zu befolgen. Aber ich verschloß beide Haustüren, und bevor ich wirklich ins Bett ging, tat ich etwas, was ich weder vorher noch nachher je getan habe: ich keilte einen Stuhl unter die Türklinke. Ich schäme mich, das zuzugeben – meine Wangen fühlen sich ziemlich heiß an, was wahrscheinlich bedeutet, daß ich rot geworden bin –, aber es muß geholfen haben, denn ich bin in der Sekunde eingeschlafen, in der ich den Kopf aufs Kissen legte. Als ich die Augen das nächste Mal aufmachte, fiel helles Tageslicht durchs Fenster. Vera hatte gesagt, ich könnte den Tag frei haben – sie hatte gesagt, Gail Lavesque könnte sich darum kümmern, daß das Haus nach der großen Party, die sie für den Abend des Zwanzigsten geplant hatte, wieder in Ordnung gebracht würde – und darüber war ich froh.

Ich stand auf, ging wieder unter die Dusche und zog mich dann an. Ich brauchte eine halbe Stunde dafür, weil ich so kaputt war. Vor allem mein Rücken machte mir zu schaffen; das war mein schwacher Punkt seit dem Abend, an dem Joe mir dieses Holzscheit in die Nieren geschlagen hatte, und ich bin ziemlich sicher, daß ich ihn mir wieder gezerrt hatte, zuerst, als ich mich anstrengte, um den Stein, den ich ihm auf den Schädel gehauen hatte, aus der Erde rauszukriegen, und dann, als ich ihn über den Kopf hochstemmte. Was immer es war, es tat verdammt weh, das kann ich euch versichern.

Als ich endlich angezogen war, ließ ich mich in dem hellen Sonnenschein am Küchentisch nieder, trank eine Tasse schwarzen Kaffee und dachte an die Dinge, die nun zu tun waren. Es waren nicht viele, obwohl nichts so gelaufen war, wie es eigentlich hätte laufen sollen, aber sie mußten richtig getan werden; wenn ich etwas vergaß oder übersah, landete ich im Knast. Joe St. George war nicht sonderlich beliebt gewesen auf Little Tall, und es gab nicht viele Leute, die mir aus dem, was ich getan hatte, einen Vorwurf gemacht hätten, aber dafür, daß man seinen Mann umbringt, wird einem nun einmal nicht eine Medaille angesteckt oder eine Parade veranstaltet, auch wenn er ein nichtsnutziges Stück Scheiße gewesen ist.

Ich goß mir eine frische Tasse Kaffee ein und ging auf die Veranda hinaus, um ihn dort zu trinken. Beide Reflektorboxen und einer der Betrachter steckten wieder in der Tüte, die Vera mir gegeben hatte. Die Scherben von dem anderen Betrachter lagen noch da, wo sie gelegen hatten, als Joe plötzlich aufgesprungen war und er von seinem Schoß gerutscht und auf dem Verandaboden zerbrochen war. Ich dachte eine ganze Weile darüber nach, ob ich die Scherben auffegen sollte oder nicht. Schließlich ging ich hinein, holte Handfeger und Kehrschaufel und fegte sie auf. Ich war zu dem Schluß gekommen, daß es, weil ich so bin, wie ich bin, und so viele Leute auf der Insel *wußten,* wie ich bin, mehr Verdacht erregen würde, wenn ich sie liegen ließ.

Anfangs dachte ich daran, zu behaupten, ich hätte Joe an diesem Nachmittag überhaupt nicht gesehen. Ich wollte den Leuten erzählen, er wäre fort gewesen, als ich von Vera nach Hause kam, und hätte nicht einmal eine Nachricht hinterlassen, auf der stand, wohin er seinen versoffenen Arsch bewegt hatte, und daß ich den teuren Scotch auf die Erde gegossen hätte, weil ich wütend auf ihn war. Wenn sich bei der Untersuchung herausstellte, daß er betrunken war, als er in den Brunnen fiel, dann würde mich das nicht kratzen; es gab eine Menge Orte, wo Joe Schnaps bekommen konnte, darunter den Schrank unter dem Ausguß in unserer eigenen Küche.

Ein Blick in den Spiegel machte mir klar, daß das nicht ging – wenn Joe nicht zu Hause gewesen war, um mir diese Quetschungen am Hals beizubringen, dann würden sie wissen wollen, wer es sonst getan hatte, und was sollte ich dann sagen? Der Weihnachtsmann? Glücklicherweise hatte ich mir ein Hintertürchen offengelassen – ich hatte zu Vera gesagt, wenn Joe anfangen sollte, unausstehlich zu werden, würde ich ihn wahrscheinlich in seinem eigenen Saft schmoren lassen und mir die Finsternis vom East Head aus ansehen. Als ich das sagte, hatte ich mir nicht viel dabei gedacht, aber jetzt war ich froh, daß ich es getan hatte.

East Head selbst ging nicht – da hatten sich Leute aufgehalten, und sie würden wissen, daß ich nicht dort gewesen war. Aber Russian Meadow liegt auf dem Weg zum East Head. Von da hat man eine gute Aussicht nach Westen, und da war überhaupt niemand gewesen. Das hatte ich von meinem Stuhl auf der Veranda aus selbst gesehen und auch später, als ich das Geschirr abwusch. Das einzige echte Problem ...

Was meinst du, Frank?

Nein, darüber, daß sein Laster beim Haus stand, machte ich mir keine Gedanken. Er hatte sich nämlich 1959 kurz hintereinander drei Anzeigen wegen Trunkenheit am Steuer eingesackt, bis ihm schließlich für einen Monat der Führerschein entzogen worden war. Edgar Sherrick, der damals unser Polizist war, kam vorbei und erklärte ihm, wenn er unbedingt wollte, könnte er saufen, bis die Kühe heimkämen, aber wenn er ihn das nächste Mal betrunken am Steuer erwischte, würde er ihn vors Bezirksgericht bringen und dafür sorgen, daß er seinen Führerschein für ein ganzes Jahr loswürde. Edgar und seine Frau hatten 1948 oder '49 durch einen besoffenen Fahrer ein kleines Mädchen verloren, und Edgar ließ zwar in anderen Dingen fünfe gerade sein, aber betrunkene Autofahrer brachten ihn in Rage. Joe wußte das, und nachdem er und Edgar ihr kleines Gespräch auf unserer Veranda gehabt hatten, setzte er sich nicht mehr ans Steuer, wenn er mehr als zwei Drinks gehabt hatte. Nein, als ich von Russian Meadow zurückkam und feststellte, daß Joe fort war, dachte ich, einer seiner Freunde wäre vorbeigekommen und hätte ihn mitgenommen, damit sie irgendwo zusammen die Sonnenfinsternis begießen konnten – das war die Geschichte, die ich zu erzählen gedachte.

Was ich vorhin gerade sagen wollte – das einzige wirkliche Problem war, was ich mit der Whiskeyflasche tun sollte. Es gab Leute, die wußten, daß ich sie für ihn gekauft hatte, aber das war nicht weiter schlimm – sie würden mit Sicherheit glauben, daß ich es getan hatte, damit er mich nicht schlüge. Aber wohin mit der Flasche, wenn die Geschichte, die ich mir ausdachte, den Anschein von Wahrheit bekommen sollte? Vielleicht spielte das keine Rolle – aber es konnte eine Rolle spielen. Wer einen Mord begeht, weiß nie, was später auf ihn zukommt. Das ist der beste Grund, den ich kenne, keinen zu begehen. Ich versetzte mich an Joes Stelle – was nicht so schwierig war, wie ihr vielleicht meinen könntet – und wußte sofort, daß Joe mit niemandem irgendwo hingegangen wäre, solange noch ein Tropfen Schnaps in der Flasche war. Sie mußte zu ihm in den Brunnen – aber ohne den Verschluß. Den warf ich in die Mülltonne zu den kleinen Scherben aus geschwärztem Glas.

Dann ging ich hinaus zum Brunnen, wobei der Rest des Scotch in der Flasche schwappte, und dachte: Er hatte einiges intus, und dann wurde er handgreiflich, also nahm ich meine Reflektorbox und ging allein nach Russian Meadow und verfluchte den Impuls, der mich veranlaßt hatte, ihm die Flasche zu kaufen. Als ich zurückkam, war er fort. Ich wußte nicht, wo er war oder bei wem, und es war mir auch egal. Ich räumte nur hinter ihm auf und hoffte, daß er in besserer Laune sein würde, wenn er zurückkam. Ich fand, das hörte sich hinreichend sanftmütig und einleuchtend an.

Ich glaube, was mich an dieser verdammten Flasche am meisten störte, war die Tatsache, daß ich, um sie loszuwerden, hinausgehen und Joe noch einmal ansehen mußte. Aber ob mir etwas behagte oder nicht, spielte jetzt keine Rolle mehr.

Ich machte mir Sorgen über den Zustand, in dem sich die Brombeersträucher befinden mochten, aber sie waren nicht so niedergetrampelt, wie ich befürchtet hatte; die meisten hatten sich schon wieder aufgerichtet. Wahrscheinlich würden sie, wenn ich Joe als vermißt meldete, wieder so aussehen wie immer.

Ich hatte gehofft, daß der Brunnen bei Tageslicht nicht ganz so unheimlich aussehen würde, aber er tat es. Das Loch in der Mitte der Abdeckung sah sogar noch gespenstischer aus. Jetzt, da ein paar der Bretter beiseitegezerrt waren, sah es nicht mehr ganz so sehr wie ein Auge aus, aber nicht einmal das half. Anstatt wie ein Auge sah es aus wie eine leere Augenhöhle, in der etwas so stark verrottet war, daß es schließlich ganz rausgefallen war. Und ich roch diesen feuchten Kupfergeruch. Dabei mußte ich an das Mädchen denken, das ich vor meinem inneren Auge gesehen hatte, und ich fragte mich, was sie an diesem Morgen tun mochte.

Ich wollte kehrtmachen und ins Haus zurückkehren, aber statt dessen trat ich an den Brunnen heran, ohne auch nur eine Sekunde zu zögern. Ich wollte den nächsten Teil so schnell wie möglich hinter mich bringen – und nicht zurückblicken. Was ich von jetzt an tun mußte, Andy, war, an meine Kinder denken und nach vorn schauen, ohne Rücksicht auf Verluste.

Ich hockte mich hin und schaute hinunter. Joe lag immer noch so da mit den Händen im Schoß und dem Kopf auf einer Schulter. Da waren Käfer, die auf seinem Gesicht rumkrochen, und als ich sie sah, wurde mir endgültig klar, daß er tot war. Ich streckte die Hand mit der Flasche aus, die ich mit einem Taschentuch um den Hals hielt – nicht wegen der Fingerabdrücke, ich mochte sie nur einfach nicht anfassen – und ließ sie fallen. Sie landete im Schlamm neben ihm, zerbrach aber nicht. Aber die Käfer ergriffen die Flucht; sie krochen an seinem Hals herunter und in den Kragen seines Hemdes. Das werde ich nie vergessen.

Ich wollte gerade aufstehen und gehen – beim Anblick der Käfer, die sich in Sicherheit bringen wollten, war mir wieder schlecht geworden –, als mein Blick auf die Bretter fiel, die ich losgerissen hatte, als ich das erste Mal runterschauen wollte. Es empfahl sich nicht, sie so liegen zu lassen; wenn ich es tat, würden sie Anlaß zu einer Menge Fragen geben.

Ich dachte kurz über sie nach, und dann, als mir klar wurde, daß der Vormittag verging und jederzeit jemand vorbeikommen konnte, um entweder über die Finsternis oder über Veras große Party zu reden, sagte ich mir, zum Teufel damit, und kippte sie in den Brunnen. Dann kehrte ich ins Haus zurück. *Arbeitete mich* ins Haus zurück, sollte ich besser sagen – an einer ganzen Menge Dornen hingen Fetzen von meinem Kleid und meinem Unterrock, und ich sammelte so viele von ihnen ein, wie ich konnte. Später am Tage ging ich noch einmal hinaus und zupfte die drei oder vier ab, die mir beim ersten Mal entgangen waren. Da waren auch kleine Flauschfetzen von Joes Flanellhemd, aber die ließ ich hängen. Soll Garrett Thibodeau doch etwas draus machen, wenn er kann, dachte ich. »Soll wer auch immer etwas draus machen, wenn er kann. Es wird auf jeden Fall so aussehen, als wäre er besoffen gewesen und dann in den Brunnen gefallen, und bei dem Ruf, in dem Joe hier steht, spricht wahrscheinlich jeder Schluß, zu dem sie kommen, für mich.

Aber diese kleinen Stoffetzen landeten nicht bei den Scherben und dem *Johnnie Walker*-Verschluß in der Mülltonne; ich warf sie später am Tage ins Meer. Ich hatte gerade den Hof überquert und war im Begriff, die Verandastufen hinaufzusteigen, als mir etwas einfiel. Joe hatte den Streifen von meinem Unterrock gepackt, der hinter mir herflatterte – was war, wenn er *immer noch* ein Stück davon hatte? Angenommen, es läge auf dem Grund des Brunnens, nicht weit von den Händen in seinem Schoß?

Mich überlief es eiskalt – wirklich und wahrhaftig eiskalt. Da stand ich auf dem Hof unter der heißen Julisonne, mit einer Gänsehaut auf dem Rücken und erstarrt bis ins Mark, wie es in einem Gedicht heißt, das ich in der High School gelesen habe. Dann meldete sich in meinen Gedanken wieder Vera zu Wort. Wenn du schon nichts daran ändern kannst, Dolores, sagte sie, solltest du dir darüber nicht den Kopf zerbrechen. Der Rat erschien mir gut, also ging ich die Stufen hinauf und wieder ins Haus.

Den größten Teil des Vormittags verbrachte ich damit, im Haus und auf der Veranda rumzuwandern und Ausschau zu halten – nun, ich weiß nicht, wonach ich eigentlich Ausschau hielt. Vielleicht rechnete ich damit, daß dieses innere Auge noch etwas entdeckte, das getan oder erledigt werden mußte, so, wie es das bei den Brettern getan hatte. Aber falls es das gewesen sein sollte – ich entdeckte nichts.

Gegen elf tat ich den nächsten Schritt, der darin bestand, daß ich Gail Lavesque in Pinewood anrief. Ich fragte sie, was sie von der Finsternis und alledem hielte, dann fragte ich, wie die Dinge im Hause Ihrer Hoheit stünden.

»Nun«, sagte sie, »ich kann mich nicht beklagen, weil ich noch niemanden zu Gesicht bekommen habe außer dem alten Kerl mit dem kahlen Schädel und dem Zahnbürsten-Schnurrbart – du weißt, wen ich meine?«

Ich sagte, ich wüßte es.

»Er kam gegen halb zehn runter und ging in den Garten, wo er langsam rumwanderte und sich den Kopf hielt, aber er war wenigstens *auf*, was man von allen anderen nicht sagen kann. Als Karen ihn fragte, ob er ein Glas frisch gepreßten Orangensaft wollte, lief er an den Rand der Veranda und kotzte in die Petunien. Das hättest du sehen sollen, Dolores!«

Ich lachte, bis mir fast die Tränen kamen, und nie hat mir ein Lachen wohler getan.

»Sie müssen eine tolle Party gehabt haben, als sie von der Fähre zurück waren«, sagte Gail. »Wenn ich für jede Zigarettenkippe, die ich heute morgen aufgesammelt habe, einen Cent bekäme – nur einen *Cent*, nicht mehr –, dann könnte ich mir einen brandneuen Chevy kaufen. Aber bis Missus Donovan so weit ist, daß sie ihren Kater die Treppe runterschleppt, habe ich das Haus wieder pieksauber, darauf kannst du dich verlassen.«

»Das weiß ich«, sagte ich. »Und falls du Hilfe brauchen solltest, weißt du ja, wen du anrufen kannst.«

Das tat Gail mit einem Lachen ab. »Kommt gar nicht in

Frage«, sagte sie. »Du hast dir in der letzten Woche die Finger wundgeschuftet – und das weiß Missus Donovan so gut, wie ich es weiß. Sie will dich vor morgen früh nicht hier sehen, und ich auch nicht.«

»Na schön«, sagte ich, und dann legte ich eine kleine Pause ein. Sie rechnete bestimmt damit, daß ich mich verabschiedete, und wenn ich statt dessen etwas anderes sagte, würde sie besonders aufmerksam zuhören – und das war genau, was ich wollte. »Du hast wohl nicht zufällig Joe dort in der Gegend gesehen?« fragte ich sie.

»Joe?« sagte sie. »*Deinen* Joe?«

»Ja.«

»Nein – den habe ich nicht zu Gesicht bekommen. Warum fragst du?«

»Er ist letzte Nacht nicht nach Hause gekommen.«

»Oh, Dolores!« sagte sie, und ihre Stimme hörte sich bestürzt und zugleich interessiert an. »Hat er getrunken?«

»Natürlich«, sagte ich. »Nicht, daß ich mir ernsthaft Sorgen mache – schließlich ist es nicht das erste Mal, daß er die ganze Nacht ausgeblieben ist und den Mond angeheult hat. Er wird schon wieder auftauchen; das tun schlechte Groschen immer.«

Dann legte ich auf mit dem Gefühl, beim Ausstreuen des ersten Samens gute Arbeit geleistet zu haben.

Am Mittag machte ich mir ein Käsesandwich auf Toast, und dann brachte ich es nicht runter. Der Geruch des Käses und des gerösteten Brotes bewirkte, daß sich mein Magen heiß und verschwitzt anfühlte. Ich schluckte statt dessen zwei Aspirin und legte mich hin. Ich rechnete nicht damit, daß ich einschlafen würde, aber ich tat es. Als ich wieder aufwachte, war es fast vier Uhr und damit an der Zeit, ein paar weitere Samen auszustreuen. Ich rief Joes

Freunde an – das heißt, die paar, die Telefon hatten – und fragte jeden, ob sie ihn gesehen hätten. Er ist letzte Nacht nicht nach Hause gekommen, sagte ich, er ist *immer noch nicht* nach Hause gekommen, und ich fange an, mir Sorgen zu machen. Alle sagten nein, natürlich, und jeder von ihnen wollte sämtliche blutrünstigen Einzelheiten hören, aber der einzige, zu dem ich etwas sagte, war Tommy Anderson – vermutlich weil ich wußte, daß Joe Tommy gegenüber immer damit angab, wie er seine Frau bei der Stange hielt, und daß der arme, einfältige Tommy das gläubig schluckte. Natürlich achtete ich darauf, daß ich es nicht übertrieb; ich sagte nur, Joe und ich hätten einen Streit gehabt und Joe wäre vermutlich wütend abgezogen. Am Abend rief ich noch ein paar weitere Leute an, darunter auch einige, mit denen ich vorher schon gesprochen hatte, und stellte erfreut fest, daß bereits Geschichten die Runde machten.

In dieser Nacht schlief ich nicht gut; ich hatte grauenhafte Träume. Einer betraf Joe. Er stand auf dem Grund des Brunnens und schaute zu mir hoch mit seinem weißen Gesicht und diesen dunklen Flecken über seiner Nase, die so aussahen, als hätte er sich große Kohlebrocken in die Augen gesteckt. Er sagte, er wäre einsam, und bat mich, zu ihm runterzukommen und ihm Gesellschaft zu leisten.

Der andere Traum war schlimmer, weil er Selena betraf. Sie war ungefähr vier Jahre alt und trug das rosa Kleid, das ihre Großmutter Trisha ihr geschenkt hatte, kurz bevor sie starb. Selena kam zu mir auf den Hof, und ich sah, daß sie meine Schneiderschere in der Hand hatte. Ich streckte meine Hand nach ihr aus, aber sie schüttelte nur den Kopf. »Es ist meine Schuld, und ich bin es, die dafür zahlen muß«, sagte sie. Dann hob sie die Schere vors Gesicht und schnitt sich damit die Nase ab. Sie fiel zwischen ihren kleinen schwarzen Lackschuhen auf den Boden, und ich wachte schreiend auf. Es war erst vier Uhr, aber mit dem Schlafen war es für diese Nacht vorbei, und ich war nicht zu blöd, um das zu begreifen.

Um sieben rief ich wieder bei Vera an. Diesmal meldete sich ihr Ungar – Kenopensky. Ich sagte ihm, ich wüßte, daß Vera an diesem Morgen mit mir rechnete, aber ich könnte nicht kommen, jedenfalls nicht, bevor ich wüßte, wo mein Mann steckte. Ich sagte, er wäre zwei Nächte nicht nach Hause gekommen, und bisher wäre er, wenn er getrunken hatte, nie länger als eine Nacht ausgeblieben.

Gegen Ende unseres Gesprächs meldete sich Vera auf dem Nebenanschluß und fragte, was los wäre. »Es sieht so aus, als wäre mein Mann abhanden gekommen«, sagte ich.

Ein paar Sekunden lang sagte sie gar nichts, und ich hätte liebend gern gewußt, was sie dachte. Schließlich sagte sie, wenn sie an meiner Stelle wäre, würde sie sich wegen eines abhandengekommenen Joe St. George nicht den Kopf zerbrechen.

»Immerhin«, sagte ich, »haben wir drei Kinder, und irgendwie habe ich mich an ihn gewöhnt. Falls er auftauchen sollte, komme ich noch.«

»Gut«, sagte sie, und dann: »Sind Sie noch da, Ted?«

»Ja, Vera«, sagte er.

»Dann gehen Sie los und tun Sie etwas Männliches«, sagte sie. »Schlagen Sie was ein oder kippen Sie was um – egal was.«

»Ja, Vera«, sagte er, und ich hörte ein leises Klicken, als er den Hörer auflegte.

Trotzdem schwieg Vera noch ein paar Sekunden. Dann sagte sie: »Vielleicht hatte er einen Unfall, Dolores.«

»Ja«, sagte ich, »das würde mich gar nicht wundern. Er hat in den letzten Wochen gesoffen wie ein Loch, und als ich am Tag der Finsternis versuchte, mit ihm über das Geld der Kinder zu reden, hätte er mich fast erwürgt.«

»Ach – wirklich?« sagte sie. Wieder vergingen ein paar Sekunden, und dann sagte sie: »Viel Glück, Dolores.«

»Danke«, sagte ich. »Ich kann es vermutlich brauchen.«

»Sagen Sie mir Bescheid, wenn ich etwas für Sie tun kann.«

»Das ist sehr nett von Ihnen«, sagte ich.

»Durchaus nicht«, erwiderte sie. »Ich möchte Sie nur nicht verlieren. Heutzutage ist es schwer, Personal zu finden, das den Dreck nicht unter die Teppiche kehrt.«

Ganz zu schweigen davon, daß es nicht vergißt, die Fußmatten richtig herum hinzulegen, dachte ich, sprach es aber nicht aus. Ich dankte ihr nur und legte auf. Ich wartete eine weitere halbe Stunde, dann rief ich Garrett Thibodeau an. Damals gab es auf Little Tall nichts so Großartiges wie einen Polizeichef; Garrett war der Ortspolizist. Er übernahm das Amt, nachdem Edgar Sherrick 1960 seinen Schlaganfall gehabt hatte.

Ich sagte ihm, Joe wäre in den letzten beiden Nächten nicht nach Hause gekommen, und ich finge an, mir Sorgen zu machen. Garrett hörte sich ziemlich verschlafen an – ich glaube, er war noch nicht mal so lange auf, daß er schon seine erste Tasse Kaffee getrunken hatte –, aber er sagte, er würde die Staatspolizei auf dem Festland informieren und sich bei ein paar Leuten auf der Insel erkundigen. Ich wußte, das waren genau dieselben Leute, die ich schon angerufen hatte – manche von ihnen zweimal –, aber das sagte ich nicht. Garrett schloß damit, daß er sagte, er wäre sicher, daß Joe zum Mittagessen wieder da sein würde. Du hast gut reden, du alter Furz, dachte ich, als ich auflegte. Ich nehme an, dieser Mann hatte tatsächlich genügend Verstand, um auf dem Klo *Yankee Doodle* zu singen, aber ich bezweifle, daß er den ganzen Text zusammengekriegt hätte.

Es dauerte eine ganze verdammte Woche, bevor sie ihn fanden, und bis dahin war ich halb verrückt geworden. Am Mittwoch kam Selena zurück. Ich hatte sie am Dienstagabend angerufen, um ihr zu sagen, daß ihr Vater vermißt wurde und es so aussah, als wäre es etwas Ernstes. Ich fragte sie, ob sie heimkommen wollte, und sie sagte ja. Melissa Caron – Tanyas Mutter, wie ihr wißt – fuhr hin und holte sie. Die Jungen ließ ich da, wo sie waren – mit Selena fertigwerden zu müssen, reichte mir für den Anfang. Am Donnerstag, immer noch zwei Tage, bevor sie Joe endlich fanden, erwischte sie mich in meinem kleinen Gemüsegarten und sagte: »Mamma, ich habe eine Frage.«

»Heraus damit, Liebling«, sagte ich. Ich glaube, meine Stimme hörte sich gelassen genug an, aber ich konnte mir sehr gut vorstellen, was kommen würde.

»Hast du ihm etwas getan?« fragte sie.

Ganz plötzlich erinnerte ich mich an meinen Traum – Selena in ihrem hübschen rosa Kleid, die meine Schneiderschere hebt und sich die Nase abschneidet. Und ich dachte: Oh Gott, bitte hilf mir, meine Tochter anzulügen. Bitte, Gott, ich werde dich nie wieder um etwas bitten, wenn du mir nur hilfst, meine Tochter so anzulügen, daß sie mir glaubt und niemals zweifelt.

»Nein«, sagte ich. Ich trug meine Gartenhandschuhe, aber ich zog sie aus, um ihr die bloßen Hände auf die Schultern zu legen. Ich schaute ihr tief in die Augen.

»Nein, Selena«, sagte ich zu ihr. »Er war betrunken und gemein, und er hat mich so gewürgt, daß die Spuren an meinem Hals immer noch zu sehen sind, aber ich habe ihm nichts getan. Alles, was ich getan habe, war, daß ich fortgegangen bin, und das tat ich, weil ich Angst vor ihm hatte. Das kannst du doch verstehen, oder? Du verstehst es und machst mir keinen Vorwurf daraus? Du weißt doch, wie es ist, wenn man Angst vor ihm hat. Oder etwa nicht?«

Sie nickte, aber ihre Augen ließen nicht von mir ab. Ihr Blau war dunkler, als ich es je gesehen habe – die Farbe des Ozeans vor einer Gewitterfront. Vor meinem inneren Auge sah ich die Schneiden der Schere aufblitzen und ihre kleine Nasenspitze in den Staub fallen. Und ich werde euch sagen, was ich glaube – ich glaube, daß Gott an diesem Tag mein Gebet zur Hälfte erhört hat. Dabei ist mir aufgefallen, daß das genau die Art ist, auf die er Gebete gewöhnlich erhört. Keine Lüge, die ich später über Joe erzählte, war auch nur einen Deut besser als die, die ich Selena an diesem heißen Julinachmittag zwischen den Bohnen und den Gurken erzählte – aber hat sie mir geglaubt? Geglaubt und nie gezweifelt?

So gern ich mir einreden würde, daß die Antwort darauf ja lautet, weiß ich doch, daß es nein ist. Es war Zweifel, der ihre Augen so dunkel werden ließ, damals und seither immer.

»Das Schlimmste«, sagte ich, »was ich mir vorzuwerfen habe, ist, daß ich ihm diese Flasche Schnaps gekauft habe. Daß ich ihn zu bestechen versuchte, damit er nett zu mir war. Ich hätte es besser wissen müssen.«

Sie musterte mich noch eine weitere Minute, dann bückte sie sich und hob den Korb mit den Gurken auf, die ich gepflückt hatte. »Okay«, sagte sie. »Ich bringe das ins Haus.«

Und das war alles. Wir haben nie wieder darüber gesprochen, nicht bevor sie ihn fanden, und danach auch nicht. Sie muß eine Menge Gerede über mich gehört haben, sowohl auf der Insel als auch in der Schule, aber wir haben nie wieder darüber gesprochen. Aber es war dieser Nachmittag im Garten, an dem die Kälte zwischen uns zu treten begann. Und an dem der erste Riß in der Mauer zum Vorschein kam, den Familien zwischen sich und dem Rest der Welt errichten. Seither ist er immer breiter geworden. Sicher, sie ruft an und schreibt mir pünktlich wie eine Uhr, aber der Riß ist geblieben. Wir sind uns fremd geworden. Was ich getan habe, tat ich in erster Linie für Selena, nicht für die Jungen oder wegen des Geldes, das ihr Dad zu stehlen versucht hatte. Es war in erster Linie für Selena, daß ich seinen Tod herbeiführte; daß ich sie vor ihm zu schützen versuchte, kostete mich den tiefsten Teil ihrer Liebe zu mir. Ich habe einmal gehört, wie mein Dad sagte, daß Gott sich eine Last auferlegt hätte an dem Tag, an dem er die Welt erschuf, und im Laufe der Jahre ist mir klar geworden, was er damit meinte. Und wißt ihr, was das Schlimmste daran ist? Manchmal ist es komisch. Manchmal ist es so komisch, daß man selbst dann lachen muß, wenn um einen herum alles in die Brüche geht.

Inzwischen waren Garrett Thibodeau und seine Barbierladen-Kumpel eifrig damit beschäftigt, Joe nicht zu finden. Ich war an dem Punkt angelangt, an dem ich dachte, ich würde wohl selbst über ihn stolpern müssen, so wenig mir diese Vorstellung gefiel. Wenn da nicht das Geld gewesen wäre, hätte er von mir aus da unten bleiben können bis zum Jüngsten Gericht. Aber das Geld war drüben in Jonesport, auf einem Konto auf seinen Namen, und ich hatte nicht die geringste Lust, sieben Jahre darauf zu warten, daß er amtlich für tot erklärt wurde, bevor ich es zurückbekam. Selena würde in gut zwei Jahren mit dem College anfangen, und dann würde sie etwas von dem Geld als Startkapital brauchen.

Allmählich kam man auf die Idee, daß Joe sich vielleicht mit seiner Flasche in den Wald hinter dem Haus verzogen hatte und dabei entweder in eine Falle geraten oder auf dem Heimweg im Dunkeln mit seinem besoffenen Kopf irgendwo gestürzt war. Garrett behauptete, es wäre *seine* Idee, aber das zu glauben, fällt mir verdammt schwer – schließlich bin ich mit ihm zur Schule gegangen. Wie dem auch sei, jedenfalls hängte er am Donnerstag nachmittag einen Aufruf an die Tür des Rathauses, und am Samstagmorgen – das heißt, eine Woche nach der Sonnenfinsternis – zog er mit einem Suchtrupp von vierzig oder fünfzig Männern los.

Sie bildeten am East Head-Ende der Highgate Woods eine Kette und arbeiteten sich auf das Haus zu, zuerst durch den Wald und dann quer über Russian Meadow. Ich sah, wie sie gegen eins die Wiese in einer langen Linie überquerten, lachend und witzelnd, aber die Witzeleien hörten auf und das Fluchen begann, als sie unser Grundstück erreicht hatten und in das Brombeergestrüpp gerieten.

Ich stand an der Haustür und sah sie kommen, und das Herz schlug mir bis zum Halse. Ich weiß noch, daß ich dachte, wenigstens ist Selena nicht zu Hause – sie war bei Laurie Langill –, und das ist ein Segen. Dann dachte ich daran, daß das Dornenverhau sie veranlassen könnte, die

Suche abzubrechen, bevor sie auch nur in die Nähe des alten Brunnens gekommen waren. Aber sie rückten weiter vor. Plötzlich hörte ich Sonny Benoit rufen: »Hey, Garrett! Hierher! Komm hierher!« – und da wußte ich, daß sie Joe gefunden hatten.

Natürlich fand eine Autopsie statt, noch an dem Tag, an dem er gefunden worden war, und wahrscheinlich war sie noch im Gange, als Jack und Alicia Forbert gegen Abend die Jungen zurückbrachten. Pete weinte, machte aber einen ziemlich verwirrten Eindruck – ich glaube, er hatte gar nicht richtig begriffen, was mit seinem Dad passiert war. Aber Joe Junior hatte es begriffen, und sein Blick tat mir fast ebenso weh, wie mir der Blick seiner großen Schwester wehgetan hatte, als sie mich fragte, ob ich etwas damit zu tun hätte. Später, als Joe mich beiseite zog, dachte ich, er würde mir dieselbe Frage stellen, und ich wappnete mich innerlich, um ihm die gleiche Lüge aufzutischen. Aber er fragte mich etwas ganz anders.

»Ma«, sagte er, »wenn ich froh darüber wäre, daß er tot ist – würde Gott mich dann in die Hölle schicken?«

»Joey, ein Mensch kann gegen seine Gefühle nicht viel tun, und ich glaube, Gott weiß das«, sagte ich.

Da fing er an zu weinen, und dann sagte er etwas, das mir das Herz brach. Er sagte: »Ich habe *versucht,* ihn zu lieben. Ich habe es *ständig* versucht, aber er hat es mir einfach nicht erlaubt.«

Da nahm ich ihn in die Arme und drückte ihn fest an mich. Ich glaube, in diesem Moment war ich den Tränen näher als irgendwann während dieser ganzen Sache – aber ihr müßt bedenken, daß ich nicht sonderlich gut geschlafen hatte, und daß ich immer noch keinen blassen Schimmer hatte, wie sie ausgehen würde.

Die amtliche Leichenschau sollte am Dienstag stattfinden, und Lucien Mercier, der damals der einzige Bestattungsunternehmer auf Little Tall war, teilte mir mit, daß ich Joe am Mittwoch auf The Oaks beisetzen lassen könnte. Aber am Montag, dem Tag vor der Leichenschau, rief Garrett mich an und sagte, ich möchte doch auf ein paar Minuten in sein Büro kommen. Das war der Anruf, den ich erwartet und vor dem ich mich gefürchtet hatte, aber mir blieb nichts anderes übrig, als hinzugehen; ich bat Selena, den Jungen ihren Lunch zu geben, und dann ging ich. Garrett war nicht allein. Dr. John McAuliffe war bei ihm. Auch das hatte ich mehr oder weniger erwartet, aber mir wurde trotzdem ein bißchen flau.

McAuliffe war damals der für das County zuständige Amtsarzt. Er starb drei Jahre später, als sein kleiner VW-Käfer mit einem Schneepflug zusammenstieß. Nach seinem Tod übernahm Henry Briarton den Job. Wenn Henry schon damals der County-Mann gewesen wäre, dann wäre mir vor unserem Gespräch an diesem Tag wesentlich wohler zumute gewesen. Briarton ist intelligenter, als der arme alte Garrett Thibodeau es war, aber nur um Haaresbreite. Aber John McAuliffe hatte einen Verstand wie das Licht, das von einem Leuchtfeuer ausgeht.

Er war ein waschechter Schotte, der kurz nach dem Ende des Zweiten Weltkriegs hier in der Gegend aufgetaucht war und immer noch mit einem dicken Akzent sprach. Er muß wohl amerikanischer Staatsbürger gewesen sein, weil er eine Praxis hatte und außerdem Amtsarzt war, aber er hörte sich weiß Gott nicht so an wie die Leute hier. Nicht, daß mir das etwas ausmachte; ich wußte, daß ich ihm die Stirn bieten mußte, ob er nun Amerikaner war oder Schotte oder Chinese.

Er hatte schneeweißes Haar, obwohl er nicht älter gewesen sein kann als fünfundvierzig, und blaue Augen, die so hell und scharf waren, daß sie aussahen wie Bohrer. Wenn er einen ansah, hatte man das Gefühl, daß er einem direkt ins Hirn schaute und die Gedanken, die er dort vorfand, in alphabetische Reihenfolge brachte. Als ich ihn neben Garretts Schreibtisch sitzen sah und hörte, wie die Tür zum Rest des Rathauses hinter mir ins Schloß fiel, wußte ich, daß das, was am nächsten Tag drüben auf dem Festland passierte, nicht die geringste Rolle spielte. Die eigentliche Leichenschau fand hier in diesem winzigen Polizeibüro statt, mit einem *Weber Oil*-Kalender an der einen und einem Foto von Garretts Mutter an der anderen Wand.

»Es tut mir leid, daß ich dich in deiner Trauer stören muß, Dolores«, sagte Garrett. Er rieb seine Hände gegeneinander, anscheinend nervös, und er erinnerte mich an Mr. Pease drüben in der Bank. Aber Garrett muß ein paar Schwielen mehr an den Händen gehabt haben; das Geräusch, das sie beim Gegeneinanderreiben machten, hörte sich an wie feines Sandpapier auf einem trockenen Brett. »Aber Dr. McAuliffe hier hat ein paar Fragen, die er dir gern stellen möchte.«

An der unsicheren Art, wie Garrett den Doktor ansah, erkannte ich, daß er nicht wußte, was für Fragen das waren, und das jagte mir noch mehr Angst ein. Mir gefiel der Gedanke nicht, daß dieser schlaue Schotte die Angelegenheit für so schwerwiegend hielt, daß er seine Ansichten für sich behielt und dem armen alten Garrett Thibodeau keine Chance gab, irgendwas zu vermasseln.

»Mein tiefstes Mitgefühl, Mrs. St. George«, sagte McAuliffe mit seinem dicken schottischen Akzent. Er war ein kleiner Mann, aber trotzdem kompakt und gut beieinander. Er hatte einen kleinen Schnurrbart, so weiß wie die Haare auf seinem Kopf, er trug einen dreiteiligen Anzug aus Wolle, und er hörte sich nicht nur nicht so an wie die Leute von hier, er sah auch nicht so aus wie sie. Diese blauen Augen bohrten sich unablässig in meine Stirn, und mir war klar, daß er mir, einerlei, was er behauptete, keine Spur von Mitgefühl entgegenbrachte. Und jemand anderem, sich selbst eingeschlossen, vermutlich auch nicht. »Ihr schmerzlicher Verlust tut mir sehr, sehr leid.«

Klar, und wenn ich das glaube, dann wirst du mir noch etwas weismachen, dachte ich. Aber gleichzeitig beschloß ich, ihn unter keinen Umständen merken zu lassen, wieviel Angst ich vor ihm hatte. Vielleicht hatte er mich, aber vielleicht auch nicht. Ihr müßt bedenken – es war durchaus möglich, daß er mir mitteilte, daß, als sie Joe auf welche Art auch immer aus dem Brunnen zogen, in seiner Nähe ein Stückchen weißes Nylon gefunden worden wäre; ein Fetzen von einem Damenunterrock. Das konnte sein, aber ich würde ihm trotzdem nicht die Genugtuung geben, mich unter seinen Augen zu winden. Und er war es *gewohnt,* daß sich die Leute wanden, wenn er sie ansah; es stand ihm gewissermaßen zu, und er mochte es.

»Vielen Dank«, sagte ich.

»Wollen Sie nicht Platz nehmen, Madam?« fragte er, als wäre es sein Büro und nicht das des armen, alten, verwirrten Garrett.

Ich setzte mich, und er fragte, ob ich etwas dagegen hätte, wenn er rauchte. Ich sagte, soweit es mich beträfe, wäre die Lampe angezündet. Er lachte leise, als hätte ich einen Witz gemacht – aber seine Augen lachten nicht. Er holte eine große, alte, schwarze Pfeife aus der Jackettasche und stopfte sie. Und selbst während er das tat, ließ er mich keine Sekunde aus dem Blick. Sogar nachdem er sie zwischen die Zähne geklemmt hatte und der Rauch aus dem Kopf aufstieg, hielt er die Augen auf mich gerichtet. Sie machten mich ziemlich nervös, wie sie mich da durch den Rauch hindurch musterten, und ich mußte wieder an ein Leuchtfeuer denken – es soll eines geben, das sogar in einer Nacht, in der der Nebel so dick ist, daß man ihn mit den Händen schneiden kann, fast zwei Meilen weit zu sehen ist.

Ich fing an, mich ungeachtet all meiner guten Vorsätze unter diesem Blick unbehaglich zu fühlen; doch dann dachte ich an Vera Donovan und daran, was sie gesagt hatte: »Unsinn – Ehemänner sterben alle Tage, Dolores.« Mir kam der Gedanke, daß McAuliffe Vera anstarren konnte, bis ihm die Augen aus dem Kopf fielen, und trotzdem nichts erreichte, nicht einmal, daß sie die Beine andersherum übereinanderschlug. Dieser Gedanke tröstete mich ein wenig, und ich wurde wieder ganz ruhig; ich faltete einfach die Hände über meiner Handtasche und wartete ab.

Endlich, als er begriffen hatte, daß ich nicht einfach vom Stuhl fallen und gestehen würde, daß ich meinen Mann ermordet hätte – unter einer Flut von Tränen, das hätte ihm vermutlich am besten gefallen –, nahm er die Pfeife aus dem Mund und sagte: »Sie haben dem Polizisten gesagt, es wäre Ihr Mann gewesen, der Ihnen diese Quetschungen am Hals beigebracht hat, Mrs. St. George.«

»Ja«, sagte ich.

»Daß Sie und er auf der Veranda saßen, um die Sonnenfinsternis zu beobachten, und daß es dann zu einem Streit kam.«

»Ja.«

»Und worum ging es bei diesem Streit, wenn ich fragen darf?«

»Geld obenauf«, sagte ich, »und Schnaps drunter.«

»Aber Sie haben selbst den Alkohol gekauft, mit dem er sich an diesem Tag betrank, Mrs. St. George. Ist es nicht so?«

»Ja«, sagte ich. Ich spürte, wie mich danach verlangte, mehr zu sagen, Erklärungen anzubieten, aber ich tat es nicht, obwohl ich es gekonnt hätte. Das war nämlich genau, was McAuliffe wollte – daß ich ins Reden geriet und Erklärungen lieferte, die mich stracks in eine Gefängniszelle beförderten.

Endlich gab er das Warten auf. Er schnippte mit den Fingern, als wäre er verärgert, dann richtete er wieder diese Leuchtfeuer-Augen auf mich. »Nachdem er Sie gewürgt hatte, verließen Sie Ihren Mann; Sie gingen nach Russian Meadow, um die Finsternis allein zu beobachten.«

»Ja.«

Ganz plötzlich beugte er sich vor mit den kleinen Händen auf den kleinen Knien und sagte: »Mrs. St. George, wissen Sie, aus welcher Richtung an diesem Tag der Wind kam?«

Es war wie an dem Tag im November '62, an dem ich den alten Brunnen fand, indem ich beinahe hineinfiel. Mir war, als hörte ich dasselbe knackende Geräusch, und ich dachte: Sei vorsichtig, Dolores Claiborne, sei ganz, ganz vorsichtig. Heute gibt es überall Brunnen, und dieser Mann kennt jeden einzelnen von ihnen.

»Nein«, sagte ich, »das weiß ich nicht. Und wenn ich

nicht weiß, woher der Wind weht, dann bedeutet das gewöhnlich, daß der Tag windstill ist.«

»Es war kaum mehr als eine leichte Brise . . .«, meldete sich Garrett zu Wort, aber McAuliffe hob die Hand und schnitt es ihm ab wie mit einer Messerklinge.

»Er kam von Westen«, sagte er. »Ein Westwind, eine West*brise*, wenn Sie wollen, mit einer Geschwindigkeit von elf bis vierzehn Kilometern pro Stunde und Böen bis zu vierundzwanzig. Ich finde es seltsam, Mrs. St. George, daß dieser Wind nicht die Rufe Ihres Mannes zu Ihnen trug, als Sie auf Russian Meadow standen, nicht einmal tausend Meter weit entfernt.«

Mindestens drei Sekunden lang sagte ich überhaupt nichts. Ich hatte mich entschlossen, innerlich bis drei zu zählen, bevor ich eine seiner Fragen beantwortete. Das würde mich vielleicht daran hindern, zu schnell zu reagieren und in eine der Gruben zu fallen, die er für mich ausgehoben hatte. Aber McAuliffe muß geglaubt haben, er hätte mich von der ersten Sekunde an in Verwirrung gebracht, denn er beugte sich vor, und ich könnte schwören, daß sich die Farbe seiner Augen ein oder zwei Sekunden lang von Blauglühend zu Weißglühend veränderte.

»Das überrascht mich nicht«, sagte ich. »Einmal sind elf Kilometer pro Stunde an einem schwülen Tag kaum mehr als ein Hauch. Zum anderen waren an die tausend Boote auf dem Wasser, sie sich alle gegenseitig zututeten. Und woher wissen Sie, daß er gerufen hat? *Sie* haben ihn doch bestimmt nicht gehört.«

Er lehnte sich zurück und machte einen etwas enttäuschten Eindruck. »Das ist eine begründete Annahme«, sagte er. »Wir wissen, daß er bei dem eigentlichen Sturz nicht ums Leben gekommen ist, und das Ergebnis der Autopsie deutet darauf hin, daß es zumindest *einen* längeren Zeitraum gab, wo er bei Bewußtsein war. Mrs. St. George, wenn *Sie* in einen aufgegebenen Brunnen gefallen wären und da drin lägen mit einem gebrochenen Schienbein, einem gebrochenen Knöchel, vier gebrochenen Rippen und einem verstauchten Handgelenk – würden Sie dann nicht um Hilfe rufen?«

Ich ließ mir drei Sekunden Zeit mit je einem hübschen Pony dazwischen, und dann sagte ich: »Ich bin nicht in den Brunnen gefallen, Dr. McAuliffe. Es war Joe, und er hatte getrunken.«

»Ja«, erwiderte Dr. McAuliffe. »Sie kauften ihm eine Flasche Whiskey, obwohl alle Leute, mit denen ich gesprochen habe, gesagt haben, daß Ihnen sein Trinken zuwider war, obwohl er unangenehm und streitsüchtig wurde, wenn er getrunken hatte; Sie kauften ihm eine Flasche Whiskey, und er hatte nicht einfach getrunken, er war betrunken. Er war *sehr* betrunken. Außerdem war sein Mund voller Blut, und sein Hemd war blutverkrustet bis zur Gürtelschließe. Wenn man diese Tatsache bedenkt, in Verbindung mit den gebrochenen Rippen und den gleichfalls vorhandenen Lungenverletzungen – wissen Sie, welchen Schluß das nahelegt?«

Eins, mein hübsches Pony ... zwei, mein hübsches Pony ... drei, mein hübsches Pony. »Nein«, sagte ich.

»Mehrere der gebrochenen Rippen hatten sich in seine Lungen gebohrt. Solche Verletzungen führen immer zu Blutungen, aber nur selten zu so starken. Eine derart heftige Blutung wurde meines Erachtens dadurch ausgelöst, daß der Verstorbene wiederholt um Hilfe rief.«

Das war keine Frage, aber ich zählte trotzdem bis drei, bevor ich sagte, »Sie glauben, daß er da unten war und um Hilfe rief. Ist es das, was Sie damit sagen wollen?«

»Nein, Madam«, sagte er. »Ich *glaube* es nicht nur; ich bin mir dessen ganz sicher.«

Diesmal wartete ich nicht ab. »Dr. McAuliffe«, sagte ich, »glauben Sie etwa, ich hätte meinen Mann in diesen Brunnen gestoßen?«

Das erschütterte ihn ein bißchen. Seine Leuchtfeuer-Augen blinkten nicht nur – für ein paar Sekunden schalteten sie regelrecht ab. Er hantierte mit seiner Pfeife herum, dann schob er sie wieder in den Mund und tat einen Zug, und die ganze Zeit versuchte er sich darüber klar zu werden, wie er *darauf* reagieren sollte.

Bevor er es konnte, meldete sich Garrett wieder zu Wort. Sein Gesicht war so rot geworden wie ein Radieschen. »Dolores«, sagte er, »ich bin sicher, niemand glaubt ... ich wollte sagen, niemand hat auch nur *in Erwägung gezogen,* daß du ...«

»Doch«, unterbrach ihn McAuliffe. Ich hatte seinen Gedankenzug für ein paar Sekunden auf eine Nebenstrecke geschoben, aber er schaffte es mühelos, ihn wieder auf die Hauptstrecke zu befördern. »*Ich* habe es in Erwägung gezogen. Sie verstehen. Mrs. St. George, das gehört nun einmal zu meinem Job ...«

»Das Mrs. St. George können Sie sich schenken«, sagte ich. »Wenn Sie mich beschuldigen wollen, ich hätte meinen Mann in den Brunnen gestoßen und dann dabeigestanden, während er um Hilfe schrie, dann können Sie mich gleich Dolores nennen.«

Diesmal hatte ich eigentlich nicht versucht, ihn aus der Fassung zu bringen, Andy, aber ich will verdammt sein, wenn es mir nicht gelungen war – zum zweiten Mal binnen weniger Minuten. Ich glaube nicht, daß ihm seit seiner Studentenzeit jemand so hart zugesetzt hat.

»Niemand *beschuldigt* Sie, irgendetwas getan zu haben, Mrs. St. George«, sagte er ziemlich steif, und in seinen Augen war deutlich zu lesen: jedenfalls *noch* nicht.

»Nun, das freut mich«, sagte ich. »Weil nämlich die Idee, ich könnte Joe in den Brunnen gestoßen haben, einfach albern ist. Er wog mindestens fünfzig Pfund mehr als ich – vermutlich sogar noch mehr. In den letzten paar Jahren hatte er eine Menge Fett angesetzt. Außerdem hatte er keinerlei Hemmungen, von seinen Fäusten Gebrauch zu machen, wenn ihn jemand ärgerte oder ihm in die Quere kam. Das sage *ich* Ihnen, die sechzehn Jahre lang seine Frau war, und Sie werden auf der Insel eine Menge Leute finden, die Ihnen dasselbe sagen.«

Natürlich hatte Joe mich schon seit langem nicht mehr geschlagen, aber ich habe nie versucht, die Ansicht, die man auf der Insel hegte, daß er es ziemlich regelmäßig tat, zu berichtigen; und in diesem Moment, in dem McAuliffes blaue Augen versuchten, sich durch meine Stirn hindurchzubohren, war ich verdammt froh darüber.

»Niemand behauptet, Sie hätten ihn in den Brunnen gestoßen«, sagte der Schotte. Er gab jetzt schnell klein bei. Und er wußte, daß er es tat; aber ich habe keine Ahnung, wie es dazu gekommen war. Sein Gesicht besagte, daß eigentlich *ich* diejenige sein müßte, die klein beigab. »Aber er muß um Hilfe gerufen haben. Er muß es geraume Zeit getan haben – vielleicht stundenlang –, und zwar ziemlich laut.«

Eins, mein hübsches Pony . . . zwei, mein hübsches Pony . . . drei. »Ich denke, jetzt verstehe ich Sie«, sagte ich. »Sie glauben offenbar, daß er zufällig in den Brunnen fiel, und ich hörte ihn rufen und stellte mich einfach taub. Ist es das, worauf Sie hinauswollen?«

Ich hatte seinem Gesicht angesehen, daß es *genau das* war, worauf er hinauswollte. Ich hatte auch gesehen, daß er wütend war, weil die Dinge nicht so liefen, wie sie bei solchen Verhören sonst immer gelaufen waren. Auf jeder seiner Backen war ein kleiner roter Fleck erschienen. Das freute mich, weil ich wollte, daß er wütend war. Mit einem Mann wie McAuliffe ist leichter umzugehen, wenn er wütend ist, weil Männer wie er es gewohnt sind, ihre Fassung zu wahren, während andere Leute sie verlieren.

»Mrs. St. George, es ist sehr schwierig, hier zu einem Ergebnis zu kommen, wenn Sie auf meine Fragen ständig mit Gegenfragen reagieren.«

»Aber Sie haben mir doch gar keine Frage gestellt, Dr. McAuliffe«, sagte ich und riß die Augen weit und unschuldig auf. »Sie haben mir erklärt, daß Joe geschrien hat – ›um Hilfe gerufen‹ waren Ihre Worte –, und so habe ich nur gefragt, ob . . .«

»Schon gut, schon gut«, sagte er und deponierte seine Pfeife so heftig in Garretts Messingaschenbecher, daß es schepperte. Jetzt funkelten seine Augen, und zu den roten Flecken auf seinen Backen war ein roter Streifen auf seiner Stirn hinzugekommen. »*Haben* Sie gehört, daß er um Hilfe rief, Mrs. St. George?«

Eins, mein hübsches Pony . . . zwei, mein hübsches Pony . . .

»John, ich finde, Sie haben wirklich keine Veranlassung, dieser Frau so zuzusetzen«, meldete sich Garrett wieder zu Wort. Es hörte sich an, als fühlte er sich unbehaglicher als je zuvor, und ich will verdammt sein, wenn er damit die Konzentration des geschniegelten kleinen Schotten nicht *wieder* durchbrochen hatte. Ich hätte beinahe laut aufgelacht. Es wäre nicht gut für mich gewesen, wenn ich es getan hätte, ganz bestimmt nicht, aber ich war nahe daran.

McAuliffe fuhr herum und sagte zu Garrett: »Wir waren uns einig, daß *ich* die Sache in die Hand nehme.«

Der arme alte Garrett ruckte so schnell auf seinem Stuhl zurück, daß er beinahe umgekippt wäre, und ich bin sicher, daß er sich in Gedanken selbst ohrfeigte. »Okay, okay, kein Grund, gleich aus der Haut zu fahren.«

McAuliffe drehte sich wieder zu mir um, bereit, die Frage zu wiederholen, aber ich ließ ihn gar nicht erst dazu kommen. Inzwischen hatte ich genügend Zeit gehabt, um bis zehn zu zählen.

»Nein«, sagte ich. »Ich habe nichts gehört außer den Leuten draußen auf dem Wasser, die ihre Signalhörner tuten ließen und herumbrüllten wie die Verrückten, als sie sahen, daß die Finsternis tatsächlich anfing.«

Er wartete darauf, daß ich noch mehr sagte – sein alter Trick, den Mund zu halten und zuzusehen, wie die Leute sich selbst die Schlinge um den Hals legten –, und das Schweigen breitete sich zwischen uns aus. Ich ließ meine Hände einfach auf meiner Handtasche gefaltet liegen und ließ ihn zappeln. Er sah mich an, und ich sah ihn an.

Du wirst den Mund aufmachen, Frau, sagten seine Augen. Du wirst mir alles erzählen, was ich hören will – zweimal, wenn ich es so will.

Und meine eigenen Augen erwiderten: Nein, das werde ich nicht tun, mein Freund. Du kannst hier sitzen und mich mit diesen diamantharten blauen Augen durchbohren, bis die Hölle eine Eisbahn ist, und du wirst trotzdem kein weiteres Wort aus mir herausbekommen, solange du nicht den Mund aufmachst und es verlangst.

So ging das fast eine volle Minute weiter. Man könnte sagen, wir duellierten uns mit den Augen, und schließlich spürte ich, wie ich schwach wurde und es mich drängte, irgendwas zu sagen, und sei es auch nur: Hat Ihre Ma Ihnen nicht beigebracht, daß es unhöflich ist, andere Leute anzustarren? Dann meldete sich Garrett wieder zu Wort – oder vielmehr, sein Magen tat es. Er gab ein lautes Knurren von sich.

McAuliffe sah ihn an, stocksauer, und Garrett holte sein Taschenmesser hervor und fing an, sich damit die Fingernägel zu säubern. McAuliffe zog ein Notizbuch aus der Innentasche seines Wolljacketts, schlug etwas darin nach, dann steckte er es wieder ein.

»Er hat versucht, herauszuklettern«, sagte er schließlich, so beiläufig, wie jemand vielleicht sagt: Ich habe eine Verabredung zum Mittagessen.

Mir war, als würde mir eine Fleischgabel ins Kreuz gestochen, dahin, wo mich Joe damals mit dem Holzscheit geschlagen hatte, aber ich versuchte, es mir nicht anmerken zu lassen. »So?« sagte ich.

»Ja.« sagte McAuliffe. »Die Innenwand des Brunnenschachts besteht aus großen Steinen, und auf mehreren von ihnen haben wir blutige Handabdrücke gefunden. Es sieht so aus, als wäre er auf die Beine gekommen und hätte sich dann langsam, Hand über Hand, nach oben gearbeitet. Es muß eine übermenschliche Anstrengung gewesen sein, und zwar unter Schmerzen, die qualvoller waren, als ich mir vorstellen kann.«

»Es tut mir leid, daß er soviel ausstehen mußte«, sagte ich. Meine Stimme war so gelassen wie immer – zumindest glaube ich das –, aber ich konnte spüren, wie mir in den Achselhöhlen der Schweiß ausbrach, und ich erinnere mich, daß ich Angst hatte, er würde auch auf meiner Stirn ausbrechen oder in den kleinen Gruben an meinen Schläfen, wo er ihn sehen konnte. »Armer alter Joe.«

»Ja«, sagte McAuliffe, und seine Leuchtfeuer-Augen blitzten und bohrten. »Armer ... alter ... Joe. Ich glaube, er hätte es vielleicht sogar geschafft, ganz herauszukommen. Wahrscheinlich wäre er bald darauf ohnehin gestorben, aber ja, ich glaube, er hätte es schaffen können. Aber irgendetwas hat das verhindert.«

»Was war das?« fragte ich.

»Er erlitt einen Schädelbruch«, sagte McAuliffe. Seine Augen waren so hell wie immer, aber seine Stimme war so sanft geworden wie das Schnurren einer Katze. »Wir haben zwischen seinen Beinen einen großen Stein gefunden. Er war bedeckt mit dem Blut Ihres Mannes, Mrs. St. George. Und in diesem Blut fanden wir ein paar kleine Porzellanscherben. Wissen Sie, was ich daraus schließe?«

Eins ... zwei ... drei.

»Das hört sich an, als hätte dieser Stein nicht nur seinen Schädel zerbrochen, sondern auch sein Gebiß«, sagte ich. »Ein Jammer – Joe war so stolz darauf, und ich weiß nicht, wie Lucien Mercier es anstellen will, ihn trotzdem anständig für die Beerdigung herzurichten.«

McAuliffe zog die Lippen zurück, als ich das sagte, und ich konnte einen Blick auf *seine* Zähne werfen. Er trug kein Gebiß. Ich nehme an, es sollte wie ein Lächeln aussehen, aber das tat es nicht. Nicht im mindesten.

»Ja«, sagte er und zeigte mir seine beiden Reihen guter kleiner Zähne bis ans Zahnfleisch heran. »Ja, zu dem Schluß war ich auch gekommen – diese Porzellanscherben stammen von seinem Gebiß. Mrs. St. George, können

Sie sich vorstellen, wie es passiert sein könnte, daß dieser Stein Ihren Mann traf, als er gerade im Begriff war, aus dem Brunnen herauszukommen?«

Eins ... zwei ... drei.

»Nein«, sagte ich. »Können Sie es?«

»Ja«, sagte er. »Ich vermute, daß ihn jemand aus der Erde gerissen hat und ihn dann grausam und vorsätzlich in sein flehend emporgewandtes Gesicht schmetterte.«

Daraufhin sagte niemand ein Wort. Es drängte mich weiß Gott, etwas zu sagen; ich hätte am liebsten reagiert wie ein geölter Blitz und gesagt: Ich war es nicht. Vielleicht hat jemand es getan, aber ich war es nicht. Aber das konnte ich nicht, weil ich wieder mitten in dem Brombeergestrüpp steckte, und diesmal wimmelte es ringsum von tückischen Brunnen.

Anstatt etwas zu sagen, saß ich einfach da und sah ihn an, aber ich spürte, wie mir wieder der Schweiß ausbrach, und auch, wie meine gefalteten Hände danach verlangten, sich zu verkrampfen. Wenn ich das tat, würden die Fingernägel weiß werden – und er würde es bemerken. McAuliffe war so gebaut, daß er solche Dinge bemerkte. Ich versuchte, an Vera zu denken und daran, wie sie ihn angeschaut hätte – so, als wäre er nur ein Batzen Hundescheiße an einem ihrer Schuhe –, aber solange seine Augen sich auf diese Weise in mich bohrten, schien auch das nicht zu helfen. Vorher war es gewesen, als wäre sie bei mir in diesem Zimmer, aber jetzt nicht mehr. Jetzt war niemand mehr da außer mir und diesem geschniegelten kleinen Schotten, der sich wahrscheinlich für eine Art Amateurdetektiv hielt, so einen wie in den Zeitschriften-Geschichten (und dessen Aussage, wie ich später herausfand, schon mehr als ein Dutzend Leute aus den Küstenorten ins Gefängnis gebracht hatte), und ich spürte, wie der Drang, den Mund aufzumachen und mit etwas herauszuplatzen, immer stärker wurde. Und das Teuflische daran war, Andy, daß ich nicht die geringste Ahnung hatte, was es sein würde, wenn es schließlich kam. Ich konnte das Ticken der Uhr auf Garretts Schreibtisch hören – es war ein lautes, hohles Geräusch.

Und ich war tatsächlich drauf und dran, etwas zu sagen, als statt dessen jemand etwas sagte, den ich völlig vergessen hatte – Garrett Thibodeau. Er sprach mit hastiger, nervöser Stimme, und mir wurde klar, daß auch er das Schweigen nicht mehr ertrug – er muß gedacht haben, es würde so lange weitergehen, bis jemand einfach schreien mußte, um die Spannung zu durchbrechen.

»Also, John«, sagte er, »ich dachte, wir wären uns einig gewesen, daß dieser Stein, wenn Joe irgendwie richtig daran gezerrt hat, sich von selbst hätte lösen können und . . .«

»*Halten Sie den Mund, Mann*!« brüllte McAuliffe ihn an. Seine Stimme klang schrill und frustriert, und ich entspannte mich. Jetzt war alles vorüber. Ich wußte es, und ich glaube, der kleine Schotte wußte es auch. Es war so, als wären wir beide zusammen in einem stockfinsteren Zimmer gewesen, und er hätte mich mit einem Ding im Gesicht gekitzelt, das eine Rasierklinge hätte sein können – und dann war der ungeschickte alte Garrett Thibodeau gestolpert und gegen das Fenster gefallen, die Jalousie fuhr rasselnd und klappernd hoch und ließ das Tageslicht herein, und ich sah, daß es doch nur eine Feder gewesen war, womit er mich gekitzelt hatte.

Garrett murmelte etwas von der Art, daß McAuliffe nicht die geringste Veranlassung hatte, auf diese Weise mit ihm zu reden, aber der Doktor achtete nicht darauf. Er wendete sich wieder mir zu und sagte »Nun, Mrs. St. George?« auf die harte Tour, als hätte er mich in die Enge getrieben; aber inzwischen wußten wir es beide besser. Jetzt konnte er nur noch hoffen, daß ich einen Fehler machte – aber ich hatte drei Kinder, und wenn man Kinder hat, macht man keine Fehler.

»Ich habe Ihnen erzählt, was ich weiß«, sagte ich. »Er hat sich betrunken, während wir auf die Finsternis warteten. Ich machte ihm ein Sandwich, weil ich glaubte, das würde ihn wieder ein bißchen nüchterner machen, aber das tat es nicht. Er schrie mich an, dann würgte er mich und schubste mich ein bißchen herum, also ging ich hinauf nach Russian Meadow. Als ich zurückkam, war er weg. Ich nahm an, er wäre mit einem seiner Freunde losgezogen, aber die ganze Zeit steckte er in dem Brunnen. Vermutlich wollte er den Weg zur Straße abkürzen. Vielleicht hat er sogar nach mir gesucht, weil er sich entschuldigen wollte. Das ist etwas, was ich nie erfahren werde ... Und das ist vielleicht gut so.« Ich warf ihm einen harten Blick zu. »Vielleicht sollten Sie es auch einmal mit einem Schluck von dieser Medizin probieren, Dr. McAuliffe.«

»Auf Ihre Ratschläge kann ich verzichten, Madam«, sagte McAuliffe, und die roten Flecke auf seinen Wangen brannten heißer und greller als je zuvor. »Sind Sie froh, daß er tot ist? Heraus mit der Sprache!«

»Was zum Teufel hat das mit dem zu tun, was mit ihm passiert ist?« fragte ich. »Herr im Himmel, was wollen Sie eigentlich?«

Er antwortete nicht – er nahm nur seine Pfeife mit einer Hand, die ein ganz winziges bißchen zitterte, und machte sich daran, sie wieder anzuzünden. Er stellte mir keine weiteren Fragen; die letzte Frage, die mir gestellt wurde, kam von Garrett Thibodeau. McAuliffe stellte sie nicht, weil sie unwichtig war, jedenfalls für ihn. Aber für Garrett war sie wichtig, und für mich sogar noch wichtiger, denn nichts war zu Ende, wenn ich an diesem Tag das Rathaus verließ; in gewisser Weise würde das erst der Anfang sein. Diese letzte Frage und die Art, wie ich sie beantwortete, würden eine Menge ausmachen; gewöhnlich sind es die Dinge, die im Gerichtssaal völlig unwichtig sind, über die am meisten getuschelt wird – über den Gartenzaun hinweg, während die Frauen ihre Wäsche aufhängen, oder draußen auf den Hummerbooten, während die Männer mit dem Rücken zum Ruderhaus dasitzen und ihr Essen verzehren. Diese Dinge bringen einen vielleicht nicht ins Gefängnis, aber sie können einen in den Augen der anderen Leute zum Galgen verdammen.

»Warum in Gottes Namen hast du ihm überhaupt eine Flasche Schnaps gekauft?« fragte Garrett. »Was ist in dich gefahren, Dolores?«

»Ich dachte, er würde mich in Ruhe lassen, wenn er etwas zu trinken hatte«, sagte ich. »Ich glaubte, wir könnten friedlich beieinandersitzen und die Finsternis betrachten, und er würde mich in Ruhe lassen.«

Ich weinte nicht, jedenfalls nicht richtig, aber ich spürte, wie mir eine Träne über die Wange rollte. Manchmal denke ich, es hat an ihr gelegen, daß ich die nächsten dreißig Jahre auf Little Tall weiterleben konnte – an dieser einen Träne. Wenn sie nicht gewesen wäre, so hätten sie mich vielleicht vertrieben mit ihrem Getuschel und Gekrittel, sie hätten ständig hinter meinem Rücken mit dem Finger auf mich gezeigt – ja, letzten Endes hätten sie es vielleicht geschafft. Ich bin zäh, aber ich weiß nicht, wie zäh man sein muß, um dreißig Jahre Klatsch durchzustehen und anonyme kleine Zettel, auf denen steht: »Du bist mit einem Mord durchgekommen.« Ich bekam ein paar von diesen Zetteln – und ich kann mir auch recht gut vorstellen, von wem sie stammten –, aber als im Herbst die Schule wieder anfing, war damit Schluß. Und so könnte man vermutlich sagen, daß ich den gesamten Rest meines Lebens dieser einen Träne verdanke – und Garrett, der durchsickern ließ, daß ich letzten Endes doch nicht zu hartherzig gewesen war, um wegen Joe eine Träne zu vergießen. Es steckte keinerlei Berechnung dahinter, das kann ich euch versichern. Ich mußte daran denken, wie leid es mir tat, daß Joe so leiden mußte, wie er nach Ansicht des geschniegelten kleinen Schotten gelitten hat. Trotz allem, was er getan hatte und wie ich ihn haßte, seit ich dahinter gekommen war, was er Selena hatte antun wollen, hatte ich nie gewollt, daß er litt. Ich dachte, der Sturz würde ihn umbringen, Andy – ich schwöre beim Namen Gottes, daß ich dachte, der Sturz würde ihn auf der Stelle umbringen.

Der arme alte Garrett Thibodeau wurde so rot wie ein Stopsignal. Er fummelte ein Kleenex aus der Schachtel auf seinem Tisch und hielt es mir hin, ohne mich dabei anzusehen – wahrscheinlich glaubte er, daß dieser Träne eine ganze Flut folgen würde –, und entschuldigte sich dafür, daß er mir »eine derart belastende Befragung« zugemutet hatte. Ich wette, das waren so ziemlich die schwierigsten Worte, die er kannte.

Daraufhin gab McAuliffe ein Geräusch von sich, das sich anhörte wie *humpf*, sagte, daß er bei der Leichenschau anwesend sein würde, wo ich meine Aussage machen müßte, und dann ging er – stampfte hinaus und knallte die Tür so heftig ins Schloß, daß die Scheibe klirrte. Garrett ließ ihm Zeit, zu verschwinden, dann begleitete er mich zur Tür, wobei er meinen Arm hielt und mich immer noch nicht ansah (es war irgendwie komisch) und die ganze Zeit murmelte. Ich weiß nicht, *was* er murmelte, aber was es auch gewesen sein mag – ich nehme an, das war Garretts Art zu sagen, daß ich ihm leid tat. Dieser Mann hatte ein weiches Herz – und um noch etwas über Little Tall zu sagen: wo sonst hätte ein Mann wie er nicht nur zwanzig Jahre lang Polizist sein können, sondern nach dieser Zeit, als er sich schließlich ins Privatleben zurückzog, noch ein Essen zu seinen Ehren bekommen, bei dem alle aufstanden und Beifall klatschten? Ich werde euch sagen, was ich denke – ein Ort, an dem ein warmherziger Mann als Polizist geliebt und geachtet wird, ist kein schlechter Ort. Ganz und gar nicht. Trotzdem – ich bin nie glücklicher gewesen, eine Tür hinter mir ins Schloß fallen zu hören, als in dem Moment, in dem Garrett sie hinter mir zumachte.

Also das hatte ich hinter mir, und damit verglichen war die Leichenschau am nächsten Tag ein Kinderspiel. McAuliffe stellte mir so ziemlich die gleichen Fragen, und es waren harte Fragen, aber sie konnten mir nichts mehr anhaben, und das wußten wir beide. Meine eine Träne war schön und gut, aber McAuliffes Fragen – und die Tatsache, daß jedermann sehen konnte, daß er auf mich stocksauer war – trugen eine Menge dazu bei, das Gerede auszulösen, das seither auf der Insel die Runde macht. Aber wenn schon – Gerede hätte es auf jeden Fall gegeben, da bin ich ganz sicher.

Das Urteil lautete auf Tod durch Unfall. Es gefiel McAuliffe ganz und gar nicht, und zum Schluß las er seine Untersuchungsergebnisse mit tonloser Stimme vor, wobei er nicht ein einziges Mal aufsah; aber was er sagte, war amtlich genug: Joe war betrunken in den Brunnen gefallen, hatte wahrscheinlich längere Zeit vergeblich um Hilfe gerufen und dann versucht, aus eigenen Kräften herauszuklettern. Er schaffte es fast bis ganz nach oben, dann hängte er sein Gewicht an den falschen Stein. Der Stein löste sich, prallte so heftig auf seinen Kopf, daß sein Schädel brach (von seinem Gebiß ganz zu schweigen), und er stürzte wieder hinunter auf den Grund des Brunnens, wo er starb.

Der wichtigste Punkt war vielleicht – und das ist mir erst viel später klar geworden –, daß sie kein Motiv finden konnten. Natürlich glaubten die Leute im Ort (und bestimmt auch Dr. McAuliffe), *wenn* ich ihn umgebracht hatte, dann nur, weil ich es satt hatte, von ihm geschlagen zu werden; aber das allein wog nicht schwer genug. Nur Selena und Mr. Pease wußten, was für ein starkes Motiv ich in Wirklichkeit gehabt hatte; aber niemand, nicht einmal der schlaue Dr. McAuliffe, kam auf die Idee, Mr. Pease zu verhören. Und natürlich kam er nicht aus eigenem Antrieb. Hätte er es getan, so wäre unser kleines Gespräch im Chatty Buoy ans Licht gekommen, und er hätte wahrscheinlich großen Ärger mit seiner Bank gehabt; schließlich hatte ich ihn dazu gebracht, das Bankgeheimnis zu brechen.

Was Selena betrifft, so glaube ich, sie hat mich vor ihr eigenes Gericht gestellt. Von Zeit zu Zeit sehe ich wieder ihre Augen vor mir, so dunkel wie der Ozean kurz vor einem Gewitter, und höre in Gedanken, wie sie mich fragt: Hast du etwas damit zu tun? Hast du, Mamma? Ist es meine Schuld? Bin ich es, die dafür zahlen muß?

Ich glaube, sie *hat* dafür gezahlt – und das ist das Schlimmste daran. Aus dem kleinen Mädchen von der Insel, das nie aus dem Staat Maine rausgekommen war, bis es als Achtzehnjährige zu einem Schwimm-Wettbewerb nach Boston fuhr, ist eine elegante, erfolgreiche Karrierefrau in New York geworden; vor zwei Jahren stand ein Artikel über sie in der *New York Times,* habt ihr das gewußt? Sie schreibt für alle möglichen Zeitschriften und findet trotzdem noch die Zeit, mir jede Woche einen Brief zu schreiben – nur, daß die Briefe sich lesen wie Pflichtbriefe, genau so, wie sich ihre Anrufe zweimal im Monat anhören wie Pflichtanrufe. Ich glaube, mit den Anrufen und dem brieflichen Geplauder besticht sie ihr Herz, damit es stillhält, obwohl sie nie mehr kommt, obwohl sie sich innerlich von mir gelöst hat. Ja, ich glaube, sie hat tatsächlich gezahlt; ich glaube, sie, die die wenigste Schuld trifft, hat am meisten gezahlt, und sie zahlt nach wie vor.

Sie ist jetzt vierundvierzig und hat nie geheiratet, sie ist zu mager, und ich glaube, sie trinkt – ich habe es bei ihren Anrufen mehr als einmal ihrer Stimme angehört. Ich kann mir gut vorstellen, daß sie deshalb nicht mehr nach Hause kommt; sie will nicht, daß ich merke, daß sie trinkt, wie früher ihr Vater getrunken hat. Vielleicht hat sie auch Angst davor, was sie sagen könnte, wenn sie ein Glas zuviel gehabt hat und ich in Reichweite bin. Was sie fragen könnte.

Aber lassen wir das; das habe ich jetzt alles hinter mir. Ich kam damit durch, das ist das Entscheidende. Wenn da eine Lebensversicherung gewesen wäre, wäre es vielleicht anders gekommen. Das Allerletzte, was ich auf Gottes weiter Welt gebraucht hätte, wäre ein gerissener Versicherungsagent gewesen, zusammen mit diesem gerissenen kleinen schottischen Doktor, der ohnehin schon stocksauer war, wenn er daran dachte, wie eine dumme Inselbewohnerin ihn ausgepunktet hatte. Nein, ich glaube, wenn sie zu zweit gewesen wären, dann hätten sie mich erwischt.

Also was ist passiert? Nun, ich nehme an, genau das, was in solchen Fällen immer passiert, wenn ein Mord begangen wurde und es nicht rausgekommen ist. Das Leben ging weiter, das ist alles. Niemand tauchte in letzter Minute mit irgendwelchen Informationen auf wie in einem Film. Ich versuchte nicht, noch jemanden zu ermorden, und Gott hat mich nicht mit einem Blitzstrahl erschlagen – vielleicht hatte er das Gefühl, es wäre Stromverschwendung, wenn er so etwas wegen einem Typ wie Joe St. George tun würde. Das ist vermutlich Blasphemie, aber es kommt mir trotzdem so vor, als wäre es nichts als die Wahrheit.

Das Leben ging einfach weiter. Ich ging wieder nach Pinewood und zu Vera. Selena frischte ihre alten Freundschaften auf, als sie im Herbst wieder zur Schule ging, und manchmal hörte ich sie am Telefon lachen. Little Pete traf es schwer, als er es endlich begriffen hatte – und auch Joe Junior. Joey traf es schwerer, als ich erwartet hatte. Er wurde mager und hatte ein paar Alpträume, aber im nächsten Sommer schien er wieder völlig in Ordnung zu sein. Das einzige, das sich während der letzten Monate des Jahres 1963 wirklich änderte, war, daß ich Seth Reed kommen und den alten Brunnen mit einer Betonplatte verschließen ließ.

Sechs Monate nach Joes Tod wurde vom Nachlaßgericht über seine Hinterlassenschaft verfügt. Ich war nicht einmal dort. Ungefähr eine Woche später bekam ich ein Schreiben, in dem es hieß, daß alles mir gehörte – ich konnte es verkaufen oder gegen etwas anderes eintauschen oder es in die tiefe blaue See schmeißen. Als ich mir darüber klar war, was er hinterlassen hatte, erschien mir die letzte dieser Möglichkeiten als die beste. Aber ich machte auch eine Entdeckung, die mich überraschte: wenn ein Ehemann plötzlich stirbt, dann ist es ein großer Vorteil, wenn all seine Freunde Schwachköpfe sind, wie Joes Freunde es waren. Ich verkaufte das alte Kurzwellenradio, an dem er zehn Jahre herumgebastelt hatte, für fünfundzwanzig Dollar an Norris Pinette, und die drei Schrottlaster, die auf dem Hof standen, an Tommy Anderson. Der Idiot freute sich wie ein Schneekönig, als er sie bekam, und ich verwendete das Geld dazu, mir einen '59er Chevy zu kaufen, der etwas undichte Ventile hatte, aber sonst noch gut lief. Außerdem ließ ich Joes Sparkonto auf mich überschreiben und die College-Konten der Kinder wieder eröffnen.

Ach ja, noch etwas – im Januar 1964 nahm ich wieder meinen Mädchennamen an. Ich machte deswegen kein großes Trara, aber ich dachte nicht daran, den Namen St. George für den Rest meines Lebens hinter mir herzuschleppen wie eine Konservendose, die man einer Katze an den Schwanz gebunden hat. Man könnte vielleicht sagen, ich schnitt die Schnur durch, die die Dose hielt – aber eins kann ich euch versichern: *ihn* selbst wurde ich nicht so leicht los wie seinen Namen.

Nicht, daß ich es erwartet hätte; ich bin fünfundsechzig, und ich weiß seit mindestens fünfzig von diesen Jahren, daß das Menschsein zum größten Teil darin besteht, Entscheidungen zu treffen und Rechnungen zu bezahlen, wenn sie fällig sind. Manche dieser Entscheidungen sind verdammt widerwärtig, aber das gibt einem noch lange nicht das Recht, sie einfach zu umgehen – zumal dann nicht, wenn es andere gibt, die auf einen angewiesen sind und darauf, daß man für sie tut, was sie nicht für sich selbst tun können. Wenn es so ist, muß man einfach die bestmögliche Entscheidung treffen und dann den Preis dafür bezahlen. Für mich war der Preis eine Menge Nächte, in denen ich in kalten Schweiß gebadet aus schlimmen Träumen aufwachte, und noch mehr Nächte, in denen ich überhaupt nicht schlafen konnte; das und das Geräusch, das der Stein machte, als ich ihm damit ins Gesicht schlug und ihm den Schädel und das Gebiß brach – dieses Geräusch wie ein Teller auf einem Ziegelsteinboden. Ich habe es dreißig Jahre lang gehört. Manchmal ist es das, was mich aufweckt, und manchmal das, was mich am Schlafen hindert; und manchmal überrascht es mich am hellichten Tage. Ich fege vielleicht gerade zuhause die Veranda oder putze bei Vera das Silber oder sitze essend vor dem Fernseher, und ganz plötzlich höre ich es. Dieses Geräusch. Oder seinen Aufprall auf dem Grund. Oder seine Stimme, die aus dem Brunnen kommt: *»Doh-lorrr-issss . . .«*

Ich glaube nicht, daß diese Geräusche, die ich manchmal höre, etwas ganz und gar anderes sind als das, was Vera sah, wenn sie loskreischte wegen der Drähte in den Ecken oder der Staubflocken unter dem Bett. Nachdem sich ihr Zustand erheblich verschlechtert hatte, kam es vor, daß ich zu ihr ins Bett kroch und sie in den Armen hielt und an das Geräusch dachte, das der Stein gemacht hatte, und dann machte ich die Augen zu und sah, wie ein Porzellanteller auf einem Ziegelsteinboden landete und zu Bruch ging. Wenn ich das sah, drückte ich sie an mich, als wäre sie meine Schwester, oder als wäre sie ich selbst. Wir lagen zusammen in diesem Bett, jede mit ihrem eigenen Entsetzen, und schließlich schliefen wir beide ein – sie mit mir, damit ich die Staubflocken von ihr fernhielt, und ich mit ihr, damit sie das Geräusch des Tellers von mir fernhielt. Und manchmal dachte ich, bevor ich einschlief: So ist es. So mußt du dafür bezahlen, daß du ein Luder bist. Und es hat keinen Sinn zu sagen, wenn du kein Luder gewesen wärest, dann würdest du auch nicht bezahlen müssen, denn manchmal *macht* einen die Welt zum Luder. Wenn draußen alles düster und finster ist und nur du drinnen bist, um ein Licht anzuzünden und darauf aufzupassen, dann *mußt* du ein Luder sein. Aber oh, der Preis! Der grauenhafte Preis!

Andy, könnte ich vielleicht noch einen winzigen Schluck aus deiner Flasche haben? Ich verrate es keiner Menschenseele.

Danke. Und ich danke auch *dir,* Nancy Bannister, daß du ein so langatmiges altes Weib wie mich bis hierher ertragen hast. Machen deine Finger noch mit?

Sie tun es? Gut. Verlier jetzt nicht den Mut; ich weiß, ich hab das Pferd von hinten aufgezäumt, aber jetzt bin ich wohl endlich bei dem angekommen, was ihr wirklich hören wollt. Das ist gut; es ist schon spät und ich bin müde. Ich habe mein Leben lang gearbeitet, aber ich kann mich nicht erinnern, jemals so müde gewesen zu sein, wie ich es jetzt bin.

Gestern morgen – es kommt mir vor, als wäre es sechs Jahre her, aber es war erst gestern – war ich draußen und hängte Wäsche auf, und Vera hatte einen ihrer klaren Tage. Gerade deshalb kam alles so unerwartet, und das ist zum Teil auch der Grund dafür, daß ich so durcheinander war. Wenn sie ihre klaren Tage hatte, wurde sie manchmal gemein, aber dies war das erste und letzte Mal, daß sie *verrückt* wurde.

Also, ich war unten auf dem Hof, und sie saß oben in ihrem Rollstuhl und überwachte das Unternehmen, wie sie es immer tat. Von Zeit zu Zeit rief sie herunter: »Sechs Klammern, Dolores! Sechs Klammern an jedes von diesen Laken! Versuchen Sie nicht, mit vieren durchzukommen, ich passe nämlich auf!«

»Ja«, sagte ich, »ich weiß, und ich wette, Sie wollten, es wäre zwanzig Grad kälter und wir hätten einen Zwanzig-Knoten-Wind.«

»*Was?*« krächzte sie zu mir herunter. »*Was* haben Sie da gesagt, Dolores Claiborne?«

»Ich habe gesagt, jemand scheint seinen Garten zu düngen«, sagte ich, »weil ich nämlich viel mehr Mist rieche als gewöhnlich.«

»Sie kommen sich wohl sehr schlau vor, Dolores?« rief sie mit ihrer brüchigen, bebenden Stimme.

Sie hörte sich an wie an jedem der Tage, an dem ein paar Sonnenstrahlen mehr als üblich den Weg in ihr Oberstübchen fanden. Ich wußte, daß sie vielleicht später etwas anstellen würde, aber das störte mich nicht weiter – fürs erste war ich einfach froh, daß sie sich so vernünftig anhörte. Um euch die Wahrheit zu sagen, es war fast so wie früher. In den letzten drei oder vier Monaten war sie nicht mehr gewesen als eine Nummer, und es war irgendwie gut, daß sie wieder da war – oder jedenfalls so viel von der alten Vera, wie überhaupt zurückkommen konnte, wenn ihr versteht, was ich meine.

»Nein, Vera«, rief ich hinauf. »Wenn ich schlau wäre,

hätte ich schon vor langer Zeit aufgehört, für Sie zu arbeiten.«

Ich rechnete damit, daß sie noch etwas zu mir runterrufen würde, aber sie tat es nicht; also machte ich weiter mit dem Aufhängen ihrer Laken und Windeln und Waschlappen und allem übrigen. Dann hörte ich auf, obwohl der Korb noch halb voll war. Ich hatte ein ungutes Gefühl. Ich kann nicht sagen, warum oder auch nur wann es mich überkam. Ganz plötzlich war es da – ein sehr ungutes Gefühl. Und für einen Moment schoß mir ein ganz merkwürdiger Gedanke durch den Kopf: Dieses Mädchen ist in Gefahr – dasjenige, das ich am Tag der Sonnenfinsternis gesehen habe. Es ist inzwischen erwachsen, fast so alt wie Selena, aber es ist in einer schrecklichen Gefahr.

Ich drehte mich um und schaute hinauf, erwartete fast, die Erwachsenenversion des kleinen Mädchens in seinem gestreiften Kleid und mit dem rosa Lippenstift zu sehen, aber ich sah niemanden. Und das war falsch. Es war falsch, denn *Vera* hätte da sein und den Kopf aus dem Fenster strecken müssen, um aufzupassen, daß ich auch ja die richtige Zahl von Wäscheklammern benutzte. Aber sie war verschwunden, und ich begriff nicht, wie das möglich war, weil ich sie selbst in den Rollstuhl gesetzt, zum Fenster geschoben und dann die Bremse angezogen hatte.

Dann hörte ich sie schreien.

»Doh-lorrrr-isss!«

Als ich das hörte, überlief es mich eiskalt, Andy! Es war, als wäre Joe zurückgekommen und jetzt bei ihr im Zimmer. Einen Augenblick lang stand ich nur wie erstarrt da. Dann schrie sie wieder, und bei diesem zweiten Schrei begriff ich, daß sie es war.

»Doh-lorrrr-iss! Die Staubflocken! Sie sind überall. Oh Gott! Oh Gott! Doh-lorrrr-isss, Hilfe! Helfen Sie mir!«

Ich wollte ins Haus rennen, stolperte aber über den verdammten Wäschekorb und fiel über ihn in die Laken, die ich gerade aufgehängt hatte. Ich verwickelte mich in ihnen und mußte mich herausstrampeln. Einen Augenblick lang war es, als hätten die Laken Hände bekommen und versuchten, mich zu erwürgen oder mich einfach zurückzuhalten. Und währenddessen schrie Vera weiter, und ich dachte an den Traum, den ich einmal gehabt hatte, den Traum von dem Staubkopf mit den langen, vorstehenden Staubzähnen. Nur war das, was ich vor meinem inneren Auge sah, Joes Gesicht; die Augen waren völlig schwarz und leer, als hätte jemand zwei Stückchen Kohle in eine Staubwolke gedrückt, und nun hingen sie da und schwebten in der Luft.

»Dolores, bitte, kommen Sie schnell! Bitte, schnell! Die Staubflocken! DIE STAUBFLOCKEN, SIE SIND ÜBERALL!«

Dann kreischte sie nur noch. Es war grauenhaft. Nicht einmal in den wildesten Träumen hätte man sich vorstellen können, daß ein fettes altes Luder wie Vera Donovan so laut kreischen konnte. Es war wie Feuer und Flut und Weltuntergang, alles auf einmal.

Ich kämpfte mich irgendwie aus den Laken heraus, und als ich aufstand, merkte ich, daß einer der Träger meines Unterrocks riß, genau wie am Tag der Sonnenfinsternis, als Joe mich beinahe umgebracht hätte, bevor ich ihm entkommen konnte. Und ihr kennt sicher das Gefühl, wenn einem so ist, als wäre man schon einmal an einem bestimmten Ort gewesen und weiß genau, was die Leute sagen wollen, bevor sie es tatsächlich sagen? Dieses Gefühl überkam mich jetzt so stark, daß es ungefähr so war, als wäre ich von Gespenstern umgeben – sie griffen nach mir mit Fingern, die ich nicht sehen konnte.

Und wißt ihr was? Es war, als wären es Gespenster aus *Staub.*

Ich stürmte durch die Küchentür und rannte die Hintertreppe hinauf, so schnell meine Beine mich tragen wollten, und die ganze Zeit kreischte sie, kreischte, kreischte. Mein Unterrock geriet ins Rutschen, und als ich den Treppenabsatz erreicht hatte, drehte ich mich um, weil ich sicher war, Joe zu sehen, wie er hinter mir herstolperte und nach dem Saum griff.

Dann schaute ich wieder in die andere Richtung, und da sah ich Vera. Sie hatte auf dem Flur ungefähr drei Viertel des Weges bis zur Vordertreppe zurückgelegt, watschelte mit dem Rücken zu mir voran und kreischte ununterbrochen. Auf ihrem Nachthemd war ein großer brauner Fleck, wo sie sich beschmutzt hatte – dieses letzte Mal nicht aus Niedertracht, sondern aus nackter Angst. Sie sah aus wie ein großer alter Ochsenfrosch, der versucht, das nächste Seerosenblatt zu erreichen.

Ihr Rollstuhl war in der Schlafzimmertür steckengeblieben. Sie muß die Bremse gelöst haben, als sie sah, was immer ihr einen derartigen Schrecken einjagte. Wenn sie früher in einem ihrer Dämmerzustände war und Angst bekam, konnte sie immer nur da sitzen oder liegen, wo sie gerade war, und um Hilfe rufen, und bestimmt gibt es massenhaft Leute, die euch sagen werden, daß sie sich nicht aus eigener Kraft bewegen *konnte,* aber gestern hat sie es getan; sie löste die Bremse an ihrem Rollstuhl, drehte ihn um, rollte damit durch das Zimmer, kam irgendwie aus ihm heraus, als er in der Tür steckenblieb, und torkelte dann den Flur entlang.

Wenn unsere Plätze an diesem Tisch vertauscht wären und du mir das erzähltest, was ich dir jetzt erzähle, Andy, dann würde ich dir nicht glauben – kein Wort würde ich dir glauben. Ich kann es selbst noch kaum glauben, obwohl ich es mit meinen eigenen Augen gesehen habe. Ich stand da, sah, wie sie den Flur entlangschwankte, und fragte mich, was sie gesehen haben mochte, das grauenhaft genug war, um sie zu dem zu veranlassen, was sie tat – zu laufen, nachdem ihre Zeit des Laufens längst vorbei war – und was das Ding sein mochte, für das sie keinen anderen Namen hatte als Staubflocken.

Aber ich sah, worauf sie zuging – geradewegs auf die Vordertreppe.

»Vera!« schrie ich sie an. »Vera, Schluß mit dem Unsinn! Sie werden fallen! *Halt!*«

Dann rannte ich, so schnell ich konnte. Wieder überkam mich das Gefühl, daß all dies zum zweiten Mal passierte, nur war mir diesmal so, als wäre ich Joe, als wäre ich diejenige, die hochlangte und Halt zu finden versuchte.

Ich weiß nicht, ob sie mich nicht hörte oder ob sie es tat und in ihrem armen, verwirrten Kopf glaubte, ich wäre nicht hinter, sondern vor ihr. Alles, was ich genau weiß, ist, daß sie weiter kreischte – *»Dolores, Hilfe! Helfen Sie mir, Dolores! Die Staubflocken!«* – und daß sie immer schneller vorantorkelte.

Sie war fast am Ende des Flurs angekommen. Ich rannte an der Tür ihres Zimmers vorbei und knallte mit dem Knöchel gegen eine der Fußstützen des Rollstuhls – hier, ihr könnt den blauen Fleck sehen. Ich rannte, so schnell ich konnte, und schrie, »Halt, Vera! Halt!«, bis meine Kehle rauh war.

Sie überquerte den Absatz und streckte einen Fuß ins Leere. Was immer ich tat, ich hätte sie nicht mehr retten können – alles, was ich hätte tun können, war, mich von ihr mit hinunterziehen zu lassen –, aber in einer derartigen Situation hat man keine Zeit, zu überlegen oder Risiken abzuschätzen. Ich sprang, um sie aufzuhalten, genau in dem Moment, in dem sie ihren Fuß ins Leere setzte und vornüber zu kippen begann. Ich konnte einen letzten Blick auf ihr Gesicht erhaschen. Ich glaube, sie wußte nicht, daß sie stürzte; da war nichts außer verstörter Panik. Ich habe diesen Ausdruck schon öfters gesehen, aber noch nie so total, und ich kann euch versichern, mit der Angst vorm Fallen hatte das nichts zu tun. Sie dachte an das, was hinter ihr war, nicht an das vor ihr.

Ich griff zu und bekam nichts zu fassen als eine winzige Falte ihres Nachthemds zwischen dem Zeige- und dem Mittelfinger meiner linken Hand. Sie entglitt ihnen wie ein Flüstern.

»*Doh-lorrr...*« kreischte sie, und dann gab es einen dumpfen, massigen Aufprall. Mir gefriert das Blut, wenn ich mich an dieses Geräusch erinnere; es war genau so wie das, das Joe machte, als er auf dem Grund des Brunnens landete. Ich sah, wie sie sich überschlug, ihre Beine hochflogen und aussahen, als gehörten sie dem schlappsten Cheerleader der Welt, und dann knackte etwas. Das Geräusch war so klar und hart wie ein Stück Anmachholz, das man über dem Knie zerbricht. Ich sah, wie an der Seite ihres Kopfes Blut hervorquoll, und das war alles, was ich sehen *wollte*. Ich drehte mich so schnell um, daß sich meine Füße verhakten und ich auf den Knien landete. Ich schaute über den Flur und zu ihrem Zimmer hin, und was ich sah, ließ mich aufschreien. Es war Joe. Ein paar Sekunden lang sah ich ihn so deutlich, wie ich dich hier sehe, Andy; ich sah sein staubiges, grinsendes Gesicht, wie es mich von unter ihrem Rollstuhl hervor anschaute, durch die Speichen des Rades hindurch, das in der Tür steckengeblieben war.

Dann war es fort, und ich hörte sie stöhnen und weinen.

Ich hätte nie geglaubt, daß sie den Sturz überleben würde; ich kann es immer noch nicht glauben. Natürlich war auch Joe nicht sofort tot gewesen, aber *er* war ein Mann in den besten Jahren, und sie war eine schlappe alte Frau, die ein halbes Dutzend leichte und mindestens drei schwere Schlaganfälle hinter sich hatte. Außerdem war da kein Schlamm, der ihren Sturz hätte auffangen können, wie er seinen aufgefangen hatte.

Ich wollte nicht zu ihr runtergehen, wollte nicht sehen, wo sie verletzt war und blutete, aber mir blieb natürlich nichts anderes übrig; außer mir war niemand da, und das bedeutete, daß es an mir war. Als ich aufstand (meine Knie waren so weich, daß ich mich am Pfosten des Treppengeländers hochziehen mußte), trat ich mit einem Fuß auf den Saum meines Unterrocks. Der andere Träger riß, und ich hob mein Kleid ein Stückchen an, so daß ich ihn ausziehen konnte – auch das war genau so wie damals. Ich erinnere mich, daß ich an meinen Beinen herunterschaute, um zu sehen, ob sie von den Dornen im Brombeergestrüpp zerkratzt waren und bluteten, aber da war natürlich nichts dergleichen.

Mir war, als hätte ich Fieber. Wenn ihr einmal richtig krank gewesen seid und hohe Temperatur hattet, dann wißt ihr, was ich meine; man hat nicht das Gefühl, ganz und gar außerhalb der Welt zu sein, aber man scheint auch nicht ganz in ihr zu sein. Es ist ungefähr so, als hätte sich alles in Glas verwandelt, und als wäre nichts mehr da, das man fest anpacken kann; alles ist glatt und schlüpfrig. So war mir zumute, als ich dort auf dem Treppenabsatz stand, mich ans Geländer klammerte und dorthin runterschaute, wo Vera gelandet war.

Sie lag ungefähr auf halber Höhe der Treppe, und beide Beine waren so unter ihr verrenkt, daß man sie kaum sehen konnte. Blut lief über eine Seite ihres armen alten Gesichts. Als ich hinuntertaumelte zu der Stelle, an der sie lag, wobei ich mich immer noch ans Treppengeländer klammerte, um nicht selbst zu stürzen, drehte sich eines ihrer Augen in seiner Höhle und richtete sich auf mich. Es war der Blick eines Tieres, das in eine Falle geraten ist.

»Dolores«, flüsterte sie. »Dieser Mistkerl ist all die Jahre hinter mir her gewesen.«

»Still«, sagte ich. »Nicht reden.«

»Doch, das ist er«, sagte sie, als hätte ich ihr widersprochen. »Oh, dieser Bastard. Dieser hundsgemeine Bastard!«

»Ich gehe nach unten«, sagte ich. »Ich muß den Arzt anrufen.«

»Nein«, sagte sie. Sie streckte eine Hand aus und ergriff mein Handgelenk. »Keinen Arzt. Kein Krankenhaus. Die Staubflocken – sogar dort. *Überall.*«

»Das wird schon wieder, Vera«, sagte ich und entzog ihr meine Hand. »Solange Sie ganz ruhig liegenbleiben und sich nicht bewegen, geht es Ihnen gut.«

»Dolores Claiborne sagt, es ginge mir *gut*« sagte sie, und es war diese trockene, sarkastische Stimme, mit der sie immer gesprochen hatte, bevor sie ihre Schlaganfälle hatte und nicht mehr klar im Kopf war. »Was für eine Wohltat, eine fachmännische Meinung zu hören!«

Diese Stimme zu vernehmen nach all den Jahren, in denen sie verstummt gewesen war, war wie ein Schlag ins Gesicht. Sie riß mich aus meiner Panik heraus, und ich sah ihr zum ersten Mal richtig ins Gesicht, so, wie man einen Menschen ansieht, der genau weiß, was er sagt, und jedes Wort davon meint.

»Ich bin so gut wie tot«, sagte sie, »und das wissen Sie ebensogut wie ich. Ich glaube, mein Rückgrat ist gebrochen. Und außerdem beide Beine und beide Hüften.«

»Das wissen Sie nicht, Vera«, sagte ich, aber jetzt war ich nicht mehr so versessen darauf, ans Telefon zu gehen. Ich glaube, ich wußte, was kommen würde, und ich wußte nicht, wie ich ihren Wunsch abschlagen konnte, wenn sie mich um das bat, um das sie mich vermutlich bitten würde. Ich stand in ihrer Schuld seit jenem verregneten Herbsttag im Jahre 1962, als ich auf ihrem Bett gesessen und mir die Augen aus dem Kopf geheult hatte mit der Schürze vor dem Gesicht, und die Clairbornes haben immer ihre Schulden bezahlt.

Als sie wieder sprach, war sie so klar im Kopf, wie sie es vor dreißig Jahren gewesen war, als Joe noch lebte und die Kinder noch im Haus waren. »Ich weiß, daß es nur noch eine Sache gibt, in der ich mich entscheiden muß«, sagte sie, »und das ist, ob ich zu meiner Zeit sterben will oder zu der irgendeines Krankenhauses. Dessen Zeit wäre zu lang. Meine Zeit ist jetzt gekommen, Dolores. Ich bin es satt, das Gesicht meines Mannes in den Ecken zu sehen, wenn ich schwach und verwirrt bin. Ich bin es satt, zu sehen, wie sie im Mondschein die Corvette aus dem Steinbruch hieven, wie das Wasser aus dem offenen Fenster an der Beifahrerseite herausläuft . . .«

»Vera, Sie wissen nicht, wovon Sie reden«, sagte ich;

jedenfalls wußte ich es nicht. Ihr Mann war mit einem BMW verunglückt, nicht mit einer Corvette, und bis zu diesem Augenblick hatte ich noch nie etwas von einem Steinbruch gehört. An diesem Tag im Jahre 1962, an dem ich in ihrem Zimmer in Tränen ausgebrochen war, hatte Vera gesagt, er wäre gegen einen Baum gefahren.

Sie hob ihre Hand und schwenkte sie ein oder zwei Sekunden lang auf ihre alte ungeduldige Art; dann fiel die Hand wieder auf die Stufe neben ihr. »Ich habe es satt, mir die Beine vollzupissen und schon eine halbe Stunde, nachdem mich jemand besucht hat, nicht mehr zu wissen, wer es war. Ich will Schluß machen. Helfen Sie mir?«

Ich kniete neben ihr nieder, ergriff die Hand, die auf die Stufe gefallen war, und drückte sie an meine Brust. Ich dachte an das Geräusch, das der Stein gemacht hatte, als er Joe ins Gesicht traf – das Geräusch eines Porzellantellers, der auf einem Ziegelsteinboden zerbricht. Ich fragte mich, ob ich dieses Geräusch noch einmal hören konnte, ohne den Verstand zu verlieren. Und ich wußte, daß es sich *genau so* anhören würde, weil sie sich angehört hatte wie er, als sie meinen Namen rief, sie hatte sich angehört wie er, als sie stürzte und auf den Stufen landete, so zerbrochen, wie sie immer befürchtet hatte, daß die Mädchen die empfindlichen Glassachen zerbrechen würden, die sie in ihrem Wohnzimmer hatte; und mein Unterrock lag auf dem oberen Treppenabsatz wie ein kleines Knäuel aus weißem Nylon mit zwei gerissenen Trägern, und auch das war genau wie damals. Wenn ich ihr den Rest gab, dann würde es sich ganz genau so anhören, wie es sich angehört hatte, als ich ihm den Rest gab, und ich wußte es. Ja. Ich wußte es so genau, wie ich weiß, daß die East Lane an dieser morschen Treppe endet, die an der Seite vom East Head hinunterführt.

Ich hielt ihre Hand und dachte darüber nach, wie die Welt ist – wie schlechte Männer manchmal bei einem Unfall ums Leben kommen und gute Frauen zu Ludern werden. Ich sah, wie sie hilflos die Augen verdrehte, um mir ins Gesicht zu sehen, und ich sah, wie das Blut von dem Schnitt in ihrer Kopfhaut durch die tiefen Runzeln auf ihrer Wange rann wie Frühlingsregen durch bergab führende Ackerfurchen.

Ich sagte: »Wenn es das ist, was Sie wollen, Vera, dann helfe ich Ihnen.«

Da begann sie zu weinen. Es war das einzige Mal, daß ich sie weinen sah, ohne verwirrt zu sein. »Ja«, sagte sie. »Ja, das *ist* es, was ich will. Gott segne Sie, Dolores. Ich habe Ihnen alles hinterlassen, müssen Sie wissen. Alles.«

»Es ist nett von Ihnen, daß Sie an mich denken«, sagte ich. Ich hob ihre alte, verrunzelte Hand an die Lippen und küßte sie.

Wie, Frank?

Ob ich ihr *glaubte*? Hast du kein Wort von dem gehört, was ich gesagt habe? Sie lag da auf der Treppe, bat mich, sie von ihrem Elend zu erlösen, so wie man ein Pferd mit einem gebrochenen Bein erlöst, und ich hatte mich gerade dazu bereiterklärt. Ob ich ihr glaubte? Ich hatte sie nicht einmal richtig *gehört*. Ich hätte nicht anders reagiert, wenn sie gesagt hätte, sie hätte mit den Feen auf Russian Meadow abgemacht, daß ich von nun an zum Festland würde fliegen können, anstatt auf die Fähre angewiesen zu sein.

»Sind die Schmerzen sehr schlimm?« fragte ich sie.

»Nicht so schlimm, wie sie bald sein werden«, sagte sie.

»Beeilen Sie sich, Dolores. Wenn Sie mir wirklich helfen wollen, dann beeilen Sie sich bitte.«

Bevor der Mut Sie verläßt, war das, was ihre Augen zu sagen schienen.

Ich küßte ihre Hand noch einmal, dann legte ich sie auf ihren Bauch und stand auf. Diesmal hatte ich damit keine Mühe; die Kraft war in meine Beine zurückgekehrt. Ich ging die Treppe runter in die Küche. Bevor ich rausgegangen war, um die Wäsche aufzuhängen, hatte ich die Backutensilien bereitgelegt; ich war auf die Idee gekommen, daß es ein guter Tag wäre, um Brot zu backen. Sie hatte ein Nudelholz, ein großes, schweres Ding aus schwarz geädertem Marmor. Es lag auf dem Tisch, neben dem Mehlbehälter aus gelbem Plastik. Ich nahm es in die Hand, wobei mir immer noch so war, als befände ich mich in einem Traum oder hätte hohes Fieber, und kehrte durch das Wohnzimmer zurück auf die vordere Diele. Als ich durch dieses Zimmer ging mit all ihren hübschen alten Sachen darin, dachte ich daran, wie oft ich sie mit dem Staubsauger reingelegt hatte, und wie es ihr eine Zeitlang gelungen war, die Oberhand zu behalten.

Ich kam aus dem Wohnzimmer in die Diele, dann stieg ich die Treppe hinauf, einen der hölzernen Griffe des Nudelholzes in der Hand. Wenn ich dahin kam, wo sie lag, mit dem Kopf nach unten und den verrenkten Beinen unter sich, wollte ich keine Sekunde zögern; ich wußte, wenn ich das tat, würde ich nicht imstande sein, es überhaupt zu tun. Es würden keine weiteren Worte mehr gewechselt werden. Wenn ich sie erreicht hatte, wollte ich mich auf ein Knie niederlassen und ihr dieses marmorne Nudelholz über den Schädel schlagen, so heftig ich konnte und so schnell ich konnte. Vielleicht würde es so aussehen wie etwas, das ihr bei ihrem Sturz passiert war, vielleicht auch nicht, aber ich wollte es auf jeden Fall tun.

Doch als ich neben ihr niederkniete, sah ich, daß ich es nicht zu tun brauchte; sie hatte es schließlich doch von sich aus geschafft, wie das meiste, das sie in ihrem Leben getan hatte. Während ich in der Küche war und das Nudelholz holte, oder vielleicht auch, während ich durch das Wohnzimmer zurückkehrte und daran dachte, wie oft ich sie mit dem Staubsauger reingelegt hatte, hatte sie einfach die Augen zugemacht und war gestorben.

Ich setzte mich neben sie, legte das Nudelholz auf die Treppe, ergriff ihre Hand und hielt sie in meinem Schoß. Im Leben eines Menschen gibt es manchmal Zeiten, die nicht aus wirklichen Minuten bestehen und die man deshalb nicht abschätzen kann. Ich weiß nur, daß ich eine Weile bei ihr saß. Ich habe keine Ahnung, ob ich etwas gesagt habe oder nicht. Es kann sein, daß ich es getan habe – ich glaube, ich dankte ihr dafür, daß sie es mir erspart hatte, alles noch einmal durchzustehen –, aber vielleicht habe ich das auch nur gedacht. Ich weiß noch, daß ich ihre Hand an meine Wange legte und sie dann umdrehte und ihre Handfläche küßte. Die Linien waren fast völlig aus ihr verschwunden, und sie sah aus wie eine Babyhand. Ich wußte, daß ich eigentlich hätte aufstehen und jemanden anrufen müssen, berichten, was passiert war, aber ich war müde – so müde. Es war leichter, einfach dazusitzen und ihre Hand zu halten.

Dann läutete es an der Tür. Wenn das nicht gewesen wäre, hätte ich wahrscheinlich noch eine ganze Weile länger so dagesessen. Aber ihr wißt ja, wie das mit dem Läuten ist – man hat einfach das Gefühl, hingehen und aufmachen zu müssen. Ich stand auf und ging die Stufen hinunter, ganz langsam, eine nach der anderen, wie eine zehn Jahre ältere Frau (die Wahrheit ist, daß ich mir auch zehn Jahre älter *vorkam*), wobei ich mich die ganze Zeit am Geländer festhielt. Die Welt fühlte sich immer noch so an, als wäre sie aus Glas, und ich mußte verdammt gut aufpassen, daß ich nicht ausrutschte und mich schnitt, als ich das Geländer losließ und durch die Diele zur Haustür ging.

Es war Sammy Marchant mit seinem Briefträgerhut, den er wie gewöhnlich auf seine alberne Art ins Genick geschoben hatte – wahrscheinlich bildet er sich ein, er sähe aus wie ein Rockstar, wenn er seinen Hut so trägt. Er hatte die reguläre Post in der einen Hand und in der anderen ein Einschreiben, einen dieser gepolsterten Umschläge, die ungefähr jede Woche aus New York kamen – Mitteilungen darüber, wie ihre Finanzen standen. Es war ein Mann namens Greenbush, der sich um ihr Geld kümmerte, habe ich euch das erzählt?

Das habe ich? Okay – danke. Ich habe so viel gequasselt, daß ich langsam nicht mehr weiß, was ich gesagt habe und was nicht.

Manchmal waren in diesen Einschreib-Umschlägen Papiere, die unterschrieben werden mußten. In den meisten Fällen schaffte Vera das Unterschreiben, wenn ich ihren Arm ruhig hielt, aber einige Male war sie so benebelt, daß ich ihren Namen daruntersetzte. Da war nichts dabei, und es gab nie irgendwelche Rückfragen. In den letzten drei oder vier Jahren war ihre Unterschrift ohnehin nur noch ein Krakel. Das ist also noch etwas, wofür ihr mich drankriegen könnt, wenn ihr es wirklich wollt: Urkundenfälschung.

Sammy streckte mir den gepolsterten Umschlag entgegen, sowie die Tür aufging – er wollte, daß ich dafür unterschriebe, wie ich es bei den Einschreiben immer getan hatte –, aber als er mich genauer in Augenschein nahm, weiteten sich seine Augen, und er machte einen Schritt rückwärts. Es war im Grunde mehr ein Ruck als ein Schritt – und wenn man bedenkt, daß es sich um Sammy Marchant handelte, dürfte das genau das richtige Wort sein. »Dolores!« sagte er. »Ist alles in Ordnung? Du hast Blut am Kleid!«

»Das ist nicht mein Blut«, sagte ich, und meine Stimme war so gelassen, als hätte er mich gefragt, was ich mir gerade im Fernsehen ansähe, und ich hätte es ihm gesagt. »Es ist von Vera. Sie ist die Treppe runtergefallen. Sie ist tot.«

»Großer Gott«, sagte er, dann rannte er an mir vorbei ins Haus, daß ihm seine Posttasche gegen die Hüfte schlug. Der Gedanke, ihm den Zutritt zu verwehren, kam mir überhaupt nicht, und fragt euch selbst: was wäre dabei herausgekommen, wenn ich es getan hätte?

Ich folgte ihm langsam. Dieses glasige Gefühl verging, aber mir war, als hätten meine Schuhe Bleisohlen. Als ich am Fuß der Treppe ankam, war Sammy schon auf halber Höhe und kniete neben Vera. Bevor er sich hinkniete, hatte er seine Posttasche abgenommen; sie war fast die ganze Treppe runtergerutscht, und die Stufen waren übersät mit Briefen und Stromrechnungen und *L. L. Bean*-Katalogen.

Ich stieg zu ihm hinauf, schleppte meine Füße von einer Stufe zur nächsten. Nicht einmal, nachdem ich Joe umgebracht hatte, war ich so kaputt gewesen wie gestern morgen.

»Sie ist tatsächlich tot«, sagte er und sah sich um.

»Ja«, erwiderte ich. »Das habe ich doch gesagt.«

»Ich dachte, sie könnte nicht laufen«, sagte er. »Du hast doch immer behauptet, sie könnte nicht laufen.«

»Nun«, sagte ich, »anscheinend habe ich mich geirrt.« Es kam mir blöd vor, das zu sagen, während sie so dalag, aber was zum Teufel hätte ich sonst sagen sollen? In gewisser Hinsicht war es leichter gewesen, mit John McAuliffe zu reden, weil ich genau das getan hatte, dessen McAuliffe mich verdächtigte. Das Problem mit der Unschuld ist, daß man sich mehr oder weniger an die Wahrheit halten muß.

»Was ist *das*?« fragte er und zeigte auf das Nudelholz. Ich hatte es auf der Treppe liegen gelassen, als es läutete.

»Was glaubst du denn, was es ist?« fragte ich zurück. »Ein Vogelkäfig?«

»Sieht aus wie ein Nudelholz«, sagte er.

»Kluges Kind«, sagte ich. Mir war, als käme meine eigene Stimme von irgendwo weit fort. »Vielleicht überraschst du alle Leute und es stellt sich heraus, daß du doch aufs College gehen könntest, Sammy.«

»Ja, aber was macht ein *Nudelholz* auf der *Treppe*?« fragte er, und ganz plötzlich merkte ich, wie er mich anschaute. Sammy ist keinen Tag älter als fünfundzwanzig, aber sein Dad gehörte zu dem Suchtrupp, der Joe fand, und mir wurde schlagartig klar, daß Duke Marchant Sammy und den Rest seiner nicht gerade sonderlich hellen Sprößlinge vermutlich mit der Idee aufgezogen hatte, daß Dolores Claiborne-St. George ihren Alten um die Ecke gebracht hätte. Habe ich nicht eben gesagt, wenn man unschuldig ist, muß man sich mehr oder weniger an die Wahrheit halten? Nun, als ich gesehen hatte, wie Sammy mich anschaute, kam ich zu dem Schluß, daß dies vermutlich einer der Momente war, in denen das Weniger sicherer war als das Mehr.

»Ich war in der Küche und wollte gerade Brot backen, als sie fiel«, sagte ich. Da ist noch etwas, wenn man unschuldig ist – fast alle Lügen, zu denen man sich entschließt, sind ungeplant; unschuldige Leute verbringen nicht Stunden damit, sich ihre Geschichten auszudenken, so, wie ich mir meine ausgedacht hatte – ich meine, daß ich nach Russian Meadow hinaufgegangen wäre, um mir die Sonnenfinsternis anzusehen, und meinen Mann nicht mehr zu Gesicht bekommen hätte, bis ich ihn in Merciers Bestattungsunternehmen wiedersah. In der Minute, in der diese Lüge über das Brotbacken aus meinem Mund heraus war, wußte ich, daß man mir einen Strick daraus drehen konnte; aber wenn ihr den Ausdruck in seinen Augen gesehen hättet – dunkel und argwöhnisch und verängstigt –, dann hättet ihr vielleicht auch gelogen.

Er kam auf die Beine, wollte die Treppe wieder hinunter, dann blieb er stehen, wo er war, und schaute nach oben. Ich folgte seinem Blick. Was ich sah, war mein Unterrock, der zusammengeknüllt auf dem Absatz lag.

»Sieht aus, als hätte sie ihren Unterrock ausgezogen, bevor sie fiel«, sagte er und schaute mich wieder an. »Oder sprang. Oder was immer sie getan haben mag. Was meinst du, Dolores?«

»Nein«, sagte ich. »Das ist meiner.«

»Wenn du beim Brotbacken in der Küche warst«, sagte er, wobei er ganz langsam redete wie ein nicht sonderlich heller Bursche, der versucht, an der Tafel eine Rechenaufgabe zu lösen, »wie kommt dann dein Unterrock auf den Absatz?«

Darauf fiel mir keine Antwort ein. Sammy machte

einen Schritt die Treppe runter und dann noch einen; er bewegte sich so langsam, wie er geredet hatte, hielt sich am Geländer fest, ließ mich keine Sekunde aus den Augen, und ganz plötzlich begriff ich, was er tat: er schaffte Abstand zwischen uns. Er tat es, weil er Angst hatte, ich könnte auf die Idee kommen, *ihn* genau so die Treppe runterzustoßen, wie er glaubte, daß ich sie runtergestoßen hätte. Und als ich sah, wie er so zu mir hochschaute, da wußte ich, daß ich über kurz oder lang hier sitzen würde, wo ich jetzt sitze, und all das erzählen, was ich jetzt erzähle. Seine Augen schienen laut zu sprechen und zu sagen: Einmal bist du damit durchgekommen, Dolores, und wenn man bedenkt, was für ein Mann Joe St. George war, nach dem, was mein Dad mir erzählt hat, dann ist dagegen vielleicht nichts einzuwenden. Aber was hat diese Frau dir getan, abgesehen davon, daß sie dich ernährt, dir ein Dach über dem Kopf gegeben und dir einen anständigen Lohn gezahlt hat? Und was seine Augen mehr als alles andere sagten, war, daß eine Frau, die einmal jemanden irgendwo runterstößt und damit durchkommt, imstande ist, es ein zweites Mal zu tun; daß sie, wenn der geeignete Moment kommt, es ein zweites Mal *tut.* Und wenn der Stoß nicht ausreicht, um das zu bewerkstelligen, was sie erreichen wollte, dann braucht sie nicht sonderlich lange zu überlegen, wie sie den Job auf andere Art zu Ende bringen kann. Mit einem marmornen Nudelholz zum Beispiel.

»Das geht dich nichts an, Sammy Marchant«, sagte ich. »Mach dich lieber wieder an deine Arbeit. Ich muß den Krankenwagen anrufen. Aber sieh zu, daß du deine Post aufsammelst, bevor du gehst, sonst machen dir eine Menge Kreditkarten-Gesellschaften die Hölle heiß.«

»Mrs. Donovan braucht keinen Krankenwagen«, sagte er, ging zwei weitere Stufen hinunter und ließ mich dabei keinen Moment aus den Augen, »und ich gehe nirgendwo hin. Ich finde, anstatt nach einem Krankenwagen zu telefonieren, solltest du lieber Andy Bissette anrufen.«

Was ich, wie ihr wißt, getan habe. Sammy Marchant stand daneben und sah zu, wie ich es tat. Nachdem ich den Hörer aufgelegt hatte, sammelte er die Post auf, die aus seiner Tasche gefallen war (wobei er immer wieder einen schnellen Blick über die Schulter warf, wahrscheinlich, um sich zu vergewissern, daß ich mich nicht von hinten an ihn ranschlich), und dann stand er einfach am Fuß der Treppe wie ein Wachhund, der einen Einbrecher gestellt hat. Er redete nicht, und ich auch nicht. Mir kam der Gedanke, raufzugehen und meinen Unterrock zu holen. Aber was hätte das genützt? Er hatte ihn gesehen. Außerdem lag das Nudelholz nach wie vor auf der Treppe.

Bald darauf bist du gekommen, Andy, zusammen mit Frank, und ich bin mit euch in euer hübsches neues Polizeirevier gefahren und habe eine Aussage gemacht. Das war erst gestern vormittag, also brauche ich dieses Ragout wohl nicht wieder aufzuwärmen. Ihr wißt, daß ich nichts von dem Unterrock gesagt habe, und auf die Frage nach dem Nudelholz habe ich gesagt, ich wüßte nicht so recht, wie es dahin gekommen sein könnte. Das war alles, was mir dazu einfiel, jedenfalls solange, bis jemand vorbeikam und das AUSSER BETRIEB-Schild vor meinem Gehirn abhängte.

Nachdem ich meine Aussage unterschrieben hatte, stieg ich in meinen Wagen und fuhr nach Hause. Es ging alles so schnell und ruhig über die Bühne – die Aussage und das alles, meine ich –, daß ich mir beinahe selbst einredete, es gäbe nichts, worüber ich mir Sorgen machen müßte. Schließlich *hatte* ich sie nicht umgebracht; sie war wirklich gestürzt. Das sagte ich mir immer wieder, und als ich in meine Einfahrt einbog, war ich einigermaßen überzeugt, daß alles gutgehen würde.

Dieses Gefühl hielt nur so lange an, wie ich brauchte, um von meinem Wagen bis zur Hintertür zu kommen. Da hatte jemand einen Zettel angeheftet. Nur ein Blatt von einem Notizblock. Es war ein Fettschmierer drauf, als wäre es von einem Block abgerissen worden, den irgendwer in der Gesäßtasche mit sich rumgetragen hatte. NOCHMAL KOMMST DU DAMIT NICHT DURCH stand darauf. Das war alles. Aber es reichte, meint ihr nicht auch?

Ich ging hinein und riß die Küchenfenster auf, um den muffigen Geruch rauszulassen. Ich hasse diesen Geruch; in letzter Zeit scheint er immer im Haus zu hängen, einerlei, ob ich lüfte oder nicht. Das liegt nicht nur daran, daß ich jetzt bei Vera wohne – oder jedenfalls bisher gewohnt habe –, obwohl das natürlich mit dazu beiträgt; in erster Linie liegt es daran, daß das Haus tot ist – so tot wie Joe und Little Pete.

Häuser haben ihr eigenes Leben, das sie von den Menschen übernehmen, die in ihnen wohnen; das ist meine feste Überzeugung. Unser kleines einstöckiges Haus hat es überlebt, daß Joe starb und die beiden älteren Kinder weggingen – Selena, um in Vassar Englisch zu studieren (wie sich herausstellte, bekam sie ein volles Stipendium, ihr Anteil an dem College-Geld, um das ich mir so viel Sorgen gemacht hatte, ging für Kleidung und Bücher drauf), und Joe, um an der University of Maine in Orono, nur ein Stück die Straße hinauf, politische Wissenschaften zu studieren. Es überlebte sogar die Nachricht, daß Little Pete bei der Explosion einer Kaserne in Saigon ums Leben gekommen war. Es passierte, kurz nachdem er dort ankam, und weniger als zwei Monate, bevor der ganze Rummel vorbei war. Ich sah mir auf dem Fernseher in Veras Wohnzimmer an, wie die letzten Hubschrauber vom Dach der Botschaft abflogen, und weinte und weinte. Das konnte ich tun, ohne mich vor dem zu fürchten, was sie vielleicht gesagt hätte – sie war zum Einkaufen nach Boston gefahren.

Es war nach der Beerdigung von Little Pete, daß das Leben aus dem Haus verschwand; nachdem die letzten Gäste gegangen waren und wir drei – Selena, Joe Junior und ich – allein zurückblieben. Joe Junior hatte über Politik geredet. Er hatte gerade den Job des Stadtdirektors in Machias bekommen; nicht schlecht für einen jungen Mann, auf dessen Diplom die Tinte noch naß ist. Er dachte daran, in ein oder zwei Jahren für das Staatsparlament zu kandidieren.

Selena redete ein bißchen über die Vorlesungen, die sie am Albany Junior College hielt – das war, bevor sie nach New York zog und anfing, nur noch zu schreiben –, und dann verstummte sie. Wir waren beim Abwaschen, und ganz plötzlich spürte ich etwas, drehte mich schnell um und sah, wie sie mich mit ihren dunklen Augen musterte. Ich könnte behaupten, ich hätte ihre Gedanken lesen können – Eltern können das manchmal bei ihren Kindern –, aber das brauchte ich gar nicht. Ich wußte genau, was sie dachte, wußte, daß es nie ganz aus ihrem Denken verschwunden war. Ich sah in ihren Augen dieselben Fragen, die sie mir neun Jahre zuvor gestellt hatte, als sie zu mir in den Garten kam, zwischen den Bohnen und den

Gurken: »Hast du ihm etwas getan?« und »Ist es meine Schuld?« und »Wie lange muß ich dafür zahlen?«

Ich ging zu ihr und nahm sie in die Arme. Sie erwiderte die Umarmung, aber ihr Körper fühlte sich steif an, stocksteif – und das war der Moment, in dem ich spürte, daß das Leben aus dem Haus verschwand. Es erlosch wie der letzte Atemzug eines Sterbenden. Ich glaube, Selena hat es auch gespürt. Aber Joe Junior nicht; er benutzt das Foto des Hauses gelegentlich als Titelbild für seine Wahlkampfbroschüren – das läßt ihn als einen Mann wie du und ich erscheinen, und das mögen die Wähler –, aber er hat nicht gespürt, wie es starb, weil er es von Anfang an nie geliebt hat. Und weshalb sollte er auch? Für Joe Junior war dieses Haus einfach der Ort, an den er nach der Schule zurückkehrte, der Ort, an dem sein Vater über ihn herfiel und ihn einen bücherlesenden Spinner nannte. Cumberland Hall, wo er während seines Studiums wohnte, war für Joe Junior mehr ein Zuhause, als das Haus an der East Lane es je gewesen ist.

Aber es war mein Zuhause, und auch das von Selena. Ich glaube, mein gutes Mädchen hat noch lange, nachdem sie den Staub von Little Tall von den Füßen geschüttelt hatte, dort gewohnt; ich glaube, sie wohnte dort in ihren Erinnerungen – in ihrem Herzen – in ihren Träumen. Ihren Alpträumen.

Dieser muffige Geruch – wenn er sich einmal festgesetzt hat, wird man ihn nie mehr los.

Ich saß eine Weile an einem der offenen Fenster, um eine Nase voll frischen Seewind zu bekommen, dann hatte ich so ein komisches Gefühl, und mir war, als müßte ich die Türen abschließen. Die Vordertür war einfach, aber das Drückerschloß an der Hintertür war so störrisch, daß es sich nicht rührte, bis ich ihm mit der Heiligen Dreifaltigkeit kam. Endlich funktionierte es, und dabei wurde mir klar, weshalb es so störrisch war: es war eingerostet. Ich verbrachte manchmal fünf oder sechs Tage hintereinander in Pinewood, trotzdem konnte ich mich nicht erinnern, wann ich mir das letzte Mal die Mühe gemacht hatte, das Haus abzuschließen.

Das – und der trotz der offenen Fenster muffige Dunst in der Küche – nahm mir allen Mumm aus den Knochen. Ich ging in mein Schlafzimmer, legte mich hin und zog mir das Kissen über den Kopf, wie ich es als kleines Mädchen immer getan hatte, wenn ich ungezogen gewesen und früh ins Bett geschickt worden war. Ich weinte und weinte und weinte. Ich hätte nie geglaubt, daß ich so viele Tränen in mir hatte. Ich weinte um Vera und um Selena und um Little Pete; ich glaube, ich weinte sogar um Joe. Aber vor allem weinte ich um mich selbst. Ich weinte, bis meine Nase zu war und meine Bauchmuskeln sich verkrampften. Irgendwann bin ich dann eingeschlafen.

Als ich aufwachte, war es dunkel, und das Telefon läutete. Ich stand auf und tastete mich ins Wohnzimmer, um den Hörer abzunehmen. Als ich mich gemeldet hatte, sagte eine Frauenstimme: »Du kannst sie nicht ermorden. Ich hoffe, du weißt das. Wenn das Gesetz dich nicht erwischt, dann tun wir es. Wir brauchen hier nicht mit Mörderinnen zu leben, Dolores Claiborne, jedenfalls nicht, solange es auf der Insel noch anständige Christenmenschen gibt, die was dagegen tun.«

Ich war so schlaftrunken, daß ich zuerst dachte, es wäre ein Traum. Als ich endlich begriffen hatte, daß ich tatsächlich wach war, hatte sie aufgelegt. Ich war auf dem Weg zur Küche, um den Kaffeekessel aufzusetzen oder mir vielleicht ein Bier aus dem Kühlschrank zu holen, als das Telefon abermals läutete. Auch diesmal war es eine Frau, aber nicht dieselbe. Sie redete ziemlichen Unflat, und ich legte schnell auf. Wieder überkam mich der Drang zu weinen, aber der Teufel sollte mich holen, wenn ich es tat. Statt dessen zog ich den Telefonstecker aus der Wand, ging in die Küche und holte mir ein Bier, aber es schmeckte mir nicht, und schließlich kippte ich den größten Teil davon in den Ausguß. Ich glaube, was ich wirklich gebraucht hätte, wäre ein Schluck Scotch gewesen, aber seit Joes Tod habe ich keinen Tropfen Schnaps mehr im Haus gehabt.

Ich ließ ein Glas mit Wasser vollaufen und stellte fest, daß ich seinen Geruch nicht aushielt – es roch wie Münzen, die ein Kind den ganzen Tag in seiner verschwitzten Hand herumgetragen hat. Dabei mußte ich an den Abend im Brombeergestrüpp denken – wie ein leichter Windhauch genau den gleichen Geruch zu mir getragen hatte –, und dabei mußte ich an das Mädchen mit dem rosa Lippenstift und dem gestreiften Kleid denken. Ich dachte daran, wie mir der Gedanke gekommen war, daß die Frau, zu der es herangewachsen war, in Gefahr schwebte. Ich fragte mich, wie es ihr ging und wo sie war, aber ich fragte mich keine Sekunde lang, ob es sie überhaupt gab, wenn ihr versteht, was ich sagen will. Ich wußte, daß es sie gab. Es gibt sie. Daran habe ich nie gezweifelt.

Aber das tut nichts zur Sache; meine Gedanken schweifen wieder ab, und mein Mundwerk läuft hinterher wie ein braves Lämmchen. Was ich sagen wollte, war, daß mir das Wasser aus dem Hahn in der Küche so wenig nützte wie Mr. Budweisers Bestes – selbst ein paar Eiswürfel hätten gegen diesen Kupfergeruch nichts ausgerichtet –, und es endete damit, daß ich mir irgendeine blöde Comedy-Show ansah und einen Hawaii-Punsch trank, den ich für Joe Juniors Zwillinge immer hinten im Kühlschrank stehen habe. Ich taute mir ein Tiefkühlgericht auf, aber als es fertig war, war mir der Appetit vergangen, und ich schüttete es in den Mülleimer. Statt dessen holte ich mir noch einen Hawaii-Punsch – nahm ihn mit ins Wohnzimmer und setzte mich wieder vor den Fernseher. Inzwischen lief eine andere Comedy-Show, aber ich fand nicht den geringsten Unterschied, vermutlich deshalb, weil ich kaum hinsah.

Ich versuchte nicht, mir zu überlegen, was ich tun würde; es gibt Überlegungen, die man besser nicht am Abend anstellt – das ist die Zeit, in der der Verstand am ehesten dazu neigt, einem böse Streiche zu spielen. In neun von zehn Fällen muß man die Überlegungen, die man nach Sonnenuntergang anstellt, am Morgen nochmal anstellen. Also saß ich nur da, und einige Zeit, nachdem die Lokalnachrichten vorbei waren und die *Tonight*-Show angefangen hatte, schlief ich wieder ein.

Ich hatte einen Traum. Ich träumte von mir und Vera, nur daß Vera so war wie damals, als ich sie kennenlernte, als Joe noch lebte und unsere Kinder, ihre ebenso wie meine, noch die meiste Zeit um uns herumwieselten. In meinem Traum waren wir beim Abwaschen – sie spülte, und ich trocknete ab. Aber wir taten es nicht in der Küche; wir standen vor dem kleinen Franklin-Ofen im Wohnzimmer meines Hauses, und das war merkwürdig, weil Vera nie in meinem Haus gewesen ist – nie im Leben.

Aber in diesem Traum war sie da. Sie hatte das Geschirr in einer Plastikschüssel auf dem Ofen – nicht mein altes

Zeug, sondern ihr gutes Spode-Porzellan. Sie spülte einen Teller ab und gab ihn mir, und er rutschte mir aus den Händen und zerbrach auf den Ziegelsteinen, auf denen der Franklin steht. Vera sagte: »Sie müssen vorsichtiger sein, Dolores; wenn Unfälle passieren und man nicht vorsichtig ist, dann gibt es immer eine Menge Unordnung.«

Ich versprach ihr, vorsichtig zu sein, aber auch der nächste Teller entglitt mir und der nächste und der nächste und der nächste.

»Das geht aber nun wirklich nicht«, sagte Vera schließlich. »Sehen Sie sich die Unordnung an, die Sie da anrichten!«

Ich schaute herunter, und anstatt mit Tellerscherben waren die Ziegelsteine übersät mit Bruchstücken von Zähnen und Steinen. »Geben Sie mir keine mehr, Vera«, sagte ich und begann zu weinen. »Ich glaube, ich kann heute keine Teller abtrocknen. Vielleicht bin ich zu alt dazu, ich weiß es nicht, aber ich weiß, daß ich nicht sämtliche Teller zerbrechen will.«

Aber sie reichte sie mir trotzdem weiter zu, und ich ließ sie weiter fallen, und das Geräusch, das sie beim Aufschlagen auf die Ziegelsteine machten, wurde immer lauter und tiefer, bis es mehr ein *Dröhnen* war als das spröde Klirren von Porzellan, wenn es auf etwas Hartem landet und zerbricht. Ganz plötzlich wußte ich, daß ich träumte, und auch, daß dieses Dröhnen nicht zu dem Traum gehörte. Ich fuhr so plötzlich aus dem Schlaf auf, daß ich beinahe aus dem Sessel gekippt wäre. Dann hörte ich dieses Dröhnen noch einmal, und diesmal wußte ich, was es war – eine Schrotflinte.

Ich stand auf und ging ans Fenster. Auf der Straße

fuhren zwei Pickups vorbei. Auf den Ladeflächen waren Leute, eine Person auf der ersten und zwei – glaube ich – auf der zweiten. Es sah aus, als hätten sie alle Schrotflinten, und alle paar Sekunden feuerte einer von ihnen eine Ladung in den Himmel. Es gab ein helles Mündungsfeuer, dann wieder ein lautes Dröhnen. Danach zu urteilen, wie die Männer (ich nehme an, daß es Männer waren, aber ich bin da nicht ganz sicher) hin und her schwankten – und wie die Pickups Schlangenlinien fuhren –, muß die ganze Horde stockbesoffen gewesen sein. Ich erkannte auch einen der Wagen.

Wem er gehört?

Nein, das sage ich euch nicht – ich hab auch so schon genug Probleme. Wegen einer kleinen besoffenen Knallerei in der Nacht reiß ich niemanden mit rein. Vielleicht hab ich den Wagen doch nicht erkannt.

Jedenfalls riß ich das Fenster auf, nachdem ich gesehen hatte, daß sie nur in ein paar tiefhängende Wolken Löcher schossen. Ich nahm an, daß sie auf dem freien Platz am Fuße unseres Hügels wenden würden, und das taten sie auch. Einer von ihnen wäre fast steckengeblieben; wär das ein Spaß gewesen!

Sie kamen zurück, hupend und grölend. Ich legte die Hände an den Mund und schrie mit höchster Lautstärke: *»Haut ab! Hier gibt es Leute, die schlafen wollen!«* Einer der Wagen machte einen größeren Bogen und wäre fast im Straßengraben gelandet, also habe ich ihnen wohl tatsächlich einen Schrecken eingejagt. Der Kerl, der auf der Ladefläche dieses Wagens stand (das war der, von dem ich bis vor ein paar Sekunden glaubte, ich hätte ihn erkannt), verlor das Gleichgewicht und schmetterte hin. Ich habe ganz schön kräftige Lungen, wenn ich das von mir selbst sagen darf, und wenn ich will, kann ich es im Schreien mit jedem aufnehmen.

»Verschwinde von Little Tall, du verdammte Mörderin!« brüllte einer von ihnen zurück und schoß noch einmal in die Luft. Aber das war nur ihre Art, mir zu zeigen, was für große Eier sie hatten, nehme ich an, weil sie es dabei bewenden ließen. Ich konnte hören, wie sie in Richtung Dorf davonratterten – zu dieser verdammten Kneipe, die vorletztes Jahr aufgemacht hat, möchte ich wetten – mit scheppernden Stoßdämpfern und Fehlzündungen, die bei ihrer verrückten Schalterei aus den Auspuffrohren knallten. Ihr wißt ja, wie Männer sind, wenn sie besoffen am Steuer eines Pickups sitzen.

Nun, jedenfalls riß mich das aus meiner trübseligen Stimmung raus. Ich hatte keine Angst mehr, und mir war auch nicht mehr nach Weinen zumute. Ich war stocksauer, aber nicht so wütend, daß ich nicht mehr denken oder begreifen konnte, warum die Leute das taten, was sie taten. Als meine Wut noch immer anstieg, machte ich der Sache ein Ende, indem ich an Sammy Marchant dachte und daran, wie seine Augen ausgesehen hatten, als er da auf der Treppe kniete und zuerst das Nudelholz ansah und dann zu mir aufschaute – sie waren so dunkel gewesen wie der Ozean vor einer Gewitterfront, genau wie die von Selena an jenem Tag im Garten.

Ich wußte schon, daß mir nichts anderes übrigblieb, als wieder hierherzukommen, Andy, aber erst als die Männer verschwunden waren, hörte ich auf, mir weiszumachen, daß ich mir immer noch aussuchen könnte, was ich erzählte oder verschwieg. Ich begriff, daß ich mit allem rausrücken mußte, was ich getan habe. Ich ging wieder ins Bett und schlief friedlich bis viertel vor neun. So lange habe ich seit der Zeit vor meiner Ehe nicht mehr geschlafen. Wahrscheinlich brauchte ich den Schlaf, um die halbe Nacht reden zu können – was ich jetzt auch so ziemlich getan habe.

Und das war es auch, was ich vorhatte, sobald ich aufgewacht war – bittere Medizin nimmt man am besten gleich ein –, aber bevor ich aus dem Haus gehen konnte, brachte mich etwas aus dem Gleichgewicht; sonst hätte ich euch all das schon wesentlich früher erzählt.

Ich wusch mich, und bevor ich mich anzog, stöpselte ich das Telefon wieder ein. Die Nacht war vorbei, und ich steckte nicht mehr halb und halb in irgendeinem Traum. Ich nahm mir vor, wenn jemand anrief und mich beschimpfte, dann würde ich meinerseits ein paar Schimpfwörter loslassen, angefangen mit »Feigling« und »drekkige Schnüffelnase«. Und kaum hatte ich meine Strümpfe angezogen, klingelte es tatsächlich. Ich nahm den Hörer ab, bereit, der Person am anderen Ende der Leitung eine gute Dosis zu verpassen, als eine Frauenstimme sagte: »Hallo? Könnte ich bitte mit Miz Dolores Claiborne sprechen?«

Ich wußte sofort, daß es ein Ferngespräch war, nicht nur wegen des kleinen Echos, das wir hier haben, wenn ein Gespräch von weither kommt. Ich wußte es, weil niemand auf der Insel eine Frau »Miz« nennt. Man kann eine Miss sein oder eine Missus, aber Miz ist noch nicht übers Wasser vorgedrungen, außer einmal im Monat in dem Zeitschriftenständer unten im Drugstore.

»Am Apparat«, sagte ich.

»Hier spricht Alan Greenbush«, sagte sie.

»Komisch«, sagte ich ziemlich keck, »Sie hören sich aber gar nicht an wie ein Alan Greenbush.«

»Ich bin seine Sekretärin«, sagte sie, als wäre das so ziemlich das Dämlichste, was sie je gehört hatte. »Kann ich Sie mit Mr. Greenbush verbinden?«

Ich war so überrascht, daß mir der Name zuerst überhaupt nichts sagte – ich wußte, ich hatte ihn schon irgendwo gehört, aber nicht, wo.

»Um was geht es?« fragte ich.

Es folgte eine kleine Pause, als dürfte sie eine derartige Information eigentlich nicht geben, und dann sagte sie: »Soweit ich weiß, geht es um Mrs. Vera Donovan. Kann ich Sie jetzt verbinden?«

Da klickte es bei mir – Greenbush, der ihr per Einschreiben all die gepolsterten Umschläge geschickt hatte.

»Ja«, sagte ich. »Das können Sie.«

»Danke«, entgegnete sie. Es gab ein Knacken, und dann stand ich eine kleine Weile in meiner Unterwäsche da und wartete. Es dauerte nicht lange, aber mir kam es sehr lange vor. Kurz bevor er sich meldete, fiel mir ein, daß es sich um die paar Male handeln mußte, daß ich mit Veras Namen unterschrieben hatte. Sie hatten mich erwischt. Das lag nahe genug; ist euch schon mal aufgefallen, daß, wenn eine Sache schiefgeht, auch alles andere schiefzugehen scheint?

Dann war er am Apparat. »Miz Claiborne?« sagte er.

»Ja, ich bin Dolores Claiborne«, bestätigte ich.

»Der Polizeibeamte von Little Tall Island hat mich gestern nachmittag angerufen und mir mitgeteilt, daß Vera Donovan gestorben ist«, sagte er. »Es war schon ziemlich spät, als ich die Nachricht erhielt; ich hielt es deshalb für besser, mit meinem Anruf bei Ihnen bis zum Morgen zu warten.«

Ich dachte daran, ihm zu sagen, daß es auf der Insel

Leute gab, die, was die Zeit ihrer Anrufe anging, nicht so rücksichtsvoll waren, aber natürlich tat ich es nicht.

»Ich wollte Ihnen mitteilen, daß Sie, abgesehen von einer kleinen Spende an ein Waisenhaus namens *The New England Home for Little Wanderers,* in Mrs. Donovans Testament als Alleinerbin eingesetzt sind.« Er räusperte sich, dann sagte er: »Ich bekam vor fünf Jahren ein Schreiben von Mrs. Donovan, in dem sie mich ausdrücklich anwies, Sie binnen vierundzwanzig Stunden nach ihrem Ableben davon in Kenntnis zu setzen.« Er räusperte sich abermals und sagte: »Natürlich habe ich seither gelegentlich am Telefon mit ihr gesprochen, aber das war der letzte Brief, den ich von ihr erhalten habe.«

Die Zunge klebte mir am Gaumen, und ich erinnerte mich an das, was sie gesagt hatte, als sie sterbend auf der Treppe lag. »Ich habe Ihnen alles hinterlassen, müssen Sie wissen. Alles.« Ich hatte kaum gehört, was sie sagte, aber jetzt, wo Mr. Greenbush es mir sagte, hörte ich es ganz deutlich. Er hatte eine trockene, geschäftsmäßige Stimme. Die Art von Stimme, die man einfach hören muß, wenn sie einem was sagt.

»Sie bekommen noch heute ein bestätigendes Telegramm«, sagte er, »aber ich freue mich, daß ich schon vor seinem Eintreffen mit Ihnen sprechen kann – Mrs. Donovan hat ihren diesbezüglichen Wünschen sehr nachdrücklich Ausdruck gegeben.«

»Ja«, sagte ich. »Sie konnte sehr nachdrücklich sein.«

»Ich bin sicher, daß Sie sehr betrübt sind über Mrs. Donovans Hinscheiden – das sind wir alle –, aber ich möchte Ihnen sagen, daß Sie eine sehr vermögende Frau sein werden, und wenn ich irgendetwas tun kann, um Ihnen in Ihren neuen Verhältnissen zu helfen, dann würde ich das ebenso gern tun, wie ich Mrs. Donovan geholfen habe. Natürlich werde ich Sie über die Fortschritte bei der gerichtlichen Testamentsbestätigung auf dem Laufenden halten, aber im Grunde rechne ich nicht mit irgendwelchen Problemen oder Verzögerungen. Es ist sogar so. . .«

»Einen Moment mal«, sagte ich, und es kam als eine Art Krächzen heraus. Es hörte sich ungefähr so an wie ein Frosch in einem ausgetrockneten Teich. »Von wieviel Geld reden Sie eigentlich?«

Natürlich wußte ich, daß sie gut betucht war; daß sie in den letzten paar Jahren nichts anderes trug als Flanellnachthemden und ausschließlich Campbell-Suppe und Gerbers Babynahrung aß, änderte daran nicht das geringste. Ich sah das Haus, ich sah die Wagen, und manchmal sah ich auf den Papieren, die in diesen gepolsterten Umschlägen kamen, ein kleines bißchen mehr als nur die Zeile für die Unterschrift. Einige davon waren Formulare für Aktienübertragungen, und ich weiß, wenn jemand zweitausend Anteile von *Upjohn* verkauft und viertausend von *Mississippi Valley Light and Power* kauft, dann befindet er sich nicht gerade auf dem Weg ins Armenhaus.

Ich fragte nicht, um damit anfangen zu können, Kreditkarten zu beantragen, und auch nicht, um alle möglichen Dinge aus dem *Sears*-Katalog zu bestellen – die Idee könnt ihr euch gleich aus dem Kopf schlagen. Ich hatte einen besseren Grund. Ich wußte, daß die Zahl der Leute, die überzeugt waren, daß ich sie ermordet hätte, vermutlich mit jedem Dollar, den sie mir hinterließ, wachsen würde; und ich wollte wissen, was mir bevorstand. Ich dachte an eine Summe von ungefähr sechzig- oder siebzigtausend Dollar – aber er hatte gesagt, daß sie etwas davon einem Waisenhaus vermacht hatte, und so würde noch einiges davon abgehen.

Da war noch etwas, das mir zu schaffen machte – mich stach wie eine Bremse, die sich im Genick niedergelassen hat. Irgendwas stimmte nicht an der ganzen Geschichte. Aber ich wußte nicht, was es war – genau so, wie ich nicht gewußt hatte, wer Greenbush war, als seine Sekretärin seinen Namen nannte.

Er sagte etwas, das ich nicht richtig mitbekam. Es hörte sich an wie *bla-bla-bla an die dreißig Millionen Dollar*.

»Wie bitte?« fragte ich.

»Ich sagte, daß nach den Anwalts- und Gerichtskosten und ein paar anderen kleinen Abzügen die Gesamtsumme an die dreißig Millionen Dollar betragen dürfte.«

Meine Hand am Hörer fühlte sich an wie manchmal, wenn ich aufwache und mir klar wird, daß ich fast die ganze Nacht darauf geschlafen habe – in der Mitte taub und an den Rändern überall kribbelig. Auch meine Füße kribbelten, und ganz plötzlich fühlte sich die Welt wieder so an, als bestünde sie aus Glas.

»Entschuldigung«, sagte ich. Ich konnte hören, daß mein Mund völlig einwandfrei und völlig klar redete, aber zwischen mir und den Worten, die herauskamen, schien es keinerlei Zusammenhang zu geben. Er klapperte nur wie ein Fensterladen bei einem stürmischen Wind. »Die Verbindung ist nicht besonders gut. Mir war, als sagten sie etwas, in dem das Wort *Millionen* vorkam.« Dann lachte ich, nur um zu beweisen, wie abwegig das war, aber ein Teil von mir muß gewußt haben, daß das ganz und gar nicht abwegig war, denn ich habe mich noch nie auf eine Art lachen gehört, die so falsch klang.

»Ich *habe* Millionen gesagt«, erklärte er. »Ich habe sogar

dreißig Millionen gesagt.« Und wißt ihr was – ich glaube, er hätte gekichert, wenn nicht Veras Tod der Anlaß dafür gewesen wäre, daß ich soviel Geld bekommen sollte. Ich glaube, er war *begeistert* – hinter dieser trockenen, pedantischen Stimme war er regelrecht begeistert. Ich nehme an, er kam sich vor wie John Bearsford Tipton, der in dieser alten Fernsehshow immer eine Million Dollar auf einmal wegschenkte. Er wollte mich als Kundin, das steckte natürlich mit drin – ich kann mir gut vorstellen, daß für Leute wie ihn Geld so etwas ist wie eine elektrische Eisenbahn, und er wollte nicht, daß ihm eine so große Anlage wie die von Vera weggenommen wurde –, aber ich glaube, der Hauptspaß bestand für ihn darin, zu hören, wie fassungslos ich war.

»Ich begreife es nicht«, sagte ich, und jetzt war meine Stimme so leise, daß ich sie selbst kaum hören konnte.

»Ich glaube, ich weiß, wie Ihnen zumute ist«, sagte er. »Es ist ein sehr großer Betrag, und natürlich wird es eine Weile dauern, bis Sie sich daran gewöhnt haben.«

»Wieviel ist es *in Wirklichkeit*?« fragte ich ihn, und diesmal kicherte er tatsächlich. Wenn ich da gewesen wäre, wo er war, Andy, ich glaube, dann hätte ich ihm einen Tritt in den Hintern versetzt.

Er sagte es mir noch einmal, *dreißig Millionen Dollar*, und ich dachte, gleich ist meine Hand so taub, daß ich den Hörer fallen lasse. Und ich fing an, in Panik zu geraten. Es war, als wäre jemand in meinem Kopf, der ununterbrochen ein Stahlseil herumschwingt. Ich dachte *dreißig Millionen Dollar*, aber das waren nur Worte. Als ich versuchte, zu begreifen, was sie bedeuteten, war das einzige Bild, das mir in den Sinn kam, das von Dagobert Duck in den Comic-Heften, die Joe Junior Little Pete immer vorgelesen hatte, als er vier oder fünf war. Ich sah einen großen Speicher voller Münzen und Scheinen, aber es war nicht Dagobert Duck, der mit Gamaschen an den Flossen und einer kleinen runden Brille auf dem Schnabel in dem vielen Geld rumwühlte, sondern ich selbst in meinen Schlafzimmerpantoffeln. Dann verschwand dieses Bild, und ich mußte wieder daran denken, wie Sammy Marchants Augen ausgesehen hatten, als sie vom Nudelholz zu mir wanderten und dann wieder zurück zum Nudelholz. Sie hatten genau so ausgesehen, wie die von Selena an jenem Tag im Garten, ganz dunkel und voller Fragen. Und dann dachte ich an die Frau, die mich angerufen und gesagt hatte, es gäbe noch genug anständige Christenmenschen auf der Insel, die es nicht nötig hätten, mit Mördern zusammenzuleben. Ich fragte mich, was diese Frau und ihre Freundinnen denken würden, wenn sie erfuhren, daß Veras Tod mir dreißig Millionen Dollar eingebracht hatte – und dieser Gedanke brachte mich an den Rand einer Panik.

»Das können Sie nicht!« sagte ich ziemlich heftig. »Haben Sie gehört? Sie können mich nicht zwingen, es zu nehmen!«

Jetzt war *er* es, der sagte, er hätte mich nicht richtig verstanden – die Verbindung müsse irgendwo gestört sein. Und das wunderte mich ganz und gar nicht. Wenn ein Mann wie Greenbush jemanden sagen hört, er wollte keinen Dreißig-Millionen-Dollar-Batzen, dann *muß* er einfach glauben, daß da ein technischer Fehler vorliegt. Ich machte den Mund auf, um ihm noch einmal zu sagen, daß ich es nicht haben wollte, daß er es bis auf den letzten Heller dem *New England Home for Little Wanderers* geben sollte, als mir plötzlich klar wurde, was es war, das bei alledem nicht stimmte. Es fiel mir nicht einfach ein; es stürzte auf mich herab wie eine Ladung Ziegelsteine.

»Donald und Helga!« sagte ich. Es muß sich angehört haben wie bei einer Spielshow im Fernsehen, wenn der Kandidat in der allerletzten Sekunde der Bonusrunde mit der richtigen Antwort herausplatzt.

»Wie bitte?« fragte er, irgendwie auf der Hut.

»Ihre *Kinder*!« sagte ich. »Ihr Sohn und ihre Tochter! Dieses Geld gehört ihnen, nicht mir! Sie sind Blutsverwandte! Ich bin nichts als eine bessere Haushälterin.«

Es folgte eine so lange Pause, daß ich dachte, die Verbindung wäre unterbrochen, und das tat mir kein bißchen leid. Mir war ziemlich flau, um die Wahrheit zu gestehen. Ich wollte gerade auflegen, als er mit dieser komischen trockenen Stimme sagte: »Sie wissen es also nicht.«

»*Was* weiß ich nicht?« schrie ich ihn an. »Ich weiß, daß sie einen Sohn hat, der Donald heißt und eine Tochter, die Helga heißt! Ich weiß, daß sie sich zu gut dazu waren, herzukommen und sie hier zu besuchen, obwohl ihre Zimmer immer in Ordnung gehalten wurden, aber ich kann mir vorstellen, daß sie sich nicht zu gut dazu sind, jetzt, wo sie tot ist, einen derartigen Haufen Geld unter sich aufzuteilen.«

»Sie wissen es nicht«, sagte er wieder. Und dann, als stellte er nicht mir die Fragen, sondern sich selbst, sagte er: »Kann es sein, daß Sie es nicht wissen, nach all den Jahren, die Sie für sie gearbeitet haben? Ist das möglich? Hat Kenopensky es Ihnen nicht erzählt?« Und noch bevor ich ein Wort einwerfen konnte, fing er an, seine verdammten Fragen selbst zu beantworten. »Natürlich ist es möglich. Wenn man von einer kurzen Notiz auf der Innenseite der Lokalzeitung absieht, hat sie dafür gesorgt, daß die Sache nicht an die große Glocke gehängt wurde – das konnte man vor dreißig Jahren, wenn man bereit war, dafür zu bezahlen. Ich glaube, es gab nicht einmal Todesanzeigen.« Er brach ab, dann sagte er auf die Art eines Mannes, der gerade über einen Menschen, den er sein Leben lang gekannt hat, etwas Neues – etwas *Gewaltiges* – herausgefunden hat: »Sie hat von ihnen geredet, als wären sie *am Leben*, ja? All diese Jahre?«

»Wovon reden Sie eigentlich?« schrie ich ihn an. Mir war, als sauste in meinem Magen ein Fahrstuhl abwärts, und ganz plötzlich fügten sich alle möglichen Dinge – Kleinigkeiten – in meinem Kopf zusammen. Ich wollte es nicht, aber es geschah trotzdem. »*Natürlich* hat sie von ihnen geredet, als wären sie am Leben. Sie *sind* am Leben. Er hat eine Maklerfirma in Arizona – *Golden West Associates*! Sie entwirft Kleider in San Francisco – *Gaylord Fashions*!«

Nur daß sie immer diese dicken Paperbacks gelesen hatte, historische Romane mit Frauen in tief ausgeschnittenen Kleidern, die Männer küßten, die ihr Hemd ausgezogen hatten, und der Markenname dieser Bücher war *Golden West* – das stand bei jedem Exemplar auf einem kleinen Folienstreifen. Und ganz plötzlich fiel mir ein, daß sie in einer kleinen Stadt geboren war, die *Gaylord*, Missouri hieß. Ich wollte denken, daß sie irgendwie anders geheißen hatte – Galen oder vielleicht auch Galesburg –, aber ich wußte, daß das nicht stimmte. Immerhin war es denkbar, daß ihre Tochter ihr Modegeschäft nach dem Ort benannt hatte, in dem ihre Mutter geboren war – das jedenfalls redete ich mir ein.

»Miz Claiborne«, sagte Greenbush mit leiser, irgendwie besorgter Stimme. »Mrs. Donovans Mann kam bei einem

Unfall ums Leben, als Donald fünfzehn war und Helga dreizehn . . .«

»Das weiß ich!« sagte ich, als wollte ich, daß er glaubte, wenn ich das wüßte, müßte ich auch alles andere wissen.

». . . und danach gab es eine Menge böses Blut zwischen Mrs. Donovan und den Kindern.«

Ich kam zu dem Schluß, daß ich auch das gewußt hatte. Ich erinnerte mich daran, daß die Leute Bemerkungen darüber gemacht hatten, wie still die Kinder gewesen waren, als sie 1961 am Memorial Day auf der Insel eintrafen, und daß man die drei überhaupt nicht mehr zusammen sah, was höchst eigenartig war, wenn man Mr. Donovans plötzlichen Tod im Jahr zuvor bedachte; gewöhnlich schweißt so etwas Menschen enger zusammen – obwohl Stadtmenschen in dieser Hinsicht vielleicht anders reagieren. Und dann fiel mir noch etwas ein, etwas, das Jimmy DeWitt mir im Herbst jenes Jahres erzählt hatte.

»Sie hatten 1961, kurz nach dem vierten Juli, in einem Restaurant einen Mordsstreit«, sagte ich. »Am nächsten Tag fuhren sie ab. Ich erinnere mich, daß der Ungar – Kenopensky, meine ich – sie mit dem großen Motorboot, das sie damals hatten, aufs Festland hinüberbrachte.«

»Ja«, sagte Greenbush. »Und zufällig weiß ich von Ted Kenopensky, um was es bei diesem Streit ging. Donald hatte in diesem Frühjahr seinen Führerschein bekommen, und Mrs. Donovan hatte ihm zum Geburtstag einen Wagen geschenkt. Das Mädchen, Helga, sagte, *sie* wollte auch einen Wagen. Vera – Mrs. Donovan – hat offenbar versucht, Helga klarzumachen, daß das eine verrückte Idee war und daß ihr ein Wagen überhaupt nichts nützen würde ohne einen Führerschein, den sie erst bekommen könnte, wenn sie fünfzehn war. Helga behauptete, in

Maine wäre das nicht der Fall – dort könnte man ihn schon mit vierzehn bekommen, was sie gerade geworden war. Kann das stimmen, Miz Claiborne, oder war das nur eine Teenager-Phantasie?«

»Damals war es so«, sagte ich, »aber ich glaube, jetzt muß man mindestens fünfzehn sein. Mr. Greenbush, der Wagen, den sie Donald zum Geburtstag schenkte – war das eine Corvette?«

»Ja«, sagte er, »das war es. Woher wissen Sie das, Miz Claiborne?«

»Ich muß irgendwann einmal ein Foto davon gesehen haben«, sagte ich, aber meine eigene Stimme hörte ich kaum. Die Stimme, die ich hörte, war die von Vera. »Ich bin es satt, zu sehen, wie sie im Mondschein diese Corvette aus dem Steinbruch hieven«, hatte sie gesagt, als sie sterbend auf der Treppe lag. »Bin es satt, zu sehen, wie das Wasser aus dem offenen Fenster an der Beifahrerseite herausläuft.«

»Ich kann mir nicht vorstellen, daß ein Foto davon herumgelegen hat«, sagte Greenbush. »Donald und Helga Donovan sind nämlich in diesem Wagen umgekommen. Es passierte im Oktober 1961, fast auf den Tag genau ein Jahr, nachdem ihr Vater gestorben war. Wie es hieß, saß das Mädchen am Steuer.«

Er redete weiter, aber ich hörte ihn kaum, Andy – ich war zu sehr damit beschäftigt, bei mir selbst Lücken auszufüllen, und das war nicht schwierig. Ich muß wohl gewußt haben, daß sie tot waren – irgendwo tief innen muß ich es die ganze Zeit gewußt haben. Greenbush wußte, daß sie getrunken hatten und mit dieser Corvette mehr als hundertsechzig fuhren, als das Mädchen eine Kurve nicht bekam und der Wagen in dem Steinbruch landete; er wußte, daß beide vermutlich schon tot gewesen waren, bevor der flotte Sportwagen auf den Grund sank.

Er wußte auch, daß es ein Unfall war, aber über Unfälle wußte ich vielleicht ein bißchen mehr als er.

Vera vielleicht auch; und vielleicht hatte sie immer gewußt, daß der Streit, der dazu führte, daß die beiden nach dem vierten Juli die Insel verließen, nicht viel damit zu tun hatte, ob Helga einen Führerschein des Staates Maine bekam. Die Kinder hatten sich den ganzen Sommer hindurch von ihr ferngehalten, und ich konnte mir gut vorstellen, daß der Führerschein einfach das Hühnchen war, das sich am leichtesten rupfen ließ. Als McAuliffe mich fragte, worüber Joe und ich gestritten hatten, bevor er mich würgte, sagte ich ihm, es wäre Geld obenauf und Schnaps drunter gewesen. Mir ist aufgefallen, daß das, was bei einem Streit obenauf liegt, sich meist ganz erheblich von dem unterscheidet, was druntersteckt, und es kann durchaus sein, daß sie in diesem Sommer in Wirklichkeit um das stritten, was im Jahr zuvor mit Michael Donovan passiert war.

Sie und der Ungar haben den Mann umgebracht, Andy. Sie hat alles getan, außer mit der Sprache herauszurücken und es mir zu sagen. Auch sie ist nicht erwischt worden, aber manchmal gibt es in Familien Leute, die über Stücke des Puzzles verfügen, die das Gesetz nie zu Gesicht bekommt. Leute wie Selena zum Beispiel – und vielleicht auch Leute wie Donald und Helga Donovan. Ich wüßte gern, wie sie sie in diesem Sommer angeschaut haben, bevor sie diesen Streit im Harborside Restaurant hatten und Little Tall zum letzten Mal verließen. Ich habe immer wieder versucht, mich zu erinnern, wie ihre Augen ausgesehen haben, wenn sie sie ansahen, ob sie so waren wie die von Selena, als sie mich ansah; aber ich kann es einfach nicht. Vielleicht gelingt es mir irgendwann, aber das ist nichts, woran mir sonderlich viel liegt, wenn ihr versteht, was ich damit meine.

Ich weiß, daß ein kleiner Draufgänger wie Donald Donovan mit sechzehn zu jung war für einen Führerschein – viel zu jung –, und wenn man diesen schnellen Flitzer dazunimmt, ist eine Katastrophe fast schon vorprogrammiert. Vera war intelligent genug, um das zu wissen, und sie muß eine Heidenangst gehabt haben; vielleicht hatte sie den Vater gehaßt, aber den Sohn liebte sie wie das Leben selbst. Ich weiß, daß sie das tat. Trotzdem schenkte sie ihm den Wagen. Zäh, wie sie nun einmal war, gab sie ihm diese Rakete in die Hände – und, wie sich herausstellte, auch Helga –, als er in der High School gerade erst in der zweiten Klasse saß und sich vermutlich noch nicht einmal rasieren mußte. Ich glaube, es war Schuldbewußtsein, Andy. Und vielleicht *möchte* ich denken, daß es nur das war, weil mir der Gedanke nicht gefällt, daß auch Angst mit im Spiel war – Angst davor, daß zwei reiche Kinder auf die Idee gekommen sein könnten, ihre Mutter nach dem Tod ihres Vaters zu erpressen und die Dinge zu verlangen, die sie haben wollten. Ich glaube es eigentlich nicht – aber es wäre durchaus möglich. In einer Welt, in der ein Mann Monate mit dem Versuch verbringen kann, mit seiner eigenen Tochter ins Bett zu gehen, ist so ziemlich alles möglich.

»Sie sind tot«, sagte ich. »Das ist es, was Sie gesagt haben.«

»Ja«, sagte er.

»Sie sind seit über dreißig Jahren tot«, sagte ich.

»Ja«, sagte er wieder.

»Und alles, was sie mir von ihnen erzählt hat«, sagte ich, »war also gelogen.«

Er räusperte sich abermals – dieser Mann ist einer der größten Räusperer der Welt, wenn man nach meinem Gespräch mit ihm urteilen kann –, und als er weitersprach, hörte er sich fast menschlich an. »Was *hat* sie Ihnen über sie erzählt, Miz Claiborne?«

Und als ich darüber nachdachte, Andy, da wurde mir klar, daß sie mir eine Menge erzählt hatte, angefangen mit dem Sommer 1962, als sie ankam und zehn Jahre älter und zwanzig Pfund leichter aussah als im Jahr davor. Ich erinnere mich, wie sie sagte, daß Donald und Helga vielleicht den August in Pinewood verbringen würden, und ich sollte dafür sorgen, daß wir genügend *Quaker Rolled Oats* hatten, die das einzige waren, was sie zum Frühstück aßen. Ich erinnere mich, wie sie im Oktober zurückkam – das war in dem Herbst, in dem Kennedy und Chruschtschow sich überlegten, ob sie die ganze Welt in die Luft jagen sollten oder nicht –, und mir sagte, in Zukunft würde ich wesentlich mehr von ihr sehen. »Und ich hoffe, Sie werden auch die Kinder kennenlernen«, hatte sie gesagt, aber da war etwas in ihrer Stimme gewesen, Andy – und in ihren Augen ...

Es waren vor allem ihre Augen, an die ich denken mußte, als ich dastand mit dem Hörer in der Hand. Im Laufe der Jahre hatte sie mir mit dem *Mund* alles mögliche erzählt, wo sie zur Schule gingen, was sie taten, wen sie besuchten (Vera zufolge war Donald verheiratet und hatte zwei Kinder; Helga hatte auch geheiratet, war aber geschieden), aber jetzt wurde mir klar, daß ihre *Augen* mir seit dem Sommer 1962 immer wieder nur das eine gesagt hatten: sie waren tot. Ja – aber vielleicht doch nicht *ganz* tot. Jedenfalls so lange nicht, wie es auf einer Insel vor der Küste von Maine eine unansehnliche, dürre Haushälterin gab, die immer noch glaubte, daß sie am Leben waren.

Von dort aus taten meine Gedanken einen Sprung vorwärts zum Sommer 1963 – dem Sommer, in dem ich Joe umbrachte, dem Sommer der Finsternis. Sie war fasziniert gewesen von der Sonnenfinsternis; nicht nur, weil sie etwas war, das man in seinem Leben nur einmal zu sehen bekam. Keineswegs. Sie war in sie verliebt, weil sie glaubte, sie wäre genau das, was Donald und Helga nach Pinewood zurückbringen würde. Das hatte sie immer und immer wieder zu mir gesagt. Und das Ding in ihren Augen, das Ding, das wußte, daß sie tot waren, war in diesem Frühjahr und Frühsommer für eine Weile verschwunden.

Wißt ihr, was ich glaube? Ich glaube, zwischen März oder April 1963 und Mitte Juli war Vera Donovan verrückt; ich glaube, in diesen paar Monaten glaubte sie tatsächlich, sie wären am Leben. Sie löschte das Bild der aus dem Steinbruch geborgenen Corvette aus ihrer Erinnerung; sie glaubte sie mit schierer Willenskraft ins Leben zurück. *Glaubte* sie zurück? Nein, das stimmt nicht ganz. Sie *verfinsterte* sie ins Leben zurück.

Sie wurde verrückt, und ich glaube, sie wäre gern verrückt *geblieben* – vielleicht, weil sie sie auf diese Weise zurückhaben konnte, vielleicht, um sich selbst zu strafen, vielleicht beides gleichzeitig. Aber letzten Endes steckte in ihr zuviel gesunder Menschenverstand, und sie schaffte es nicht. In den letzten acht oder zehn Tagen vor der Finsternis begann alles zusammenzubrechen. Ich erinnere mich noch daran, wie wir, die wir damals für sie arbeiteten, alle Vorbereitungen trafen für diesen Finsternis-Ausflug und die anschließende Party, als wäre es gestern gewesen. Den ganzen Juni hindurch und Anfang Juli war sie bester Laune gewesen, aber um die Zeit, als ich die Kinder fortschickte, ging alles zum Teufel. Vera fing an, sich zu benehmen wie die Rote Königin in *Alice in Wonderland*, schrie Leute an, wenn sie ihr nur einen schiefen Blick zuwarfen, und feuerte Aushilfsmädchen am laufenden Band.

Das war ihr letzter Versuch gewesen, sie ins Leben zurückzuwünschen, aber jetzt wußte sie, daß sie tot waren. Sie hat es von da an immer gewußt, aber sie machte trotzdem weiter mit den Vorbereitungen für die Party, die sie geplant hatte. Könnt ihr euch vorstellen, welcher Mut dazu gehörte? Welcher totale, unbedingte, tief verwurzelte *Mut*?

Ich erinnere mich auch an etwas, das sie sagte – das war, nachdem ich ihr wegen der Entlassung des Jolander-Mädchens meine Meinung gesagt hatte. Als Vera später zu mir kam, war ich ganz sicher, daß sie mich auch hinauswerfen würde. Statt dessen gab sie mir eine Tüte mit Zeug zum Betrachten der Finsternis und sagte etwas, das – zumindest für Vera Donovan – einer Entschuldigung gleichkam. Sie sagte, manchmal müßte eine Frau ein arrogantes Luder sein. »Manchmal«, erklärte sie mir, »ist ein Luder sein alles, woran eine Frau sich festhalten kann.«

Und so war es, dachte ich. So war es, wenn sonst nichts übrigbleibt. So ist es immer.

»Miz Claiborne?« sagte eine Stimme in mein Ohr, und da erinnerte ich mich, daß er immer noch am Apparat war; ich hatte mich sehr weit davon entfernt. »Miz Claiborne, sind Sie noch da?«

»Ja, ich bin noch da«, sagte ich. Er hatte mich gefragt, was sie mir erzählt hatte, und das hatte gereicht, um mich in die alten Zeiten zurückzuversetzen – aber ich hatte keine Ahnung, wie ich ihm all das hätte sagen können, einem Mann in New York, der nichts davon wußte, wie wir hier auf Little Tall leben. Wie *sie* hier auf Little Tall lebte. Anders ausgedrückt – er wußte eine Menge über *Upjohn* und *Mississippi Valley Light and Power,* aber nicht das geringste über die Drähte in den Ecken.

Oder die Staubflocken.

»Ich fragte, was sie Ihnen erzählt hat . . .«

»Sie hat mich angewiesen, ihre Betten zu beziehen und dafür zu sorgen, daß immer ein Vorrat an *Quaker Rolled Oats* im Hause war«, sagte ich. »Sie sagte, sie wollte vorbereitet sein, weil sie sich jederzeit entschließen könnten, zu Besuch zu kommen.« Und das kam der Wahrheit nahe genug, Andy – jedenfalls für Greenbush.

»Das ist erstaunlich!« sagte er, und es hörte sich an, als sagte ein Spezialist: »Das ist ein Gehirntumor!«

Danach redeten wir noch eine Weile weiter, aber an das, worüber wir sprachen, erinnere ich mich nicht mehr so genau. Ich glaube, ich sagte ihm noch einmal, daß ich das Geld nicht wollte, keinen roten Heller davon, und nach der Art zu urteilen, in der er mit mir redete – freundlich und liebenswürdig und irgendwie auf mich eingehend –, war ich ganz sicher, Andy, daß du ihm, als er dich anrief, nichts von den neuesten Nachrichten weitergegeben hast, die du vermutlich von Sammy Marchant bekommen hattest. Ich nehme an, du hast gedacht, das ginge ihn nichts an, jedenfalls noch nicht.

Ich weiß noch, daß ich ihm gesagt habe, er sollte alles den *Little Wanderers* geben, und daß er daraufhin lachte, als wäre das der tollste Witz, den er je gehört hatte. Er sagte, er wäre ziemlich sicher, daß er im Gefängnis landen würde, wenn er das Geld von jemand anderem weggäbe, selbst wenn es ein Waisenhaus war, dem er es gab. Er sagte, *ich* könnte es den *Little Wanderers* schenken, wenn ich wollte (aber selbst dem größten Dämlack der Welt wäre klargewesen, daß er überzeugt war, daß ich nichts dergleichen tun würde, sobald ich erst einmal zur Besinnung gekommen war und begriffen hatte, was passiert war), aber *er* dürfte es nicht anrühren.

Schließlich versprach ich, daß ich ihn wieder anrufen würde, wenn ich Zeit gehabt hatte, »ein bißchen klarer im Kopf« zu werden, wie er es ausdrückte, und dann legte er auf. Lange Zeit stand ich nur da – es muß eine Viertelstunde oder mehr gewesen sein. Mir war schauderhaft zumute. Mir war zumute, als wäre das Geld überall um mich herum, als klebte es an mir, wie das Ungeziefer an den Fliegenfängern geklebt hatte, die mein Dad damals, als ich noch klein war, jeden Sommer in der Toilette draußen auf dem Hof aufhängte. Ich hatte Angst, daß es, sobald ich anfing, mich zu bewegen, immer fester an mir kleben würde, bis ich nicht mehr die geringste Chance hatte, mich von ihm zu befreien.

Als ich dann schließlich doch anfing, mich zu bewegen, hatte ich völlig vergessen, daß ich zu dir aufs Revier kommen wollte, Andy. Um die Wahrheit zu gestehen – ich vergaß sogar beinahe, mich anzuziehen. Schließlich zog ich alte Jeans und einen Pullover an, obwohl das Kleid, das ich eigentlich tragen wollte, auf dem Bett bereitlag (wo es vermutlich immer noch liegt, es sei denn, jemand ist eingebrochen und hat mit dem Kleid gemacht, was er eigentlich mit der Person machen wollte, die hineingehört). Ich zog meine alten Galoschen an, und damit ließ ich es gut sein.

Ich ging um den großen weißen Felsbrocken hinter dem Schuppen herum und um das Brombeergestrüpp, wo ich eine Minute stehenblieb, um hineinzuschauen und zu hören, wie der Wind die dornigen Zweige rascheln ließ. Ich konnte gerade noch das Weiß der neuen Brunnenabdeckung aus Beton erkennen. Als ich sie betrachtete, fing ich an zu zittern wie jemand, dem eine schlimme Erkältung oder eine Grippe in den Knochen steckt. Ich nahm die Abkürzung über Russian Meadow und ging dann runter zu der Stelle, wo am East Head die Straße aufhört. Dort stand ich eine Weile und wartete, bis mir der Seewind das Haar zurückgeweht und mich saubergewaschen hatte, wie er es immer tut, und dann stieg ich die Treppe hinunter.

Mach nicht so ein besorgtes Gesicht, Frank – das Tau an ihrem oberen Ende und das Schild, auf dem TREPPE MORSCH – NICHT BETRETEN steht, sind nach wie vor da; es war einfach so, daß mir nach allem, was ich durchgemacht hatte und was mir noch bevorstand, völlig egal war, ob die Treppe morsch war oder nicht.

Ich stieg die ganze Treppe hinunter, eine Stufe nach der anderen, bis ich unten bei den Felsen angekommen war. Ihr wißt ja, daß da früher einmal der Anleger war – Simmons Dock nannten ihn die alten Leute –, aber jetzt ist nichts mehr davon übrig als ein paar Pfeiler und zwei große Eisenringe, die man in den Granit eingesetzt hatte, völlig verrostet und zerfressen. Sie sehen so aus, wie ich mir die Augenhöhlen im Schädel eines Drachen vorstellen würde, wenn es so etwas wirklich gäbe. Ich habe oft mit meinen Schwestern auf dem Anleger gesessen und geangelt, Andy, und ich habe wohl gedacht, er würde immer da sein, aber schließlich holt das Meer sich alles. Ich kann mir vorstellen, daß es sich irgendwann einmal diese ganze verdammte Insel holen und unsere Knochen weit wegspülen wird. Und wenn schon. Im Augenblick ist mir so ziemlich alles egal. Zu müde wahrscheinlich.

Ich saß auf der untersten Stufe und ließ meine Galoschen runterhängen, und da saß ich die nächsten sieben Stunden. Ich sah zu, wie die Flut auslief und wieder hereinkam; erst dann war ich so weit, daß ich den Ort verlassen konnte.

Zuerst versuchte ich, an das Geld zu denken, aber ich konnte meinen Verstand nicht dazu bringen. Leute, die ihr ganzes Leben lang viel Geld gehabt haben, können es vielleicht, aber ich konnte es nicht. Jedesmal, wenn ich es versuchte, sah ich Sammy Marchant, wie er zuerst das Nudelholz ansah – und dann mich. Das ist alles, was das Geld für mich bedeutete, Andy, und es ist auch alles, was es jetzt für mich bedeutet – Sammy Marchant, der mich mit seinen dunklen Augen ansieht und sagt: »Ich dachte, sie könnte nicht laufen. Du hast doch immer behauptet, sie könnte nicht laufen, Dolores.«

Dann dachte ich über Donald und Helga nach. »Leg mich einmal rein, Schande für dich«, sagte ich zu überhaupt niemandem, während ich dasaß und meine Füße so dicht über den anbrandenden Wellen baumelten, daß sie manchmal Gischtflocken abbekamen. »Leg mich zweimal rein, Schande für mich.« Nur, daß sie mich in Wirklichkeit nie hereingelegt hatte – ihre *Augen* hatten mich nie reingelegt.

Ich erinnere mich, daß mir klarwurde – das muß Ende der sechziger Jahre gewesen sein –, daß ich die beiden nicht mehr gesehen hatte, *kein einziges Mal*, seit der Ungar sie an einem Tag im Juli des Jahres 1961 zum Festland rübergebracht hatte. Und das machte mir dermaßen zu schaffen, daß ich gegen eine Regel verstieß, an die ich mich immer gehalten hatte, nämlich kein Wort über sie zu verlieren, wenn nicht Vera zuerst von ihnen sprach. »Wie geht es den Kindern, Vera?« hatte ich sie gefragt; die Worte waren aus meinen Mund heraus, bevor ich überhaupt wußte, daß sie kamen – Gott ist mein Zeuge, genau das passierte. »Wie geht es ihnen *wirklich*?«

Ich weiß noch, daß sie damals im Wohnzimmer saß, auf einem Sessel am Erkerfenster, und strickte, und als ich sie fragte, hörte sie auf zu stricken und sah zu mir hoch. Die Sonne schien hell an diesem Tag, sie fiel in einem grellen, harten Streifen auf ihr Gesicht, und die Art, auf die sie mich ein oder zwei Sekunden lang ansah, war so unheimlich, daß ich nahe daran war, zu schreien. Erst als dieser Drang verschwunden war, begriff ich, daß es ihre Augen waren. Es waren tiefliegende Augen, schwarze Kreise in diesem Sonnenstreifen, in dem alles andere hell war. Sie waren wie *seine* Augen, als er vom Grund des Brunnens zu mir hochschaute – wie kleine schwarze Steine oder Kohlebrocken, die man in weißen Teig gesteckt hat. In diesen ein oder zwei Sekunden glaubte ich, ein Gespenst zu sehen. Dann bewegte sie den Kopf ein wenig, und es war wieder nur Vera, die dasaß und aussah, als hätte sie am Abend zuvor zuviel getrunken. Und wenn, dann wäre es nicht das erste Mal gewesen.

»Ich weiß es wirklich nicht, Dolores«, sagte sie. »Wir sind uns fremd geworden.« Das war alles, was sie sagte, und mehr brauchte sie auch nicht zu sagen. All die Geschichten, die sie mir über ihr Leben erzählte – erfundene

Geschichten, wie ich jetzt weiß –, besagten nicht so viel wie diese fünf Worte: »Wir sind uns fremd geworden.« Ich habe einen beträchtlichen Teil der Zeit, die ich heute da unten auf Simmons Dock gesessen habe, mit Nachdenken darüber verbracht, was für ein fürchterliches Wort das ist. Fremd. Schon beim Gedanken daran fange ich an zu zittern.

Ich saß da und ließ mir diese alten Geschichten ein letztes Mal durch den Kopf gehen; dann schob ich sie beiseite und stand auf von der Stufe, auf der ich den größten Teil des Tages verbracht hatte. Ach, Andy – mir war ziemlich egal, was du glaubtest, oder was die Leute glaubten. Schließlich war alles vorüber – für Joe, für Vera, für Michael Donovan, für Donald und Helga – und für Dolores Claiborne auch. Die Brücken zwischen dieser Zeit und heute waren verbrannt. Die Zeit ist ein Stück Meer, genau wie das zwischen den Inseln und dem Festland, und die einzige Fähre, mit der man sie überqueren kann, ist die Erinnerung. Aber die ist so etwas wie ein Gespensterschiff – wenn man will, daß es verschwindet, dann tut es das.

Aber selbst wenn wir das beiseite lassen, ist es trotzdem komisch, wie sich die Dinge entwickelt haben, findet ihr nicht auch? Ich weiß noch, was mir durch den Kopf ging, als ich aufstand, um die morsche Treppe wieder hinaufzusteigen – dasselbe, woran ich denken mußte, als Joe seinen Arm aus dem Brunnen streckte und mich fast mit hineingerissen hätte: *Wer eine Grube macht, der wird selbst drein fallen.* Als ich das alte, splittrige Geländer ergriff und anfing, die Stufen wieder hinaufzusteigen (immer vorausgesetzt natürlich, daß sie mich auch ein zweites Mal trugen), da war mir, als wäre es nun doch passiert, und als hätte ich schon immer gewußt, daß es so kommen würde. Ich habe nur wesentlich länger gebraucht, um in meine Grube zu fallen, als Joe brauchte, um in seine zu fallen.

Auch Vera hatte eine Grube zum Hineinfallen – und wenn es etwas gibt, wofür ich dankbar bin, dann ist es dies: daß ich nicht meine Kinder ins Leben zurückträumen mußte wie sie. Aber wenn ich am Telefon mit Selena spreche und höre, wie sie ihre Worte ineinanderschlurrt, frage ich mich manchmal, ob überhaupt einer von uns dem Schmerz und Kummer unseres Lebens entfliehen kann. Sie konnte ich nicht reinlegen, Andy. Schande für mich.

Trotzdem nehme ich, was ich kriegen kann, und beiße die Zähne zusammen, so daß es aussieht wie ein Lächeln, gerade so, wie ich es immer getan habe. Ich versuche, mir klarzumachen, daß zwei meiner drei Kinder noch am Leben sind, daß sie Positionen erreicht haben, die weit über das hinausgehen, womit irgendjemand auf Little Tall gerechnet hat, als sie noch klein waren, und auch über das, was vielleicht aus ihnen geworden wäre, wenn ihr Nichtsnutz von einem Vater nicht am Nachmittag des 20. Juli 1963 einen Unfall gehabt hätte. Das Leben ist nämlich keine Sache des Entweder-Oder, und wenn ich je vergessen sollte, dankbar dafür zu sein, daß meine Tochter und einer meiner Söhne am Leben geblieben sind, während Veras Sohn und Tochter starben, dann würde ich mich, wenn ich vor den Thron des Allmächtigen trete, für die Sünde der Undankbarkeit verantworten müssen. Und das möchte ich nicht. Ich habe auch so schon genug auf dem Gewissen – und wahrscheinlich auch auf meiner Seele. Und jetzt hört mir genau zu, ihr alle drei; selbst wenn ihr sonst nichts mitgekriegt habt, das müßt ihr mitkriegen:

alles, was ich tat, habe ich aus Liebe getan – aus der Liebe, die eine Mutter für ihre Kinder empfindet. Das ist die mächtigste Liebe, die es auf der Welt gibt, und zugleich ist es die tödlichste. Es gibt kein schlimmeres Luder als eine Mutter, die Angst um ihre Kinder hat.

Als ich das obere Ende der Treppe erreicht hatte und auf dem Absatz hinter dem Absperrseil stand und aufs Meer hinausschaute, da dachte ich an den Traum, in dem Vera mir Teller zureichte und ich sie alle fallen ließ. Ich dachte an das Geräusch, das der Stein gemacht hatte, als er sein Gesicht traf – und daran, daß die beiden Geräusche ein und dasselbe gewesen waren.

Aber vor allem dachte ich an Vera und mich – zwei verdammte Luder, die auf einem kleinen Felsbrocken vor der Küste von Maine lebten, in den letzten Jahren fast immer zusammen. Ich dachte daran, wie diese beiden Luder zusammen schliefen, wenn das ältere Angst hatte, und wie sie all die Jahre in diesem großen Haus lebten, zwei Luder, die schließlich den größten Teil ihrer Zeit damit verbrachten, sich gegenseitig das Leben schwer zu machen. Ich dachte daran, wie sie mich reingelegt hatte, und wie ich es schaffte, sie meinerseits reinzulegen, und wie selig jede von uns war, wenn sie eine Runde gewonnen hatte. Ich dachte daran, wie sie gewesen war, wenn die Staubflocken über sie herfielen, wie sie geschrien und gezittert hatte wie ein Tier, in die Enge getrieben von einem größeren Geschöpf, das vorhat, es in Stücke zu reißen. Ich erinnere mich, wie ich mich zu ihr ins Bett legte und die Arme um sie schlang und fühlte, wie sie zitterte, wie ein dünnes Glas, das jemand mit dem Griff eines Messers angeschlagen hat. Ich spürte ihre Tränen an meinem Hals, und ich bürstete ihr dünnes, trockenes Haar und sagte: »Ruhig – ganz ruhig. Die verdammten Staubflocken sind weg. Ihnen kann nichts passieren. Ich passe auf.«

Aber wenn mir etwas klargeworden ist, Andy, dann ist es das, daß sie nie *wirklich* weg sind. Man glaubt, man hätte sie alle weggefegt und es wäre nirgendwo auch nur eine einzige Staubflocke, und dann sind sie wieder da, sie sehen aus wie Gesichter, sie sehen *immer* aus wie Gesichter, und es sind immer die Gesichter, die man niemals wiedersehen wollte, weder im Wachen noch im Traum.

Ich dachte auch daran, wie sie da auf der Treppe lag und sagte, sie hätte es satt, sie wollte Schluß machen. Und als ich da in meinen nassen Galoschen auf diesem morschen Treppenabsatz stand, wußte ich sehr gut, weshalb ich mich dafür entschieden hatte, diese Stufen zu betreten, die so verrottet sind, daß nicht einmal die Gören darauf spielen, wenn die Schule aus ist. Ich hatte es auch satt. Ich hatte mein Leben gelebt, so gut ich es unter meinen Verhältnissen konnte. Ich habe mich nie vor einer Arbeit gedrückt, und ich habe auch nicht vor Dingen zurückgescheut, die getan werden mußten, selbst wenn sie grauenhaft waren. Vera hatte recht, als sie sagte, manchmal müßte man ein Luder sein, wenn man überleben will; aber ein Luder zu sein ist Schwerarbeit, das kann ich der ganzen Welt versichern, und ich hatte es so satt. Ich wollte Schluß machen, und mir kam der Gedanke, daß es noch nicht zu spät war, diese Stufen wieder runterzusteigen, und daß ich diesmal nicht auf der letzten zu bleiben brauchte – nicht, wenn ich es nicht wollte.

Und da hörte ich sie wieder, Andy – Vera. Ich hörte sie wie damals an dem Abend neben dem Brunnen, nicht in meinem Kopf, sondern in meinem *Ohr*. Nur war es diesmal viel gespenstischer, das kann ich euch versichern; damals, 1963, hatte sie wenigstens noch *gelebt*.

»Was ist das für eine *absurde* Idee, Dolores«, sagte sie mit ihrer herablassenden Stimme. »*Ich* habe einen höheren Preis bezahlt als Sie; ich habe einen höheren Preis bezahlt, als irgendjemand sich vorstellen kann, aber ich habe trotzdem mit dem Handel gelebt, den ich abgeschlossen hatte. Ich habe noch mehr getan als das. Nachdem mir nichts geblieben war als die Staubflocken und die Träume von dem, was hätte sein können, nahm ich die Träume und machte sie mir zu eigen. Die Staubflocken? Nun, ich wußte, sie würden mir vielleicht eines Tages den Rest geben, aber ich habe viele Jahre mit ihnen gelebt, bevor sie es schließlich taten. Und jetzt müssen Sie mit den Ihren fertigwerden. Aber wenn Sie den Mut verloren haben, den Sie damals hatten, als Sie mir sagten, es wäre eine Gemeinheit gewesen, dieses Jolander-Mädchen vor die Tür zu setzen, dann steigen Sie nur wieder hinunter. Steigen Sie hinunter und springen Sie. Denn ohne Ihren Mut, Dolores Claiborne, sind Sie nur noch ein dummes altes Weib.«

Ich wich zurück und sah mich um, aber vor mir lag nur East Head, dunkel und naß von der Gischt, die an windigen Tagen durch die Luft fliegt. Weit und breit war keine Menschenseele zu sehen. Ich stand noch eine Weile da und sah den Wolken nach, die über den Himmel jagten – ich sehe ihnen gerne nach, sie sind so hoch und frei und stumm, wenn sie da oben hinziehen. Dann machte ich mich auf den Heimweg. Unterwegs mußte ich zwei- oder dreimal stehenbleiben, weil ich nach dem langen Sitzen in der feuchten Luft fürchterliche Rückenschmerzen hatte. Aber ich schaffte es. Als ich wieder zuhause war, nahm ich drei Aspirin, stieg in meinen Wagen und fuhr direkt hierher.

Und das war's.

Nancy, ich sehe, du hast fast ein Dutzend von diesen kleinen Kassetten vor dir liegen, und dieses hübsche kleine Gerät muß ziemlich geschafft sein. Ich bin es jedenfalls, aber ich war gekommen, um zu sagen, was ich zu sagen hatte. Und das habe ich getan. Jedes Wort davon ist wahr. Jetzt kannst du mit mir machen, was du für richtig hältst, Andy; ich habe meinen Teil getan und meinen Frieden mit mir gemacht. Das allein ist wichtig: genau zu wissen, wer man ist. Ich weiß, wer *ich* bin: Dolores Claiborne, zwei Monate vor meinem fünfundsechzigsten Geburtstag, Mitglied der Demokratischen Partei, zeitlebens Einwohnerin von Little Tall Island.

Zwei Dinge möchte ich noch sagen, Nancy, bevor du auf die Stopptaste drückst. Letzten Endes sind es die Luder dieser Welt, die es schaffen – und was die Staubflocken angeht: zum Teufel mit ihnen!

LOKALNACHRICHTEN

Aus dem *Ellsworth American*, 6. November 1992 (Seite 1)

INSELBEWOHNERIN FREIGESPROCHEN

Dolores Claiborne von Little Tall Island, viele Jahre lang Angestellte von Mrs. Vera Donovan, gleichfalls von Little Tall, wurde gestern bei einer in Machias abgehaltenen

Anhörung von jeder Schuld am Tode von Mrs. Donovan freigesprochen. Zweck der Anhörung war, festzustellen, ob Mrs. Donovan eines »ungesetzlichen Todes« gestorben war, das heißt, eines Todes infolge von Vernachlässigung oder einer kriminellen Handlung. Gerüchte über Miss Claibornes Anteil am Tode ihrer Arbeitgeberin wurden ausgelöst von der Tatsache, daß Mrs. Donovan, die zur Zeit ihres Todes senil gewesen sein soll, ihrer Haushälterin und Gesellschafterin den größten Teil ihres Vermögens hinterlassen hat. Einige Quellen schätzen diese Hinterlassenschaft auf mehr als zehn Millionen Dollar.

Aus dem *Boston Globe*, 20. November 1992 (Seite 1)

Glückliches Thanksgiving in Somerville

ANONYMER WOHLTÄTER SPENDET 30 MIO FÜR WAISENHAUS

Die fassungslosen Direktoren des *New England Home for Little Wanderers* teilten heute am späten Nachmittag in einer eilig einberufenen Pressekonferenz mit, daß für das hundertfünfzig Jahre alte Waisenhaus Weihnachten in diesem Jahr ein wenig zu früh kommt, dank einer Dreißig-Millionen-Dollar-Zuwendung von einem anonymen Spender.

»Wir wurden über diese kaum vorstellbare Schenkung durch Alan Greenbush informiert, einen angesehenen New Yorker Rechtsanwalt und amtlich zugelassenen Wirtschaftsprüfer«, sagte Brandon Jaegger, Vorsitzender des Direktorium des N.E.H.L.W., offensichtlich erregt. »Es scheint alles seine Richtigkeit zu haben, und offensichtlich will die Person, die hinter dieser Zuwendung steckt – der Schutzengel hinter ihr, sollte ich vielleicht sagen –, auf jeden Fall anonym bleiben. Ich kann nur sagen, daß wir alle fassungslos und überglücklich sind.«

Wenn es sich bei dieser Millionenspende nicht um eine Mystifikation handelt, wäre die Schenkung an das New England Home die größte einmalige Zuwendung an eine derartige Institution in Massachusetts seit 1938, als ...

Aus *The Weekly Tide*, 14. Dezember 1992 (Seite 16)

Das Neueste von Little Tall
Von »Nosy Nettie«

Mrs. Lottie McCandless hat am Freitagabend beim Beano in Jonesport die Weihnachtsprämie eingeheimst – insgesamt 240 Dollar, und dafür kann man eine Menge Weihnachtsgeschenke kaufen! Nosy Nettie ist ja *soooo* neidisch. Aber im Ernst: Herzlichen Glückwunsch, Lottie!

John Carons Bruder Philo kam aus Derry, um seinem Bruder beim Kalfatern seines Bootes, der *Deepstar*, zu helfen, das im Trockendock liegt. Es geht doch nichts über ein bißchen »brüderliche Liebe« in dieser gesegneten Jahreszeit, nicht wahr, Leute?

Jolene Aubuchon, die bei ihrer Enkelin Patricia wohnt, hat letzten Donnerstag ein aus 2000 Teilen bestehendes Puzzle des Mount St. Helens fertiggestellt. Jolene hat gesagt, sie wollte ihren 90. Geburtstag im nächsten Jahr mit einem

5000-Teile-Puzzle der Sixtinischen Kapelle feiern. Bravo, Jolene! Nosy Nettie und die ganze *Tide* sind beeindruckt!

Dolores Claiborne wird in dieser Woche eine Menge einzukaufen haben! Sie wußte bereits, daß ihr Sohn Joe – »Mr. Democrat« – seine Arbeit in Augusta unterbrechen und für ein »Insel-Weihnachten« nach Hause kommen will, aber jetzt hat Nosy erfahren, daß auch Dolores' Tochter, die bekannte Journalistin Selena St. George, kommen wird – zum ersten Mal seit *mehr als zwanzig Jahren*! Dolores sagte, sie wäre »sehr glücklich«. Als Nosy fragte, ob sie über Selenas neuestes »Denk-Stück« in *The Atlantic Monthly* sprechen würden, hat Dolores nur gelächelt und gesagt: »Ich bin sicher, es gibt eine Menge, worüber wir sprechen können.«

Von der Ambulanz des Krankenhauses hat Nosy erfahren, daß Vincent Bragg, der sich im Oktober beim Footballspielen den Arm gebrochen hat . . .

Oktober 1989–Februar 1992